KB028537

이날치
파란만장

이 날치

파란만장

장다혜 장편소설

북레시피

칠월 백중

팔월 추석

구월 중양

시월 상달

십일월 동지

십이월 납일

종장 — 갑진년

기축년, 담양

굴렁쇠 굴리기

아홉 살 홀로서기

역병이었다. 전례 없는 가뭄, 거듭된 흉작, 유난한 한파. 그 뒤에 올 것이 또 무엇이겠는가. 이미 을유년과 정해년에 호된 돌림병을 경험한 터라 고을마다 서둘러 제사를 올렸으나, 온갖 치성에도 성난 별성마마는 극성스레 창궐할 뿐이었다. 빗속에 삿갓과 도롱이를 쓰고 다니며 역병을 옮기는 외다리 귀신, 독각귀를 보았다는 흉문까지 돌자 결국 수령의 엄명이 떨어졌다. 역귀로 의심되는 천것들을 깡그리 잡아들여 동구 밖에 철저히 감금하라는 것이었다. 소용돌이치는 눈발 아래, 김진사 댁 씨종인 억삼과 그의 아들 계동이 병풍산 어귀로 끌려온 것은 다 그 때문이었다. 얄포름한 홑껍데기 하나 달랑 걸친 채 문칸방에서 새끼를 꼬다 말고 부지불식간에 일어난 일이었다.

"올 아들놈은 말짱허당께요! 야는 참말로 암시롱도 안탕께요잉!"

11

허허벌판에 처진 울타리 안으로 떠밀리며 억삼은 나졸의 팔을 와락 채잡았다. 흰 영견으로 코와 입을 가려 모두 엇비슷해 보였으나 아무래도 개가죽 배자를 덧입은 그이가 상관인 듯싶어서였다.

"온전한 걸 여 데불꼬 오면 뒈지라는 말밖에 더 돼요잉!"

"주둥이 닥치고 싸그싸그 드가지 못혀!"

"제발 요놈만은…… 흐억!"

대창으로 배때기를 얻어맞은 억삼은 시허연 입김을 콱 뿜으며 저만치 나뒹굴었다. 하나 생때같은 아들내미의 목숨이 달려 있기에 끝내 나졸의 발목을 붙들곤 싹싹 빌기까지 했다.

"으르신, 야는 참말루……."

"으따, 징헌 거! 여까정 왔으면 포기를 해야제, 포기를! 여가 지옥이여, 모르겄어?"

모지락스레 걷어차인 억삼의 코끝에서 뜨끈한 코피가 터져 나왔다. 그마저도 금세 턱 아래에서 얼어붙었다.

"아부지!"

계동이 꼬꾸라진 아비를 부축하기가 무섭게 그들의 등 뒤로 또 한 무리의 천것들이 꾸역꾸역 밀려들었다. 그 끝없는 병자들의 행렬에 억삼 부자는 대번에 구석태기로 처박혔다. 핏빛 노을로 물든 벌판은 나졸의 말대로 지옥이었다. 높다란 산울타리를 흔들어대는 사내들의 절규, 꺼이꺼이 이어지는 여인들의 통곡, 날카롭게 찢어지는 갓난쟁이의 울음, 오장육부를 쏟아낼 듯 터지는 기침 소리, 너부러진 채 눈꺼풀만 끔뻑이는 산송장의 침묵까지…… 이미 삼도천을 건넌 자들도 수두룩이라,

나졸들은 험한 욕지거리를 뱉어내며 그녀들의 발목에 새끼줄을 걸었다. 그리고 질질 끌고 가 커다란 구덩이에 처넣었다. 깡마른 몸뚱이들이 서로를 벤 채 겹겹이 쌓였다. 새하얀 눈밭 위로 수레바퀴 자국마냥, 시체 끈 자국이 여기저기 길을 냈다. 그걸 멍하니 보다 말고 억삼은 번뜩 아들의 어깨를 채잡곤 주변을 살폈다.

"애비 말 똑떼기 들어, 잉? 계동이 느는 으뜨케든 여서 나가야 혀. 쩌그 보이제? 느는 겁나 야물차니께 쩌 탱자나무 가생이루다 내뺄 수가 있으. 긍까 해가 지면 냅다 줄행랑을 치는 거여, 알었냐잉?"

"싫으! 내는 아부지랑 꼭 붙어 있을 꺼여!"

"시방 요거시 안 보이냐잉, 이 애비는 글러부렀어야! 느라도 살어야제. 여 있따간 싹 다 뒈진당께!"

이미 고름이 차기 시작한 아비의 팔뚝을 계동은 자꾸만 바투 감을 뿐이었다.

"안 간당께! 뒈지드라두 내는 아부지랑 같이 뒈질 꺼여. 왜 자꾸 가라능가!"

"으메, 깝깝시려븐거!"

아들놈을 맵차게 다그치던 억삼은 짐짓 마음씨를 고쳐먹고는 음성을 낮추었다.

"니 거 아냐? 열 살도 안 된 아그는 저승에서 문을 안 열어줘야. 그람 워찌 되는 줄 알으? 이 아부지만 드가고 느는 구천서 혼자 떠도는 거여!"

오종종한 얼굴이 설핏 굳는 듯하더니 다시금 도리질을 쳤다.

13

"여 있는다구 다 죽는 건 아니잖여!"

"그려, 근디 혹시라도 살아남으믄 빼도박도 몬 허게 석이 할 망처럼 된당께! 니는 팽생 얼금뱅이로 살 꺼여?"

아홉 살 소년에게 죽음은 막연한 것이었으나 곰보인 석이 할망은 실체가 등등했다. 그 얽죽얽죽한 낯짝을 떠올리는 것 만으로 온몸에 소름이 돋는지 아들이 짐짓 심각해지자 아비는 퀭한 눈두덩에 바짝 힘을 주었다.

"긍까 여를 나가야긋냐, 안 나가야긋냐, 잉?"

"내는 그람, 혼자 집으로 가라고?"

"미쳤쓰! 왜 그 집구석을 다시 겨들어가! 거서 우덜은 가축 보다 몬헌 목숨이여. 말이 아프면 쩨까닥 마의를 불러오제? 근 디 닌 일케 말짱헌데두 욜로 끌고 와선 후딱 디지라잖냐. 이자 그 뻐친 짓은 쫑나븐 거여."

"그람 으쓰라구!"

"똑떼기 들어잉? 이 역병은 느헌티 기회여. 느는 인자 김진 사 댁 씨종 계동이가 아녀. 갠 여서 꼴까닥 뒈져븐 거여!"

"그라믄 내는?"

"쫙 빼입고, 부채 들고, 노래 부르는 거! 느가 허고 잡다 혔 냐, 안 혔냐? 동헌마루서 소리허던 아재 기억나제? 명창 송방 울? 여를 나가면 느가 그리될 수도 있당께."

계속 안 간다 떼를 부리던 계동이 '소리'라는 말에 눈을 동 그랗게 고쳐 떴다. 동한 게 분명했다. 모내기를 하든, 가을걷이 를 하든 풍장소리와 육자배기 정도는 쉬이 불러 젖혀 귀여움 을 독차지하던 아이다. 귀는 또 어찌나 밝은지 한번 귀동냥을 하면 가사를 그대로 읊는 재주도 있었다. 작대기를 하나 찾아 들고 몇 날 며칠 소리꾼 흉내를 내면 그것이 또 꽤 그럴싸하여 봉놋방 노비들의 입에서 곧잘 웃음이 터져 나왔다.

"소리꾼이 되잖애? 그름 장터서 콩엿을 열 개도 먹을 수 있당께."

"한 번에?"

"그라제!"

"참말이여?"

"나가 뭐던디 느헌테 그짓부렁을 허야? 계동이 느는 송방울 맹키로 멋들어진 소리꾼이 돼서 콩엿을 열 개씩 먹어뿔 것이여, 두고 보랑께! 긍까 산 넘어서 계속 북쪽으로 가잉? 한양으로 가란 말이제."

"석이가 이 산에 호랭이 있다 혔는디?"

"아녀, 착호갑사도 여 왔다가 허탕만 치고 갔쓰야. 것은 극정허덜 마."

"을매나 가야 되는디, 한양?"

"긍께…… 거시기…… 보름씩 딱 두 번만 걸으. 쎄가 빠지게 강 걷기만 혀."

대개 씨종들의 삶이 그러하듯, 평생 십 리 밖으로는 나가본 적도 없는 억삼이었다. 제일 멀리 간 것이 고작 순창이었다. 그마저도 사방팔방 경조사를 전할 때뿐이니 매우 드문 일이었다. 하니 한양은 그가 생각할 수 있는 가장 먼 곳이었다. 도망노라면 나이 따윈 상관없이 어떻게든 잡아 와 경을 치는 웃전이니, 한양 정도는 가야 안심을 할 수 있을 것이다.

"싸악 신분갈이를 혀뿌려야 돼, 알긋냐잉? 즐대 담양서는 안 살았다 혀. 김진사 으르신을 느는 알도 몬하는 거여. 별채 도련님맹키로 말도 간질간질허게 하고잉? 이름도 계동이라 혀면 막바루 작살이 나부는 것이여."

"그람 뭐라 혀?"

"……경숙이라 캐. 이경숙."

폐병이 들어 별채에 머무르던 한양 도련님이 억삼에게 어지간히 인상 깊었던 모양인지, 이 절체절명의 순간에 그는 대뜸 그 이름을 댔다. 누가 전라 향리 집안의, 그것도 씨종 아들놈을 알랴. 하나 억삼이 살아온 세상에서 김진사는 실로 대단한 인사라, 어떻게든 몸을 사리라고 아들을 닦달할 뿐이었다. 그때, 또 한 무리의 역병 환자들이 줄줄이 엮여 울타리 안으로 내쳐지고 한바탕 소란이 들끓었다. 죽어서까지 욕을 먹어야 하는 딱한 송장들 위로 기어이 어둠이 내려앉았다. 점점 짙어지는 어스름이 억삼의 심곡을 쥐어짜는 듯했다. 거칫한 산울타리 밖으로 거화炬火가 놓이자 그는 저고리 안쪽에서 급히 얼레빗 하나를 꺼내들었다.

"이거 알제? 느 엄니 액막이. 이거슬 꼭 쥐고만 있음 느는 무사혀. 극정허들 마. 알었제?"

마지막을 직감한 계동이 그렁그렁한 눈을 하곤 자꾸만 아비 품에 달겨들었다.

"아부지이!"

"아따, 워째 그려! 자꾸 치대믄 나짝이 석이 할망처럼 된당께! 나가 쩌그 저 불대접을 콱 꼬꾸라뜨려버릴랑께, 관군 아재

들 얼레벌레헐 때 쩌 가생이루다 내빼는 거여, 잉?"

날벼락 같은 생이별에 아비도 목구멍이 먹먹했다. 하나 제가 약해지면 맘을 다잡은 계동이 다시금 제 팔에 매달릴 것이라 억삼은 퍼석한 낯짝으로 희미하게 웃어 보이기까지 했다.

"이 애비가 장담혀, 계동이 느는 꼭 대단헌 소리꾼이 되불 것이여! 암만!"

눈뿌리가 뜨끈해져서 억삼은 얼른 뒤를 돌아 거화 쪽으로 내달렸다. 망설임 없는 신체가 빽빽한 탱자나무 울타리를 대차게 들이받았다. 쿠당탕탕탕! 지근거리에 놓였던 불대접 삼발이가 요란하게 쓰러졌다. 시체 소각을 위해 쌓아둔 나뭇단 쪽이었다. 듬성듬성 번을 서던 나졸들이 우왕좌왕하는 사이 돌개바람을 탄 불길은 금세 땔감으로 옮겨붙었다. 치솟는 화세에 일대가 수라장이 된 건 순식간이었다. 병자들의 이목이 몽땅 화마에 쏠렸으나 억삼은 수백의 시선을 거슬러 계동을 돌아보았다. 하나 아비의 애끓는 당부가 다 어디로 가버렸는지, 아들은 놀라 넋을 뺀 채 굳어 있을 뿐이었다.

'뭐다냐! 싸그싸그 가세불잖고! 언능!'

급박한 아비의 낯을 본 계동이 그제야 휙 뒤돌았다. 그리고 얼기설기 엮인 탱자 나뭇가지 사이로 날래게 몸을 욱여넣었다. 곧 울타리 너머로 나타난 조막만 한 등짝을 억삼은 조용히 응시하였다. 지체없이 멀어지는 그 뒷모습이 용솟음치는 불덩이 안에서 자글자글 일그러졌다. 그 위로 별가루처럼 슬금슬금 불티가 흩날렸다. 그것이 이내 어리숭한 점 하나로 사그라들자 억삼의 안면이 비로소 확, 일그러졌다.

"흐으윽! 끄윽, 끅."

꾸물럭꾸물럭 꽉 다문 입술 사이로 참았던 울음이 터져 나왔다. 동시에 트실트실한 입매에 선연한 미소가 어렸다. 까마득한 옛날부터 대대로 내려온 씨종의 고리가 역병으로 끊긴 것이 참으로 역설이었다. 억삼은 그날 밤을 넘기지 못하고 홀로 이승을 떴다. 두창이 아닌 동사였다.

두꺼비집 짓기

아비 같은 사람

"옴메, 짠한그. 으짜쓰까."

게슴츠레 뜬 계동의 시야에 처음 잡힌 건, 머릴 대충 밀고 누더기 승복을 입은 스님이었다. 그 얼굴이 어찌나 까만지, 팔먹중 탈바가지를 뒤집어쓴 듯했다.

"일라서 요것 좀 묵어봐, 잉? 뜨신 것이 드가면 정신이 날 것이여."

벌떡 상체를 일으킨 계동은 팔먹중의 손에 들린 조롱박 바가지를 뺏다시피 하여 냅다 입에 들이부었다.

"겁나 빨라분디? 한 그릇 더 할텨?"

고개를 끄덕인 계동은 멀건 풀죽을 고깃국이라도 되는 양, 맛있게 비워냈다. 고추바람에 땡가당땡가당, 댕그르르르……
풍경 소리가 요란했다.

"여는 내 암자여. 내는 중이고. 느는 이름이 뭐다냐?"

"계…… 경숙이요."

"계경숙?"

"아뇨, 이경숙이요."

"며쌀?"

"아홉이요."

"아부지 엄니는?"

"……."

"뭐다려고 산에 왔으?"

"한양 갈라고요."

"그 가서 뭐다려구?"

"소리꾼 될라구유. 근디 여서 멀으, 한양?"

빈 바가지를 치우며 팔먹중은 계동을 아래위로 훑어 내렸다. 꺼먼 낯짝에 의미심장한 미소가 번졌다.

"겁나 멀긴 헌디…… 마침 나가 아는 불자가 한양 간다던디, 따라나설껴?"

산기슭에, 안성에서 온 남사당패가 진을 치고 있었다. 화정패라 불리는 그들은 한양 일대에 역병이 돌아 남쪽으로 피난을 왔는데, 아래쪽에서도 역병이 창궐하는 바람에 이곳에 발이 묶인 참이었다. 너른 공터를 차지하고 얼망놀망 연습을 하는 그들을 팔먹중은 어렵잖게 찾아내었다.

"경숙이 니는 쩌짝 가서 쪼매 놀구 있어잉?"

"예."

"아따, 얼굴 한번 겁나게 좋아 뵈네. 잘 계셨으요잉?"

20

팔먹중은 너럭바위에 앉은 꼭두쇠를 알은체하며 넉살을 부렸다.

"에잇! 끗발이 개끗발이니 이딴 놈들만 꼬이지!"

인사는커녕, 중지가 없는 손으로 점 통에서 죽간을 뽑다 말고 꼭두쇠가 버럭했다. 연습하던 패거리들이 설렁설렁 손을 놀리며 이쪽을 힐끗거렸다.

"뭐 구경들 났어? 땡추 처음 봐? 다들 제대로 안 해!"

괜한 불호령에 호기심 어린 시선이 후다닥 흩어졌다. 뱅글뱅글 돌아가는 사물놀이패를 홀린 듯 보는 계동 옆으로, 웬 계집아이가 다가와 앉았다. 꼭두쇠의 딸, 비금이었다. 동갑내기 두 아이는 금세 동무가 되었다. 계동은 기다란 술이 달린 소구와 탈바가지에 정신이 팔려 제 일신을 두고 흥정이 오가는 줄도 몰랐다.

"쩌그…… 쟈, 워뗘?"

"미친놈! 나한테 또 애 송장 치라고? 당장 안 꺼져?"

대찬 축객에도 팔먹중은 언죽번죽 꼭두쇠 옆으로 궁둥이를 들이밀며 속살거렸다.

"에이, 쩌번 그놈은 나가 허벌나게 미안혀요잉. 그르케 급허게 삼도천을 건널지 누가 알았겠어? 완전 나무아미타불 관세음보살이제잉. 그려서 나가 속죄의 의미루다가 이 거시기헌 놈을 데불고 온 거 아녀요잉. 원래 열 푼은 받어야 쓰는디, 특별히 꼭두쇠헌티는 딱 닷푼만 받을랑께."

"아, 썩 꺼지라니까!"

쌩하게 뒤돌아선 꼭두쇠에게, 나무 사이에 줄을 매며 줄광대 묵호가 툭 말했다.

"받자, 쟤."

"뭐? 저런 비쩍 골은 놈을…… 왜?"

"줄 타게 생겼다."

풍물이든, 버나든, 덜미든 광대들은 뜬쇠를 필두로 최소 두세 명의 삐리를 두고 무리를 지었으나 줄꾼 묵호만 혼자였다. 꼭두쇠가 박해서가 절대 아니었다. 줄타기라는 것이 흑죽학죽할 수 없는 혹독한 훈련이라서 그런지, 뽑아놓은 아이마다 그렇게들 도망을 쳤다. 벌써 세 명의 삐리들이 도망가고 결국 혼자 남은 묵호였다.

"경숙아! 우리 경숙이 욜로 좀 와봐잉."

번뜩 나타난 귀인 덕에 팔먹중의 만면에 부처의 웃음이 솟았다. 하나 계동은 제 이름이 불린 줄도 모르고 놀이 삼매경이었다. 땡중은 계동의 등짝을 어르듯 후려갈기며 일으켜서는 즉각 묵호 앞으로 대령하였다.

"지도 야를 딱 보고는 으미, 요놈은 땅에서 빠지락거릴 놈이 아닌디 혔소. 와따 실헌그……."

팔먹중은 계동의 바짓단을 싹 걷어 올려 알종아리를 쓱쓱 쓰다듬곤 탁탁 치며 선을 보였다. 그러곤 계동에게 사근하게 말을 붙였다.

"경숙아, 니 소리허고 싶다 혔지? 줄을 타잖애? 그람 소리를 헐 수가 있으."

"참말로요?"

"땅에 멀뚱허게 뻣대고 서서 허는 게, 그게 뭔 소리여? 허공

중에 훨훨 날면서 소릴 허면 을매나 멋질 것인디! 그니께 소리
를 하려면 일단 줄을 배워야 되는 거제, 뭔 말인지 알긋제? 요
한번 올라서봐잉."

요상한 논리로 계동을 설득한 팔먹중은 어른 허리 높이로
걸린 줄에 다짜고짜 아이를 올려세웠다. 계동은 나름 줄 위에
서 중심을 잘 잡았다. 꼭두쇠와 묵호의 눈빛이 오고갔다. 꼭두
쇠가 대뜸 소리쳤다.

"한 푼!"

계동의 오른손을 꼭 붙들고 살뜰히 균형 잡는 것을 돕던 팔
먹중이 꼭두쇠 앞으로 한달음에 달려왔다. 대차게 후려친 가
격에 검은 낯짝이 험악해졌다. 본색이 드러났다.

"옘병, 워디 애 앞에서 몸값을 흥정하고 지랄이여, 지랄은!"

"애도 알아야지. 지 처지를."

"똥개도 한 푼은 더 받아부러, 똥개도. 월월 짖기만 혀도 한
푼이라고!"

"싫음 말고."

"왐마, 환장허겄네."

까까머리부터 턱 밑까지 연거푸 마른세수를 한 팔먹중이 손
가락 세 개를 펼쳐 보였다.

"서 푼!"

꼭두쇠는 대꾸가 없었다. 저 혼자 동전 하나를 던지고 받길
반복할 뿐이었다. 꺼먼 중의 미간이 확 구겨졌다.

"대애단헌 염전 나부랭이 나셨구만. 시방 소금쟁이가 어금
니를 깍 깨물고 오열을 허겄어!"

결국 똥 씹은 표정으로 한 푼을 낚아챈 팔먹중이 물었다.

"은제 떠?"

말이 짧았다.

"내일 당장. 역병 때문에."

"그람 낯짝을 맞댈 일이 더는 읎어부네? 산중서 콱 꼬꾸라
져서 대갈빡이 조사지등가 말등가, 강가서 까마구헌티 눈깔이
팍 뽑혀 먹히등가 말등가."

뒤끝이 길었다. 타령마냥 악담을 짓거리며 팔먹중은 멀어졌
다.

길 떠난 화정패는 안성으로 올라가는 부락마다 판을 벌였
다. 촌장에게 허락이 떨어지면 꼭두쇠는 비금에게 색동저고리
를 입혀 무동을 태웠고, 패거리들은 그 뒤에서 꽹그랑꽹그랑
풍물을 치며 고을로 짓쳐들었다. 한바탕 거방지게 놀아 재끼
니 어딜 가나 펄럭이는 깃대 밑으로 사람이 모여들었다. 뒤숭
숭한 시절, 궁굅한 살림에도 신바람을 탄 부락민들은 십시일
반으로 막걸리 한 바가지, 보리 한 됫박, 나물 한 가지씩은 내
놓았으니 패거리들도 최소한 배는 곯지 않았다. 묵호는 계동
을 묵묵히 챙겼다. 화정패에서 반 의원 행세를 하는 그는 놀이
판이 없으면 늘 산과 들을 쏘삭거리며 약초를 캤다. 매일 밤
계동의 발바닥엔 이름 모를 약초들이 짓이겨져 발라졌다. 산
발적으로 계속되는 역병은 화정패의 발목을 끈덕지게 붙잡고
늘어졌다. 전주를 거쳐 대전까지 한 해, 천안을 거쳐 수원까지
오는 데 또 한 해가 갔다. 계동은 땔감을 해오고 불을 지피는

허드렛일은 물론이요 줄 손질에도 두각을 나타내며 제 몫을 톡톡히 했다. 곧 장대 없이도 줄을 탔다. 역시 묵호의 눈썰미는 보통이 아니었다. 드디어 본거지인 안산 화정골에 도착했을 때, 계동은 줄 위에서 자유자재로 노닐 정도가 되어 놀이판에서 잠깐씩 재간을 선뵈기도 했다. 다람쥐마냥 날랜 삐리는 구경꾼들의 관심을 제법 끌었다. 그렇게 계동은 이 년 만에 아비의 유언대로 경숙이란 이름으로 한양 말씨를 익혀 한양 근처에 살게 되었다. 담양을 안다는 말은 절대 입 밖에도 꺼내지 않았다. 아니, 묻는 이도 없었다. 이제 소리꾼이 되는 일 하나만이 남았다. 찢어지게 매미가 울어대는 신묘년 여름이었다.

세상이 흉흉하여 도성에도 일이 없었다. 한데 몇 년 만에 치러진 과거가 사당패를 살렸다. 탁방坼榜이 나고, 급제자들이 일가친척들을 초대하여 몇 날 며칠 문희연을 연 터라 화정패도 간만에 한몫 잡아 바쁘게 판을 벌였다. 마지막 놀이를 끝내고 술과 음식까지 넉넉하게 받아 화정골 움집으로 돌아왔을 때, 패랭이를 쓴 남자 하나가 평상에 앉아 그들을 기다리고 있었다.

"자네가 화정패의 꼭두쇠인가?"

"예."

"좀 들어가지."

떠들썩하게 움집으로 들어서던 패거리들이 심상찮은 사내의 등장에 소리를 낮춰 쑤군대었다. 그들의 시선을 뒤로하고 꼭두쇠는 정체 모를 손님을 허름한 흙방으로 모셨다.

"나는 구용천 어르신 댁의 청지기이네."

"구 용 자 천 자······ 어르신 말씀입니까요?"

부리부리한 꼭두쇠의 눈이 휘둥그레졌다. 구용천이 누구던 가! 소리꾼 구학성의 장자이자 이름마냥 아홉 마리 용이 승천 하듯 소리를 뽑아내어 임금으로부터 정삼품 통정대부通政大夫 까지 하사받은 명창이 아니던가? 명실공히 구씨 일가를 대표 하는 그의 집을 소리고개라 부를 정도였다. 그런 대단한 창꾼 의 수하가 왜 날 찾아온단 말인가?

"무슨······ 일이신지······?"

"거두절미하겠네. 어린 줄광대, 내게 팔게."

"경숙이 말씀입니까요?"

"이름이 경숙이던가? 나이는?"

"이제······ 열하나 되었습죠. 한데 어찌······?"

"어르신의 수동을 구하고 있네."

괴이한 일이다. 귀동냥이라도 시킬 요량으로 제 자식을 소 리고개에 들이미는 이들이 줄을 섰을 터인데 어찌 사당패에 와서 애먼 줄꾼을 찾는단 말인가? 꼭두쇠가 고개를 갸우뚱하 자 청지기가 설명을 늘어놓았다.

"이제 약관이 되신 어르신께서 성미가 불같으시고 까다롭기 이를 데 없으시니 배겨나는 수동이 없어. 진즉에 집안의 종놈 이란 종놈들은 죄다 내치셨고 밖에서 들여온 아이들도 열흘을 못 가 쫓겨날 정도지. 한데 그저께 문희연에서 경숙이란 아이 의 줄놀음을 보시더니 대뜸 마음에 든다 하시질 않겠는가? 어 르신 눈엔 그놈이 날래고 근성 있게 보였는지 말이야."

진한 돈 냄새를 맡은 꼭두쇠는 벌렁대는 심장을 애써 가라

앉히며 오히려 펄쩍뛰었다.

"온 사방에 방이 나붙은 걸 못 보셨습니까요? 조정에서 인신매매를 엄히 금하고, 철저히 단속까지 한다는데 어찌 이러십니까요!"

"그건 걱정 말고. 자네 말대로 수동을 자처하는 아이가 어디 한둘인 줄 아는가? 그 정도는 능히 무마할 수 있지."

"그래도 안 됩니다! 경숙이는 앞으로 화정패를 책임질 놈이란 말입니다."

팩 돌아앉으며 꼭두쇠는 되록되록 눈알을 굴렸다. 열 냥이라고 질러나 볼까? 아니다, 그 돈이면 체격 좋고 짱짱한 이팔 머슴 중에서도 역사カ士를 살 수도 있잖은가. 그럼에도 구용천이 딱 경숙이를 찍었다니 청지기도 박하게는 못 할 터, 꼭두쇠는 별안간 공돈이 굴러 들어올 참이라 꿀떡 군침을 삼켰다. 마음은 이미 투전판에서 패를 쥐고 있었다. 노름을 하느라 아내도 팔아먹고, 손가락까지 잃었으면 이제 정신 차릴 때도 되었건만, 그놈의 노름병은 나을 기미가 없었다. 큰 판에 끼고 싶어 미치겠는데, 끼어 앉기만 하면 돈을 열 배, 백 배로 불릴 자신이 있는데 먹고 죽을 돈도 없어 병이 난 참이었다. 그가 설핏 되돌아 앉으며 가운뎃손가락이 없는 손으로 손사래를 쳐댔다.

"에이, 안되겠습니다, 돌아가십쇼! 경숙이는 제 아들놈이나 진배없습니다!"

"어르신께서 어디 남의 아들을 무작정 데려오라 하셨겠는가?"

묵직한 두루주머니가 떨어졌다. 속을 확인한 꼭두쇠의 눈이 휘둥그레졌다. 자그마치 스무 냥이었다. 이것이 제 주둥이에 첫대를 채우는 값이라는 걸, 꼭두쇠는 본능적으로 직감하였다. 잠시 잠깐 갈등은 됐다. 경숙이가 혹여 저 댁에 갔다가 흉한 일을 치르는 건 아닌가 하고. 묵호를 설득하기도 쉽지 않을 것이다. 지난 이태간 그가 경숙일 얼마나 애지중지했던가. 평생 혼자 살겠다 다짐한 이가 자식 하나 두지 못하는 것은 못내 아쉬운 모양인지 경숙이를 꼭 아들처럼 챙긴 묵호였다. 그가 아무리 애살맞은 성격이 아니라 해도 누구나 그 애정의 크기를 느낄 수 있었다. 그러나 푸더덕, 꼭두쇠는 도리질 쳤다. 제가 언제부터 남 사정까지 봐주는 인정스러운 인간이었단 말인가? 별 꼴같잖은 오지랖은! 그는 두루주머니를 허리춤에 꿰차며 벌떡 일어섰다.

"경숙아!"

의외로 순순히, 묵호는 계동을 보냈다. 소리꾼이 되겠다 노랠 부르던 계동이 명창가의 수동으로 가니, 저 하나 안타까운 마음쯤은 굳게 접기로 한 모양이었다. 그토록 무뚝뚝한 사내가 조그만 아이에게 퍽도 정을 줬었던 모양인지, 떠나는 뒷모습은 차마 못 보겠다는 듯 묵호는 돌아앉았다. 계동 역시 그의 곁을 떠나는 게 쉽지 않았으나, 당장은 웃전을 잘 모셔서 꼭 명창이 되겠단 마음뿐이었다. 죽은 아비의 유언까지 떠올린, 굳은 다짐이었다.

중장

계묘년, 한양
(14년 후)

정월 대보름

풍물놀이

조선 최고 어름사니, 이날치

겨울 볕 아래, 열댓 척의 배가 줄지어 들어와 장관이었다. 한양의 제일 번화가 삼개나루였다. 이르게 강이 녹아 때아닌 뱃길이 열리고, 장시까지 선 터라 난장이 벌어졌다. 막 도착한 나룻배에서 봉물짐을 내려 나귀에 나눠 싣는 짐꾼들하며, 도강을 위해 나룻배를 기다리는 장사치들하며, 그들이 열 맞춰 늘어놓은 보따리들하며, 조악한 물건들로 벌어진 난전하며, 갓잡은 생선을 돗자리에 늘어놓은 어부들까지 한데 뒤섞여 난리였다. 나루 초입엔 투계판이 벌어져 목청 좋은 수탉 울음에 '댐벼! 그러쥐!' 하는 사내들의 환호성과 탄식이 엇갈리고, 눈먼 돈으로 재미를 보려는 창기와 작부들이 궁둥이를 흔들며 모여들었다. 그 사이를 비집은 엿장수는 넓적한 엿목판을 목에 건 채 쩔그랑짤그랑 헐거운 가위질에 맞춰 구성지게 엿 타령을 뽑아내었다.

"노긋노긋 찹쌀엿, 올깃쫄깃 멥쌀엿, 동지섣달 백설같이 사르르 녹는 흰엿, 정승나리 헐레벌떡 맨발로 뛰게 허는 호박엿, 청춘과부 홀로 누워 잠 못 잘 제 쭉쭉 빨아먹는 방울엿!"

아이 어른 할 것 없이 엿판을 흘깃대며 침을 꼴깍 삼키는데, 반대편에 쭉 늘어선 객관과 술청들은 대목을 잡아 흥성거렸다. 곁불을 쬐며 길가에서 잔술로 목을 축이던 행객들은 혁필革筆 화가의 오색찬란한 문자도文字圖를 안주 삼았다. 이름 석 자 위에 푸르른 폭포수가 쏟아지고, 굵직한 금송이 우거지고, 쌍봉황이 노닐고, 은빛 물고기가 펄쩍 튀어 오를 때마다 크아, 하는 감탄이 쏟아졌다. 야바위꾼은 보란 듯이 길 한복판에 상을 놓곤 화려한 손기술로 휙휙 찻종을 섞어대며 목청 돋워 여럽을 켰다. 그 귀신같은 손놀림에 정신이 팔린 인파 사이, 누더기를 걸친 각설이패가 동냥도 할 겸, 염낭쌈지도 슬쩍할 겸 새새틈틈 사위를 훑으며 어슬렁댔다. 그 와중에 세곡 수송까지 시작되어 뾰족창을 든 포졸들까지 발맞춰 오가니 얼핏 사변事變을 방불케 했다. 지이이이잉…… 이 야단법석 난리 통에 나루터 끄트머리에서 징 소리가 울려 퍼졌다. 조선 제일 남사당, 화정패였다. 둥그런 쇠 울림을 따라 뭇사람들이 몰려들었다. 그저 호기심에 기웃대는 행객들도 있었지만 대부분은 새벽부터 나와 좋은 자리를 선점한 화정패의 추종자들이었다. 높다란 정자 위에서 장죽을 태우며 도선을 기다리던 양반님들마저 얼쯤얼쯤 일어서 놀이판을 흘끗거렸다.

꽹꽤꽹꽹 꽹꽹꽤꽹! 번개처럼 하늘의 문을 열며 꽹과리가 짓쳐들자 뒤이어 징, 장구, 북, 소고가 폭풍처럼 휘몰아쳤다.

풍물패는 부지런히 손을 놀리고, 왕골 위에서 빨딱빨딱 발을 구르며, 동시에 고개를 까딱여 상모의 백지 오리까지 쌔액쌔액 돌려대었다. 짜랑짜랑 돌아가는 징채에 맞춰 악기들은 서로 치고, 찌르고, 두드려대다가 장단을 주거니 받거니, 당겼다 밀쳤다, 또 엉클어뜨렸다 모았다 하며 자유자재로 장난을 쳐댔다. 쩌렁한 쇠발림이 박차를 가하며 박력 있는 휘모리장단이 시작되었다. 풍물패의 뺑뺑이질이 빨라졌다. 그들이 몸통에 둘러찬 청홍 색띠가 너풀너풀 요동을 쳤다. 어느새 합류한 날라리 소리가 방정맞게 난장을 휘저었다. 멍석을 첩첩이 에워싼 구경꾼들은 덩실덩실 어깨를 들썩이고, 다릿짓으로 각을 맞추며 '어얼쑤!', '조오타!' 추임새를 뱉어냈다. 풍물의 신명을 이은 것은 버나였다. 길고 얇은 앵두나무 가지 위에 널따란 사기접시들이 빙글빙글 돌아갔다. 곧 떨어질 듯 설렁설렁 돌아가는 것도, 균형이 안 맞아 비스듬히 한쪽으로 쏠린 것도 있었다. 버나꾼들은 하다 하다 홍두깨로 커다란 쟁반을 돌리질 않나, 곰방대로 개다리소반을 돌리질 않나, 식칼 위에 백자대접까지 올려놓고 돌려대었다. 또 그것을 높이 던져 서로 주거니 받거니 해대니 노인 아이 할 것 없이 엉덩이를 들썩거리며 앉지도 서지도 못한 채 '저, 저놈! 저놈 떨어진다!' 하며 손가락질을 해댔다. 버나판이 걷히자 땅 재주넘기, 살판이 이어졌다. 희끗희끗 공중제비를 돌며 날래게 등장한 쌍둥이 살판쇠는 붉은 토시에 붉은 행전을 친 똑같은 차림이었다. 벌겋게 달군 숯을 펼쳐놓고 그 위를 번쩍번쩍 내달리는 번개뜀뛰기, 불구덩이를 쏜살같이 통과하는 곤두치기, 숯과 불구덩이를 거꾸

35

로 톡톡 튀어 지나가는 숭어벼룩 뛰기 등등 점점 더 아슬아슬한 땅재주가 펼쳐질 때마다 예서제서 휘익, 휘익 휘파람을 불어댔다. 살판쇠들은 똑같은 개구리뜀으로 펄쩍거리다가 그만 합이 망가져 낭심을 다치는 시늉으로 넉살까지 부려가며 빽빽이 붙어 앉은 좌중을 들었다 났다 하였다. 이내 노친네탈, 격쇠탈, 먹중탈, 상좌탈이 각각 꽹과리, 징, 장구, 북을 울려대며 만담과 재담을 펼치는 덧뵈기가 펼쳐지고 뒤이어 한물간 꼭두각시놀음 대신 요즘 유행하는 칼춤이 선을 보였다. 꿩 깃털을 꽂은 전립에 흑철릭을 떨쳐입은 비금이었다. 기생들이 추는 여릿하고 유연한 여성 검무가 아니었다. 처용무마냥 절도와 살기가 쩌렁한 남성적 검무였다. 두 자쯤 되는 쌍수도가 짜랑짜랑 돌아가다 맞부딪치고, 예리한 칼끝이 허공을 베어내며 위잉위잉 울어댈 때마다 겹겹이 둘러선 관객들 사이에서 박수가 터져 나왔다. 한바탕 놀이가 흐드러지고 드디어 화정패의 백미인 마지막 순서가 되자 사위가 이상하리만치 고요해졌다. 시끌벅적 흥을 즐기던 인파들이 하나같이 두 손을 맞잡아 앙가슴에 얹곤 목을 꺾어 하늘을 바라봤다. 천공을 가로지르는 건, 그 어디에서도 보지 못한 대형 줄이었다. 보통 줄보다 딱 두 배 길고 덩달아 두 배 높아 까마득했다. 그토록 위험천만한 말랑줄을 탈 수 있는 광대는 조선 천지에 단 한 명, 이날치뿐이었다.

"히야!"

줄꾼의 등장만으로도 장내가 술렁였다. 계집애들은 저들끼리 찰싹찰싹 팔뚝까지 때려가며 생난리를 쳐댔다. 수려한 얼굴에 신체까지 훤칠한 이날치는 한눈에 봐도 뭇 광대들과 전혀 달랐다. 줄꾼들은 주로 흰 광목옷을 지어 입고 하체의 중심을 잡기 위해 발목에 각반을 찼다. 기껏 하는 치레가 패랭이에 종이꽃을 매다는 정도였다. 한데 이날치의 입성은 멀끔하다 못해 고상하였다. 작금도 흰 도포에 쪽빛 쾌자를 칼같이 다려 입고 허리엔 은사 세조대를 맨 채였다. 청신한 면상 위에 반듯하게 올려 쓴 갓은 반짝반짝 윤이 나는 진사립眞絲笠이요, 게서 묵직이 늘어져 찰랑이는 건 옥구슬 주영珠纓이었다. 손엔 참하게 쥘부채를 들고 새하얀 버선발은 자늑자늑 삼줄을 밟아대었다. 그가 소소리 높은 줄 위에 우뚝 서자, 도포 자락이 바람의 향방을 가늠하듯 아늘아늘 펼쳐졌다. 그 모습이 참으로 그윽하여 시쳇말로 '줄순이'라 불리는 날치의 추종녀들은 벌써부터 입을 틀어막으며 탄성을 내질렀다. 천한 광대에게서 선비의 기품까지 느껴지니 참말 신기한 일이 아닐 수 없었다. 날치가 줄 밑의 세상을 주욱 훑으며 묵직한 음성으로 아랫것을 불렀다.

"애, 방자야."

"예이."

한껏 등을 구부리고 비굴한 자세를 취한 묵호가 날치의 반대편 줄 끝에 동동거리며 올라섰다. 쥐똥 눈에 짤똑하게 치켜 그린 눈썹, 그 위론 다 찌그러진 갓을 써서 어딘가 모자라 보이기까지 한, 우스꽝스러운 분장이었다. 『춘향전』의 이몽룡과 방자로 분한 날치와 묵호는 각각 창공의 이쪽 끝과 저쪽 끝에 서서 아득하게 서로를 마주 보았다.

"내 남원에 온 지 오래인데 놀 만한 경치를 보지 못했으니, 너의 고을에 제일 경치가 어디이냐?"

"공부허시는 도련님이 경치 찾아 무엇허시게요?"

"어허, 네가 모르는 말이로다! 천하제일 명승지 도처마다 글 귀로다. 하니 잔말을 말고 아뢰어라!"

"하면 소인의 고을에 별반 경치 없사오나 낱낱이 아뢰리다."

방자가 설렁설렁 줄로 나아가며 사방팔방으로 손날을 뻗고 까딱까딱 고갯짓을 하였다.

"동문 밖엔 녹림간의 꾀꼬리가 환호성 치니 춘몽을 깨우는 듯하옵고, 북문 밖 나가오면 교룡산성이 좋사옵고, 서문 밖엔 관왕묘 경치가 끝내주고, 남문 밖엔 광한루, 오작교, 영주각이 있사온데 어디 골라보소서!"

"너의 말대로 어디 한번 둘러볼까!"

날치가 촤르륵, 부채를 펼치자 그것을 신호로 풍물패의 연주가 시작되었다. 얼음을 타는 듯 조심스럽다 하여 줄타기를 어름이라 하던가. 어름사니의 걸음걸음이 과연 얼음판을 지치 듯 가뿐히 미끄러져 나갔다. 날치는 활활 부채질을 하며 양반 걸음으로 앞으로 쭉 나아갔다가, 얌전히 뒷짐을 지고 사뿟사뿟 뒷걸음질을 치다가, 또다시 도포 자락을 펄렁이며 곧장 앞뒤로 왔다리 갔다리를 반복하였다. 그러곤 껑뚱껑뚱 줄 위를 날 듯 뛰다가, 양반다리를 한 채 공중부양을 하듯 튀어 오르기까지 하였다. 쥘부채를 모아 쥐고 가랑이 사이로 줄을 타고 앉았다 일어나기는 기본이고, 휘리릭 재주넘기는 덤이요, 몸을 뒤채며 눈을 찡끗대는 건 끼 부리기였다. 이몽룡의 간들 걸음마다 얄포름한 도포 자락이 사방으로 나풀대며 어쩔 땐 만개한 꽃처럼 촤르르 펼쳐지고, 또 어쩔 땐 물 찬 제비처럼 쪼로록 접혀 들었다. 특히 그가 가맣게 떠올라 해를 등질 땐 언뜻언뜻 두 팔과 다리 선이 비쳐 보였다. 그 끌밋한 몸태에 사로잡힌 여인들은 희뜩희뜩 새눈을 뜬 채 볼을 붉혔다. 무심히 떨치는 손짓 하나, 줄을 튕기는 발짓 하나까지 실로 미묘하지 아니한 것이 없었으니 좌중은 벙찐 얼굴로 꿀깍 마른침만 삼킬 뿐이었다. 한참 발재간을 펼치던 날치가 돌연 줄 한가운데 건방지게 걸터앉았다. 한 다리는 늘어뜨리고, 다른 다리는 줄 위에 접어 올린 채 부채 바람을 살랑대는 그의 하는 양이 흡사 마실 나온 한량이었다. 가쁜 숨도 없이, 나른한 음성이 퍼졌다.

"방자야, 또 어디가 좋더냐?"

"또? 또 놀러 나가시게요?"

한바탕 좌중의 웃음이 터졌다. 방자는 천연덕스럽게 입술을 삐죽이며 모난 눈으로 상전을 흘겨댔다. 그러다 발이 삐끗하여 말랑줄에 대롱대롱 매달리니 이번엔 좌중이 '어이쿠야!' 하며 가슴을 쓸어내렸다.

"에잇, 그만 되었다. 내 눈으로 직접 보마."

몽룡은 기다란 손가락으로 나른하게 갓끈을 잡아 풀었다. 그 자태가 마치 옷고름을 푸는 듯 야릇하여 여염집 여인들마저 괜스레 장옷을 여미며 헛숨을 들이켰다. 벗은 갓을 묵호에게 홱 날린 날치는 줄꾼에게 생명줄이라고 할 법한 부채마저 귀찮다는 듯 내던져버렸다. 드디어 독보적인 그만의 특기를 선보일 차례였다.

"풍악을 울려라!"

지이이이잉…… 징이 대차게 첫 박을 울리자 이번엔 날라리의 높은 가락이 들까불댔다. 날치가 팔짱을 끼고 줄 끝에 서자 마치 널뛰기처럼 반대쪽에서 묵호가 깊게 줄을 튕겼다. 탄력을 받은 날치의 낭창한 몸뚱이가 창졸간에 쐐액 하늘로 솟구쳤다. 화살촉마냥 두 다리를 딱 붙인 채 하늘 저 끝에 당도한 날치는 재빨리 양팔 양다리를 쭉 뻗어 도는 쏜살재비를 펼쳐 보였다. 그뿐인가, 물구나무로 내려앉는 물구나무재비, 창공에서 뒷짐을 진 채 뒤로 돌아내리는 뒷공재비, 깊이 도약한 후 뱅그르르 몸을 옆으로 휘돌려 착지하는 회오리재비 등 어디서도 볼 수 없는 다채로운 기술을 자유자재로 뽐냈다. 야성스러운 몸짓에 그 활공 시간은 또 어찌나 긴지 숫제 비행을 하는 듯한 모양새였다. 이도령의 아슬아슬한 묘기와 점잖고도 화려한 형용 동작은 과연 좌중을 홀리기에 충분했다. 부채도 없이 맞바람을 끌어안은 위험천만한 곡예가 보는 이의 심장을 쥐락펴락하는 통에, 고난도의 재주가 펼쳐질수록 감탄과 박수가 터져 나오는 대신 장내가 더욱 조용해졌다. 북새통이던 삼개나루도 날치가 나는 이 순간만큼은, 모든 것이 멈춘 듯 고요할 따름이었다. 막간도 없이 시종일관 휘몰아친 날치의 어름이 모다 끝나자 삼개나루가 떠나갈 듯 우레와 같은 박수와 환호성이 터져 나왔다. 남복 바지저고리에 두건을 질끈 동여맨 비금이 광주리를 들이대는 족족 와르르, 엽전이 쏟아져 들어왔다. 그새 줄순이들은 판을 빠져나가는 날치 주변으로 벌떼처럼 몰려들어 옷자락이라도 한번 잡아보겠다 난리법석이었다. 대부분 이팔도 안 된 계집애들이건만 그 손아귀가 어찌나 우악스러운지 옷 귀퉁이가 찢어지는 건 다반사요, 갓을 벗기고 아예 상투째 머릴 틀어잡아 머리카락이 뭉텅 뽑혀 나간 적도 있었다. 상황이 이렇다 보니 놀이가 파할 때마다 풍물패가 동그랗게 날치를 에워싸고 보호막을 쳤다. 역시 도성 최고의 어름사니 이날치였다. 그 이름은 줄 위에서 노는 그가 마치 수면 위로 비행하는 날치 같다 하여 붙여진, 계동의 예명이기도 했다.

화정패가 작금이야 여덟 명뿐이라 다들 탈 쓰고 재주넘고, 북 치고 나팔 불며 일인삼역씩을 해낸다지만, 한창이었을 땐 스무 명을 넘기기도 하였다. 여러 재인才人들이 들고 나도 결국은 분야별로 뭉치게 되는지라 묵호와 날치는 그 긴 시간 동안 서로에게만 의지하였다. 마흔 줄에 접어든 묵호는 닳아 빠진 관절에도 날치를 빛내기 위해 어릿광대로 줄 위에 섰다. 거칠한 삼 껍질로 줄을 꼬아 대규모 녹밧줄을 만들어내고 또 안전하게 설치하는 것도 그의 몫이었다. 구용천의 수동으로 팔려갔던 계동이 다시 사당패로 돌아왔을 때, 아무 말 없이 그를 품어준 것도 묵호였다. 그 두 해 동안 당최 무슨 일이 있었는지, 붙임성 있고 잘 웃던 계동은 말도 표정도 모다 잃은 껍데기가 되어 있었다. 벙어리마냥 입도 뻥끗 안 했다. 보지 않아야 할 것을 보고, 듣지 말아야 할 것을 들은 듯, 소년은 멍하게 넋을 놓았다가 갑자기 끄윽끄윽 울음을 토해내기 일쑤였다. 자꾸 줄 위로만 기어 올라갔다. 줄 아래에 천 길 낭떠러지라도 있는 듯, 죽기 살기로 줄에 매달렸다. 그렇게 딱 삼 년이 지나자 그는 출중한 어름꾼으로 거듭났다. 그런 날치의 인기가 화정패의 유랑생활을 청산하는 원동력이 되었으니 패거리들도 그를 마냥 질투만 하진 않았다.

놀이를 파한 화정패는 다들 싱글벙글이었다. 여태껏 용마산이며, 덕양산이며, 관악산이며 도성 밖 산기슭만 전전하였으니, 원래 같으면 무거운 소품과 풍각 제구들을 이고 지고 집으로 돌아가는 게 한나절이었다. 한데 드디어 한양 용골로 이사를 와 노박이로 살게 된 것이었다. 용골머리에 위치하여 용두재라 불리는 이 집은 비록 오래 방치되어 다 쓰러져가는 낡은 기와집이었으나 무려 부마도위駙馬都尉인 채상록의 생가였다. 어떻게 된 일인고 하니, 용골 일대가 왕실의 사냥터로 지정되어 금줄이 쳐지고 무섭게 집들이 헐렸으나 '의빈儀賓의 생가는 예외를 두라'는 어명으로 이 빠진 사기그릇마냥 용두재만 덜렁 남게 된 것이었다. 스산한 솔밭에 외따로 남은 구옥이 팔리지도, 세가 나가지도 않는 것은 당연했다. 말이 기와집이지 참흙으로 만든 검은 기와는 삭을 대로 삭아 빗물에 흘러내렸고, 조잡한 잡석으로 올린 담은 군데군데 허물어졌다. 초라하다곤 하나 제 유년 시절을 고스란히 간직한 옛집이 흉가처럼 스러져가는 것이 안타까웠던 상록은 화정패가 거처를 물색하고 있단 말에 선뜻 집을 내주었다. 그가 날치와 벗으로 지내는 사이기에 가능한 일이었다. 바깥채엔 화정패 식구들이, 안채엔 꼭 두쇠와 날치가 각방을 잡고 들어왔다. 그리고 안채 뒷골방에

42

한 명이 더 있었다. 백연이었다.

"아이 씨! 이 집은 다 좋은데 저게 싫다니까, 저게!"

삐죽한 키에 차림새며 몸짓까지 딱 선머슴 같은 비금은 이고 지고 온 소품들을 대청에 꽝, 내려놓으며 눈깔을 부라렸다. 그런 딸년의 입을 급히 틀어막은 건 꼭두쇠였다. 하나 중지에 이어 검지마저 잘려 나간 헐렁한 손으로는, 입술 한쪽도 제대로 막아지지 않았다.

"야, 이년아! 다 듣겠다!"

"놔! 들으라고 말하는 거야. 부친이 봐도 저건 인간이 아니라 귀신이지? 주당귀신!"

"조용히 못 해? 귀머거리는 아니랬어, 눈이 멀었댔지."

"일부러 안 보이는 척, 사기 치는 건지 누가 알아?"

"아, 글쎄 조동이 안 닥쳐?"

"부친은 뭘 그렇게 벌벌 떨어? 저까짓 게 뭐라고!"

"이년아, 똥이 무서워서 피하냐? 더러워서 피하지? 곡비哭婢랑 눈 맞으면 삼 년이 재수 없어. 하물며 봉사라니 저거랑은 어떻게든 안 부딪히는 게 상책이야. 내가 애들한테도 단단히 일러뒀어, 안채엔 얼씬 말고 바깥채에만 짱박혀 있으라고. 혹시 저걸 맞닥뜨리더라도 바로 눈깔 돌리고 절대 못 본 척하라고."

"어떻게 못 본 척을 해? 벌건 대낮에 허연 소복 처입고 돌아다니는데? 에잇, 오라질 년! 따라가서 소금이라도 한 됫박 뿌릴까 보다! 캭, 퉤!"

비금의 감때센 목소리가 서둘러 뒷골방으로 가는 백연의 뒤꼭지에 박혔다. 열흘 전 이사를 오곤 통성명도 하지 않은 사이건만 비금은 눈꼬리를 치뜨며 다짜고짜 백연에게 욕지거리부터 내뱉었다. 백연은 개의치 않았다. 어디 하루 이틀이던가. 자신은 숨어 살아야 하는 사람이 맞았다. 그저 비금의 말대로 보이는데 안 보이는 척하는 것이면 참으로 좋겠다, 그리 생각할 뿐이었다.

달맞이

기이한 통성명

모두들 곯아떨어진 야심한 시각. 장지문을 통과한 희뿌연 달빛 아래, 묵직한 오동나무 궤가 열렸다. 그 안에 똬리를 튼 돈꿰미가 그득그득했다. 애면글면 모은 삼백 냥이었다. 날치는 그 위에 꼬깃꼬깃한 선지 하나를 펼쳐놓았다. 관아 앞에서 몰래 떼 온 방문榜文이었다. 순간 눈동자가 뒤흔들렸다. 칠 년 전 그날이 뇌리에 스친 탓이었다.

국창 송방울을 무작정 찾아간 건 날치의 나이 열여섯의 일이었다. 주상전하께서 창악계의 보배라 칭찬하시니, 누더기 광대로 입궁하였다가 적관복에 사모관대 갖추고 당상관으로 출궁한 송방울의 일화를 조선 천지 모르는 이가 없었다. 그런 대단한 명창의 제자가 될 수만 있다면 어떤 허드렛일도 마다하지 않으리라, 날치는 군은 다짐과 함께 토막소리 하나를 연습해 간 터였다. 하나 송선생이 어디 저 같은 어중이떠중이가 독대할 수 있는 인물이던가. 하루 이틀 있는 일이 아닌 듯, 되도 않는 고집을 부리는 소년에게 늙은 청지기가 한마디 했다.

[돈은?]

송선생의 제자 모두가 기백 냥씩의 수업료를 내는 양반 자제라며 청지기는 끌끌 혀를 찼다. 재능 없는 제자는 봤어도 돈 없는 제자는 못 봤다며 더군다나 천한 신분으론 어림 반 푼어치도 없다 단언하였다. 날치는 시뻘게진 얼굴로 목례를 하는 둥 마는 둥 하고 도망치듯 몸을 내뺐다. 수발을 들든 땔감을 하든, 몸으로 때우겠단 각오가 몹시도 수치스러웠다. 그날부로 날치는 돈 벌 궁리를 했다. 이미 줄꾼으로 이름은 알렸으나 큰 돈을 모으려면 파격적인 무언가가 절실했다. 하여 치명적 위험을 감수한 채 대형 줄을 걸고, 발바닥에 피가 나도록 특기를 연마하였다. 줄 위에서 시시껄렁한 음담패설을 하는 뭇 줄꾼들과 차별화를 두려고 소리를 응용한 줄재담을 지어냈다. 거기에서 그치지 않고 말쑥한 선비치레까지 하니 순식간에 유명세를 탔다. 우후죽순 줄순이들이 생겨났다. 그제야 꼭두쇠는 날치의 몫을 떼어주었다. 하나 정작 날치는 인기를 믿지 않았다. 까닭 없이 추켜세워졌다가 순식간에 매도당하는 것이, 새벽녘 서리처럼 흔적도 없이 사라지는 것이 인기가 아니던가? 그에게 줄은 그저 생업이었다. 소리꾼이 되기 위한 돈벌이. 그는 돈궤가 묵직해질수록 더더욱 열심히 소리판을 쫓아다니며 명창들의 소리를 듣고, 사설을 익히고, 무던히 북장단을 연습하였다. 추우나 더우나 목청을 보한다는 모과차를 끓여 마시는 게 습관이 되었다. 돈 없는 제자는 절대 불가하다 했던, 천것 따위 안 받는다 했던 송선생 댁 청지기의 말은 날치의 유일한 희망이 되었다. 벌써 스물하고도 셋, 세월이 야속했으나 드디어 방이 붙었다. 팔월 마지막 날, 홍법사에서 면천첩免賤帖을 판다는 것이었다. 기어코 올여름엔 면천을 하고 당당히 월사금月謝金을 든 채 금강산에 은거하는 송방울을 찾아가리라. 딱 반년 후엔 인생이 송두리째 바뀌는 것이렷다. 상상만으로도 벌써 명치가 따끔하여 날치는 서느렇게 식어 빠진 모과차를 한입에 털어 넣곤 방문을 박차고 나갔다.

마당을 가로질러 매어놓은 연습 줄이 반달 아래 금사마냥 빛났다. 밤이슬이 얼어붙어 더욱더 그러하였다. 키 큰 산딸나무에 매어놓았기에 웬만한 남자가 힘껏 도약하며 팔을 뻗어도 잡히지 않을 아득한 높이였다. 날치는 한달음에 그 위로 쫄렁 올라섰다. 그리고 깍지 낀 손으로 뒤통수를 받치며 한가운데 벌렁 드러누웠다. 작금처럼 오롯이 줄과 독대하는 것이 좋았다. 부질없는 환호성도, 야속한 공허함도 없는. 그때였다. 삐그덩다닥, 날카로운 소음이 고요를 꿰뚫었다. 닳아 빠진 돌쩌귀 탓에 대문이 앓는 소릴 내는 것이었다. 타다닥, 사박, 사박. 생소한 잡음이 뒤를 이었다. 어둠에 익숙해진 날치의 눈이 막 문턱을 통과한 희끄무레한 형체에 닿았다. 야삼경에 초롱도 없이 걸어오는 것은 체구가 여릿한 소녀였다. 정체불명의 소리는 그녀가 의지하는 얄팍한 나무 단장短杖이 땅을 짚으며 내는 것이었다. 참, 의빈께서 뒷골방에 앞 못 보는 처자가 산다 하였다. 날치는 그제야 그녀를 이미 한차례 본 일이 있음을 떠올렸다. 며칠 전 새벽, 장독대 위에 정화수를 떠놓고 절을 올리

47

던 뒷모습이었다. 날치는 허공중에서 조용히 숨을 죽였다. 오밤중에 공연히 사람을 놀래고 싶지 않아서였다. 밤공기에 절간에서나 날 법한 향내가 묵직하게 번져났다. 곡비라 했던가? 소녀는 나무 작대기로 더듬더듬 앞을 짚어가다 말고 말뚝에 고정시킨 줄 끝을 맞닥뜨리자 발을 멈췄다. 그러곤 손을 뻗어 팽팽한 급경사를 이루는 동아줄을 손어림하였다. 제 팔뚝만치 굵다란 밧줄을 짚어대던 여인이 대뜸 고개를 젖혀 줄 한가운데를 바라보았다.

'흡!'

날치는 퍼뜩 숨을 멈췄다. 공중에서 입술까지 꽉 깨문 채 해반들하게 눈알만 겨우 굴려 여인의 하는 양을 지켜보았다. 소녀는 길동그란 얼굴을 좌, 우로 천천히 움직였다. 마치 새로 건 줄의 이쪽 끝부터 저쪽 끝까지를 훑는 듯한 고갯짓이었다. 꼴깍, 날치의 목구멍으로 마른침이 넘어갔다. 뭘 잘못한 것도 아닌데 왜인지 등줄기에 진득하게 진땀이 배어났다. 소녀가 다시금 걸음을 옮기자 안도의 숨을 내쉬다 말고 그는 꿀꺽 숨을 되삼켰다. 줄 밑을 가로지른 소녀가 뒷골방으로 향하는 대신, 대청에 엉덩일 붙이고 앉은 탓이었다. 줄 한가운데 앉은 날치와 정면으로 마주 보는 형국이었다. 여인의 커다란 눈동자가 달빛을 받아 반짝인 순간, 날치의 몸이 그만 기우뚱 균형을 잃었다. 기척에 놀란 소녀가 댓돌을 박차며 일어섰다. 얌전하게 세워둔 그녀의 단장이 댕그라랑, 굴러떨어졌다.

"게 뉘십니까!"

허공에 내지른 여인의 음성이 파라락 떨렸다. 날치가 우물

쭈물하는 사이 소녀는 또 한 번 목구멍을 쥐어짰다.

"누가…… 누가 계신지 여쭈었습니다!"

"노, 놀라지 마시오! 안방에 새로 들어온 사람이오."

날치의 의도와는 달리 이슥한 밤중에 낯선 음성이, 그것도 허공중에서 들려오니 소경의 눈이 더 크게 홉떠졌다.

"줄 위에 앉아 있소! 줄꾼이요, 내가."

사당패가 들어온 직후, 너른 안마당 이쪽 끝과 저쪽 끝에 있는 산딸나무에 줄을 걸었노라, 집주인이자 의빈인 채상록은 백연에게 일러주었다. 지붕도 굽어볼 만큼 높게 걸었으니 오가는 데 불편은 없을 것이나, 줄 양 끝을 잡아 늘여 땅에 고정시켰으니 그것은 필히 조심해야 한다, 그리 주의를 주었다. 백연은 마당을 오가며 손어림으로 부지런히 그 위치와 모양을 익혔다. 이 밤에 줄을 더듬은 것도 그 때문이었으나 거칫한 삼줄의 감촉이 대뜸 추억 한 자락을 소환해냈다. 대여섯 살 때쯤 장터에서 본 줄놀음이었다. 그날의 텁텁한 먼지 냄새, 구경꾼들의 환호성, 입안에서 녹아내리던 호박엿, 꼭 쥐고 있던 어미의 따뜻한 손과 제가 입고 있던 비단 치마의 감촉까지…… 불현듯 떠오른 총천연색 기억에 와락 서러움이 밀려들어 잠시 대청에 걸터앉은 것이었다. 물론 오밤중에 누군가가 있으리라 곤 생각지 못했다. 그것도 줄 위에.

"이날치라 하오."

"백연이라…… 합니다."

가슴을 진정시키듯, 옷깃을 여민 여인은 허공에 대고 어색하게 목례하였다. 기이한 통성명에 밤공기가 깔끄러워졌다.

"그럼…… 이만."

옆에 놓아두었던 단장을 찾아 백연이 손을 뻗었으나 그것은 한참 전에 댓돌 아래로 떨어진 채였다. 치마를 추스르며 쪼그려 앉은 여인은 귀까지 붉히며 더 엉뚱한 방향으로 손을 뻗었다. 날치가 줄에서 훌쩍 뛰어내렸다. 그 낌소리에 땅을 더듬던 백연의 어깨가 늠씰 솟았다. 날치는 얼른 작대기를 주워 여인이 팔을 뻗으면 닿을 거리에 들어올렸다.

"여기 있소."

그 음성에 백연이 조춤조춤 몸을 물렸다. 낯선 사내가 지척에 와 있다는 것이 신경을 거스르는 모양이었다. 날치도 한 발짝 물러서며 기껏 제 가슴팍에 올까말까 한 여인을 바라보았다. 얼굴은 텅 빈 채였다. 세상 그 무엇에도 미련이 없는 듯 표정도, 핏기도, 생기도 없었다. 명과 암, 생과 사의 경계에 서 있는 듯 아슬아슬하기만 했다. 쪽볕 한번 쬔 적 없는 듯 새하얀 살결 때문에 더 그리 보이는지도 몰랐다. 그 흰 낯에 박힌 요요한 눈동자가 별빛 아래 쨍그르르 빛났다. 안 보이는 것이 기이하다 여겨질 만치 커다란 눈이었다. 그 맹안盲眼에 삼라만상이 다 들어 있는 듯하다가도, 또 만사무심한 듯 보이기도 하였다. 지척에서 보니 아리잠직할 뿐, 소녀라기보단 막 피어나는 여인이었다. 조막만 한 얼굴에 꽉 들어찬 이목구비가 앳된 면모에도 강단이 묻어났다. 사내의 침묵이 길어지자 여인이 입술을 앙다물며 고갤 돌렸다. 흐드러진 월광에, 삼베옷을 입은 여인의 몸태가 희다 못해 푸르게 발광했다. 날치는 순간 눈이 시렸다. 찬 서리에 봉우리째 꺾여버린 목련. 그 무엇으로도 되살릴 수 없는 낙화에 얼굴이 있다면 바로 이럴 것이라고, 그는 생각했다. 퍼뜩 사념을 떨쳐내며 날치는 백연의 손에 단장을 쥐여주었다. 여인의 손끝이 작게 튀었다. 날치는 제가 실수를 했나 싶었다. 다짜고짜 손을 잡아 놀랐을 것도 같았다.

"뒷방까지 데려다주리까?"

"괜찮습니다!"

필요 이상으로 답이 크게 나가자 백연이 홀로 당황하여 목청을 가다듬었다.

"혼자…… 가겠습니다."

작게 목례한 백연이 막대기로 대청마루 난간을 더듬어갔다. 줄에 매인 산딸나무가 싸르륵 몸을 떨었다.

안채 뒤편에 딸린 제 방으로 들어온 백연은 우둔거리는 가슴을 애써 쓸어내렸다. 문고리에 숟가락을 꿰는 손끝이 파들거렸다. 뒷골방에 사는 맹인이라 하여 세상사를 못 들을 리 만무했다. 도성 안 여인들은 모이기만 하면 어름사니 이날치 얘기로 꽃을 피웠다. 기술이고, 장기고, 재간이고 다 떠나서 광대의 첫째 덕목은 인물치레라 했던가. 일단 이날치는 보기 드문 미남자라 하였다. 희고 매끄러운 낯이 꼭 사대부가 막내 도령 같고, 눈매는 칼날같이 매서우나 드물게 미소 지을 때면 버들 잎처럼 휘어져 뭇 여인들의 애간장을 녹인다 했다. 얇게 쭉 뻗은 콧날은 어딘가 오만하고 도도해 보여 쉽게 범접할 수 없는 품격이 있고 결정적으로 참으로 민망스럽게도, 입술은 야살스레 붉고 도톰하여 색정적인 느낌이 있다 하였다. 줄을 자유자재로 타는 건 말할 필요도 없어, 어떨 땐 한 마리의 고고한 학이요 또 어떨 땐 성난 범이라 모두들 창공의 그를 우러러보며 감탄만 한다 했다. 화정패의 놀이판이 끝나기가 무섭게 그가 입은 도포가 무슨 비단이며, 그가 펼친 합죽선에 그려진 그림은 무엇이며, 갓끈이 청옥인지 산호인지까지 화제가 되는지라 백연은 줄꾼 이날치의 모든 것을 생생히 그려낼 수 있었다. 또한 그는 행하行下로 억만금을 준다 해도 줄 이외 그 어떤 것에도 응하지 않는 별난 줄꾼이라 어느 종친의 애첩이라더라, 임금이 직접 굽어살피신다더라 등등 별별 괴풍문도 뒤따랐다. 그런 뜬소문을 차치하고라도 제 한 몸 바치겠다는 여인들이 줄을 서는 것은 기정사실이니 풍문에 무심한 백연까지도 그가 대단한 호색한일 것이라 짐작하였다. 분명 가벼운 말투로 계집들을 희롱하는 난봉꾼일 거라고. 한데 난데없이 맞닥뜨린 음성은 묵직하고 웅숭깊은 수리성이었다. 그 속에 결이 고운 미성마저 깃들어 있었다. 차분함 속에 생기가 있고, 다정하지만 어딘지 모르게 쓸쓸하기도 하였다. 그 끝에 딸려온 모과향까지도.

놋다리밟기
여덟 명의 화정패

　바깥채 뜨락에 화정패의 점심상이 차려졌다. 평상 위에 푸짐하게 오른 것은 역시 줄순이들이 보낸 온갖 떡, 전, 북어, 그리고 술들이었다. 날치는 선물을 일절 받지 않고 예외 없이 돌려보내기로 유명했다. 청나라 비단이며, 배 타고 올라온 통영갓이며, 공작 깃털로 장식한 부채며, 진주를 줄줄이 꿴 주영이며…… 그 어떤 보물도 마다하였다. 하여 재주를 판 다음 날엔 그가 거절치 않는 유일한 품목인 음식만이 넘쳐났다. 패거리들은 물론 덩달아 과식을 한 누렁이까지 신이 나 보스락장난을 치며 꼬리를 돌려댔다.

　"날치님, 이거 잡수시지요."

　핏덩이 같은 소의 생간을 턱, 내려놓으며 비금이 우스꽝스러운 콧소리를 냈다.

　"치워."

귀찮다는 듯 날치가 손가락을 튕기자 비금이 얇실한 눈꼬리를 한껏 치켜올렸다.

　"소 잡는 거 한참 기다렸다가 배 가르자마자 냅다 꺼내 온 거야!"

　"구미호 납셨네! 나 이런 거 안 먹는 거 알면서 또 왜 이래?"

　"아니까 그런다, 아니까! 이런 걸 먹어야 진짜 힘이 나지! 몸뚱이가 재산인데."

　"하, 이놈의 인기! 지긋지긋하다, 진짜."

　농담조로 투덜댄 날치가 잘난 얼굴을 쓸어내리며 냉큼 말석으로 자릴 옮겼다. 비금은 탕탕탕, 곰방대를 평상에 내리치며 이죽거렸다.

　"쳇, 사내새끼가 저리 비위가 약해서야!"

　"이이? 글케 살살 쳐서 평상이 부서지것냐아?"

　버나잡이인 춘봉이 느릿한 말투로 비금을 나무랐다. 말은 느려 터졌으나 생존본능인지 대접은 그 누구보다도 빨리 돌리는 그였다.

　"그 뭐냐…… 비금이 넌 작작 좀 혀어. 날치 쟈가 여인들 등쌀에 시달려서 아주 말라 죽겄어어. 날치 너도 그럼 못써어. 비금이 저게 되도 않는 콧소리까정 힝힝허면서 갖고 왔으며는 최소한 먹는 시늉은 혀야 도리여어, 암마안."

　숱 없는 머리칼을 그러모아 깔끔히 맨상투를 틀고 밥상머리 예절부터 인간 도리까지 읊어대는 통에 누가 보면 혹 몰락한 충청도 양반인가 할 테지만 실상 춘봉은 기해년 천주 박해로 상전이 몰사한 '덕'에 노비 족쇄를 벗은 종놈 출신이었다. 다만 언문을 깨쳤으니 제 딴엔 또 아주 상놈은 아니라고 우겼다. 그 옆, 얼쑤와 절쑤가 건수 하날 잡았다는 듯 똑같이 고갤 쳐들고 똑같이 눈을 빛냈다. 똥짤막한 덩치와 너부데데한 낯짝이 꼭 곰 같은 이 경상도 쌍둥이는 전직 곰 사냥꾼이었다. 일봉과 이봉이란 멀쩡한 이름을 두곤 머리 나쁜 꼭두쇠를 만난 탓에 오락가락, 알록달록, 우왕좌왕 등등으로 잘못 불리다가 결국 '얼쑤절쑤'가 된 그들이었다.

"비금이 니, 고마 포기할 때도 되지 않았나? 십 년을 한결같이 까이믄서 와 증신을 몬 채리노?"

"쿵! 고 깡다구랑 집착으로 정승판서를 꼬시뿌라고! 헐벗은 채림으루 줄광대 놈 방에 몰래 기들어갈 생각 말고!"

투실한 볼살을 올려붙이며 얼쑤가 운을 떼니, 늘 코가 막혀 쿵쿵대는 절쑤가 추임새를 넣었다. 비금은 곰방대를 삐뚜름하게 꼬나물며 발끈했다.

"이씨, 그건 니들이 나한테 사기쳐 먹은 거잖아! 그렇게 하면 날치가 넘어온다며? 장담한다며!"

"그러니까! 고마 그날 결론이 나뺐잖아! 날치 쟈는 죽어라 옆구리를 쏘삭거려도 즐대로 안 넘어온다꼬. 점마는 마 글렀다니까! 줄쟁이 십 년에 저 아래 뭐가 남았겠노?"

"크웅! 고자, 고자!"

"다 들리거든!"

여상하게 소리치는 날치보다 더 성질을 내며 비금은, 얼쑤절쑤의 머리통을 곰방대로 쥐질렀다.

"으이그, 하여간 대가리에 든 거 하고는! 날치가 화정패 돈 줄인데 그럼 잘 먹여야지! 날치 아니면 네놈들이 이런 기와집에 얼씬이나 할 수 있을 줄 알아?"

"고거슨 비금이 말이 맞아불제! 요런 기와집서 허벌나게 잘 처먹으니께 소여물 훔쳐 먹던 거시 꼭 전생 같아부러."

사방으로 뻗친 수염을 긁적긁적대며 돌삼이 껴들었다. 쫙 찢어진 눈 사이 불뚝 솟은 매부리코가 언뜻 야멸찬 추노꾼 같아 뵈는 그는 정말 전라도 일대에서 활동하던 추노꾼이었다. 다만 생김새와는 영 딴판으로 말 많고, 눈물 많고, 인정 많은 천성을 어쩌지 못해 잡아둔 노비까지 슬쩍 풀어주니 무리에서 진작 퇴출되어 광대가 된 놈이었다.

"비금이 느도 시방, 저 씨 없는 놈은 콱 때려치고 이 집 주인 놈이나 꼬셔보랑께? 의빈 말여! 검술이 으마으마허기루 유맹혔던 무관이 아니냐! 하물며 낯짝 잘났어, 키 훤칠혀, 어깨 떡 벌어져, 허벅지 돌땡이여…… 공주까지 넘어갔음 말 다혔제!"

"오라질 놈, 어디 찔러볼 데가 없어서 의빈을!"

"왐마? 의빈 놈은 사내 아녀? 시방 공주 돼진 게 원제냐? 혼례 올린 이듬해니께 오 년도 더 됐제. 짱짱이 젊어 독수공방 오 년이면 깔딱깔딱 쑹이 날 대로 났당 거여! 그른 무관 출신들은 여인네가 그림가치 앉아서 내숭 떨면 오히려 꼴값헌다 캐. 긍께 비금이 느가 은근헌 미친년 눈깔 딱 허고 '금일 밤에 지는 확 디져불고 싶소잉!'고 한마디 날리면 걍 끝나분당께! 그길로 바로 물레방앗간 안다리 기술 드가는 것이제!"

"노올구들 자빠졌네! 가늘게 먹고, 가는 똥 싸야 뒤탈이 없는 거야, 이것들아! 남의 딸년한테 헛바람 넣어서 피똥 싸게 하지 말고 그거나 이리 내!"

꼭두쇠가 퉁바리를 놓으며 손가락을 까딱대었다.

"시방 아무리 생각혀봐두 의빈은 전생에 나라를 구헌 것이 확실혀. 뭐 하나 빠지는 게 없잖냐. 얼굴, 몸, 신분, 거기에 날치랑 친구 먹는 성격까지! 우덜헌티 이 집까정 내준 거 보랑께."

"니는 마, 전생에 나라를 팔아 치웠는갑지? 쌍판때기, 천출 광대, 지랄맞은 성격. 하나같이 다 빠지네?"

"쿵! 돌삼이 니는 이번 생은 고마 한판 쉬어간다 생각해뿌라. 크크크큭."

얼쑤절쑤가 족발 같은 손으로 생간을 전달하며 깐죽거렸다.

"참, 내달 초하루에 취화루에서 옥수로 큰 소리판이 열린다 카드라. 온갖 맹창들에 구용천까지 나온다 카데."

구석에서 조용히 밥술을 뜨던 날치의 수저가 순간 멈칫했다. 그 기다란 밥상에서 꼭두쇠와 묵호만이 서로 흘끗 눈길을 교환했을 뿐이었다. 돌삼은 이미 취했는지 얼굴이 시뻘겠다.

"시상이 변해도 오지게 변해부렀어! 십 년 전만 혀도 빼대 있는 안동 권씨 충정공파에서 소리광대가 다 나왔네 허면서 을매나 신기해혔냐잉? 고것이 은제라고 시방은 양반 소리꾼들이 다 해 처먹잖애!"

"한이 있어야 맹창 된다는 것도 다 옛말이 돼뿠다니까! 종 살었네, 머슴 살었네 하는 잡것들은 초년부터 진을 다 빼놔서 소리에 맥아리가 하나토 읎다 아이가. 만다꼬 대통에 똥물 걸러 처마시고, 지푸라기 태운 잿물 삼카고, 폭포 밑에서 악쓰다

피 토하고 그카는지…… 쯧쯧쯧. 그캐서 득음이 될 꺼 거트면 개나 소나 다 맹창 돼뻤지!"

"크웅, 이팝에 고깃국 팍팍 처잡순 양반 맹창들은 뱃심부터 안 다르드나? 구용천한테는 천년 묵은 구랭이 탕이 물이고, 말린 산양삼이 간식이라 카드라, 간식! 맨날 귀한 것만 처드시니까 뱃심, 목심이 저절로 안 튀어나오고 배기겠나?"

"내는 금마 그거 밸루드라. 가는 애비 후광 때매 큰 판에 낀 거라니까! 내는 그 아우 놈, 구용주 소리가 참 좋았는데 우짜 글케 빨리 죽어뻿는지, 쯧쯧쯧. 날치 니는 갈 꺼제, 취화루?"

"아니."

"옴마야? 뭔일이고? 소리라면 열일 제쳐놓고 뛰가는 놈이?"

"연습! 사골 우리듯이 허구한 날 똑같은 거 재탕해 먹는 니들이랑 이 형님이 같냐? 줄만 걸었다 하면 세상 여인들이 죄다 몰려드는데!"

"아씨! 점마 저건 지 치명적인 걸 느무 잘 알아! 콱 명치나 한 방 씨게 치뿌까?"

"쿵! 새벽에 걍 암살을 해뿌자!"

날치가 일어서며 혀를 찼다.

"너네 암살 뜻 모르지, 그치? 뭘 맨날 그렇게 대놓고 죽인대? 이 치명적인 형님께선 잠이나 주무실란다."

"마, 니 이거 한 사발 하고 가라! 하나투 안 쎄그랍다!"

암살 어쩌고 할 땐 언제고 얼쑤는 앙금이 가라앉은 탁주 위로 맑게 뜬 청주만을 급하게 떠냈다.

"아우님들이나 많이 드셔."

"와? 또 살찐다고 그카나? 줄 타다가 아주 바람에 날려가긋
다, 날려가긋어! 이참에 확 승천을 해뿌지, 와!"

"쿵! 확실하다! 밑에 옳다, 저놈."

얼쑤절쑤는 한 쌍의 해치처럼 이를 드러내며 낄낄댔다. 빗
된 농담을 안주 삼아 한바탕 술판이 벌어졌다.

이월 중춘

활쏘기

천천히 그러나 반드시

둥 딱!

그때에 심청이 한 곳을 당도하니 이는 곧 인당수라. 대천 바다 한가운데 바람 불어 물결쳐 안개 뒤섞여 젖어진 날, 갈 길은 천리만리나 남고 사면이 검어 어둑 정그러져 천지 적막한데, 까치뉘 떠 들어와 뱃전 머리 탕탕, 물결은 위르르르르 출렁출렁……

소소리 높은 취화루에 무르익은 노을이 짓쳐들었다. 그 뒤로, 흐드러진 비단 치마처럼 금빛 강물이 일렁였다. 감색으로 물든 난간에 우뚝 선 것은 구용천이었다. 그의 창唱은 심청을 인당수에 제물로 바치기 직전, 뱃사람들이 고사를 지내는 대목으로 접어들었다. 자리를 빼곡하게 메운 청중들은 감히 추임새를 넣을 엄두도 내지 못한 채 가슴을 부여잡고 곧 일어날 비극을 짐작하며 숨을 죽였다. 그런 관중 사이, 딱 한 사람만이 고개를 푹 숙인 채 술잔만 기울여댔다. 안 간다 잘라 말한 게 무색하게도, 날치였다. 저주스러운 구용천의 탁성 탓에 연거푸 그의 잔이 비워졌다. 하필 침전하는 핏빛 하늘이 소리고개에 감금되었던 지난날들을 연상시킨 탓이었다.

열두 살 날치에겐 이 시간이 공포였다. 해가 지면 다짜고짜 문이 열렸고, 부지불식간에 네댓 명의 사내들이 들이닥쳐 짤따란 사지를 잡아 눌렀다. 그렇게 까무러쳐 동이 트는 것을 보는 것이 일상이었다. 날치의 삶은 그때 멈췄다. 소년은 뼈에 새겨진 극한의 공포에 죽음을 완벽히 각인하였다. 그 압도적 파괴는 작금도 악몽으로 재연되었다. 소리고개 별당의 역겨운 냄새, 끈적한 감촉, 무지근한 통증, 뒷목에 번지던 소름과 가물거리던 시야까지…… 계속되는 흉몽은 매일 밤, 무력한 자신을 마주하는 형벌을 내렸다. 스물셋의 사내는 여직 좁은 벽장 안에서 웃자란 몸을 웅크리고 잠을 청했다. 곧바로 잠이 들도록 줄 위에서 제 신체를 혹독하게 다루었음은 말할 것도 없었다.

취화루에 아찔하게 선 구용천을 지르보며 날치는 얕은 심호흡을 해댔다. 소매 안으로 목단도를 꽈악 그러쥐었다. 악몽이 이어지자 묵호 아재가 쥐여준 것이었다. 징이 박힌 단도의 손잡이가 써늘하게 손바닥을 적셨다. 육신이 푸르르 떨렸다. 당장 누대로 뛰어 올라가 악귀의 울대를 꿰뚫어버리고픈 충동에 휩싸였다. 하나 뭇칼질을 한다면 미친 광대의 행패쯤으로 묻힐 일이 아닌가. 조선에서 천인이 양반을 응징한다는 건, 목을 걸어도 불가능이었다. 하여 날치에겐 정녕 단 하나의 방법뿐이었다. 소리를 즐기는 임금은 철마다 소리꾼을 궐에 들였다. 창이 흡족하면 토지를 하사하고, 벼슬을 내리고 때론, 소원을 들어주기도 하였다. 하여 날치는 반드시 소리꾼이 되어야 했다. 어전에 나아갈 수 있는 방법이 정녕 그뿐이었다. 십 년이 걸리건, 이십 년이 걸리건 기어코 구용천의 패악을 고하리라. 하여 만백성 앞에서 아수라가 참수당하는 꼴을 보고야 말리라! 날치는 굳은 맹약을 재차 되뇌었다. 저 원수는 염원의 심지에 불을 지피는 부싯돌이다. 한없이 괴롭고 미친 듯이 소름 끼치는 부싯돌. 복수의 그날은 반드시 올 것이다. 시작 또한 머지않았다. 꽉 깨문 아랫입술에 얼핏 피가 비쳤다. 재차 올라오는 쓴물을 그는 억지로 삼켰다. 귓가에 웅웅대는 탁성을 더 듣고 있다간 기어이 토악질이 날 판이었다. 계속 한 박자씩 비는 북장단마저 비위를 단단히 거슬렀다. 날치는 벌떡 일어나 사납게 사람들을 헤치며 밖으로 튀어나왔다.

수십 개의 홍등을 지나 취화루의 대문을 나서니 세상이 적막 그 자체였다. 막바지 석양을 품은 하늘이 요사스러웠다. 날치는 기껏 갓끈을 고쳐 매는 것으로 펄떡대는 심장을 가라앉힐 뿐이었다. 먹색으로 갈앉는 허공에 재차 뿌연 입김이 흩어졌다. 그때, 길게 이어진 기루의 담벼락 아래 쪼그려 앉은 한 여인이 보였다. 아직 날씨가 이리도 찬데 여인은 베치마 하나를 두른 제 무릎을 꽉 감싸 안고 그 위에 턱을 괸 채였다. 그녀의 발치에서 녹다 만 눈이 용 비늘 모양으로 써늘하게 빛을 냈다. 거기에 가지런히 작대기 하나가 놓여 있었다. 눈에 익은 것이었다, 백연. 때마침 역겨운 구용천의 탁성이 담을 타넘어 예까지 들려왔다. 날치의 울분과는 별개로 여인의 면은 창꾼의 음성에 혼을 빼앗긴 듯, 온통 아슴아슴하였다. 그 조막만 한 낯에 서서히 균열이 가는 것을, 날치는 불쾌하게 쏘아보았다.

심낭자 물에 들라. 성화같이 재촉하니, 심청이 죽으란 말을 듣더니마는 여보시오 선인님네, 도화동 쪽이 어디쯤이나 있소. 도사공이 나서더니 손을 들어서 가르치는데, 도화동이 저기 운애만 자욱한 데가 도화동이요. 심청이 이 말을 듣고 정화수 떠 받쳐놓고 분향사배 우는 말이, 아이고 아버지, 이제는 하릴없이 죽사오니 아버지는 어서 눈을 떠 대명천지 다시 보고 칠십생남 하옵소서…… 심청이 거동 봐라, 샛별 같은 눈을 감고 초마자락 무릅쓰고 뱃전 앞으로 우르르르르. 만경창파萬頃蒼波 갈매기 격으로 떴다 물에다 풍!

심청이 인당수에 몸을 던지자, 멀거니 허공에 눈만 끔뻑이던 백연이 끝내 제 무르팍에 얼굴을 묻었다. 도드라진 어깨가 작게 들썩였다. 날치는 돌차간에 배알이 뒤틀렸다. 저 흉괴한 목청이 누군가에겐 심금을 울리는 미성이던가? 그토록 야비한 「심청가」에 마음을 빼앗긴 여인이 정히 못마땅했다. 짱돌을 집어 던져 백연의 몰입을 와장창 깨뜨리고 싶은 심술이 일었다. 저벅저벅 백연의 앞으로 걸어간 날치는, 하나 헛기침 몇 번을 할 뿐이었다.

"흠흠. 백연이 맞으시지요?"

번뜩, 담벼락 아래서 젖은 고개가 쳐들렸다. 하나 소리 서리 하는 걸 들킨 것이 열없어 다시금 백연의 코끝이 땅으로 떨어 졌다. 여인은 목덜미까지 벌게진 채 죄인마냥 입 뻥끗을 하지 못했다. 그 당황을 읽고서야 날치는 자신이 그녀를 곤혹스럽 게 한 것을 깨달았다. 민망했으리라. 그는 짐짓 밝은 목소리를 꾸며내었다.

"예서 만나다니 반갑소. 잘되었네, 돌아가는 길이 먼데 말동 무가 생겼으니."

백연이 그제야 등을 기댄 채로 천천히 일어섰다. 뽀독한 치 맛자락이 펼쳐졌다.

"괜찮다면 내 도포 자락을 잡는 게 어떻소? 이건 내가 들 지."

여인이 대답도 하기 전에 날치는 단장을 뺏어들었다. 그리 고 대신 길게 늘어진 제 도포 소매를 쥐여주었다. 얼떨결에 아 스라한 비단 한 줌을 손에 쥔 백연이 세게 쥐면 구겨질세라 사 뿐히 그것을 고쳐 잡았다. 무슨 색일까, 잠시 쓸데없는 궁금증 이 여인의 머릿속을 스쳤다.

"천천히 가겠소. 그래도 빠르다면 말씀하시오."

저자를 지나 휘뚤휘뚤한 산길로 접어드는 두 남녀의 뒷모습 이 꼭 다정한 연인 같았다.

"이팔은 되시었소? 나는 스물셋이오만."

"열여덟입니다. 말씀 편히 하시지요."

"오라비라 부르면 나도 말을 놓겠소."

"……."

"아니 되겠소?"

"그리…… 하겠습니다."

백연은 이 상황이 무척이나 불편했다. 어차피 해는 졌고, 사위는 어둡고, 저는 앞 못 보는 맹인인데, 지척의 사내는 말을 할 때마다 고개를 돌려 자신을 바라보았다. 이토록 지근거리에서 누군가와 말을 섞는 것이 그녀는 익숙지 않았다. 사내의 숨결을 따라 무지근한 화주향이 번져와 미약한 어질증마저 일었다. 다만 뭉근하게 전해져오는 체온이 좋았다. 곱아 있던 손이 시나브로 누그러지는 듯했다.

"곡비는 대물림받았고?"

"예."

"하면 평생 곡을 했어?"

"한동안 못 하다가 얼마 전, 다시 하게 되었습니다."

"일은 어찌 받고?"

"염장이의 딸이 포목전에서 허드렛일을 합니다. 그곳을 통해 곡비 일을 받습니다."

"밤엔 뭘 그리 비는 거야? 물어봐도 되나?"

순간 백연은 아랫입술을 잘근거렸다. 일을 다녀온 밤이면 간간이 정화수를 떠놓고 천지신명께 빌었다. 축시도 넘은 새벽녘이라 누군가가 자신을 보고 있다곤 생각 못 했다. 귀가 예민한 제가 어찌 이 사내의 기척을 눈치채지 못했을까? 줄꾼이라 평소 몸가짐도 가뿐한 것인가?

"내가 잠 못 들고 뒤척일 때가 많아 우연히 본 거니까 이상하게 생각하진 마. 말하기 싫으면 안 해도 좋고."

"제가 울어준 혼백들이 편한 곳으로 가시라고……."

"몇 날 며칠 곡을 해준 것도 모자라서 빌어주기까지 한다고?"

"곡은 그 값을 받으니, 정화수 한 그릇에 절 몇 번 올리는 것만이 오롯이 제 진심이라 할 수 있습니다."

"진심, 진심이라……."

날치는 자문했다. 줄에 진심이었던 적이 언제인가? 있긴 했던가? 그래, 처음 줄을 배우던 어린 마음은 진심이었던 것도 같았다.

"소리를 좋아하는가 보다, 이 먼 곳까지 찾아와 들을 정도면."

"예."

"구용천을, 특히 좋아하나?"

날치는 질문을 던져놓고 이번엔 여인의 얼굴을 보지 않았다.

"아닙니다. 그저 「심청가」를 좋아할 뿐입니다."

"그래……."

왜일까. 날치는 순간 마음이 턱 놓였다. 괴수의 목청이 좋다는 답이 나왔다면 괜스레 이 여인을 미워할 뻔했다.

"그럼 소리꾼 중엔 누굴 좋아해?"

"송방울을 가장 좋아합니다."

날치는 조용히 눈을 치떴다. 이어진 여인의 말에 소름마저 돋아났다.

"특히 그분의 「적벽가」를 좋아합니다."

「춘향가」로 일가를 이룬 송방울이었다. 임금마저 그의 「춘향가」를 국보라 칭찬하였으나 날치는 언제나 송방울의 「적벽가」를 최고로 여겼다. 양반 쌍놈의 구분 없이 창에 조애가 깊은 사람들을 수태 만났으나 저와 똑같이 생각하는 이를 날치는 처음 만났다. 작금 여기서.

"음성이 이리 좋으신데 어찌 소리꾼이 아니 되셨습니까?"

백연의 첫 질문에 날치의 걸음이 딱 멈췄다. 발끝에 치인 솔방울도 떼떼굴 굴러 멈췄다. 소리를 배우려면 신분과 돈이 필수인 세상이었다. 꿈을 꾸는 것만도 대단한 용기가 필요하였다. 하여 근본 없는 광대를 향한 여인의 질문이, 날치의 가슴에 묘한 감흥을 불러일으켰다. 침묵이 길어지자 백연은 제가 실수를 했나 싶어 조그맣게 덧붙였다.

"실은…… 저도 소리를 조금 배웠습니다. 말씀하시는 음성만으로도 어느 정도 감이 오기에……."

조선 천지에 여인이 소리를 배울 곳이 어디던가? 기루! 기루뿐이다. 이토록 음전한 여인이 기생이었던가? 날치는 천천히 여인을 훑어 내렸다. 화려한 색 비단에 머리 타래를 한껏 틀어 올리고, 홍등 아래 붉게 미소 짓는 것이 상상조차 되지 않았다. 당황을 지워내며 날치가 새로 걸음을 떼었다. 다시금 도포 자락에 백연이 딸려왔다.

"곡을 해서 일찍이 목청이 트였을 텐데 소리까지 배웠다면 성음이 정말 여무지겠다."

"아닙니다. 흥을 돋우긴커녕 슬프다고 혼나기 일쑤였습니다. 하나 계집 주제에 당치 않게 소리꾼을 꿈꾼 적도 있었습니다."

여인은 단순히 오가다 귀동냥을 하는 것이 아니었다. 저만치 소리가 고픈 것이었다. 같은 꿈을 품어서인가, 날치는 창졸간에 흥곡이 뜨끈해졌다. 터무니없는 헛꿈은, 탄생의 까닭부터 묘연한 천인의 삶을 지속시키는 단 하나의 힘이었다. 지척의 여인 또한 마찬가지인 모양이었다.

"언젠간 들어보고 싶다."

"뽐낼 만한 실력이 못 됩니다. 그저 맹늘이 되곤 귀가 더 예민해졌을 뿐입니다."

"눈은 언제부터……?"

"오래되었습니다, 아주 오래."

날치는 더 이상 곡절을 묻지 않았다. '아주 오래'라는 백연의 말이 더 이상은 그 해묵은 얘길 꺼내고 싶지 않다는 듯 느껴진 탓이었다. 한참 동안 어스름 고샅길을, 두 사람은 말없이 걸었다. 휘어지고 틀어진 소나무들이 빽빽이 그들을 굽어보았다. 발아래 억센 민들레가 밟히고, 사방에 시린 솔향이 번져나자 백연은 제가 용골로 들어섰음을 알았다. 그 긴긴 거리가 어쩐지 짧게 느껴졌다.

"한데……."

여인은 운을 떼고선 한참을 머뭇거렸다.

"저와 함께 걷는 것이…… 괜찮으십니까?"

날치가 고개를 갸웃했다.

"다들 제게 잡귀가 붙었다 합니다. 제 손은 가시손이라 닿기만 해도 죽을병이 든다고요."

"정말 그래?"

"가끔은 그렇게 바랄 때도 있습니다. 그럼 적어도 사람한테 해코지당할 일은 없을 테니까요."

"앞으로 너랑 꼭 붙어 다녀야겠다!"

"예?"

"잡귀 좀 빌리자! 주변에 귀찮게 하는 것들이 하도 많아서 말이다."

반보 뒤에서 저를 따르는 백연을, 날치는 어스름 속에 내려다보았다. 제 농에도 여인의 얼굴엔 감정 한자락 실리지 않았다. 달빛이 구름에 오락가락할 때마다 텅 빈 눈빛만 반짝일 뿐이었다. 날치는 어째서인지 그 맹안이 서글펐다. 저만치 인생의 부침이 많은 여인 같아서였다.

제비뽑기

편 가르기

삐그덕, 날치가 대문을 열며 용두재에 들어서자 대청에 앉아 있던 사내가 벌떡 일어섰다. 호롱불 탓에 탄탄한 신체에 두른 청색 비단이 물결무늬로 야드르르 빛났다. 빳빳이 다림질한 도포는 칼날처럼 무릎 아래까지 딱 떨어졌고, 누차 표백하여 숫눈마냥 새하얀 녹비혜 앞코엔 은박이 번뜩였다. 나비 모양 갓끈은 굳센 턱 아래 바투 매어졌고, 수정 구슬을 잇댄 주영은 길게 늘어져 다부진 면목을 훤히 밝혔다. 이토록 사치스러운 차림새에도 불구하고 사내에게선 한때 무관이었던 묵직한 기품이 배어 나왔다. 선 굵은 얼굴이 하물며 생그레 웃었다. 의빈 채상록이었다.

"날치 자네, 이제 오는가?"

"대감마님!"

"또 그놈의 대감마님 소리! 명색이 동갑인데 나만 엄청 나이 들어 보이잖아! 우리끼린 반상의 법도고 뭐고, 그런 건 좀 때려치우자니까."

"예. 한데 대감…… 아니, 의빈께옵서 어찌 호위도 없이 홀로 계십니까?"

"곤이 그게 어디 날 지키는 놈인가? 감시하는 놈이지."

수려한 면목을 찡긋거리다 말고 의빈이 눈을 지릅떴다.

"백연 네가 어찌……."

"우연히 만나 동행하게 되었습니다."

날치의 답에 백연이 내내 쥐고 있던 날치의 옷자락을 떨쳐 내곤 드레지게 모둠발, 모둠 손을 하였다. 서글서글한 상록의 눈매가 일순 가늘어졌다. 여인에게 일절 관심 없는 날치였다. 도성 안 온갖 잘난 처녀들이 들러붙어도 내괭쓰광하는 건 당연하고 도성 최고 기생 원향이 홀로 연모의 감정을 주체 못 하고 그의 바짓가랑이에 매달렸을 때도 무덤덤하게 떨쳐내던 그였다. 이쯤 되니 정녕 줄광대는 사내 구실을 못 하는 것인가, 대놓고 물어본 적이 있을 정도였다. 하니 백연에게 도포 자락까지 허락한 작금 이 모습이 영, 이상한 것이었다.

"소인은 물러가겠나이다."

날치에게 단장을 받아 든 백연이 허리를 깊이 숙여 반절을 하곤 돌아섰다. 그 뒷모습을 물끄러미 바라보던 의빈의 담결한 눈동자가 광대에게로 돌아왔다.

"취화루 소리판에 다녀오는 모양이군. 한 잔 더 할 텐가?"

상록은 널따란 도포 자락을 갈무리하며 백자주병을 들어 보였다. 날치가 언감생심, 쳐다도 볼 수 없는 의빈을 알게 된 곳

역시 소리판이었다. 어떤 창을 들으러 가도 상록과 마주쳤던 것이다. 광대 주제에 건방지게 입성을 꾸미고 소리판에 기웃 댄다고 문전박대당하던 날치를, 제 벗이라며 감싸준 것도 그 였다. 자헌공주의 삼년상을 치른 후 한량처럼 사는 의빈과 줄 꾼인 날치는 소리에 대해서 대화가 제법 잘 통했다. 의빈은 동 갑인 날치를 불러 스스럼없이 겸상을 하고 대작을 해댔다. 그 러곤 시원스레 제 생가마저 내준 것이었다. 상록이 날치의 방 안으로 들어서며 감탄하였다. 제가 열일곱 해를 산 곳이었다.

"감회가 새롭구먼. 이 방이 이리 바뀌다니."

"이곳에 화정패를 허해주셔서 감읍하옵니다."

"아니야, 폐옥에 생기가 도니 내가 고맙지. 게다가 언제 헐릴 지 모른다 하지 않는가. 금상께서 사냥터가 좁다 호통을 치시 면 당장이라도 없어질 집이네. 내 처지가 그런 걸 어찌하겠나."

"처지라니요, 당치 않으십니다."

날치가 공손히 첫 잔을 채웠다.

"허울뿐인 창녕위로 봉해지고 내가 한 것이라곤 성심껏 공 주의 삼년상을 치른 것뿐이네. 손님도 거절하고 그 넓은 연리 헌連理軒에서 수절만 하였지. 정말 대문께에 떡하니, 뿌리가 다 른 두 나무가 하나로 얽힌 연리목이 있다네. 웃기지 않는가? 그걸 보며 독수공방하는 내 신세가 말일세. 누가 열남문烈男門 좀 안 세워주려나? 참, 장인께서 그런 말씀은 하시더군. 내가 죽으면 영의정으로 추증하겠다고. 서둘러 저승의 금지옥엽 옆 으로 가란 뜻인지, 원."

자조적으로 웃은 상록이 술잔을 단숨에 들이켜곤 넋두리를 이어 붙였다.

"난 자네가 제일 부러워. 눈치를 볼 처가 식구가 있는가, 일 거수일투족 감시하는 호위 놈이 따라붙는가, 제 편으로 끌어 들여 쪽수를 채우려는 세도가들이 있는가 말야. 어째 내 주변 엔 제대로 된 인간이 하나 없어. 겉으론 예를 아는 선비인 척 하면서 뒤로는 온갖 추악한 짓을 일삼는 음흉한 양반들뿐이니 쯧쯧쯧. 남들은 내가 단잠 자고, 단밥 먹고 사는 줄 알지만 난 집도 불편해. 이것도 아니 된다, 저것도 아니 된다, 당최 '안 된 다 귀신'이 씌었는지 사사건건 막아서는 늙은 상궁에, 웃전 찜 쪄 먹으려 드는 무수리들까지 하나같이 공주의 수족이었던 것 들뿐이니 대군의 거처보다 넓은 여든여덟 칸 궁집이 다 무슨 소용인가? 눈칫밥 먹는 셋방살이 신세가 따로 없지! 에잇, 술 맛 떨어져!"

"안주를 올리리까?"

"아니, 오랜만에 자네 소리나 한 자락 들어봄세."

"수다한 명창을 놔두고 어찌 번번이 줄꾼에게 소리를 청하 십니까?"

"자네 음성이 웬만한 창꾼보다 낫지 않은가. 아, 혹여 건넛 방 꼭두쇠가 싫어할라나?"

"투전판에서 살다시피 하시니 늘 빈방입니다."

"하면 뭘 망설여, 어서 「권주가」나 한 소절 시원하게 뽑아보 아."

쿵 탁! 소반 귀퉁이에 장단을 치며, 의빈은 광대를 바라보았 다.

불로초로 술을 빚어 만년배萬年盃에 가득 부어 비나이다.
이 술 한잔 잡으시오. 이 술을랑 반도연蟠桃宴의 천일주千日
酒니 쓰나 다나 잡으시면 만수무강하오리라……

"크아, 좋다! 천품이 아름다운 목청이로고! 세상 차암 불공
평해! 어째 줄꾼이 창꾼보다 목청이 더 좋아? 그뿐인가? 줄 위
에서 덩실덩실 춤만 추면 발아래 여인들이 구름 떼처럼 몰려
드니, 자넨 꼬꾸라져도 향기로운 치마폭이 아닌가? 아이고, 배
아파!"

희미하게 웃은 날치가 웃전의 빈 잔을 다시 채웠다.

"그래, 이 집값! 자네 소리로 퉁치세!"

"예?"

"내, 시도 때도 없이 술병 들고 쳐들어와 소리 안주 뽑아내
라 귀찮게 굴 터이니, 세 값이다 여기고 박대 말게나."

"이를 말씀입니까."

"내가 왜 자네에게 곁을 주는 줄 아는가? 자네 소원이 내 능
력 밖이라서. 소리꾼이라는 게 의빈 따위가 어찌해줄 수 있는
게 아니잖은가? 아니, 그건 만인지상 내 장인어른이 발 벗고
나선대도 안 되는 일이지, 암! 돈줄에 연줄을 꼬면 정승 자리
도 해 처먹을 수 있는 이 빌어먹을 세상에도 소리꾼만은 편법
으로 될 수 없다, 그 말이야!"

다시금 잔을 비운 상록이 지나가듯 물었다.

"백연은 취화루 앞에서 만났는가?"

"예."

"금일도 담벼락 아래 쪼그려 앉아 귀동냥을 했나 보군."

"어찌 아셨습니까?"

"벌써 두어 번 본 일이 있네. 아는 체를 하면 민망할까 싶어 그냥 두었지. 그 아이도 우리만치 소리를 좋아하는가 보이."

"의빈께옵서 어찌 곡비를 다 아십니까?"

"그러니까. 나도 그게 신기해."

새하얗게 눈이 온 섣달그믐이었다. 말이 좋아 안사람이지 존함조차 함부로 입에 올릴 수 없는 자헌공주의 다섯 번째 기일이기도 하였다. 한도 끝도 없는 궁중예법에 따라 죽은 이의 넋을 어르고 달래느라 산자는 그야말로 죽을 지경이었다. 드디어 길고 긴 제사가 끝이 나자 상록은 연리헌을 박차고 나왔다. 널따란 방구석에서 제 삶을 송두리째 꺾은 공주의 귀신을 붙들고 원망만 해대다간 미쳐버릴 것 같아서였다. 광나루에 당도한 그는 세밑 추위도 아랑곳 않고 한참이나 눈발 섞인 뒤바람을 맞았다. 정월 초하루부터 떡국은커녕 제삿밥을 먹어야 하는 제 신세에 진저리가 나서였다. 강물로 떨어지는 싸라기눈을 노엽게 응시하던 그의 눈에, 이리저리 물살에 떠밀리는 무언가가 보였다. 헐레벌떡 뛰어간 상록은 기겁하여 헛숨을 들이켰다. 소복 차림의 여인이었다. 희미하게 맥이 살아 있으나 연리헌으로 옮길 순 없었다. 게가 어디 제집이던가? 하여 오 년 넘게 방치되어 있던 이곳, 용두재로 데려온 것이었다.

"삼일 만에 깨어난 여인은 예가 저승인지 이승인지부터 묻더군. 이승이라 하니 밤인가 낮인가 또 물었고. 앞을 보지 못한다며 저를 곡비라 했지."

상록은 무슨 말인가를 덧붙이려다 말고 입을 닫았다. 실상, 깨어난 백연을 앞에 두고 그는 잠시 멍했다. 믿을 수가 없었다. 커다란 눈에 기나긴 속눈썹, 버선코처럼 아담하게 떨어진 코끝하며 도톰한 입술, 핏줄이 비칠 만큼 투명한 피부까지…… 화영과 너무도 닮아서였다. 하물며 그 참한 몸태와 조신한 말투까지도 소름 끼치도록 똑같았다. 애달픈 제 첫정이 살아 돌아온 듯해 상록은 여인을 끌어안고 싶은 충동을 억누르는 게 고역이었다. 이것이 마치 운명처럼 느껴져서 헌칠한 신체마저 내떨렸다. 다만 어찌 이리도 천한 신분이란 말인가…… 구명해주신 것도 감읍한데 신세까지 질 순 없다며 떠나겠다는 백연을, 상록은 재차 만류하였다. 어떻게든 화영을 닮은 이 여인을 곁에 붙잡아두고만 싶었다.

"내가 끝내 잡으니 감읍하다며 절을 올리곤 곧바로 뒷골방으로 거처를 옮기더군. 북향이라 볕도 들지 않는, 기껏 손바닥만 한 쪽방 말이네. 그리고 딱 보름 후, 세 값이라며 내 앞에 닷 전을 내놓았네. 그조차 자투리 실로 꿰어져 있더군. 짤랑대는 것이 혹여 경박스러울까 싶어 그랬는지 말이야. 하물며 곧을 시켜 알아보니 정확히 시세에 맞춘 것이더란 말일세."

색실로 정갈하게 묶인 동전 몇 닢이 상록을 크게 당혹시켰다. 천인 중의 천인. 부정 탄다 하여 백정보다도 더 천시받고, 무당만큼 꺼리며, 망나니만큼 손가락질받는 것이 곡비였다. 그것도 사내도 아닌 여인에, 멀쩡하지도 않은 봉사가 아닌가. 그토록 하찮은 신분, 변변치 못한 처지에도 염치를 알고 행하는 여인이 상록을 놀라게 했다. 안 받는다 하면 두말 않고 떠날 여인이라, 그는 닷 전을 말없이 갈무리했다. 돈의 가치를 무시하고 산 지 오래였으나 손바닥 위의 푼돈이 그토록 묵직할 수 없었다.

"그 아이, 내 신분을 밝혔을 때도 놀란 기색 하나 없더군."

"짐작했다 하더이까?"

"나한테서 진솔옷 내음이 났다더군. 아니, 금박 냄새라 했던가."

막잔을 단숨에 비워내곤 상록은 소매로 입가를 훔쳐내었다.

"말술을 먹곤 예서 재워달라 떼를 써볼 요량이었는데, 박상궁 잔소리가 벌써부터 들리는 듯하니 것도 아니 되겠네. 난 이제 가봄세. 백연 그 아이, 결찌도 한 명 없는 듯하니 자네가 잘 좀 해주게."

"예? 제가 어떻게……?"

"그저 뭐, 작금처럼 알은척도 좀 해주고 그러란 말이지."

"예."

다부진 팔로 옷매무새를 다듬은 상록이 옛집을 나섰다. 성큼성큼 한참 멀어지다 말고 설핏 뒤를 돈 그가 나직한 담 너머, 뒷골방을 바라보았다. 방주인은 벌써 자는지 불이 꺼져 있었다. 사내의 단정한 입매에 엷은 웃음 한 자락이 걸렸다. 참, 촛불이 필요 없는 이다. 그림자 없이 어둠 속에 덩그러니 앉아 있겠지…… 밤길 걸음걸음마다 서리는 찬 달빛에 빛나고 그 속에 오롯이 백연이 떠올랐다. 여린 몸태가 꺾인 꽃줄기마냥 아슴푸레하였다. 그 창백한 목덜미를 떠올린 순간, 상록은 기이한 기갈에 침을 삼켰다. 과하게 술을 마신 모양이었다.

지난 달포간 그는 습관처럼 이곳을 들락거렸다. 정확히는 담장 너머에서 서성거렸을 뿐이었다. 그럴 때마다 백연은 처마에 달린 고드름 아래 위태로이 서 있었다. 동절 삭풍과 가혹한 눈발에도 불을 다룰 수 없는 그녀의 세상은 항시 냉골이었다. 조리도 여의치 않아 품삯으로 얻어온 곡식을 불려 그 뜨물로 간간히 끼니를 해결하는 듯했다. 갓 내린 눈송이를 짓먹던 야윈 뒷모습이, 새끼 고양이를 품에 안으며 하찮은 온기를 취하던 뒤태가 손톱 밑에 가시처럼 박혀 내내 상록을 불편하게 했다. 실상 이 집에 화정패를 들인 건 순전히 백연 때문이었다. 왁자지껄한 사당패가 들어오면 결빙된 그녀의 삶에 온기 한 자락, 생기 한 줌 생길까 하였건만 금일, 의외의 것이 제 신경을 거슬렀다. 날치가 백연과 나란히 들어오자 저도 모르게 미간이 좁아든 것이다. 그 까닭 모를 불쾌감에 가장 당황한 건, 채상록 자신이었다.

엿치기

꼭두쇠 부녀의 취미

조용한 오후, 빈 날치의 방에 숨어든 것은 비금이었다. 능숙하게 벽장부터 열어젖혀 이불이며 의복을 하나하나 털어가며 뒤지기 시작했다. 그때 발칵, 문이 열렸다.

"아잇, 깜짝이야! 부친은 망이나 보라니까!"

"눈뜬장님 말고 또 누가 있다고 자꾸 망을 보래?"

꼭두쇠는 비금과 반대 방향을 능숙하게 훑어 내렸다. 사설 집이 켜켜이 쌓인 사방탁자 쪽이었다. 폭신한 방석 위에 놓인 북이 흡사 소리꾼의 방 같았다.

"부친! 깡쇠 놈이 제대로 본 거 맞대? 진짜 뭘 받긴 받았 대?"

"그래! 수원패 모가비가 날치한테 군이 뭘 떠안기곤 잽싸게 내빼더란다! 묵직허니 삼십 냥은 되어 보이더래."

"근데 왜 나오는 게 없어? 날치가 계집질을 해, 술을 마셔?

기껏 소리판 다니는 게 단데 벌써 다 썼을 리도 없고, 그 큰돈을 이고 지고 다닐 리도 없고! 왜 방구석에서 땡전 한 푼이 안 나오냐구? 여태까지 모은 돈만 해도 백 냥은 족히 될 텐데."

"백 냥 좋아하시네! 못해도 삼백 냥은 되겠다!"

꼭두쇠는 서안을 밟고 올라서서 천장을 손바닥으로 두들겨 댔다.

"설마 이런 데다 숨긴 건 아니겠지?"

"자다가 돈벼락 맞아 뒈질 일 있어? 깡쇠가 또 딴 얘긴 없었어?"

"아니, 취화루에서 바로 집에 왔대. 곡비 년을 만나서 같이 왔다던가…… 하여튼."

"뭐? 같이? 쳇, 생귀신을 만났으면 침이나 뱉곤 멀찌감치 돌아갈 것이지 같이는 왜 와?"

"불쌍했나 보지."

"오라질 년."

"년?"

"앞도 못 보는 게 여우 같은 낯짝을 믿고 꼬리를 쳐? 요망한 년!"

"그러니까 네가 날치를 꽉 잡아놨으면 좀 좋아! 그깟 사내놈 마음 하나 후리질 못하고!"

"부친만 아니었음 진즉 날치랑 혼인하고 줄줄이 애 낳아서 그놈들이 벌써 줄을 탔겠다, 탔겠어!"

"하이고! 픽이나! 니가 작정하고 들이댔는데 날치가 콧방귀도 안 꿰었다며? 몇 년째 김칫국만 야물딱지게 처마시는 꼴에 큰소리는."

"부친!"

"아잇, 깜짝이야! 거참 귀청 떨어지겠네!"

아픈 곳을 찔린 비금이 괄괄스레 욕지거리를 뱉어내며 도끼
눈을 했다.

"이게 다 부친 업보 아냐! 그러게 왜 멀쩡한 애를 팔아? 그
일만 없었으면……."

"왜 또 그 얘기야? 오뉴월엔 감투도 판댔다! 그럼 역병에,
흉년에 다들 손가락만 쭐쭐 빨고 있는데 어쩌냐?"

"역병 좋아하시네! 애 팔아서 노름한 거 누가 모를 줄 알
고?"

"이 년 만에 돌아올지 내가 알았냐? 알았어?"

"거기서 사달이 나도 징하게 났으니까 애가 해까닥한 거 아
냐!"

"사달은 무슨! 성깔 더러운 상전한테 몽둥이찜질이나 좀 당
한 거지!"

"날치가 어떤 꼴로 돌아왔는지 정말 기억 안 나?"

"아, 몰라! 그게 대체 언제 적 일인데! 이게 어디서 지랄맞
게 애비한테 덤벼들어, 덤벼들긴?"

"치, 거봐. 부친도 그 충격적인 모습을 잊었을 리가 없지!"

"그만하라니까, 거참!"

혹여 날치가 이적을 할까봐 부녀는 늘 전전긍긍이었다. 또
다시 상거지 걸립패 꼴로 떠돌게 될까봐 비금은 몸서리쳤으나
꼭두쇠의 걱정은 딴 데 있었다. 노름 밑천이 바닥나는 것. 그

건 그에게 곧 죽음이었다. 설핏 치를 떤 꼭두쇠는 더욱더 적극적으로 날치의 살림살이들을 파헤쳤다. 하나 허탕만 친 부녀는 결국 경쟁하듯 욕지거리를 뱉어내며 방을 나섰다.

희양골 소리판에 다녀온 날치는 한눈에 제 방이 뒤져진 것을 알았다. 어디 하루 이틀 일이던가. 누구인지도, 그 이유 또한 짐작하고도 남았다. 이젠 화도 나지 않았다. 다만 오랜 시간 동고동락하는 사이에, 단 한 번도 자신에게 직접 묻지 않고 이런 식으로 해결을 하려 드는 꼭두쇠의 방식이 씁쓸할 따름이었다. 실상, 수원패 모가비가 제 손에 쥐여주고 쌩하니 내뺀 것은 돈이 아니라 「적벽가」의 사설집이었다. 소리를 좋아하는 날치를 위한 맞춤 뇌물이었다. 이런 일이 한두 번이 아니기에 날치는 곧 사람을 시켜 돌려보냈다. 한데 꼭두쇠 부녀가 이토록 얄망궂게 설쳐대니 괜히 돌려줬나 하는 간사한 맘까지 들었다. 그러나 열세 살의 제가 만신창이 꼴로 돌아왔을 때, 자신을 품어준 곳도 화정패가 아니던가. 예 있을 날도 얼마 남지 않았다. 한숨이 길어졌다. 사람의 도리를 하며 사는 게, 참으로 쉽지 않았다.

삼월 삼질

꽃잎 점치기

부질없는 짓인 줄 알면서도

홍매화가 이르게 만개했다. 쪽빛 하늘에서 부드레한 봄볕
이 쏟아졌다. 화정패 단원들이 모두 화전놀이를 간 터라 용두
재가 고요했다. 대청에 앉은 날치는 겨우내 거칠게 말라버
린 북의 쇠가죽과 뻣뻣해진 북채에 정성 들여 물을 먹였다. 그
리고 한층 생기가 도는 악기를 폭신한 방석 위에 앉히곤 제 발
가락으로 잘 붙잡아 고정시켰다. 둥리둥 딱! 그 단순한 울림
에 심곡이 찌릿했다. 고수는 북장단과 추임새로 소리꾼의 창
을 닦는 사람이다. 소리꾼의 숨이 달릴 땐 얼씨구! 하며 호흡
을 벌어주고, 구슬픈 대목에선 북장단을 밀며 함께 울고, 소리
가 신이 나 펄펄 뛸 땐 딱딱 맺고 끊어주어야 했다. 소리를 하
려면 고법에 정통하는 것이 기본이기에 홀로 고법 수련을 게
을리하지 않는 날치였다. 하나 소년 명창은 있어도 소년 명고
는 없다 할 정도로 오랜 수련이 필요한 것이 북이라, 그는 항

시 손끝으로 가락을 두들겨댔다. 밥을 먹을 때도, 길을 갈 때도, 줄 위에 올라서도, 자기 전에도, 몸뚱이에 북가락이 찌들어 콱 밸 정도로 반복했기에 허벅지에 피멍이 가실 날이 없었다. 하니 금일처럼 실제 북을 잡고 원 없이 장단을 두들기며 소리를 내지르는 날엔 신바람이 절로 났다. 날치는 들뜬 마음을 진정시키며 품속에서 작은 수첩을 꺼내들었다. 수많은 소리판을 기웃거리며 각 명창들의 음성, 호흡, 발림, 창법, 시김새, 그 고유의 더늠까지 예리하게 관찰하고 적어둔 그만의 기밀서였다. 송방울. 책장은 그 이름에서 멈추었다. 빼곡한 장점 앞에 제 부족함과 초라함만이 선연하여 날치는 이를 악물었다. 송선생을 뵐 날이 머지않았다. 그날까지 독하게 소리 공부에 매진하리라. 걱정보다 기대감이 앞선 탓에 북채를 쥔 손안에 뭉근히 땀이 차올랐다. 날치는 두근대는 폐부 깊숙이 춘절의 대기를 들이마시고 상성과 하성을 오가며 목부터 풀었다. 그러곤 상전의 가마를 모시는 하졸마냥 목청을 길게 빼며 소릿길을 텄다.

나아, 나아, 나니니나! 나나니나니나나네에. 쉬이, 쉬이! 물렀거라! 새 떼 몰고 소리꾼 행차시다!

두리둥 탁!

새가 날아든다. 웬갖 잡새가 날아든다. 새 중에는 봉황새 만수문전萬樹門前에 풍년새. 산고곡심山高谷深 무인처無人處 울림비조鬱林飛鳥 뭇 새들이 농춘화답弄春和答에 짝을 지어

쌍거쌍래 날아든다…… 이 산으로 가며 쑥국 쑥국. 저 산
으로 가며 쑥쑥국 쑥국.

백연은 저잣거리의 셋방을 알아보다 이제야 집으로 돌아오
는 길이었다. 담 너머로 저를 훔쳐보는 채상록의 시선을 더는
감내할 수 없어서였다. 의빈은 제 몸씨에서 다림질한 비단 향
이 난다는 걸 알지 못했다. 한 줌 실바람에 실려 오는 그 쇠 냄
새가 얼마나 섬뜩한지도. 백연은 결코 양반 족속들을 믿지 않
았다. 상갓집에서 몹쓸 양반들을 수태 본 탓이었다. 부친상에
드디어 제 세상이 왔다고 낄낄대는 상주며, 조강지처의 삼일
장을 채 마치기도 전에 첩을 들인 대감이며, 상갓집 뒷방에서
계집종을 희롱하는 조문객이며…… 천지에 위선을 떠는 가증
스러운 양반들뿐이었다. 하니 채상록처럼 선의를 베푸는 양반
님을 만나면 기쁜 게 아니라 외려 불안했다. 애젊은 소경은 혹
여 덫에 걸릴까 친절한 이들을 극도로 경계했다. 호인인지 악
인인지 파악할 능력이 없다면 모다 끊어내는 것이 맞지 않은
가? 채상록이 처음 했던 말은 이것이었다.

[난 약자에게 손을 댈 만큼 형편없는 인간이 아니다. 또한
하늘 아래 모두 똑같다는 천주학의 교리가, 일견 맞는다고도
생각한다. 주상전하조차 무수리 배에서 난 마당에, 신분의 귀
천을 따져 무엇하느냐? 단지 난 인격에 귀천이 있다고 믿는다.
천한 양반, 귀한 천민도 있는 것 아니겠느냐.]

하나 세상에 순수한 호의란 없다. 하여 백연은 꼬박꼬박 세
값을 치르다 결국 방을 빼려는 것이었다. 그러나 곡비에게 쉬

이 방을 내주는 이 누구랴? 용두재를 나가지도, 머무르지도 못하는 암담한 처지에 백연의 한숨이 길어졌다. 그때 갑자기 동박새와 두견새가 지지배배 울며 솔밭으로 몰려들었다. 버들가지 위에 내려앉은 꾀꼬리 한 쌍도 목청 높여 서로 지저귀었다. 어디에선가 들려오는 신묘한 「새타령」 때문이었다. 방울새와 딱새도 비비쫑 비비쫑, 조로롱 조로롱 화답하듯 울어댔다. 노랫소리는 끝없이 추켜올려졌다가 어느새 궁글려졌고, 곧게 뻗어나가다가 찰나 잘게 떨리며 사그라졌다. 그 유려한 음성을 듣다 말고 백연은 커다랗게 입을 벌렸다. 낯익은 목소리였다. 이날치! 묵직하고 진중하다고만 여겼던 그의 음성에 꽤 섬세한 미성이 깃들어 있었다. 뿐인가, 아직 육 리는 더 가야 집이 나올 판이었다. 한데 빽빽한 적송들을 뚫고 이 먼 곳까지 창이 닿다니! 백연은 그 우렁찬 호령성에 홀려 금세 용두재에 당도하였으나 차마 대문을 열 수 없었다. 날치에겐 노래가 한낱 여흥거리가 아닌 탓이었다. 같은 부분을 반복하며 세심하게 다듬고, 여러 기교로 변주하는 것은 호된 수련이 분명했다. 오랜만의 독공에 훼방꾼이 등장하면 달갑지 않으리라. 백연은 잡석으로 쌓아 올린 담에 등을 대고 쪼그려 앉아 쫑긋 귀만 세웠다. 노는 손이 담벼락 아래 피어난 복수초며 금낭화며 제비꽃이며 바람꽃을 주섬주섬 꺾어 모았다. 여인의 입가에 춘풍 한 자락이 배어들었다.

「흥부가」 중 「제비노정기」, 「화초장타령」, 「박타령」으로 이어진 연습 소리가 끝이 나고도 한참이 지나서야, 백연은 마당으로 들어섰다. 대청에 앉은 날치를 향해 목례를 한 그녀는 줄행랑치듯 걸었다. 왜인지 조금 부끄러워서였다. 당황한 건 날치도 마찬가지였다. 백주대낮에 백연을 마주한 것이 처음이었다. 햇볕을 받아 연갈색을 띠는 눈동자가, 능금처럼 발그레한 뺨이, 손에 흐드러진 꽃다발이, 하나로 묶여 등허리에서 살래살래 물결치는 머릿결이…… 꼭 다른 이 같았다. 날치는 제가 넋 놓고 여인을 훑고 있음을 자각하곤 고개를 끄숙였다. 그때, 한 줌 향내가 코끝에 스쳤다. 여인이 뿜어대는 춘양에도 불구하고, 눈부신 것은 결국 흰 상복일 뿐이었다.

"이런 봄날에도 누군가 죽는구나……."

날치의 읊조림에 백연이 발을 멈췄다.

"꽃피는 춘삼월에 떠나는 것도 복이더이다."

서서히 날치를 향해 돌아서며 백연이 말했다.

"혹여…… 서책을 보고 계십니까?"

"사설집을 보고 있어."

무슨 대단한 청촉이라도 할 요량인지 여인은 거듭 머무적거렸다.

"제게…… 제게 서책을 읽어줄 수 있으신지요?"

"난 사설집밖에 없어서……."

"무엇이든 좋습니다. 그도 본디 설화이니……."

날치는 잠시 망설였다. 소리 공부에 매진하기도 빠듯하거늘 어찌 여인과 노닥거릴 궁릴 하느냐고 머리는 꾸짖었으나, 사설을 읽는 것 또한 공부가 아니냐고 가슴은 항변하였다. 주저하던 그의 머릿속에 번뜩 의빈의 말이 스쳤다.

[백연 그 아이, 결쩨도 한 명 없는 듯하니 자네가 잘 좀 해주게.]

"그, 그래. 그렇게 하자. 술시쯤 네 방으로 가마."

"예. 하면 이따 뵙지요."

안채 뒤편으로 종종걸음을 치며 백연은 스스로에게 놀랐다. 막무가내로 서책을 읽어달라 청할 용기가 도대체 어디서 솟아났는가? 귀뺨에 손부채질을 하였다. 저잣거리에 셋방을 구하지 못한 것이 어쩌면 다행이란 생각이 스친 탓이었다. 해가 지기 직전, 뒷골방에 찰나 같은 한줄기 볕이 비쳐들었다.

뱃놀이

뒷골방에 파랑이 인다

서산 너머 감빛 노을이 스러졌다. 먹색 야공에 작은 별 하나
가 걸렸다. 몽당 초를 든 날치가 백연의 방 앞에서 헛기침을
하였다. 삐각, 문이 열렸다. 쪽방 안으로 발을 디디며 날치가
슬쩍 눈알을 굴렸다. 이불 넣는 벽장문 하나 달린 쪽방은 텅
빈 채였다. 하긴 살림살이를 들이면 작은 몸 뉘일 곳도 변변치
않을 것이다. 한데 벽엔 말린 꽃송이들이 빼곡했다. 색깔도 모
양도 제각각인 소소한 들꽃이었다. 초상집에서 묻혀 온 향연
을 지워내려 함인가? 날치의 눈동자가 이번엔 창틀에 놓인 광
주리에 닿았다. 그 안에 오색실이 수북했다. 손님의 시선을 읽
었는지, 여인이 묻지도 않은 것을 답하였다.

"포목점에서 일감을 받아 매듭짓는 것을 합니다."

"손재주가 좋은가 보다. 그런데 색깔 구분은 어찌……."

"백색은 모시실, 황색은 닥나무실, 흑색은 삼베실이고 청색

95

은 홑겹, 홍색은 두 겹 명주실입니다. 그 두께와 촉감이 미세하게 다르지요."

"신통하구나."

한 사람 누우면 꽉 찰 공간에, 두 사람은 마주 보고 앉았다.

"의빈께 들었다. 네가 굳이 볕도 안 드는 이 북향 방을 고집했다고."

"제 세상엔 명암이 없으니 스스로 세 값을 감당할 방이면 족합니다."

서책을 읽어달라 청한 것은 분명 저인데, 막상 지근거리에 사내와 더불어 앉으니 백연은 숨이 막혔다. 고스란히 전해지는 체향과 체온이 야릇한 감정을 낳은 탓이었다. 혹여 한 줌 숨이 닿을까봐, 그녀는 숨결을 꾹꾹 눌러 삼켰다. 새삼 쪽방이 더 작게 느껴졌다. 타닥타닥, 타들어가는 초의 심지 소리가 미약하게 공간을 메웠다.

"초 향이…… 근사합니다."

"흠흠, 그래."

내외하는 그들의 모습이 꼭 여염집 선비와 처자 같았다. 그도 그럴 것이 백연은 어려서부터 흉사를 쫓아 사대부가를 전전하였다. 엄혹한 향불을 견디며 망자를 모시다 보니 자연스레 양반가의 여식보다 더 조신한 소녀가 되었다. 경사를 쫓는 날치 또한 다름 아니었다. 유명해지곤 늘 대단한 양반님들이 말을 붙여왔다. 생각 없이 속내를 지껄이다간 어느 곡절에서 웃전의 심기를 거슬러 경을 칠지 모르니, 의식적으로 몸가짐을 다잡은 게 벌써 오 년째였다. 암흑 속에 사는 여인과 빛

속에 사는 사내는 얼핏 달라 보였으나 따지고 보면 퍽 비슷한 점이 많았다. 울음을 파는 곡비도, 웃음을 파는 광대도 가짜를 진짜로 해야 하는 고된 일이 아니던가. 환대와 멸시를 동시에 받는 모순된 업이기도 하였다.

"「춘향가」 사설집을 가져왔다. 한번 만져볼 테냐?"

사내는 어색한 공기를 깨뜨리기 위해 부러 소리를 내며 여인의 무릎 앞에 서책을 놓았다.

"내가 필사한 거야. 한…… 사오 년 되었어. 먹 대신 잿가루를 개어 쓴 것이라서 말끔친 않다. 겉장은 오리나무 열매를 끓여 염색을 했고."

백연의 손끝이 서책에 닿았다. 표지가 맨들맨들한 것이, 주인에게 담뿍 애정을 받은 것이었다. 손어림하는 여인의 속눈썹이 부채춤사위처럼 싸르르 펼쳐지곤 파르르 떨렸다. 눈이 제 기능을 잃은 것을 모르는 듯, 무척이나 길고도 촘촘하였다. 하나 날치의 시선을 사로잡은 것은 눈 아래 찍힌 작은 점이었다. 눈물점. 빤히 그것을 바라보다 말고 날치가 크흠, 목을 가다듬으며 책장을 열었다.

"어느 대목을 읽을까? 아니, 처음부터 읽는 것이 좋겠다."

백연이 들을 준비가 되었다는 듯 한쪽 무릎을 세워 앉으며 허리를 곧추세웠다.

영웅열사英雄烈士와 절대가인絕對佳人이 삼겨날 제 강산정기를 타고나는디 군산막학부형문群山萬壑赴荊門에 왕소군王昭君이 삼겨나고 금강활錦江滑이 아미수峨嵋秀에 설도문군 탄생薛濤文君誕生이라. 우리나라 호남좌도 남원부는 동으로 지리산, 서으로 적성강 산수정기 어리어서 춘향이가 삼겼겠다.

날치의 입담은 아니리에선 달근달근히 이야기를 펼쳐내고 이몽룡이 광한루에 도착하여 사면경치를 구경하는 「적성가」에선 더할 나위 없이 한가로운 진양조로 흘러갔다. 그네를 뛰는 춘향을 처음 보는 대목에 이르러선 속도가 점점 빨라지니, 말소리마저 중중모리에서 자진모리장단으로 옮겨가 흥을 타고 놀았다.

"이 애 방자야." "예이." "저기 저 건너 장림숲속의 울긋불긋 오락가락하는 저게 무엇이냐?" 눈치 빠른 방자 놈이 도련님이 춘향 보고 넋 나간 줄 벌써 알고 시치미를 뚝 따고 하는 말이, "멀 보시고 그러십니껴? 소인놈 눈에는 아무것도 안 보입니다."

방자와 이도령의 극렬한 대비에 정말 두 사람이 만담을 주고받는 듯했다. 여러 명을 들락날락하며 즉흥적으로 노래와 이야기를 엮는 재담꾼의 솜씨가 예사롭지 않았다. 어느새 무릎에 턱을 괸 백연은 조선 최고의 연애담에 속절없이 빨려들었다. 날치의 사설은 문학이고 음악이며 동시에 촌극이었다. 뒷골방을 장악한 것은 음률과 너름새가 합쳐진 완벽한 소리판이었다.

이리 오너라 업고 놀자! 사랑 사랑 사랑 내 사랑이야, 사랑
이로구나 내 사랑이야 이이이 내 사랑이로다!

「춘향가」는 바야흐로 백미인 「사랑가」로 넘어가고 있었으
나, 날치의 음성은 덧없이 떨렸다. 긴긴 세월 동안 수태 되넌
가사가 가물가물하질 않나, 박자가 어긋나기까지 하였다. 작
은 공간에서 여인 하날 앞에 두고 소리를 하는 게 무척이나 곤
혹스러운 탓이었다. 눈앞의 관객 하나 웃기고 울리지 못한다
면 송방울의 제자가 되기는커녕 아무짝에도 쓸모없는 목청이
라고 혹독하게 자신을 몰아세웠으나, 깊이를 알 수 없는 맹안
이 제 한계치마저 시험하는 듯했다. 후들대는 촛불에 여인의
왼쪽 뺨이 붉게 물든 순간, 날치는 목이 잠겨 더 이상은 끽소
리조차 낼 수 없었다. 손을 뻗으면 닿을 거리에 홀연히 피어난
건 여린 꽃잎이었다. 다만 안뜰에서 고이 자란 것이 아닌, 홀
씨로 날아와 어렵게 뿌릴 내리고 겨우 싹을 틔운 야생초였다.
울타리도, 처마도 없이 비가 오면 오는 대로, 바람이 불면 부
는 대로 한없이 부대끼며 팔락일 수밖엔 없는, 열매도 꽃도 없
는 들풀이었다. 그 아련한 자태가 날치의 가슴을 뭉근하게 쥐
었다.

이렇듯 세월을 보내는디, 사또께서 동부승지 당상하야 내
직으로 올라깃게 되니 춘향과 이도령은 헐 수 없이 이별
이 되난디.

"오늘은 여기까지."

돌연 현실로 끌려 나온 백연이 커다란 눈을 껌뻑였다. 그것이 날치에겐 서운함으로 비쳤으나 그것은 실상, 황홀감이었다. 항시 어느 담벼락에 기대 소리를 엿듣던 그녀였다. 북가락이 들리지 않는 것은 다반사요, 아예 가사가 들리지 않을 때도 많았다. 선명한 것은 늘 좌중의 감탄뿐이었다. 하니 오롯이 저만을 위한 소리가 어찌 벅차지 않으랴.

"타고난 소리꾼이십니다."

"에이, 아이다."

"참입니다. 구용천보다 성량은 더 웅장하시고, 성음은 더 은은하십니다."

달칵 튀어나온 삿된 이름이 돌차간 날치의 정수릴 강타하였다. 평생, 구용천의 이름자 뒤에 따라붙는 건 끔찍한 무력감뿐이었다. 그 엄혹한 현실에 심간이 찢기고 해지는 것은 어제오늘 일이 아니었다. 한데 작금, 여인이 단언하였다, 소리꾼의 희원이 당치 않은 헛꿈이 아니라고. 그 한마디 말이 사내에게 기이한 투지를 안겨주었다. 당황한 날치는 엄지와 검지로 촛불을 검세게 잡아 비볐다. 사멸한 불꽃이 한 줌 연기가 되고 다시 매운 그을음으로 뒤바뀌고서야 백연은 아, 하고 입술을 띄었다. 날치가 벌컥 문을 열었다.

"바람 좀 쐬자."

작은 뒤뜰에 남녀가 나란히 섰다. 살바람이 그 사이를 가르며 칭얼댔다.

"어찌 이리 조용합니까?"

"삼진날이라 다들 화전놀이를 갔다가 밤 사냥을 한대. 새끼 꿩을 잡는다나."

"어찌 동행하지 않으셨는지요?"

"피 보는 것은 딱 질색이라."

백연은 고개를 끄덕이며 쌀쌀한 바람 아래, 제 팔뚝을 연신 매만졌다.

"보름달이 떴군요."

"어떻게 알았어?"

"보름달이 뜨는 밤엔 어린 새들도, 풀벌레도 잠투정을 안 한답니다."

"와…… 정말이네."

"멀쩡히 앞을 볼 땐 못 봤던 것을 맹이 되어 보기도 합니다."

"이를테면?"

"깃털을 털어 말리는 참새에게서는 깨를 터는 소리가 납니다. 여름 뽕나무에 앉는 건 휘파람새뿐입니다. 꽃 중에 가장 단내가 나는 것은 칡꽃입니다. 달맞이꽃은 벙글 때 소리를 냅니다. 타오르는 새 숯과 꺼져가는 재 숯의 온기는 다르답니다."

"또?"

"때죽나무 향기는 한밤에 더 처연해집니다. 햇무리처럼, 달이 차오름에 따라 달무리도 더 차가워집니다. 함박눈에선 단내가 나고, 싸라기눈에선 쓴내가 납니다. 고드름은 길이에 따라 맛이 다르답니다. 이를테면 그런…… 쓸데없는 것들 말입니다."

"쓸데없지 않다, 아주 흥미로운걸. 그런데 꽃은 어찌 구분하느냐?"

"눈으론 헷갈리는 것도 손끝으론 정확히 구별된답니다. 잎이 두툼하면 오래가는 동백 일종일 것이요, 잎이 얇고 넓적하면 빨리 시드는 오동 일종일 것입니다. 넝쿨로 바닥을 기는 것은 큰 열매가 맺히니 박과 외일 것이고, 나무통이 크고 잎이 작으면 홰나무이지요. 화려한 꽃이 피면 열매가 없으니 모란 종류요, 자잘한 꽃에선 튼실한 열매가 달리니 대추와 오얏 종류이지요."

"대단하다."

"본디 맹으로 태어났으면 차라리 나았을 것이라 생각한 적도 있습니다. 가지고 있던 것을 빼앗기는 좌절은 없었을 테니 말입니다. 하나 작금은 그리 생각지 않습니다. 눈이 보였던 시절은 축복이었습니다. 그 날들이 있음으로 하여 항시 머릿속엔 주변의 일들이 생생하게 그려지니 말입니다."

"네가 앞이 안 보인다는 것을 자꾸 잊는다. 네가 날 너무 똑바로 쳐다봐서."

"맹이 되곤 누군가 그랬습니다. 까마귀는 시체의 눈알을 파먹는다고. 힘 빠진 네 눈알이 꼭 시체 같다고. 그 후부터는 소리가 나는 곳을 똑바로 쏘아보곤 했습니다. 초점을 맞추고 사람들의 눈을 보려고 애를 썼습니다."

"그만큼 예민해졌겠지. 가장 힘든 건 무엇이냐?"

"손톱을 자르는 것입니다. 쪽가위는 무척이나 공포스러운 물건이랍니다."

"아, 생각해보니 그런 것도 같다. 그럼 가장 하고 싶은 건?"

"숨이 턱 끝까지 차도록 달려보고 싶습니다."

"……빛을 못 보니 퍽 고되겠다."

"실상 눈을 잃고 가장 서글펐던 건 빛을 못 보는 게 아니었습니다. 글을 읽지 못하는 것이었습니다. 서책을 읽어주셔서 감사합니다."

여인의 어조에 무한한 감사가 녹아 있었으나 날치는 설핏 면을 굳혔다. 이 여인이 글도 읽을 줄 알았단 말인가? 유명 기루에선 체계적인 교육을 통해 동기童妓들을 예인으로 키워냈다. 고매한 양반님들을 상대하려면 가무는 물론 시화에도 능해야 하기 때문이다. 백연이 그런 곳에 있었단 말인가? 눈은 또 어찌 보이지 않게 되었는가? 혹여 선홍열을 앓았는가? 독초를 잘못 먹었는가? 이유야 어찌 되었건 홍루에서 공들인 기인을 절대 고분고분 놓아줄 리 없다. 한번 기적妓籍에 오르면, 도피처가 저승이 아닌 다음에야 그 굴레를 벗어날 수 없었다. 한데 백연의 하는 양으로 보아 도망친 것도, 쫓기는 것도 아니었다. 백연이란 이름이 가짜라 해도 도성 한가운데서 장님 하나 찾아내는 건 결코 어려운 일이 아닐 것이다. 그렇다면 무슨 수로 기적에서 벗어났단 말인가? 양반님이 첩으로 들일 요량으로 빼내었다면 또 모를까. 하나 백연은 머리를 얹지도 않았다. 기생 특유의 남세스러운 몸짓도 없질 않은가? 대체 무슨 연유로 정월 초하루에 광나루에서, 그것도 초죽음으로 발견되었단 말인가? 삿된 의문이 꼬리에 꼬리를 물고 이어졌다. 날치는 뒤숭숭해진 머리를 살래살래 내저었다. 그러곤 적막 너머에 있는 달무리와 그것을 오롯이 담고 선 백연의 눈동자를 번갈아 바라보았다. 그러나 그의 시선이 멈춘 곳은 여인의 눈 밑에 찍힌 눈물점이었다. 세상사, 심간 편한 사람이 아무도 없었다.

사방치기

역적이 될 수 없어 의빈이 된 사내

"물렀거라! 물렀거라!"

무장한 별기군別技軍이 궁문을 나서자 말을 탄 취타대吹打隊가 쩌렁하게 연주를 시작하였다. 홍색 바탕에 청룡을 그려 넣은 홍문대기紅門大旗를 필두로 줄지어 나부끼는 형형색색의 깃발들이 어가행렬의 권위와 위엄을 더했다. 사람들은 가던 길을 멈추고 흙바닥에 납작 엎드렸다. 붉은 융복을 갖춰 입고, 전립에 공작 깃털을 꽂은 별감들은 조아린 백성들을 샅샅이 훑어대며 삼엄하게 경계를 섰다. 매년 꽃이 피면 임금은 조강, 주강은 물론 상참, 윤대, 경연까지 모두 무르고 친히 능행에 나섰다. 속칭 공주능이라 불리는 남릉이었다. 각별히 귀애하였던 외동딸 자헌공주가 하직한 지 오 년이 지났으나 홍살문을 통과하여 박석 참도參道를 걷는 왕의 표정은 참담하기만 했다. 채상록은 생존 자체가 불충이며 불효인 죄인이라 각진 어깨를

잔뜩 옹송그리고 턱을 한껏 잡아 내린 채 장인의 뒤를 따를 뿐
이었다. 철딱서니 없는 궁녀들만이 말쑥한 의빈의 면을 샛눈
으로 힐끔거렸다. 곧 모란문 병풍석을 두른 능 앞에 망자가 좋
아했던 춘절 별식이 놓였다. 기어이 무릎을 꿇은 국부는 새 뗏
장을 쓰레질하듯 쓰다듬었다.

"우리 숙경이가 얼마나 외로울꼬……."

아비로서 가슴 아파 한 말이라는 걸, 상록도 안다. 얼마나 그
리운 아명兒名인지도. 하나 부부의 정도, 임금을 향한 충심도
없는지라 장인의 옥언이 그에겐 '어찌 여직 살아 있느냐'는 꾸
중으로만 들렸다. 하여 그는 억지로 무릎을 꿇으며 임금의 손
길을 거드는 시늉만 할 뿐이었다.

"자네는, 자네 자리나 손봐두게."

고개도 돌리지 않은 채, 장인은 사위에게 그리 일렀다. 자헌
공주의 능 오른편에 널찍하게 빈 공간이 마련되어 있었다. 애
초에 쌍릉으로 조성된 곳이었다. 제 묏자리를 보는 산자의 심
보가 좋지 않았다. 의빈이 되어 날개가 꺾인 저에게 단 하나의
쓰임이 남았다면 하루빨리 이 빈 땅을 채우는 것뿐이었다. 옥
수에 흙을 묻히며 한참이나 애달프게 묘뜰을 살피던 왕은 마
지못해 옥체를 일으키며 사위에게 명하였다.

"금일 밤, 자넨 예서 숙경이 옆을 지키게."

"예."

성은이 망극하다 했어야 옳다. 뒷배도, 세력도 없는 사위 하
나 죽이는 것이 임금에게 어디 일이던가? 더도 덜도 말고 관
상감 교수를 시켜 '의빈은 왕을 능멸하는 관상이옵니다.' 딱

그 한마디 하게 하면 당장이라도 사약을 내려 죽은 딸의 옆구리를 채울 수 있었다. 하나 임금은 그리하지 못했다. 행여 딸의 망령이 가슴 아파할까봐서였다. 실상 상록은 공주의 삼년상을 치르자마자 변방으로 보내달라 임금께 읍소하였다. 감히 병마절도사 자리를 청한 것이 아니었다. 직위도, 부하도 필요없으니 그저 나졸로서 조선을 지키는 문지기가 되게 해달라 간청한 것이었다. 평생 그 어떤 유의미한 일도 해서는 아니 된다는 압박이 각일각 숨통을 죄어온 탓이었다. 마음껏 칼이라도 휘두르지 않으면 숨이 막혀 죽을 것만 같았다. 허무와 드잡이하는 의빈의 삶이 정히 끔찍했다. 하나 보탑의 장인은, 사위의 애원을 싹둑 잘랐다.

[불허한다. 남릉에서 멀어지면 숙경이 슬퍼할 터. 성저십리 밖으론 원행도 금한다.]

괜히 긁어 부스럼을 만든 꼴이었다. 그때부터 상록은 숫제 도성에 감금된 신세가 되었다. 하니 작금도 능지기가 되라 명하지 않은 것이 다행이었다. 다시금 길고 긴 꼬리를 달고, 임금은 박석을 밟아 나갔다. 멀어지는 어가행렬을 지켜보던 상록이 설핏 치를 떨었다.

서녘 하늘에 한껏 그을린 숯처럼 발간 노을이 번졌다. 잿가루같이 먹먹한 어둠이 내려앉았다. 소멸을 목전에 둔, 삭은 달이 떠올랐다. 상록은 그제야 내키지 않는 육신을 눌러 앉혔다. 공주의 혼백을 떠받드는 것도 이젠 몸서리가 났다. 왜 이런 꼴로 사는가? 무엇 때문에 사는가? 아니, 살고 싶기는 한 것인가? 그 어떤 질문에도 답을 할 수 없었다. 살아도 그만, 죽어도 그만이었으나 이곳에 묻히긴 싫다. 하나 제아무리 흉한 꼴로 객사를 할지라도, 스스로 목을 매 자결한다 하여도, 끝내 제 몸뚱이는 반듯하게 추슬러지고 고운 능라 수의가 입혀져 이곳에 눕힐 터였다. 그 어떠한 발악으로도, 어떠한 몸부림으로도 변하지 않을 사실에 진저리가 쳐졌다. 바람에 축축한 습기가 배어나더니 번뜩, 밤하늘이 갈라졌다. 섬광이 서너 갈래로 찢어지며 능원에 내리꽂혔다. 머흘머흘 몰려온 구름 떼가 곧 사나운 빗방울을 떨궜다. 억수장마 같은 봄비였다. 빗살에 꺾인 풀들이 땅을 치며 아우성쳤다. 비 한 방울 막지 못하는 갓을 저만치 내던진 상록은 털썩 드러누웠다. 낯짝을 죽죽 그어대던 빗줄기는 숫제 채찍질하듯 쏟아져 내렸다. 커다랗게 입을 벌려 한없는 허기를 빗물로 채우던 상록의 얼굴에 별안간 낮은 미소가 번졌다. 감은 눈 안으로 떠오른 초련初戀 때문이었다.

홍법사의 동자승은 아픈 어미를 위해 불공을 드리러 온 효자, 효녀를 부처님이 엮어주었다며 놀려대었다. 무과에 급제하여 조선 신검新劍으로 불리던 열여섯 살의 상록과 영의정 손광익의 딸 화영이었다. 좌포청 종사관이었던 상록과 여인이나 병법서까지 독파한 화영은 제법 말이 잘 통했다. 그렇게 사찰에서의 밀회는 일 년간 이어졌다. 그 두 사람 사이를 비집고 든 것이 바로 화영의 벗, 자헌공주였다. 그녀는 언제부턴가 자꾸 상록만을 따로 불러내 독대를 하였다. 공주가 좌포청까지 친히 납신 날, 끝내 일이 터졌다.

[국혼이 성사되었습니다. 제 다섯째 오라비 율언군 말입니

다. 어떤 집안 아가씨인지 궁금하지 않습니까?]

　[왕실에서 좋은 가문의 참한 아가씨를 간택하셨겠지요.]

　[화영이랍니다, 화영이!]

　활짝 웃는 공주의 면이 사갈만치 괴이했다. 그 순간 상록은 깨달았다. 이 야살스러운 짓거리를 꾸민 것이 그녀임을. 금지옥엽의 말 한마디에 임금이 경거망동하였다는 것을. 아무런 힘도, 뒷배도 없는 숙빈의 소생, 율언군이 그 제물로 희생되었다는 것을. 하나 그것은 시작일 뿐이었다. 혼례를 치른 율언군과 화영은 외교사절이란 명분으로 청나라에 보내졌다. 실상 인질이었다. 그즈음, 상록의 부모가 졸했다. 그는 누런 삼베옷을 걸치고 첩첩산중에 움집 하나를 지어 홀로 시묘살이를 시작하였다. 박상궁은 하루가 멀다고 공주의 연서를 가져왔고, 상록은 거절하였으며, 뒤이어 율언군 내외가 풍토병으로 하직하였다는 비보悲報가 당도하였다. 홑겹 삼베옷으로 혹독한 겨울을 나던 상록은 끝내 무너졌다. 그런 그의 앞에 용호영龍虎營의 군사들이 들이닥쳤다. 국혼 교지를 펼친 금군별장이 제 앞에 머리를 조아리는 것을 보고서야 상록은 제가 의빈이 된 걸 알았다. 조선 제일 검을 꿈꾸던 자신이 이렇게 꺾이다니, 그것도 화영을 그토록 모지락스레 죽인 자헌공주의 짝이라니 기가 막혀 구역질마저 났다. 상록은 부디 부모의 삼년상만은 마치게 해달라 어전에 읍소하였으나 공주가 신체 미약하니 당장 상을 철회하라는 어명이 덧붙여졌을 뿐이었다. 해진 삼베옷이 벗겨지고, 운학흉배를 단 짙푸른 단령이 입혀졌다. 철없는 여인의 투기인지 연정인지 모를 그따위 배부른 이유로 천하의 불효자가 된 상록은 차마 역적이 될 수 없어 의빈이 되었다. 다행인지 불행인지 참극은 금세 막을 내렸다. 혼례 이듬해, 공주가 요절한 것이다. 사인은 낙마였다. 아비를 졸라 신랑에게 줄 명마 한 필을 하사받은 날, 신이 나 그것에 올라탔다가 낙상하여 그만 목이 꺾인 것이다. 애먼 백마만 죄를 물어 그 자리에서 참수당하였다. 유언이 되어버린 딸의 청을 끝내 저버리지 못한 국부는, 상을 치르는 의빈에게 무려 세자의 호위였던 익위翊衛를 하사하였다. 이곤이었다.

능원에 누운 상록의 신체를 처참하리만치 휘적시고서야 소낙비는 잦아들었다. 비거스렁이에 새벽안개가 옅어졌다. 의빈의 목에, 이윽고 서슬 같은 새벽빛이 짓쳐들었다. 젖은 얼굴을 쓸어내고 꿉꿉한 갓을 이며 그는 자리를 털고 일어섰다. 세상엔 용서할 수 없는 것이 있다. 용서하지 말아야 할 이도 있다. 이 능의 주인이 그러하였다.

"퉤!"

처의 망령 앞에 무엄하고도 부질없는 화풀이를 한 상록은 써늘하게 돌아섰다. 성큼성큼 박석을 지르밟는 무관의 신체가 뿌연 안개 속에 비틀거렸다. 잡아줄 사람 하나 없어 그는 또다시 비참해졌다.

어깃골 대갓집에 근조등이 내걸렸다. 일찍이 대제학을 역임한 황의진의 사가였다. 상록은 이 가문과 연이 없었다. 하나 고인이 공주의 어릴 적 스승이셨기에 잠깐 얼굴이라도 비쳐야 한다는 박상궁의 말에, 젖은 도포를 벗자마자 흰옷을 걸치고 초상집에 온 참이었다. 대제학은 사림士林들의 공경을 받는 학자였으나 자손이 번성하지 못하고 그마저도 미관말직에 앉아 있으니 조문객이 드문드문 들 뿐이었다. 결국 썰렁한 빈소를 가득 메운 건 아이고, 아이고 하는 구슬픈 곡뿐이었다. 향배向拜한 상록은 썰렁한 마당 한구석에 앉아 한참이나 그 한 서린 울음소리에 귀를 기울였다. 끊임없이 이어지는 곡성은 자못 섬뜩하고 애처로웠다. 원망과 애한, 억울함과 원통함……망자의 심곡에 켜켜이 응어리진 회한과 한탄이 울음으로 울려 퍼졌다. 귀곡성은 꺼이꺼이 이어지며 조문객의 심곡을 처절하게 후벼 파다가도 전순간 한숨처럼 잦아들며 슬픔을 다독였다. 씁쓸한 찻물 한 모금을 넘기던 상록의 목구멍이 꽉 잠겼다. 남릉에서 꼴딱 밤을 새우고, 아침 댓바람부터 일면식도 없는 이의 장례에 덩그러니 앉아 있는 제 처지가 참으로 기막혔다. 당장에 이 몸이 죽어 없어진다면, 과연 누가 저를 위해 저토록 통곡할 것인가. 그 어떤 얼굴도 떠오르지 않았다. 이 세상에 단 한 사람도 제 편이 없었다. 어룽어룽 눈물이 고여들었다. 얼른 눈꼬리를 찍어내며 상록은 생각하였다. 망자를 뵌 적 없으나, 그는 참 좋은 사람이었나 보다. 저리도 애끓는 곡을 하는 이가 있다는 것, 그 하나만으로도 족히 짐작할 수 있었다. 작은 찻종으로 커다란 손을 덮히던 그의 귓결에 조문객과 상주의 소리가 들려왔다.

"이보게, 저 처자는 뉘인데 저리 구슬프게 우는가?"

"그, 그것이…… 그저 먼 친척 조카아이입니다."

상주의 대답이 시원찮았다. 붉어진 상록의 눈시울이 빈소에 홀로 앉은 여인의 뒤태에 가 닿았다. 돌차간 맥이 동했다, 백연이었다.

그녀에게 방 한 칸을 내어주고 몰래 살필 때마다 상록은 제 감정의 정체를 알 수 없어 혼란스러웠다. 처음엔 화영을 닮은 모습에 집착하는 것뿐이라 여겼다. 어느 날은 둥지 밖으로 떨어진 약한 새를 보살피듯, 제가 구한 목숨에 대한 일종의 책임감이라고 치부하였다. 자꾸만 신경 쓰이게 하는 천것이 괘씸한 순간마저 있었다. 한데 번뜩 깨달았다, 정반대였다! 심곡의 해묵은 천불이, 얼음장 같은 백연의 존재로 점차 누그러진 것이었다. 백연의 무심한 영혼이 자신을 안심시킨 것이었다. 그 해탈한 눈동자에 심이 동한 것이다. 세상이 두 쪽 나도 아랑곳 않을 비현실적인 초연함에 속절없이 끌린 것이다. 결국 그를 홀린 건, 세상만사가 덧없다는 백연의 무상감이었다. 기이한 미혹이었다. 참선하는 수행자마냥 가부좌를 틀고 앉은 상록은, 개탄스러운 제 심중까지 대신 울어주는 백연의 통곡에 처절하게 무너졌다. 한없이 제 마음씨를 안심시키고 정화시키는 위로와 평안의 곡소리가 구슬펐다. 그래서 좋았다.

상록은 생전 알지도 못했던 황의진의 장례에 삼일 내내 조문을 갔다. 백연의 곡을 원 없이 들으며 향을 사르고, 조문객들과 담소를 나누며 묵묵히 빈소 한켠을 채웠다. 황가의 자손들은 그런 의빈에게 눈물로 감사 인사를 올렸다. 끝내 그의 속내는 아무도 알지 못했다. 백연조차도.

깨금발싸움

칠패시장 미친놈

칠패시장 공터에서 막 놀이를 끝낸 화정패는 천막 안에서 돌삼을 에워싸고 용을 쓰는 중이었다.

"시방 내는 몬 혀, 몬 헌당께! 줄순이 쟈들은 매의 눈이여! 우락부락한 내를, 지들의 영원한 오라버니 이날치로 착각헐 리가 읎단 말여!"

비명을 내지르는 돌삼의 팔에 억지로 날치의 도포를 꿰어 입히며 얼쑤절쑤가 눈을 부라렸다.

"극증 마라! 해치겉이 생긴 우리도 마 잘만 속였다!"

"킁! 고만 찡찡대고 입어라, 쫌!"

"그려! 시방 으찌으찌 깜빡 속였다고 쳐! 고담은? 결국은 뽀록이 나부릴 것인디, 그람 내는 줄순이들 손아구에 아작이 나부는 것이 아니냐잉!"

"쫄 거 읎따! 우리 싹 다 돌아가믄서 한 번씩 했는데 여직 멀쩡하다 아이가!"

"쿵! 사실…… 내는 안 멀쩡하다. 참말로 남사스러버가 으디
가서 말도 몬 하고…… 솔찍히 말하므는, 내는 줄순이 쟈들이
기껏해야 열며 쌀인데 우악스럽으면 을매나 우악스럽겠노 캤
거등. 마 옷 솔기 쪼매 쥐뜯기고, 머리칼 몇 개 뽑히고 말지, 그
캤거든. 근데 고마 그기 아니었던 기라."

"이 써글놈! 왜서 이 순간에 양심고백을 혀싸!"

"크응! 줄순이들이 마 겹겹이 내를 딱 둘러쌌는데, 누가 내
젖가슴을 막 더듬더듬 허드라고! 내가 막 이라지 마시라고 손
사래를 막 치는데도, 엉덩짝까지 막 쪼물딱쪼물딱거리는 기
라! 내가 나중엔 막 빌었거든, 근데 욱수로 빽빽하게 몰려 있
으니깐 끝까지 나를 날치로 알았는지 이것들이 뇌줄 생각을
않는 기라. 그때 다리 사이로 마! 손이 쑥! 들어오드라꼬! 손꾸
락이 뱀처럼 막 요래요래 앞으로……."

"마, 닥치라! 상상된다 아이가!"

"쿵! 여튼 돌삼이 니, 맴 단단히 묵어야 된다. 알긋나?"

숯이라도 밟은 듯 발을 동동대는 돌삼의 머리에 제 갓을 씌
우며 날치가 장난스레 말했다.

"칠패시장 미친놈 알지? 맨몸에 도포만 걸치고 여인들 앞에
서 헤벌쭉하는 놈! 근데 절대 잡히진 않는 그놈! 그놈으로 아
주 빙의를 해서 쏜살같이 달리는 것만이 살길이다. 알았지?"

"쳇, 내도 이판사판이여! 줄순이들 손에 잽히믄 내도 가만
몬 있제! 이날치는 고자다! 아주 고래고래 까발려버릴 텡께!"

흥분한 돌삼의 손에 날치의 쥘부채를 꼭 쥐여주며 춘봉이

쐐기를 박았다.

"그르다간 막바로 염라대왕 알현이여어. 몸을 함부로 굴리면 쓰냐아. 준비되었어어?"

"아니! 내는 전혀어 준비가 안 돼부렀…… 으아아악!"

패거리들은 합심하여 돌삼을 천막 밖으로 콱 밀쳤다. 벌떼처럼 몰려 있던 줄순이들이 꺄아아악, 비명을 지르며 그를 따라 우르르 산 쪽으로 뛰어갔다. 천막 사이로 확인까지 한 얼쑤절쑤가 손을 비비적대며 타령조로 흥얼거렸다.

"이제부터 재미나안 뒤풀이를 시작해보자아."

"쿵! 청주부터 마실끄나, 탁주부터 먹을끄나."

서느런 밤 계곡에서 멱을 감을 때마다 백연은 용골에 살게 된 걸 행운이라 여겼다. 귀신 산발마냥 수양버들이 넘늘어져도 개의치 않았다. 열여덟 장님에게 진짜 공포는 누군가의 시선을 받는 것이다. 한데 작금, 세상은 온통 암흑천지라서 백연은 스스럼없이 의복을 벗어내곤 차디찬 단물에 몸을 담갔다. 채상록에게 구조되어 용두재에서 막 정신을 차렸을 때, 백연은 제 몸뚱이가 여직 이승에 붙어 있음에 절망하였다. 실연기처럼 간결하게, 흔적 없이 사라져버릴 마음의 준비는 굳건하였건만, 혈혈단신 세상을 헤쳐 나갈 작심은 해본 바 없는 까닭이었다. 제 낯짝도 모르는 인생, 넋은 진즉 파괴되고 껍데기만 남은 지 오래였다. 살아 있음으로 하여 고통은 배가되었다. 하나 자진할 수는 없었다. 죽는 게 두려운 것이 아니었다. 또다시 장님으로 태어날까봐, 그것이 끔찍이도 공포스러운 것이었다.

[천지신명도 양심이 있을 테지. 곡비 짓으로 여러 망자를 달래었으니, 보잘것없는 네 목숨 하난 좋은 길로 보내주지 않겠느냐.]

곡비 어미는 늘 그리 말했다. 하여 백연은 혼미한 정신으로 느리게 셈을 하였다. 대체 몇 명의 망자를 인도해야 제 한 목숨 온전히 구제되는 것일까? 백팔배를 올려 번뇌를 씻고 참회하는 것마냥, 적어도 백팔 명의 혼백은 모셔야 자진하여도 또다시 맹으로 태어나는 일은 없지 않을까? 그 길로 여인은 결심을 굳혔다. 백팔 개의 복을 짓고 스스로 삶을 종결짓겠노라고. 아무리 남의 손에 고락이 달린 게 천것의 인생이라 하나 끝만은 스스로 낼 것이었다. 절명絶命을 다짐하니 안도가 되었다, 이 지난한 삶이 기약 없는 고난이 아니라는 것이. 하나 숙제는 남았다. 절대 부러진 나뭇가지처럼 길가에 나동그라져 죽을 수 없었다. 그렇게 짐승에게 눈알을 파 먹히면 다음 생에 또 장님이 될 테니 제 시신은 꼭 정갈하게 입관되어 땅에 묻혀야 했다. 하나 그 흉한 일을 대체 뉘에게 부탁한단 말인가? 그때까지는 또 어찌 버틸 것인가? 곤혹스러운 자문을 끝내기도 전에 끔찍한 허기가 몰려왔다. 이 빠진 바가지처럼 이곳저곳 나돌며 몸을 의탁하는 것이 죽기보다 싫었기에, 백연은 억지로 몸을 일으켜 일감을 구하러 나섰다. 파릇한 새순과는 상관없이 사람들의 숨은 끊겼다. 줄풍년이 들어도, 태평성대가 도래하여도 그것은 달라지지 않는다. 불행인지 다행인지 남의 죽음으로 먹고사는 곡비 일은 잘도 이어졌다. 또 아무 일 없던 듯 살아가기에 겨울만큼 좋은 계절이 없었다. 제 과거는 초파일, 얼음장 같은 강물에 수장되었다. 다행히도 제 앞엔 짧은 여생만 남았을 뿐이었다. 백연은 계곡에서 천천히 걸어 나와 너럭바위에 걸터앉았다. 살갗에 척척하게 들러붙은 속곳 위로 소소리바람이 불어왔다. 백연은 떠 있는지 아닌지 알 수도 없는 달님을 올려다보았다. 그녀의 도톰한 입술에서 단조롭고 무심한 가락이 흘러나왔다.

네가 나를 볼 양이면 심양강 건너와서 연화분에 심었던
화초 삼색도화三色桃花 피었더라 이 신구 저 신구 잠자리
내 신구 일조낭군一朝郎君이 네가 내 건곤乾坤이지. 아무리
하여도 네가 내 건곤이지……

부를 때마다 스승님께 혼쭐이 나던 「월령가月令歌」였다. 신세 한탄뿐인 노래로 청승을 떨면 네년 인생도 그리된다, 스승님은 엄하게 타박하였다. 앙상한 손빗으로 젖은 머리칼을 쓸어내리며 백연은, 물소리를 장단 삼아 계속 가락을 흥얼거렸다. 이젠 혼을 낼 스승님도 없고, 정인 하나 못 두고 청승이 될까 걱정하던 자신도 죽고 없었다.

사월 파일

수수께끼 놀이

대체 뉘시오

보리밭을 지나는 백연의 옆구리에 색실이 가득한 광주리가 들려 있었다. 손엔 연보랏빛 등나무꽃이 포도송이마냥 늘어졌다. 일 년에 딱 보름만 피는 귀한 것이었다. 그 자잘한 꽃송이를 하나씩 아껴 빨며 막 한갓진 용골로 들어섰을 때였다. 부스럭, 바스락…… 숨죽인 인기척이 들려왔다. 마치 뒤를 밟듯이 그녀가 움직이면 움직이고, 멈추면 재까닥 멈추었다. 확실히 쫓아오는 게 맞았다. 백연의 면이 뻐쩍 굳었다. 휘돌아 서며 그녀가 소리쳤다.

"뉘시오!"

대답 대신 후다다닥, 잔 발소리가 멀어졌다. 보이지도 않는 눈이 사박대는 기척을 쫓았다. 분명 한 사람이었다. 덩치 큰 사내는 아닐 것이다. 잰걸음이 너무도 가뿐하였다. 주춤주춤 뒷걸음질을 치던 백연의 등에 순간, 둔탁한 것이 냅다 찍혔다.

"악!"

무릎을 찧으며 그녀는 앞으로 꼬꾸라졌다. 등꽃이 짓이겨졌다. 광주리가 내팽개쳐졌다. 실타래가 사방으로 튀어 굴렀다. 질겁한 백연은 허공에 단장을 휘둘러대다 말고 흙을 쥐어 마구잡이로 내던졌다. 어깻숨을 내쉬며 휘둥그레 뜬 까막눈이 기민하게 주변을 훑던 그때, 기다렸다는 듯 또 한 번 타격이 가해졌다. 이번엔 이마였다.

"으윽!"

자갈길에 얼굴을 묻으며 백연은 납작 엎드렸다. 두 손바닥이 본능적으로 뒤통수를 감싸자마자 그 손등 위로 또다시 육중한 힘이 가해졌다.

"흐윽!"

너울대는 먼지바람에 이번엔 말소리인지 웃음소리인지 음성 비슷한 게 섞여들었다. 엎어진 백연은 돌처럼 굳었다. 움쩍할 엄두도 내지 못했다. 한참이 지나고 나서야, 더 이상 어떤 소리도 들리지 않음을 확인하고 또 확인하고서야 어정쩡하게 반신을 일으켰을 뿐이었다. 소경은 떠듬떠듬 손을 내뻗어 광주리를 찾아 들고, 허섭스레기가 붙은 실뭉치를 주워 모았다. 똑 떨어진 설움이 흙바닥을 동그랗게 적셨다. 눈은, 보는 기능을 잃은 대신 더 많은 눈물을 흘리기로 작정한 모양이었다. 전 순간 칼바람이 불어닥쳤다. 야들한 풀잎들이 속절없이 꺾였다. 무성한 초목이 뒤흔들리며 백연의 등 위에 얼룩덜룩 사나운 응달을 그려내었다.

"괜찮습니까!"

누군가가 허겁지겁 뛰어왔다.

"일어날 수 있겠소?"

팔을 잡아 일으키려 하자 경악한 백연이 외려 몸을 빼쳤다.

"뒷방 처자…… 맞지요? 난 묵호라고 화정패 줄쟁이오."

화정패, 줄쟁이. 그 두 단어에 백연의 긴장이 탁 풀렸다. 소매로 눈두덩을 훔쳐낸 그녀는 앙세게 단장을 쥐어들었다. 그러곤 천천히 몸을 세웠다. 해가 중천인데도 벌렁거리는 심장 탓에 사위 분간이 되지 않았다.

"많이 놀란 모양이오. 걸을 순 있겠소?"

"예."

"하면 길을 잡을 테니 내 발소리를 따라오시오."

그때, 산비탈에서 숨죽이고 있던 발자국이 냅다 멀어졌다. 묵호는 스러져가는 봉분 뒤로 내빼는 그림자를 일별하였다.

"혹여 뉘 짓인지 짐작하시오? 놀라 뛰어가는 뒤태가 젊은 여인 같은데……."

백연은 마른침을 삼켰다. 여인이라니, 젊은 처자라니…… 이제야 해쓱하게 질린 얼굴에 식은땀이 배어 나왔다.

비금의 왈왈한 목청이 용두재 안마당을 점령했다.

"같이 가자니까! 장통교에 주렁주렁 매단 화약이 타다다다닥 하면서 불비가 쏟아져 내린다구, 얼마나 장관인데!"

"싫다고."

"그럼 나 깡쇠랑 간다? 무쇠막 대장장이! 힘 겁나 좋은 놈! 나 죽고 못 산다는 놈!"

"제발 좀 그래, 당장 그거 이리 내고! 내 방에 들어가지 말라고 몇 번을 말해?"

기껏 이불을 햇볕 아래 널고, 묵직한 홍두깨로 턱턱 먼지까지 털어내주었건만 비금에게 돌아온 것은 축객뿐이었다. 짝다리를 짚고 선 그녀가 팔짱을 낀 채 입을 삐죽였다.

"쳇, 계집애처럼 예민하게 굴긴! 방에 춘화첩이라도 숨겨놨냐?"

"누가 너한테 이런 거 하래?"

"나 힘들까봐 그러는 거야? 그렇게 안타까우면 네가 데리고 살아! 여인이 이렇게까지 했으면 사내가 못 이기는 척 좀 넘어가는 맛도 있어야지!"

"여인이 어딨어, 여기?"

갑자다 말고 비금은 일쭉얄쭉 허리를 흔들며 맹랑하게 흰 눈깔을 거들떴다.

"화끈하게 저고리 고름 풀어헤쳐봐? 어디, 치마 한번 시원하게 까뒤집어봐?"

오만상을 찌푸리며 날치가 발딱 일어섰다.

"어쩨 너란 놈은 툭하면 벗고 덤빌 생각부터 하냐?"

"놈 아니고 년! 년이라니까!"

앵돌아진 비금이 곰방대를 땅땅대는 찰나, 대문이 열렸다. 묵호 뒤로 나타난 건 치마에 까끄라기를 잔뜩 붙인 백연이었다. 이마엔 그새 피딱지가 생겼다.

"아재! 어찌 된 일이에요?"

날치가 놀라 벌떡 일어났으나 비금은 느긋하게 다리를 꼬며 비아냥댔다.

"하하, 돌팔매라? 꼬라지 한번 볼만하네!"

"이 처자가 돌팔매를 당했는지는 어찌 알아?"

묵호의 써늘한 물음에 비금이 멈칫했다. 날치가 설마, 하는 눈으로 비금을 바라봤다.

"뭐야? 왜 다들 날 그딴 눈깔로 꼬나봐? 대낮에 곡비를 맞닥 뜨리면 누구라도 돌 던져! 그게 정상이야!"

"날치야, 내 방에서 금창약 가져가라."

중문을 넘는 묵호의 등 뒤에 대고, 비금이 발끈했다.

"그 비싼 걸 왜!"

"사람이 다쳤잖아."

날치가 언성을 높이자 비금이 턱에 잔뜩 힘을 준 채 코웃음 을 쳤다.

"웃기시네, 누가 사람이야? 저건 사람 죽어야 입에 풀칠하 는 곡비야! 전란이 터지든 역병이 돌든, 사람 나자빠지기만을 비는 귀신이라구!"

"그만해."

"너도 그새 저거한테 홀렸냐? 대가리는 갓 쓰려고 달아놨 지? 생각을 좀 해봐! 저 요사스러운 게 우리 이사 오기 전부터 여기 혼자 살고 있었어! 의빈 놈이 왜 저런 것한테 방을 내줬 겠냐, 응? 웃전이 덕지덕지 침 발라놓은 떡, 괜히 찔러대다간 너 뼈도 못 추려! 그럼 우리 다 방 빼야 되고!"

"그만하고 나가!"

날치의 일갈에 비금의 눈빛이 훌근번쩍댔다. 날치가 저리 누군가의 편을 든 적이 있던가? 게염이 났다. 순진한 척 서 있는 곡비 년의 꼬락서니가 더 속을 뒤집었다. 비금은 날치의 발치에 독살스레 물바가지를 집어 던졌다.

"저런 거 편들다가 너 부정 타! 잘 타던 줄에서 똑 떨어져 다리몽둥이 하나 부러진다고! 두고 봐, 내 말이 맞나 틀리나!"

비금의 마지막 말이 앞짧은소리처럼 느껴져 백연은 가슴이 서늘했다. 하여 비금이 나가자마자 거듭 손사래를 쳤다.

"전 괜찮습니다."

"안 괜찮다. 어서 들어가. 내 곧 금창약을 받아오마."

그림자놀이

침 묻혀 문창지에 구멍을 내고

뒷골방 구석에 호롱불이 피어났다. 백연의 뒤꽁무니에 서글
픈 그림자가 드리워졌다. 그런 여인 앞에 날치는 반 무릎을 꿇
어앉았다.

"아, 해보아라."

"예?"

"입 안이 터졌는지 핏기가 보이던데……."

"전 정말……."

"안 괜찮다니까? 아, 해."

"아닙……."

또르륵. 백연의 입 안으로 동글납작한 것이 굴러들었다. 맹
안이 살푼 떠졌다. 싱싱한 박하향이 물씬 번졌다.

"심신 안정엔 역시 옥춘당玉春糖이지! 하면 이제 손등에 약
을 바르마."

날치는 백연의 손목을 잡아 올리다 말고 멈칫했다. 손가락 끝에 피멍이 배어나고 있었다. 보이지 않는 삶은 이토록 치열했다. 급작스러운 괴사怪事에 의지할 것이라곤 기껏 가늘디가는 단장뿐이었겠구나…… 날치는 백연의 손등과 이마에 살살 약을 발랐다. 따가울 만도 한데 엄살은커녕 여인의 면엔 늘 그렇듯 아무런 감정도 어리지 않았다. 그저 사내에게 팔목을 잡힌 게 당혹스러운 듯 고갤 외틀 뿐이었다. 사탕으로 불룩해진 뺨을 하고도 여인의 얼굴이 너무도 처연하여 날치는 짐짓 호쾌한 척 너스레를 떨었다.

"흠흠. 혹시 나에 대한 소문, 들어본 적 있어?"

"예?"

"줄꾼 이날치가 엄청나게 훤칠하더라 또는 세상에 둘도 없는 미남자더라 등등 내 입으로 말하긴 뭐 좀 그렇지만은 여튼 아주 많은데, 들어본 바 없어?"

백연의 낯빛이 좀 전과는 사뭇 다르게 창백해졌다.

"있습……니다."

"사실인지 궁금하지는 않고?"

"……"

"확인해볼 테냐? 소문이 참인지 거짓인지."

"아, 아니……."

"영 못마땅해. 나는 네 볼록한 이마 끝에 생채기가 진 것도, 큼지막한 오른쪽 눈 아래 점이 있는 것도, 입술을 앙다물 때만 볼우물이 패는 것도 모다 아는데, 넌 나를 모르는 게 말야. 우리가 이웃이라면 이웃이요, 또 벗이라면 벗인데 생김을 모른다는 게 말이 안 된다."

날치는 여인의 손을 넉살 좋게 제 눈두덩에 올려놓았다.

"팍팍 만져봐, 좀 만진다고 안 닳아. 눈알도 쿡쿡 찔러보고, 코도 콱 비틀어보고, 귓불도 쫙쫙 당겨보고."

날치의 농에도 백연의 표정은 풀어지지 않았다. 다만, 어정 쩡하게 떠 있던 손이 조심스레 날치의 이마를 짚어나갔다. 숱 많은 사내의 눈썹을 서툴게 매만지고, 자분자분 관자놀이를 더듬고, 또 움푹 들어간 눈꺼풀을, 갸름한 눈꼬리를, 낭창하게 뻗어 내린 속눈썹을 쓸어내렸다. 연이어 사내의 오뚝한 콧날 을, 호방하고 도톰한 입술을 덧그렸다. 다부진 턱 끝에 다다른 백연의 손이 뿌르르 떨렸다. 찰나, 결곡하고 아름다운 사내가 선명히 보였다. 놀랐다, 정갈한 이목구비는 풍파에 치인 사내 의 것이 아니었다. 순수한 미소를 지닌 소년이었다. 그 푸릇푸 릇한 눈동자마저 보이는 듯해 싸한 전율이 뒷목을 타고 올랐 다. 여인의 얇은 피부에 열감이 배어 나왔다. 이제야 약기운이 도는지 손등의 생채기가 따끔거렸다.

꼼짝 않고 얼굴을 내어주던 날치는 조용히 헛숨을 뱉어냈 다. 가슴이 활랑대었다. 만져보라고 한 것은 저인데 어째서인 가 당황한 것도 저였다. 나붓대는 강아지풀처럼 무척이나 조 심스러운 손짓과는 대조적으로 제 얼굴을 노골적으로 훑어 내 리는 맹안 때문이었다. 콧잔등으로 떨어지는 박하향이 당혹감 을 부추겼다. 그새 반으로 줄어든 초에서 진득하게 촛농이 흘 러내렸다. 날치는 멀어지던 백연의 손목을 덥석 잡아 다시금 제 목에 갖다 대었다.

"그렇게 대충 만져서 어떻게 알아? 내 목은…… 이리 생겼고, 내 어깨는…… 이렇다. 또 내 팔은…… 이러하고 내 손은 또 요렇고……."

날치는 그녀의 손으로 제 상체를 천천히 짚어 내리며 이어 말했다.

"낯짝은 멀끔한데, 그 밑으로 짤따란 팔다리를 상상하면 내 꼴이 우습잖아! 이 잘난 얼굴에 히마리 없는 샌님 골격을 갖다 붙이는 건 내가 못 참아!"

본의 아니게 날치의 손을 잡으며 백연은 다시금 감탄하였다. 줄을 타는 것이지 줄을 매지는 않는구나…….

"어때? 소문만큼 미남이냐? 아니다, 대답 마라. 내가 가진 거라곤 달랑 이 면상 하난데, 네가 아니라 하면 상처받을 테니. 다만 내 얼굴이 흐릿해지거든 언제든 만져도 좋다."

날치는 이미 다 외운 사설집이건만 탁, 놓곤 요란스레 책장을 넘겼다. 여인을 위한 배려였다.

"어디까지 읽었더라……? 아, 이 부분이구나."

비 맞인 제비같이 갈지자 비틀걸음 정황없이 들어와서 방 가운데 주저앉더니만 아이고 허망하여 도련님 만나기를 꿈속에서 만났든가 이별이 꿈인거나 꿈이거든 깨워주고, 생시거든 임을 보세.

언제 농지거리를 하였나 싶게, 날치는 이도령을 그리워하는 춘향의 탄식을 단장이 끊어질 듯 토해냈다. 백연은 콧날이 시큰해졌다. 곡으로 망자를 위로하는 업을 지녔으나 정작 자신이 언제 위로받았는지는, 무엇으로 위로받았는지는 기억나지 않았다. 아니 처음인 것도 같았다. 평생 불행에 길들여져서 이 아귀찬 설렘이 덜컥 불안하기까지 하였다. 그럼에도 이 순간, 외톨밤 같은 백연의 세상에 미세한 틈이 생겨났다.

그 시각, 용두재 앞에 월영을 등진 그림자 하나가 휘늘어졌다. 채상록이었다. 손끝에서 술병 하나가 유쾌하게 반동하였으나 그것은 무려 고려청자요, 그 속에 든 것은 주상이 하사한 죽력고였다. 날치와 한잔 기울일 요량이었으나, 궁금한 것은 따로 있었다. 수려한 얼굴이 담 안쪽 뒷골방을 향하다 말고 설핏 굳었다. 불빛……이라……? 어째서 백연의 방에 초가 놓였단 말인가? 갸우뚱하다 말고 순간 헉, 헛숨이 튀어나왔다. 아스라이 새어 나오는 나지막한 읊조림 때문이었다. 그 애달픈 음성이 사느란 밤공기를 속절없이 흔들어댔다. 상록은 천천히 마른침을 삼켰다. 숨을 바투 죽였다. 대문조차 소리가 나지 않도록 살그머니 잡아 열었다. 어째서 제가 도둑놈처럼 까치발까지 뜨는지, 까닭을 알 수 없었다.

하로 가고 이틀 가고, 열흘 가고 한 달 가고, 달 가고 해가 지낼수록 님의 생각이 뼈속의 든다. 도련님 계실 적에난 밤도 짤루어 한이더니 도련님 떠나시든 날부터는 밤도 길어 원수로구나.

뒷골방이 얼마나 작은지 그 누구보다 잘 아는 상록이었다.

131

이부자리 하나 깔면 딱 들어맞는 쪽방. 그 협소한 공간 안에 백연과 날치가 마주 앉아 있었다. 하물며 소리판이 벌어졌다. 오직 한 사람만을 위한 잔치였다. 생이별한 몽룡과 춘향의 슬픔을 노래하는 대목이었으나 얄포름한 장지문에 밖으로 새어 나온 건, 두 사람의 서럽도록 다정한 그림자였다. 손끝에 침을 발라 문창지에 구멍을 내고 초야를 훔쳐보는 소년처럼, 상록의 심장이 선득선득 뛰었다. 그 은밀한 온기를 노려보는 안광이 뜨거워졌다. 어째서인지 머리끝까지 뻗친 화가 당최 누그러지질 않았다. 애먼 주병의 목을 꽉 비틀어 잡은 그는 기어이 까닭 모를 배신감에 사로잡혔다. 살벌하리만치 추운 겨울날, 저 여인의 목숨은 내가 살렸다! 은혜를 베풀어 집을 내어준 것도 나요, 내내 뒤에서 굽어살핀 것도 바로 나다. 하여 저 쪽방에서 그녀를 마주 볼 자격은 그 누구도 아닌 나에게 있다! 마치 제 자리를 도둑맞은 듯, 사내는 건장한 어깨를 뒤떨었다. 하나 이 순간 진정 역겨운 건, 컴컴한 뒷마당에서 잡것들의 하는 양을 훔쳐보는 자신이었다. 설마 제가 저 천박한 훈기를 시기라도 한단 말인가? 질투라도 한단 말인가? 누르락붉으락한 면에 마른세수를 하며 상록은 홱 돌아섰다. 대문을 나선 그의 손아귀에서 끝끝내 쩡그랑, 주병이 깨어졌다. 푸드덕, 질겁한 밤새들이 예서제서 날아올랐다. 저 멀리, 집집마다 사월 초파일 꽃등이 켜졌으나 그와는 하등 상관없는 일이었다.

돈치기

고약한 약조

쪽창 하나 나지 않은 거대한 공간이 담배 연기와 먼지로 자욱했다. 조선에서 신분도, 호패도 상관없는 유일한 곳, 오로지 쩐 앞에서만 고개를 숙이고, 쩐 앞에서만 무릎을 꿇는 '청계투판'이었다. 청계천 변에 위치한 도성 최고의 이 투전판은 지체 높은 단골들 덕에 형조刑曹의 불시검문으로부터 예외였다. 따라서 판돈도 컸다. 속임수를 원천 차단하고자 소맷자락을 고양이 가죽으로 칭칭 싸맨 노름꾼들 뒤로, 전당과 장변場邊을 놓는 돈놀이꾼, 술동이를 늘어놓은 술장사꾼, 덩치를 되록거리는 왈패꾼들의 기세가 등등했다. 허름한 주막 골방에서 뜨내기들과 술추렴 내기나 하던 꼭두쇠도 날치 덕분에 삼 년 전부터 이곳을 출입했다. 하나 도박이라는 것이 어디 마음처럼 되는 일이던가.

"에잇, 빌어먹을!"

패장牌張을 내팽개친 꼭두쇠는 대번에 장변을 놓는 응봉 앞으로 갔다. 몇 날 며칠 노름에만 골몰한 탓에 볼은 쑥 꺼지고 눈은 퀭한 산송장 꼴이었다.

"스무 냥만 내줘."

"웃겨, 하여간! 누가 보면 아주 떼돈 맡겨놓은 줄 알겠다?"

"나 같은 단골한테 스무 냥도 변통 못 해줘? 내가 여태껏 여기 꼬라박은 게 어림잡아 수천 냥이야!"

"꼬라박으신 거 말고, 땡겨 간 걸 따져보시라고! 스무 냥, 스무 냥, 또 스무 냥! 그렇게 쌓인 빚이 원금 육십에 이자 십이야, 이 사람아!"

"당장 따서 갚는다니까! 내일 준다고! 내일 뚝섬에서 놀이 뛴다니까?"

"이제 담보 없인 안 돼! 한 푼도 못 줘! 봐주는 것도 한계가 있지!"

"담보 잡으면 될 거 아냐, 잡으면!"

"가진 거라곤 달랑 과년한 딸년 하나면서 큰소리는!"

"그년이라도 잡히면 될 거 아냐?"

"쳇, 스물도 넘은 남사당패 계집을 누가 받는데? 아싸리 유곽으로 넘기면 또 모를까."

"이 미친놈, 죽고 싶냐? 근데…… 그건…… 그러니까, 얼만데?"

"열 냥!"

꼭두쇠가 턱을 삐죽이 내밀어 훅, 숨을 내쉬었다.

"그래! 열 냥 갖고 와, 갖고 오라고! 까짓거 따서 갚으면 될 거 아냐!"

"딴소리 없기야?"

"빨리 먹이나 갈아! 당장 손바닥 찍을라니까!"

꼭두쇠가 변덕이라도 부릴까봐, 웅봉은 일필휘지로 계문契文을 써 내려갔다. 성명, 나이, 신분, 사는 곳, 담보. 그리고 끝으로 환퇴還退 기간 닷새가 덧붙여졌다. 제아무리 대단한 것을 담보 잡혔다 하여도 닷새 내로 돈을 마련해 오면 문서가 무효화된다는 뜻이었다. 꾼들의 심리를 악용하는 술수임을 뻔히 알면서도, 이 환퇴 조항 탓에 꼭두쇠는 더 겁 없이 돈을 빌렸다. 할랑한 오른손을 먹물에 참참하게 적시는 찰나, 누군가가 획 계문을 뺏어들어 박박 찢었다. 꼭두쇠가 빽 소리를 내지르려다 말고 합, 입을 닫았다. 묵호였다.

"이젠 일도 때려치웠지?"

"일?"

"뚝섬."

"그건 내일 미시……."

얘길 하다 말고 꼭두쇠가 눈을 댕그랗게 떴다, 금일인 모양이었다.

밖으로 끌려 나온 꼭두쇠는 옥사에서 방면된 죄인마냥, 쨍한 햇빛 아래 오만상을 찌푸렸다. 그러곤 바삐 멀어지는 묵호를 따라 종종걸음을 쳤다. 묵호는 저럴 때가 제일 무서웠다. 차라리 큰 소리로 화를 내고 욕을 하면 좀 낫겠는데, 말없이 등을 보인다는 건 정말, 성이 단단히 났단 뜻이었다. 그 성난 뒤통수에 대고, 꼭두쇠가 먼저 같잖은 변명을 늘어놓았다.

"아, 아니…… 비금이까지 진짜 어쩌려던 게 아니고…… 그러니까, 난 당연히 환퇴하려고 했지, 그럼! 내, 내가 잠깐 해가 닥쳤었나 부다. 끊을게! 나 이제 다신 돈치기 안 한다!"

"삼 년 전에도 그랬다."

"이번엔 진짜야! 사목, 육목, 수투전 싹 다 끊을게!"

"그 말도 이미 했다, 삼 년 전에."

"요번엔 정말……!"

"너, 또다시 투전하면……."

"미친놈이다, 미친놈! 내가 이놈의 손모가지! 아주 잘라버린다, 댕강!"

"나 화정패 뜬다. 날치 데리고."

바삐 놀리던 꼭두쇠의 발걸음이 딱 멈췄다. 홍두깨로 정수리를 얻어맞은 듯, 정신이 번쩍 들었다.

"날치가 이적할까, 너는 맨날 그 걱정뿐이잖아. 내가 잘 얘기해서 붙잡아 둔다구. 대신 너, 투전판에 한 번만 더 발 들이면 그 즉시 나, 날치 데리고 뜬다."

날치는 꼭두쇠에게 마르지 않는 노름밑천이었다. 그 돈줄이 사라져 노름을 못 할까 전전긍긍인데, 노름을 하면 날치가 떠날 거라니 이런 어불성설이 어디 있는가? 가려면 너나 가지 왜 물귀신처럼 날치까지 붙잡고 늘어지느냐는 말이 목구멍까지 차올랐으나 묵호의 한마디면 능히 날치가 화정패에 뼈를 묻을 수도, 당장 뜰 수도 있음은 자명하였다. 두 사람이 어디 보통 사인가? 부자지간보다도 더 끈끈하지 않은가.

"근데, 그게…… 그러니까…… 내가 빚이 좀 있잖냐. 고것만

갚고 깨끗하게 손 털게, 진짜야! 남들은 뭐 내가 재미로 투전판에 다니는 줄 아는데, 그게 피 말리는 걸로 치면 혈투라고, 혈투! 빚이 얼마나 눈덩이처럼 팍팍 불어나냐? 빚을 못 갚아 내가 잡혀가면 우리 화정패는? 비금이는? 그러니까 딱, 빚 청산할 때까지만 눈감아주면…….”

“개소리 집어치우고 계속 할 건지 말 건지, 그것만 말해. 왜? 자신 없냐? 장담 못 하겠으면 딱 지금 말해. 당장 날치랑 짐 쌀 테니까.”

묵호가 뒤돌아보며 쐐기를 박았다. 한번 한다면 하는 놈이었다. 한번 돌아서면 인정사정 봐주지 않는 무서운 놈이었다. 그런 묵호가 떠난다고 하면, 죽었다 깨어나도 떠나는 것이다. 갈 데까지 있는 놈이 아닌가. 홀어미가 살고 있는 서해의 끝 섬. 장장 십 년 동안 못 본 어미에 대한 그리움이 병이 될 지경에 이른 묵호는 그곳에 돌아가 노모와 살을 비비며 살 날만을 손꼽아 기다렸다. 하니, 당장 짐을 싼다는 말도 절대 빈말이 아닌 것이다. 수작을 부리던 꼭두쇠는 자못 결연한 표정을 지어 보였다.

“그래, 약속! 꼭두쇠란 놈이 업으로 삼은 놀이까지 까먹고 돈치기하는 게 제정신이냐? 이 금수 같은 놈!”

쫘악! 꼿꼿이 서 있던 꼭두쇠는 냅다 제 오른쪽 뺨을 후려갈 겼다.

“째마리 새끼!”

제 왼쪽 뺨마저 대차게 귓방망이를 쳐올렸다. 두 볼에 서서히 손자국이 배어왔다. 벌건 상판대기를 주억이며 꼭두쇠는 돌덩이 같은 묵호의 면전에 큰소릴 쳤다.

"정말 딱! 끊는다! 손 턴다, 내가!"

삼일 후, 동그랗게 둘러앉아 연습을 하던 화정패 앞에 댕그랑, 옻가락이 떨어졌다. 눈 그늘이 턱 끝까지 내려온 꼭두쇠가 외쳤다.

"돈내기다, 돈내기! 알았지?"

"이이? 정월두 아닌데에 갑자기 웬 옻이여어?"

팽팽 돌아가던 사발을 내려놓으며 춘봉이 늘쩍지근하게 물었으나 꼭두쇠는 아랑곳 않고 담상담상한 광주리를 들이밀 뿐이었다.

"잔말 말고 다들 여기에 닷 푼씩 넣어! 이기는 사람한테 몰아주기다?"

얼쑤절쑤가 동시에 오른손을 살래살래 저으며 말했다.

"닷 푼? 에이, 우리가 그 돈이 으딧따고예?"

"쿵! 맞따! 있어도 그라치, 우리끼리 뭘 돈내긴교? 볼기짝 맞기나 하입시더."

"돈내기 아니면 무슨 재미야! 빨리들 돈 안 갖고 와?"

바락, 꼭두쇠가 악을 썼다.

"시방 저것도 병이여, 병! 옘병!"

어쩔 수 없이 각자의 방으로 흩어지며 패거리들이 고시랑고시랑댔다. 간밤엔 무슨 일이 있었는고 허니, 꼭두쇠가 꽹과리를 쳐대며 곯아떨어진 패거리들을 죄다 마당으로 불러내었다. 그러곤 다짜고짜 내기 씨름을 하자며 달밤에 한판 메치기로 차례차례 모두를 쓸어 눕혔다. 그리고 한다는 게 '어서 내 돈 내놔라' 하는 억지였다. 그런데 금일은 해 뜨기가 무섭게 윷놀이였다.

"걍 노름판이나 처갈 것이지 워째 우덜을 들들 볶음서 저 지랄이여?"

"투전판에서 손장난 치다가 딱 걸린 거 아이가? 입장 금지 당한 거 아이냐고?"

"크응! 뭔 소리꼬? 지하세계서 호작질 뽀록나며는 저렇게 멀쩡헐 수가 읎다 마. 다리몽댕이 하나 뿌라져서 쩔뚝배기가 되등가, 손모가지 하나 댕강 짤리서 저고리 끝이 헐렁하게 되등가, 고마 진작에 뱅신이 돼삤찌!"

"맞어어, 거 뭐냐…… 손가락 한마디 똥깍, 끊어내는 거는 뜨내기들 모이는 잡판에서나 하는 짓이지이. 청계투판은 단위가 달러어."

"와따, 디져불겄네! 그럼 왜서 저 육갑을 떨어쌌냐고!"

"드랍고 엥꼬바서 여 더 몬 있겠따! 이참에 장대 타는 원숭이를 구해뿌든지, 춤 잘 추는 뱀을 잡아뿌든지 뭔 수를 내야지, 참말로!"

"크응. 날치야! 니 이참에 사당패 하나 만들어삐라, 날치패! 내 글로 이적해뿔란다, 마!"

"내도!"

"시방 나도 갈랑께."

"거 뭐냐…… 나도 데려가아."

패거리들이 농반진반 이적을 모의하는 것도 모르고, 삼일간 손을 쉰 꼭두쇠는 뭐만 했다 하면 돈내기를 하자 강짜를 부렸다. 그 낯짝이 어찌나 괴괴한지 반기를 드는 놈은 숫제 두드려 팰 기세였다. 군소리 없이 닷 푼을 챙겨 들고 나오는 건 덤덤한 표정의 묵호뿐이었다.

물수제비뜨기

허락되지 않는 단 한 가지

　채상록은 언제부턴가 상갓집을 전전했다. 곤을 포목점에 보내면 갈 곳이 쉬이 정해졌다. 짝 잃은 의빈의 조문이 이상하지 않은 세도가의 부음이 많았다. 이번엔 사간원 대사간으로 봉직하던 이정엽의 사가였다. 그의 자손들이 경기도 일대에 뿔뿔이 흩어져 사는지라, 장례는 오일장으로 치러졌다.

　장장 오일 동안 곡을 한 백연이 기진맥진하여 대사간의 사가를 나섰다. 어릿한 무릎을 추스르며 겨우 마을 어귀까지 왔을 때, 열이 오른 낯에 식은땀이 줄줄 흘렀다. 축축해진 손바닥을 치마폭에 닦아내며 백연은 결국 천하대장군과 지하여장군의 발치에 쪼그려 앉았다. 저고리 안쪽에서 삼베 염낭을 꺼내 들었다. 날치가 안정제라며 쥐여주고 간 세 알의 옥춘당이었다. 영원히 먹지 못할 것이란 예상은 너무도 이르게 빗나갔다. 다만 한 알을 다 먹을 순 없어서 딱딱한 사탕 끝을 살짝 깨물

141

어 잔부스러기 몇 개만 입에 넣었다. 찬 눈꽃송이마냥 시원한 티는 눈 깜짝할 사이에 녹아들었으나 알싸한 향기는 남아 그녀에게 용골로 돌아갈 힘을 주었다. 흠진 옥춘당을 소중히 갈무리하며 주섬주섬 일어설 때였다. 다각다각, 아까부터 신경을 거스르던 소리가 또다시 들려왔다. 뒷목이 서늘했다. 백연이 단장을 바짝 틀어쥐자마자 돌연 말발굽에 속력이 붙었다. 미약한 햇발을 싹둑 자르며 역광 속에 누군가 자릴 잡았다.

"백연."

높이 뜬 목소리가 아래를 굽어보자 백연이 신음처럼 숨을 뱉었다.

"대감마님!"

"내가 널 놀랬나 보구나. 혹여…… 어디가 안 좋은 것이냐?"

"아니옵니다."

백연의 부정에도, 서늘한 상록의 눈매가 우수에 젖어들었다. 누군가의 삶이 딱한 적은 있었으나 결코 애달픈 적 없었다. 한데 이 순간, 해쓱한 여인이 자신을 그런 감정으로 몰아넣고 있었다.

"용두재까지 데려다줄 터이니 말에 오르거라."

"소인이 신체 고단하다 하여 어찌 감히 웃전의 말에 오르겠습니까? 부디 살펴 가소서."

수긋하게 고갤 숙이며 백연은 뒤돌아섰다. 그 깍듯한 거절이 상록은 못마땅했다. 이런 불쾌감은 제가 의빈이라는 걸 밝혔을 때부터였다. 저에게 무슨 부탁이라도 할 줄 알았다. 한데 여인은 기껏 '나리'에서 '대감마님'으로 호칭을 바꾸었을 뿐이었다. 상록은 신경질적으로 말머리를 틀어 여체를 막아섰다.

"대사간이 뉘인지 몰랐더냐! 평생 명예며 부며 누릴 것 다 누리고 온갖 산해진미에 귀한 비단으로 호의호식하다 천수까지 누리고 간 사대부이다. 최고의 지관을 불러 제 묫자리까지 점지해둔 양반이란 말이다. 호상好喪도 이런 호상이 없거늘, 어찌 몸이 이리도 축나도록 곡을 했더냐?"

백연은 천한 신분이 새삼 무섭게 느껴졌다. 같은 무게로 매일을 살아내야 하는 비극, 자신을 짓밟는 윗전에게조차 향기로워야 하는 잡초의 숙명은, 결코 말로 설명할 수 있는 것이 아니었다. 하여 답하길 포기하였다. 다만 예상치 못했다. 말에서 훌쩍 뛰어내린 윗전이 영견으로 제 뺨을 닦아낼 줄은.

"소, 소인이…… 하겠나이다."

"쉿."

상록은 여인의 내심 따윈 알지 못했다. 다만 불쑥, 흰 뺨에 밴 열감을 쓸어보고픈 탐심이 인 것뿐이었다. 영견이 여릿한 귀뺨을 스치자 백연의 얼굴에 미세한 균열이 갔다.

"손도 닦아야겠구나."

식은땀이 밴 백연의 손을, 상록은 답싹 잡아 올렸다. 똑 부러질 듯 가느다란 손가락이, 실핏줄이 다 비치는 투명한 손등이 졸지에 사내를 진저리치게 하였다. 허공에 탁탁, 영견을 펼친 그는 꼭 당과를 집어먹은 어린아이 다루듯 백연의 손을 가닥가닥 닦아내었다. 붓을 쥔 문관보다 검을 쓰는 무관의 손이 실은 더 예민하다는 것을 여인은 몰랐다. 제 손목 안쪽에서 도곤도곤 뛰는 맥박이 사내의 심곡을 격탕시킨다는 것도. 잔가시

143

가 돋친 얼음꽃처럼 끝내 백연은 결빙되었다. 상록은 이 빙화를 꺾고 싶단 정념에 사로잡혔다. 가슴 밑바닥에 숨죽이고 있던 화영이 바락, 고갤 쳐들었다. 절대 잊지 않겠단 다짐과 이제 그만 놓고 싶다는 체념이 요란스레 충돌하였다. 화영의 자리에 곡비 따위가 가당키나 하느냐며 스스로를 다그쳤으나, 초련은 속절없이 흐려질 뿐이었다. 일말의 씁쓸함과 부푼 설렘이 동시에 얽혀들었다.

"면천을 해주마."

대뜸 왜 이런 말이 튀어나왔는지, 스스로도 알 수 없었다. 다만 뒤흔들리는 맹안이 산란한 심곡에 또 하나의 소용돌이를 보탠 것만은 분명하였다.

"험한 곡비 일 따윈 이젠 그만두어라."

"그리하지 마옵소서!"

아랫것의 음성이 심히 냉연하여 상록은 잠시 멍하기까지 했다.

"소인, 망자를 위해 곡을 하는 것이 아니옵니다. 제가 살고자 하는 것입니다."

"뭐라?"

"일찍이 소리를 배워 그것이 세상 전부인 양 알고 자랐사옵니다."

"소리를…… 배웠다?"

곡비도 모자라 기녀였던가! 하여 흥을 쫓아 소리판을 전전하며 귀동냥까지 하였던가! 상록은 기가 막혀 웃음도 나지 않았다. 이마에 쪼뼛이 혈맥이 불거졌다.

"평생 한 것이라곤, 슬프면 곡을 하고 기쁘면 노래하는 것뿐이었나이다. 하나 얄궂진 운명이 저를 그리 살도록 두지 않았습니다. 귀곡성이라도 내지르지 못했다면 전 진즉 구천의 불귀가 되었을 것입니다."

"대갓집에 들 때마다 떵떵거리는 양반들이 부럽지도 않더냐?"

"장지문마냥 쉽게 열리는 것이 저승길이옵니다. 생의 마감을 목도할 때마다 삶의 무게보다 그 덧없음을 더 체감하나이다."

"해서 온갖 수모를 견디면서 계속 비루하게 살겠다?"

"망자를 저승길로 인도하는 것 또한 복을 짓는 것이라, 어미는 말했습니다. 전생의 업보 탓에 현생이 이리되었을 터, 소인은 매일 밤 비옵니다. 부디 다음 생에는 눈을 뜨게 해달라고 빌고 또 비옵니다. 말로만 비는 것은 염치없는 짓이니 곡비 노릇을 하는 것입니다. 결국 통곡으로 고인의 마지막 길을 살피는 것은, 제 업을 닦는 일이기도 합니다. 그래야 내생엔 저도…… 온전히 두 눈을 뜨고 살지 않겠습니까."

그 마지막 말이 상록의 가슴 한복판을 냅다 찔렀다. 더 이상은 백연을 그저 제 호의를 저버린 괘씸한 것이라 치부할 수가 없어졌다. 여인은 윤회輪廻 속에서 공덕을 쌓기 위해, 이번 생은 곡비로 마멸되겠다 결심하였다. 목숨에 연연하지 않는 그 의연함에서 묘한 우아함마저 우러났다. 영멸 앞에 일말의 주저함도 없는 그 단호함이 상록에게 심리적 파장을 안겼다. 자신은 현생을 살아내기에 급급하여 내생 따위는 생각해본 적도

145

없었다. 삶의 가치를 위해 싸워본 적은 더더욱 없었다. 천중이 서서히 짙은 쪽빛으로 갈앉았다.

"소인, 더는 말할 힘도 남아 있지 않사옵니다. 제발 더 어두워지기 전에 보내주십시오."

"그 상태로 용두재까지 갈 수 있을 성싶으냐!"

막무가내로 백연을 들쳐 안고서 의빈은 홀쩍 말에 올랐다. 땡그랑, 단장이 저만치 굴러떨어졌다. 공중에 발이 뜨자 여인은 거미줄에 걸린 나비처럼 사지를 휘적대다 말고 기껏 말갈기를 악쥘 뿐이었다. 등에 단단한 남체가 닿자 다시금 헛바람을 토하며 아득바득 허리를 뒤틀었다. 그렇게 한참 동안 몸을 빼치다가 제풀에 지친 백연은 결국 극심한 탈진에 맥을 놓고야 말았다. 그제야 상록은 축 늘어진 여인의 허리를 감싸 제 턱 밑으로 바짝 끌어당겼다. 보드라운 집토끼를 품는 모양새였다. 찌르르 단전이 아렸다. 문득, 뒷골방 장지문에 어른대던 먹빛 그림자가 뇌리를 스쳤다. 몇 날 며칠을 그 빛나는 어둠이 떨쳐지질 않았다. 그 밤을 떠올릴 때마다, 온 뼈마디가 시렸다. 제 삶이 허우룩한 구멍 천지라는 걸, 그만 알아버렸다. 상록은 다부진 팔뚝으로 나부룩한 백연의 몸씨를 꽉 그러안았다. 우직한 눈동자가 갈피를 잡지 못하고 내떨렸다. 간지러운 바람이 폐부를 쓸고 지나가자 그가 헛헛이 웃었다. 단단히 미쳤구나. 여인에게서 나는 상갓집 향내마저 싫지 않으니 확실히 미친 게 맞았다. 상록은 푹 꺾인 여인의 목덜미에 고개를 묻곤 욕심껏 향내를 집어삼켰다. 비속한 여인을 갈구하는 자신을 납득할 수 없다는 사념은 이미 기이한 황홀감에 묻혔다. 그

간, 백연을 향한 제 감정을 한때의 얄팍한 육욕으로 치부하려
고 부단히 애를 썼다. 하나 이것은 한때도 아니요, 얄팍하지도
않으며, 육욕은 더더욱 아니었다. 상록은 끝내 제 속내 앞에
무릎을 꿇었다. 단전에서 바락바락 치솟는 것은…… 연심이었
다. 의빈에게 절대 허락되지 않은 단 하나, 바로 그것이었다.

휘파람불기

세상 가장 시린 춘풍

"사랑채에 불을 밝히라!"

솟을대문에 선 상전이 웬 여인을 받쳐 안고 호령하자 박상 궁은 창황하여 손을 떨었다.

"대감마님! 어…… 어찌! 어찌 연리헌에 외간 여인을 들이 려 하시나이까!"

상전께서 실성을 하신 겐가? 차라리 간드러지게 웃어 젖히 는 색주가 창기를 끼고 왔다면 이리 놀라 자빠지진 않았을 것 이다. 한데 웃전이 내려놓은 것은 상복을 두른, 숙성치 못한 계집이었다. 하물며 야무진 얼굴에 박힌 커다란 눈과 오목조 목한 생김이 화영 아씨를 닮지 않았는가!

"여인이라니 천부당만부당하옵니다."

"사랑채로 길을 트라 하였다!"

불호령에도 노쇠한 상궁은 야살스레 양팔을 뻗으며 상전을

148

막아섰다. 그녀를 따라 대여섯 명의 궁녀들이 주르륵 늘어서서 인간장벽을 만들어냈다.

"이러시면 아니 되옵니다! 공주 자가께서 사당에서 벌떡 일어나실 일이옵니다!"

"자네 상전은 죽은 공주인가, 살아 있는 나인가!"

"자중하소서! 의빈께옵서는…… 미망인이 아니시옵니까!"

미망인未亡人. 공주를 따라 목숨을 내버리지 못해 죄스럽게 살아 있는 자. 되바라진 아랫것은 한낱 여인네에게 쓰는 말을 버젓이 상전에게 갖다 붙였다. 하나 그것이 틀림없는 사실이라, 상록은 아무 말도 할 수 없었다. 다만 느리게 눈을 감았다 떴다. 쉰 목소리는 음울하였다.

"하면 나도 승천동굴에 처넣지 그랬느냐! 용케도 여직 살려두었구나!"

공주의 첫 기일에 박상궁은, 망자가 생전에 애완하였던 새와 고양이를 산 채로 승천동굴에 처넣었다. 망령을 달래는 제물이라 하였다.

"제발 경거망동을 삼가시옵소서! 공주 자가의 어영御影 앞에 여인을 앉힐 수는 없는 노릇입니다! 이는 예법이 아니옵니다!"

"이 여인을 안채에 들이라 한 적 없다! 객에게 걸맞은 사랑채로……."

"여든여덟 칸 연리헌 그 어디에도 여인은 불가하옵니다! 공주 자가의 혼령이 피눈물을 흘리는 것을 보시렵니까?"

"당장 비켜서지 못할까!"

"기어이 뜻대로 하시겠다면 저를 베고 가옵소서!"

"저희를 베고 가옵소서!"

대문께도 벗어나지 못한 상전 앞에 박상궁의 노구가 망설임 없이 무릎을 꿇었다. 궁녀들도 약속이나 한 듯 입 모아 합창하며 줄줄이 땅에 엎드렸다. 그 모양새가 읍소하는 아랫것들이 아니라 상전의 못된 버릇을 꺾어놓으려는 샛된 고집 같아 보였다. 제아무리 공주를 탄생부터 모신 보모상궁으로 그 정이 모녀처럼 각별하다곤 하나, 늘 상록을 성에 안 차는 사위 다그치듯 하는 박상궁이었다. 그 굳센 충복이 끝내 대장부의 자존심을 건드렸다. 상록의 안광에 시퍼런 살기가 피어올랐다. 눈아래가 파들파들 경련했다.

"오냐, 잘되었다. 내 바라던 바다! 자네는 이제 그만 저승으로 가거라! 게 가서 그토록 애달픈 공주의 수발이나 원 없이 들어라! 곤이 게 있느냐!"

"옛."

쩌엉, 서슬 퍼런 금속성이 쨍하니 허공을 갈랐다. 상록이 이곤의 허리춤에서 손수 환도를 빼든 것이었다. 등등했던 박상궁의 어깨가 흠칫 떨렸다. 부복한 궁녀들의 면면에 짙은 낭패감이 스쳤다. 번쩍, 칼날이 쳐들렸다.

"대감마님."

허공에 뜬 상록의 팔뚝을 와락 부여잡은 것은, 들릴락 말락한 백연의 목소리였다.

"상갓집에 다녀오신 터라 격앙되신 모양입니다."

그 어느 때보다도 차분한 어투였다. 박상궁이 설핏 첩지를 드린 머리통을 쳐들자 백연이 입을 떼었다.

"저는 맹입니다. 의빈께옵서 혼절한 소인을 외면치 못하시고 긍휼하려 하신 듯하니 곡해 마시지요."

"왜 네가 그깟 변명을 하느냐! 왜 네가!"

쿠당탕! 기어이 내리친 칼날에 굵다란 나뭇가지 하나가 뚝 떨어졌다. 집주인이라도 되는 양 입구에 떡 버티고 서 있던 연리목이었다. 토막나무를 붙든 박상궁의 꼴이 마치 공주의 잘린 팔을 수습하는 듯 황망하였다. 상록은 아예 나무뿌리를 통째로 꺾고 싶은 충동에 사로잡혔다. 공주의 분신처럼 사사건건 제 앞길을 막고 훼사를 놓는 이 요물을 이 집에서 들어내야 숨통이 트일 것만 같았다. 사내의 숨이 거칠어진 찰나, 백연이 내내 숙이고 있던 고개를 들었다. 그때였다, 새카만 맹안이 의빈의 눈동자를 꿰뚫은 것은. 그 신랄한 활안活眼은 자격지심에 사로잡힌 미망인을 연민으로 겨누었다. 칼자루를 쥔 의빈의 손등에 툭툭 핏줄이 불거졌다. 땅으로 향한 칼끝이 찌르르 떨렸다.

"대감마님. 소인 이제 기운을 차렸으니 그만 물러가겠나이다."

뒤돌아서는 백연을 상록은 덥썩 채잡았다. 비천한 몸씨가 앞뒤로 휘청대었다.

"누가 멋대로 돌아서라 하였느냐! 대문 밖에 계단이 무려 스무 개다! 그토록 높은 곳이다, 이 공주의 집이! 한데 장님 따위가 어딜 가겠다고!"

"……하오시면…… 하오시면 염치없사오나 가마를 내어주

시옵소서. 감읍하게 타고 가겠나이다."

백연은 끝내 내키지 않는 청을 하였다. 신세 지는 것이 죽기보다 싫은 그녀였다. 세상에 공짜는 없고, 제가 갚기엔 역부족인 까닭이었다. 하나 이 상황을 끝낼 방법이 정히 그뿐이었다.

"……가마를 대령하라."

웃전의 나지막한 명이 떨어지기가 무섭게, 박상궁이 자릴 박차고 일어나 부리나케 가마꾼을 수배하였다.

"곤아, 네가 길라잡이를 하여라."

시퍼런 새벽. 먹색 무복을 입은 상록이 거듭 달빛을 베어내었다. 창녕위란 작호를 가진 의빈. 그것은 실상 미망인을 포장하는 덧없는 허울이라는 걸, 그는 금일 선득하게 체감하였다. 백연 때문이었다. 장대한 어깨가 떨렸다. 물러진 눈빛에 바짝 힘이 들어갔다. 끝내 미천한 여인에게 목을 매게 될까봐 다시금 날 선 검이 들렸다. 두 발 전진하고 한 발을 물리는 군더더기 없는 발동작을 취하며 상록은 청초한 여인의 환영을 냅다 찔렀다. 세상사람 모두가 품는 연심이, 하물며 천한 광대들도 품을 수 있는 연정이 저에게만은 허락되지 않았다. 저는 여인을 바라보는 것만으로도 악행을 넘어서 역심이 되는 의빈이 아니던가. 그 무거운 올무 탓에 시나브로 목이 조이고 숨이 막혔다. 한데 하물며 그것이 금칠이 된 올무라서, 그 누구도 자신을 구해줄 생각을 하지 못했다. 떨쳐내려고 기를 쓰고 검을 휘두를 땐 언제고, 백연마저 제 연심을 한량의 농지거리쯤으로 치부할까봐 덜컥 겁이 났다. 호흡이 완전히 흐트러졌음에도 상록은 뭇칼질을 멈추지 못했다. 새벽안개라도 베어내지 않으면 정히 미쳐버릴 것이니. 가장 의빈다운 삶은 아무것도 하지 않고 무책임하게 사는 것이었다. 견딜 것이라곤 단지 치명적 권태뿐이거늘 이 밤, 견뎌야 할 것이 하나 늘었다. 어디선가 실바람 한줌이 불어왔다. 세상 가장 시린 춘풍이었다.

종이배 접기

그대의 마음을 잘 몰라서

"언니! 문 좀 열어봐, 언니!"

백연이 늦씰 놀라 깨었다. 문고리에서 숟가락을 빼내자마자 앳된 계집애 얼굴이 다빡 들었다. 포목전에서 일하는 염장이 딸, 감실이었다.

"난동 별감 나리 댁에 초상이 났대. 가자!"

"당장?"

"응."

"잠시만…… 기다려줄래?"

새큰새큰한 몸을 일으킨 백연은 툇마루에 선 순간부터 새 단장을 구할 걱정뿐이었다. 한데 벗어둔 미투리를 찾아 손을 휘적대다 말고, 먼눈이 살푼 떠졌다. 얌전히 놓인 매끈한 막대기 때문이었다. 끝에 무려 징이 박혀 있었다. 보부상이나 지게 꾼들이 쓰는, 물미장 같았다.

"언니, 빨리!"

"그, 그래."

다그치는 감실을 앞세워 나가던 백연이 마당에 선 날치의 기척을 느끼곤 고갤 숙였다.

"오라버니, 혹여 이 물미장……."

날치는 백연에게 처음 들은 '오라버니' 소리에 가슴이 일렁일 새도 없었다. 왜 이렇게까지 심이 뒤숭숭한지 당최 알 수가 없었다. 저는 곧 금강산으로 떠날 사람이었다. 그때까지 소리 공부에 집중할 뿐, 다른 이들의 사정은 상관없어야 마땅하였다. 한데 간밤에 본 채상록의 가마와 단장도 없이 내린 백연의 모습에 그만 속이 뒤집혔다. 의빈 나부랭이가 혹 백연에게 무슨 흉수凶手라도 두었나 싶어 온갖 억측들로 날밤을 지새웠다. 앞다투어 떠오르는 망상들은 하나같이 터무니없고 삿된 것들 뿐이었다. 언젠가 비금이 내질렀던 말까지 더해져 불안은 끝내 분노가 되었다.

[왜 의빈 놈이 저런 것한테 방을 내줬겠냐, 응? 의빈 놈이 덕지덕지 침 발라놓은 떡, 괜히 찔러봤다가 너 뼈도 못 추려!]

"오라……버니?"

"응? 아, 그래…… 뭐 특별한 건 아니고 접시 돌릴 때 버나꾼들이 쓰는 막대기다. 가볍고 단단한 버드나무라서 조금 다듬었다. 참, 혹여 이상한 놈들이 쫓아오거나 하면 냅다 휘둘러라. 호신용도 된단 말이다."

"언니이! 서둘러야 된다니까!"

"그래. 어서 가봐라."

백연이 감사를 담아 깊이 고갤 숙이곤 대문을 나섰다.

"언니, 저 오라버니 그분 맞지? 이날치?"

감실이 재차 뒤를 힐끗대며 뜬 목소리로 호들갑을 떨었다.

"지팡이는 막힘없이 잘 살다가 자신에게 돌아오라는 뜻이잖아! 버드나무는 봄에 새싹이 나면 자신을 생각해달라는 의미고! 근데 이게 버드나무 지팡이! 어머, 어머! 어떻게, 어떻게!"

"그런 거 아냐."

"내가 특별히 비밀은 지켜줄게! 해촌 오역관 댁에서 일하는 내 동무가 찐 줄순이거든. 이 일이 걔 귀에라도 들어가는 날엔 언닌 바로 역적이 되는 거야, 여인들의 역적!"

"그런 거 아니라니까."

팔짱을 낀 감실이 이끄는 대로 잰걸음을 놀리면서도 백연은 자꾸만 물미장을 쓸어대었다. 혹여 가시에 찔릴까봐 야무지게 사포질을 하고 기름까지 먹인 것이었다. 큰 의미를 부여하진 말자, 그리 주책을 다잡으면서도 저도 모르게 자꾸 입술 끝이 올라붙었다. 그녀는 홧홧해진 얼굴에 손부채질을 하다 말고, 설핏 눈매를 찡그렸다.

[호신용도 된단 말이다.]

그 말은, 무슨 뜻이었을까? 날치 오라버니는 간밤에 가마에서 내리는 자신을 본 것이 분명하다. 그러니 단장이 없어진 걸 안 것이다. 한데 제 행색이 의빈께 몹쓸 짓이라도 당한 양 느껴졌던 것인가? 날치가 했는지 안 했는지도 알 수 없는 그 오해가, 백연을 순간 몹시도 서운하게 하였다. 그 원망은 고스란히 의빈을 향했다. '화영 아씨를 닮았다'는 궁녀들의 수군거림

156

에 비로소 그간 의빈의 행동이 이해되었으나 그가 여전히 저를 마구 휘둘러도 되는 천것으로 보는 데엔 변함이 없었다. 그러니 막무가내로 채간 것이다. 누군가가 '어찌 여인에게 손을 대느냐' 욕한다면, 저 추잡한 것이 무슨 사람이냐 비웃고 말 일이었다. 상궁은 제 정체를 몰랐기에 기를 쓰고 앞을 막아선 것이리라. 백연은 후회하였다. 아랫것들 앞에서 상전이 업어온 것은 사람도 아닌 곡비라고 실토할 것을. 그래야 의빈이 더는 저를 찾지 않을 것을······.

오월 단오

꽈리불기

탄식의 육자배기

백연은 용두재로 돌아오자마자 나지막한 사기그릇에 정안수를 떴다. 그 안에 뜬 갈고리달이 밉살스레 어룽거렸다. 어미의 기일이건만 딸년은 얼굴도 모르는 망자를 위해 곡을 하다 온 길이었다. 그것도 한 사내의 마음을 지레짐작하느라 바보같이 헤매다가. 하나 향조차 사를 수 없으니 무슨 수로 어미의 혼백을 부를까. 한숨고개가 짙어졌다. 부질없는 시름 끝에 백연은 애먼 물그릇을 사납게 뒤엎곤 툇마루에 기대앉았다. 참을 수 없는 허기가 덮쳤다. 굶주림과 목마름은 비단 헛헛한 배속 때문만은 아니었다. 멀리서 들려오는 소쩍새 탓이기도 하였다. 솥적다, 솥적다 하고 우는 소쩍새는, 솥이 작다며 며느리를 굶겨 죽인 시어머니 이야기에서 나왔다 한다. 쑥국, 쑥국 하는 쑥국새 울음은 시어머니 무서워 쑥국도 못 먹고 죽은 며느리 귀신이 내는 소리고, 떡국 한 그릇에 시어머니에게 맞아 죽

은 며느리는 끝내 떡국, 떡국 하며 우는 뻐꾸기가 되었다고 한
다. 한 많게 죽은 어미 역시, 제 이름자만 우짖는 밤새가 되었
을까봐 백연은 몸서리쳤다. 소쩍, 소쩍 이어지는 그 피울음이
정히 불길하여 그녀는 넋두리하듯 입술을 달싹일 뿐이었다.

　새야 너무 우지짖지를 말어라. 나도 지척에다가 정든 님
　두고 마음이 심숭삼숭 살라는디 너마저 내 창전에 와서 설
　리 울고 갈구나 헤. 나는 그대를 생각허기를 하루도 열백
　번이나 생각허는디 그대는 날 생각헌 줄 알 수 없구나 헤.

　뒤풀이를 혼자 빠져나온 날치는 용두재에 들어서다 말고 심
장을 부여잡았다. 끊길 듯 말 듯 아스라이 들려오는 가락 때문
이었다. 어린 시절 봉놋방에서 짚신을 꼬며, 고향 들판에서 나
무를 하며 그리도 목 놓아 부르던 「육자배기」였다. 뜻도 모른
채 따라 불렀던 그 노랫말이 제 피에 섞였나 살에 배었나, 하
나도 빠짐없이 또렷이 기억났다. 날치는 홀린 듯 뒷골방 쪽으
로 걸어갔다. 순간, 어스름한 별빛 속에 윤곽만 남은 백연의
옆모습이 그의 척골을 관통하였다. 여인의 애끓는 음성은 눈
밭에 만 리를 나는 백로의 울음 같기도, 서릿발에 진저리치는
흑조의 탄식 같기도 하였다. 듣는 이도 부르는 이도 마음이 천
갈래 만 갈래 헤지는 그런 소리였다. 그래, 원래 절망과 탄식
의 「육자배기」가 아니던가…… 일순 적막이 내려앉았다. 아무
도 도닥여주지 않는 야윈 어깨가 날치의 마음에 아프게 박혀
들었다. 백연을 부르려다 말고 그가 멈칫하였다. 혹여 여인의

넋두리가 채상록 때문인가 하는 치기 어린 의문 탓이었다.

"백연아."

한숨 같은 부름에 여인의 눈이 흡떠졌다.

"어, 언제…… 오셨습니까…….."

"무슨 일이냐?"

"아무 일 아닙니다."

"아니야, 무슨 일이 있는 거다."

"그저 금일이…… 어미의 기일입니다."

의빈 때문이 아니라서 날치는 안도하였다. 동시에 짠했다. 저도 꼭 아비의 기일에 맞춰 한 번씩 앓았다. 목 놓아 곡을 하는 대신 공중제비를 돌며 웃음을 판 탓이었다.

"잠시만 기다려라."

손바닥만 한 싸릿개비 채반에 담겨 온 것은 탐스러운 버찌였다. 날치는 그것을 정안수와 함께 장독대에 올리곤 향을 살랐다. 그 앞에 길게 거적이 깔렸다. 밤공기에 번져나는 풋풋한 과실의 향으로, 탁탁 부딪치는 부싯돌의 소리로, 퍼져가는 향내로, 풀풀 날리는 왕골의 먼지로 백연은 날치가 하는 양을 모다 알았다.

"혹여 요상한 놈이 절을 올린다고 어머님께서 싫어하실라나?"

"아, 아니…… 그런 것은 아니나……."

씩씩하게 두 번 절한 날치가 백연이 절을 하는 동안 개똥쑥으로 모깃불을 피웠다. 두 사람이 툇마루에 나란히 앉았다. 매캐한 연기가 산딸나무 위로 꾸물쩍 승천하였다.

"서책 대신 내 어렸을 적 얘길 해줄까?"

백연이 바알간 코끝을 하곤 고개를 끄덕였다.

"이것을 다 먹으면 해주마."

여인의 손아귀에 씨알 굵은 버찌들이 담겼다. 다람쥐마냥 양 볼을 부풀리며 아람 버찌를 먹는 여인을 보며 날치가 흐뭇하게 입을 열었다.

"난 전라 담양의 어느 진사댁 씨종이었어. 상전은 나에게 개똥이란 이름을 주었는데, 그게 끔찍이도 싫었던 아비는 '넌 개똥이가 아녀, 계동이제.' 했지. 상전의 귀엔 개똥이나 계동이나 매한가지니 아비는 끝내 아들의 이름은 계동이라 우겼어. 어디서 주워들었는지 '계동이 니는 동지 지나서 태났응께 이름에 '겨울 동'을 쓴 겨. 알긋냐?' 했지. '계'는 아무리 생각해도 떠오르는 게 없었던 모양인지 '닭 계는 아녀' 하며 얼렁뚱땅 넘어갔고. 화정패들도 날 경숙이라 알고 있지만, 사실 그건 아비가 날 역병촌에서 도망시키며 즉석에서 붙여준 것이야. 그때 아비는 나한테 한양으로 가 꼭 송방울 같은 소리꾼이 되라 했지. 그 유언 때문에 내가 이날 이때까지 그 부질없는 꿈을 저버리지 못했나 보다."

"어려서부터 노랠 잘 부르셨나 봅니다."

"밭일을 할 때마다 어른들은 날 불러 「상사소리」도 시키고, 「달구질소리」도 시켰어. 난 여기저기서 한번 귀동냥한 것을 잘도 흥얼거렸지. 하루는 장터에서 「춘향가」를 듣고 와 따라 불렀는데, 몽룡이 암행어사로 나타나서 옥사의 춘향에게 '춘향아, 정신 차려라!' 하는 대목이 있잖아. 난 그것을 '춘향아, 정심 차려라'로 듣곤, 내내 그리 불러댔다. 그게 웃겨서 다들 또 뒤집어지고…… 한데 네가 어찌 「육자배기」를 다 아느냐?"

"스승님께서 남도 분이셨습니다. 즐겨 부르시던 것을 어렴풋이 기억할 뿐입니다."

"네 목소리에 남도 가락이 퍽도 어울린다."

"스승님도 제가 남도 노래를 할 때만은 '아따, 그년 참말로 엄첩다' 하셨습니다."

백연이 어색하게 남도 방언을 흉내 내었다.

"소리꾼이 되고 싶었다더니 허언이 아니었구나. 꺾는 목이 가히 일품이다."

"과찬이십니다."

"스승의 함자가 어찌 되느냐?"

"아실 만한 분이…… 아니십니다."

두 사람 사이에 잠시 말이 없었다. 날치는 망설였다. 혹여 가마를 타고 왔던 밤, 무슨 일이 있었는지 물어볼까? 아니다, 혹여 정말 무슨 일이 있었다 하면 어쩔 것인가? 아니, 그것을 왜 묻느냐 백연이 반문하면 또 어쩔 것인가? 질문 대신 날치는 새카만 천중을 바라보았다. 산허리를 휘감고 있던 밤안개는 이미 옅어지고 어느새 별이 총총했다.

"내일은 날씨가 좋겠다."

"별을 읽을 줄 아십니까?"

"광대들은 늘 밤하늘을 살핀다. 양반님들처럼, 한가하고 낭만적인 이유는 아냐. 그저 그게 밥벌이를 결정하는 거니까. 비가 올지 눈이 올지 바람이 불지, 온다면 얼마나 올지, 그 정도

면 놀이판은 펼 수 있는지, 구경꾼들이 퍼질러 앉을 순 있을
지, 엽전 한 닢 내놓을 때까지 머무를 순 있을지 가늠해야 하
니까."

"저…… 이것……."

백연이 제 방에서 무언가를 들고 나와 수줍게 내밀었다. 황
색, 청색, 홍색, 흑색, 백색. 오색실을 꼬아 만든 장명루였다.

"옥춘당도, 금창약도, 물미장도, 서책을 읽어주신 것도……
모다 감사한 것뿐이어서 하나 만들어보았습니다."

"이런 것, 처음 받아본다."

"설마요……."

"진짜다! 직접 묶어주련?"

너무나 약소하여 몇 번이나 건네길 망설였던 백연은 다시금
주저하다 말고 날치의 손목에 장명루를 둘렀다. 사내의 맥 위
에 꽃 모양의 매듭이 피어났다.

"네 덕에 백 살까지 살겠구나."

날이 날인지라 사내의 농에도 여인의 서늘한 면은 그대로였
다.

"귀한 선물을 받았으니 내 밤마실을 시켜주마!"

"예?"

"높새바람을 맞으며 유랑을 하는 맛이 기가 막힌다."

단 한 번도 누군가를 줄 위에 올린 적 없는 날치였다. 하나
순간, 여인의 입가에 웃음 한 자락을 피워내고픈 헛심이 사내
를 충동질했다.

"줄을 태워주신단 말씀입니까? 하나…… 이 오밤중에……."

"줄 위에서는 나도 너처럼 명암 따윈 상관없다. 오히려 별빛
아래 줄타기가 더 운치가 있지."

줄타기

밤마실, 버쩌향기

앞마당으로 튀어나온 날치는 바삐 석등에 불부터 놓았다. 그 어스름한 불빛이 여인의 면을 밝혔다.

"두 사람이 함께 줄에 올라서도 되는 것입니까?"

"걱정 마, 네가 가벼워서 줄도 두 사람이란 걸 눈치 못 챌 거야."

날치는 양팔로 백연의 등과 오금을 받치곤 답싹 안아들었다. 창졸간에 발이 떨어지고 몸이 두둥실 떠오르자 백연의 입새로 신음성이 삐져나왔다.

"으하아앗."

그녀가 예상했던 건 기껏 땅에서 시작되는 경사진 줄을 잠시 밟아보는 것뿐이었다. 번쩍 들려서 곧장 까마득한 줄 위로 올려질 것이라곤 상상도 못 했다. 백연은 입술을 깨물다 말고 아예 잘근거리기까지 했다. 사내의 품에 안겼다는 것까지 자

168

각할 겨를이 없었다.

"이제 줄 위에 당도했으니 저쪽 끝까지 한번 건너가보마."

날치가 일부러 훌렁훌렁 반동을 주며 말했다. 백연은 날치
의 옷깃을 채잡으며 눈을 부릅떴다. 보이지도 않는데 꼭 무서
울 땐 눈을 크게 홉떴다. 퍽도 희한한 일이었다.

"내 평생 줄밥을 먹었으니 걱정 말고 즐겨. 이 멱살도 좀 놓
아줄래? 켁켁, 숨이 막혀 죽겠다."

"아, 죄송……합니다. 한데 이렇게 줄을 타보신 적이 있으신
지요?"

"아니, 처음이야."

"하면……."

"괜찮아. 떨어지면 어디 관절 하나 부러지기밖에 더하겠느
냐?"

호쾌한 날치의 코웃음이 들리는가 싶더니 추울렁, 온 세상
이 늘어졌다 솟구쳤다. 평생 경험한 바 없는 생소한 감각에 백
연의 입에서 나지막한 탄성이 터졌다. 발가락 끝이 와락 오그
라들었다. 하나 귓가에 닿는 사내의 안정적인 숨결 덕분에 여
인의 불안은 시나브로 신기함으로 뒤바뀌었다.

"괜찮으냐?"

"예."

백연에게서 엄숙한 향내 대신 싱싱한 버찌향이 났다. 날치
는 제 가슴팍에 반쯤 얼굴을 묻은 그녀를 곁눈질로 훔쳐보다
말고 문득, 이토록 고요한 시선을 관조하며 살아도 좋겠다는
부질없는 생각을 했다. 팔랑, 산딸나무 꽃잎 한 장이 백연의

입술 위로 떨어져 내렸다. 긴긴 속눈썹이 파르르 경련했다. 그 떨림에 날치의 호흡이 와락 흐트러졌다. 순간 그의 발끝이 균형을 잃고 뒤흔들렸다. 쭐렁, 삼줄이 그의 몸을 받쳐들며 요동쳤다. 다시금 줄을 꾹꾹 눌러 밟으며 날치는 조심조심 백연을 제 품에서 털어내었다.

"직접 타보겠느냐?"

여인의 버선발이 줄에 닿았다. 소소리 높은 밤하늘에 마주 선 두 남녀의 손이 단단히 얽혔다.

"네 앞에 졸졸졸 실개울이 흐른다고 상상해봐. 징검다리가 있는데 어디, 건너가보자."

막 걸음마를 뗀 아기처럼 백연이 곰작곰작 앞으로 걸음을 내디뎠다. 거기에 맞춰 날치는 천천히 뒷걸음질을 쳤다. 오이씨 같은 여인의 발끝이 외뚤비뚤, 사정없이 후들거렸다. 점차 진동이 커지자 그녀가 겁을 먹곤 날치의 손을 꽉 쥐었다.

"하아아앗, 오라버니!"

"여길 꽉 잡아."

백연의 두 손을 제 허리에 올려놓은 날치가, 저도 백연의 허리를 바투 잡았다.

"내가 널 단단히 붙잡고 있으니 걱정 말고 발을 디뎌. 옳지, 잘한다. 그렇지!"

발밤발밤 줄을 밟는 제 발밑으로 시원한 바람이 오가자 백연은 야릇한 해방감에 전율했다. 찰나 한 마리 새가 된 기분이었다. 어떤 구속도 속박도 없이 탁 트인 창공을 가르는 새.

"잘했다! 이제 여기 편히 앉아라."

줄 끝에 다다르자 날치는 새총 모양의 나뭇가지 사이에 백연을 사뿐히 앉혔다. 그녀는 양팔을 두꺼운 나무에 지지하며 비로소 여유를 찾고 밭은 숨을 골랐다. 날치가 서뿐서뿐 멀어지며 본격적으로 줄을 달궜다. 그가 겅둥겅둥 뛰어 비상했다 착지하면 백연에게 쭐렁쭐렁 깊고 진한 파동이 몰려왔고, 그가 간들간들 내디디면 또 짜르르 잔파동이 전달되었다. 그렇게 날치는 어룽대는 물그림자처럼 백연의 심장까지 번져들었다.

"백연아. 네 앞에 자그마한 연못이 있으니 조약돌을 던져보아라."

그녀가 주변을 두리번거리며 돌 찾는 시늉을 하는가 싶더니 상상의 돌 하나를 주워 들어 냅다 던졌다. 두 사람의 머릿속에서 조약돌 하나가 포물선을 그리며 잔잔한 수면 위로 떨어졌다.

"퐁당."

날치가 입으로 소릴 내는 동시에 발끝을 까딱여 작은 물결을 만들어냈다. 얕은 담수가 찰랑찰랑 여인의 손을 적셨다.

"앗! 네가 하필 잉어 대가리를 맞혔구나!"

"그럴 리가요!"

자잘한 물방울이 튀듯, 줄이 짧게 요동쳤다.

"잉어가 몸부림을 치는데? 아파 죽겠단다."

장난을 걸어오는 소년의 눈빛이 훤히 보이는 듯하여 여인의 뺨이 설핏 솟았다.

"물수제비를 뜰 줄 알아?"

"아니요."

"그럼 잘 봐라. 어디보자, 둥글납작한 돌이 어디 있나⋯⋯ 여깄다! 자, 던진다! 휘익, 통통통토토도도동."

재주도 보통 재주가 아니었다. 너무도 실감 나는 날치의 입소리에 박속같이 해끄름한 백연의 뺨에 붉은 염료 한 방울을 떨어뜨린 듯, 엷디엷은 홍조가 번졌다. 그 묽은 표정을 바라보던 날치가 돌연 커다랗게 발을 굴렀다.

"이번엔 바다다! 끼루룩, 끼룩끼룩."

백연의 앞에 담청색 바다가 시원하게 펼쳐졌다. 한없이 윤슬이 반짝이는 대해였다. 짠 바닷바람이 불어왔다. 어울렁더울렁 밀려든 파도는 은빛 거품이 되어 잔잔히 쓸려나갔다. 하얀 조개껍데기가 사방에 뒹굴었다. 이글거리는 금모래 빛에 소경은 눈이 부셨다.

"갈매기가 고등어 하나를 잡아 물었는데 어이쿠야, 고놈이 살려고 발버둥이다."

백연의 손끝에 펄떡펄떡, 생선의 날렵한 몸부림이 오롯이 전해져왔다. 끝없이 밀려드는 청색 너울에 그녀는 참참하게 발을 적셨다. 백연의 입매에 넌지시 단 웃음이 배어 나왔다. 버들가지마냥 눈썹이 살짝 휘어졌다. 샛눈이 생글댔다. 꽃봉오리마냥 벙근 여인의 얼굴에 날치는 조갈이 일었다. 욕심이 났다. 그녀가 시원스레 소릴 내어 웃는 걸 보고만 싶었다. 기어코 그는 필살기를 꺼내들었다. 노리개처럼 가슴팍에 달려 있던 쥘부채가 줄꾼의 손에서 좌악, 펼쳐졌다.

"저기! 뭍으로 별주부 한 마리가 기어오는구나! 그놈 얘길 한번 들어보겠느냐?"

창망한 바다 한가운데서 껑뚱껑뚱 줄을 튕기다 말고 날치가 휙, 솟아올랐다.

별주부는 한곳을 바라보니 분명히 토끼가 있을 듯허야 화상을 피어들고 바라보니 분명히 토끼가 있는지라 "저기 앉은 게 토생원이오?" 하고 부른다는 것이 수로만리를 아래턱으로 밀고 나와 아래턱이 뻣뻣하야 퇴짜를 호자로 붙여 한번 불러보는디. "저기 주둥이 벌근허고 얼숭덜숭헌 게 퇴퇴퇴 호생원 아니오?" 허고 불러노니 첩첩산중의 호랭이가 생원 말 듣기는 처음이라 반겨듣고 나려오는디.

둔중하고 압도적인 족적이 느긋하게 하나, 둘씩 줄 위에 찍혔다. 첩첩산중에서 내려오는 우람한 범이 분명하였다.

범 나려온다 범이 나려온다 송림 깊은 골로 한김생이 나려온다. 누에머리를 흔들며 양귀 쭉 찢어지고, 몸은 얼쑹덜쑹 꼬리는 잔뜩 한발이 넘고, 동이 같은 앞다리 전동 같은 뒷다리 새낫 같은 발톱으로 엄동설한 백설격으로 잔디 뿌리 왕모래 좌르르르르르 헛치고, 주홍입 쩍 벌리고 자라 앞에 가 우뚝 서 홍행홍행 허는 소리 산천이 뒤덮고, 땅이 툭 깨지난 듯 자라가 깜짝 놀래 목을 움치고 가만히 엎졌을 때, 호랭이가 내려와 살펴보니 아무것도 없고 누어 말라버린 쇠똥 같은 것밖에 없지. "아니 이게 날 불렀나?" 이리 보아도 둥글 저리 보아도 둥글 우둥글 납작이냐? 허

고 불러노니 아무 대답이 없으니 아마 이게 하느님 똥인
가 보다! 하느님 똥을 먹으면 만병통치약이라 허더라. 그
억센 발톱으로 자라복판을 꼬가 집고 먹기로 작정을 허니
자라 겨우 입부리만 내어 "자! 우리 통성명합시다." 호랭
이 깜짝 놀라 "이크! 이것이 날더러 통성명을 허자구?" "오
나는 이 산중 지키는 호생원이다 너는 명색이 무엇인고?"
"예 저는 수국 전옥주부공신 사대손 별주부 자라라 하오."
호랭이가 자라란 말을 듣고 한번 놀아보는디, "얼씨구나
절씨구 얼씨구나 절씨구 내 평생 원허기를 왕배탕이 원일
러니 다행이 만났으니 맛좋은 진미를 비여 먹어보자." 자
라가 기가맥혀 "아이고! 나 자라 아니오!" "그러면 네가 무
엇이냐?" "나 두꺼비요!" "니가 두꺼비면 더욱 좋다 너를 산
채로 불에 살라 술에 타 먹었으면 만병회춘 명약이라 두
말 말고 먹자. 으르르르르르르르르 어흥!"

"아하하핫."

백연이 새하얀 윗니를 드러내며 시원스레 웃음을 터뜨린 건
그때였다. 정녕 맑고 깨끗했다. 단 한 번도 통곡하지 않은 것
처럼 티 없는 웃음이었다. 날치의 심중에 거대한 파랑이 일었
다. 활짝 핀 여인의 자태가 어째서인지 감동적이었다. 신바람
이 난 줄꾼은 최대치로 발을 굴러 있는 힘껏, 보름달 위로 떠
올랐다.

"앗, 고래다!"

추울렁. 날치의 발재간이 백연 앞에 우람한 자맥질을 그려

내었다. 동그랗게 퍼지는 여인의 웃음소리에 힘입어 고래는 몇 번이나 육중한 몸뚱어리를 수면 위로 쏘아 올려 허공제비를 돌고 또 돌았다. 사방으로 대차게 물보라가 튀어 번졌다. 순간, 백연은 암담한 제 머리맡에 총총히 별이 박혀드는 것을 보았다. 찬란한 은하수는 제 머리 위로만 쏟아졌다. 별도 달도, 작금은 오롯이 제 것이었다. 맹안에 광활한 우주가 휘몰아쳤다. 그리고 싸라기별을 모조리 쓸어 담은 듯 빤짝, 빛을 냈다. 백연은 눈이 시려 그만 눈물이 났다. 그녀는 알았다. 생의 마지막에, 작금 이 순간을 떠올릴 것이란 걸.

땅따먹기

초라한 객기

용두재 앞, 장승처럼 우뚝 선 이는 채상록이었다. 화정패는
놀이판을 뛰고 밤새 술판을 벌일 테고, 일대에 초상집은 없으
니 홀로 있을 백연을 보러 온 것이었다. 한데 마당 가득 들어
찬 야릿한 빛무리를 뚫고 천중으로 떠오른 건, 다름 아닌 어름
사니였다. 그가 줄을 튕길 때마다 꺄르르, 웃음소리가 딸려왔
다. 방울방울 흩어지는 그 교랑한 음성에 상록은 그만 숨이 멎
었다. 생사의 고비를 넘기고 깨어나던 그 순간부터 자신을 경
계하던 여인, 바늘 하나 찔러 넣지 못할 정도로 단 한 치의 빈
틈도 내보이지 않았던 소경, 무표정한 면으로 내내 고개 숙이
고 있던 천것, 서러운 통곡으로 듣는 이의 오장육부를 죄다 뒤
집어놓는 곡비…… 제 앞에선 결코 감정의 부스러기조차 떨군
적 없는 백연이었다. 그런 그녀가 소리 내어 웃을 줄도 안단
말인가! 하나 그 달뜬 미소는 오롯이 천한 광대를 향해 있었

다. 강샘을 넘어선 배신감이 대장간의 쇳물처럼 끓어올랐다. 또 한 번 날래게 튀어 오른 줄꾼을, 그 아득한 적을, 상록은 어찌할 바를 모르고 쏘아보았다. 그토록 여인엔 무관심한 척하더니만! 광대 놈의 하는 양이 가증하기 짝이 없었다. 당최 어디서부터 꼬인 것인가? 아니, 꼬인 것은 아무것도 없다. 천것을 긍휼하게 여겨 사람 대우를 해준 것, 말을 섞고 벗을 삼은 것, 제집을 내어준 것…… 그 호의가 사달을 일으킨 것뿐이다. 개똥쌍놈은 무릇 추상같은 위엄으로 호된 매질을 해야 옳거늘, 결국 등 쓰다듬어준 개새끼에게 발등을 물린 격이렷다. 이번엔 물러서지 않으리라! 난맥을 추스르지 못한 상록이 낡은 대문을 꽝 걷어찼다.

"대감마님!"

와장창, 흥이 깨졌다. 난데없는 집주인의 등장에 줄 위의 남녀가 뻐쩍 굳었다. 놀란 날치가 풀쩍 땅에 내려서 고개를 조아렸다.

"내가 좋은 시간을 방해하였군?"

상록은 아삼아삼한 안마당을 노골적으로 둘러보았다. 예가 원래 제집이라는 걸 티라도 내듯이. 불편한 웃전의 심기를 읽은 날치가 단박에 나무 위로 올라가 백연을 안아 내렸다. 그 망설임 없는 살부빔에 상록의 미간에 다시금 괴악스러운 주름이 들어찼다. 쌍놈의 손모가지를 또깍 분질러버리고픈 억심마저 솟구쳤다.

"납시셨사옵니까, 대감마님."

땅을 딛고 선 백연이 애바르게 목례하였다. 그 차분한 어투가, 샛눈으로 웃다 말고 다시 가면이라도 뒤집어쓴 듯 무표정한 면이 상록의 심중에 생채기를 내었다.

“아무리 내 백연을 잘 부탁한다 하였지만 유희까지 제공할 줄이야. 어찌 되었건 고마우이.”

애먼 광대의 어깨를 툭툭 치는 상록의 손아귀가 묵직했다. 더 이상 여인을 보듬지 말라는 무언의 협박이었다. 이 순간 체통을 지키는 게, 상록은 무진장 힘에 부쳤다. 제가 그토록 경멸해 마지않는 저질 양반 놈들마냥, 미천한 광대의 배때기를 걷어차고, 대가릴 찍어 누르고, 당장 발치에 무릎을 꿇려 제가 누구인지 똑똑히 확인시켜주고 싶다는 치졸한 욕망이 일었다. 저 줄꾼 놈보다 나은 것이 불행히도 신분, 그 하나뿐인 탓이었다. 찬 침묵이 흘렀다.

“백연.”

“예.”

“내 이 밤에 널 보러 온 것이다. 나 때문에 단장을 잃어버리질 않았더냐.”

상록은 날치에게 보란 듯이 백연의 팔을 잡아 올려 한 자 남짓한 단장을 쥐여주었다. 그리고 한껏 옴츠러든 그녀의 손을 망측스레 덮어 잡곤 지분거렸다. 웃전의 입꼬리가 느물거렸다. 목소리가 한층 더 다감해졌다.

“삼절로 접히는 단장이니라. 이렇게 펼쳐내어…… 사용하는 것이다. 표면이 느껴지느냐? 검은 대나무, 오죽으로 만들었지. 손잡이 부분엔 이렇게…… 흰 자개로 장식을 넣었다.”

사근사근한 음성은 백연을 향했으나, 환멸에 찬 시선은 날

치에게 박혔다. 줄 위에선 날아다니나 땅을 딛고 서면 너 따위
는 아무것도 아니라고, 노기등등한 눈알은 그리 으르대었다.

"그날 밤…… 널 그렇게 보내고 마음이 아팠다."

알 듯 모를 듯 한 웃전의 말에, 옹송그린 날치의 어깨 위로
위태로운 긴장이 흘렀다. 헌앙했던 상록의 면이 야비한 빛을
띠었다.

"날치 자네는 이제 그만해도 되겠어."

"예?"

"내 원체 할 일 없는 한량이 아닌가. 이제부터 백연은 내 직
접 살피도록 하지."

상록이 웃었다. 날치의 평정을 깨뜨린 것이 흡족한 것이었
다. 오만하던 날치의 낯짝에 어린 패배감이 묘한 승리감을 안
겨주었다.

"대감마님."

백연이 힘겹게 입을 떼자, 그녀에게 말할 틈을 주지 않으려
고 상록은 선수를 쳤다.

"참, 이제부턴 매듭 일감을 곱절로 받아야겠다. 나라님께서
곡비를 금하신다 하니. 검박함이 양반의 제일 덕목이거늘, 귀
감이 되어야 할 사대부가 사치스러운 장례라니 아니 될 일이
지. 탐오한 풍속이 날로 심해지니 주상전하께서 곧 곡비를 금
하는 국법을 공표하신다 한다. 내 너에겐 특별히 언질을 주는
것이야."

백연의 얼굴에 짙은 낭패감이 스쳤다. 상록은 있지도 않은
국법과 임금까지 운운하며 떠세를 부리는 제 꼴이 흉하다고

생각은 하면서도, 문득 그리되어도 좋겠단 생각을 했다. 밥줄이 싹둑 끊기면 백연의 선택도 어쩔 수 없이 달라질 터였다.

"난 이만 가보마."

"살펴 가소서."

날치가 대문을 열고 깍듯이 허리를 굽혔다. 지난 이태간 의빈은 날치를 벗이라 불렀으나 광대 입장은 달랐다. 상아 호패 앞에 감히 싫다 좋다 할 수 있을 리 만무했다. 오라면 오고, 가라면 갔다. 술을 따르라면 따르고, 노래를 부르라면 불렀다. 한데 취중에도 절대 여인을 입에 담지 않았던 의빈이 언젠가부터 백연을 말했다. 하나 그것은 들꽃을 꺾고 싶은 동심일 리도, 애달픈 춘정일 리도 없었다. 그저 신기한 물건에 호기심이 동한 것이다. 눈길이 간 것이다. 하물며 가질 수 없어 심술이 난 것이다. 어둠 속으로 사라지는 웃전을 쏘아보는 날치의 눈깔이 무엄하기 짝이 없었다. 퍼억! 그의 주먹이 애먼 담벼락을 내리쳤다.

널뛰기

참말이라니까요

시전 좌판에 널린 색색깔 부채들이 여름의 시작을 알렸다. 단오절이라 도성 곳곳에서 크고 작은 판이 벌어졌다. 윗마을 그네터에선 처녀애들의 들뜬 비명이 귀를 찔렀고, 아랫마을 씨름판에선 어깨를 맞댄 덩치들이 상대를 번드치려고 꺼떡거렸다. 상으로 내걸린 황소는 오색 목걸이로 한껏 치장하곤 음메음메 울어 젖혔다. 모내기를 끝낸 논밭에선 풍년을 기원하는 단오제가 열려 꽹그랑대는 쇳소리가 울렸고 어영차, 줄다리기 한판에 시뿌연 먼지가 일었다. 들판에선 아낙네들이 삼삼오오 모여 익모초와 쑥을 뜯고, 갓 찍어낸 수레취떡에선 모락모락 김이 올랐다. 화정패가 막 놀이를 마친 터라 삼개나루에서 우르르 사람들이 쏟아져 나왔다. 단오빔 차림에 창포잠으로 머리치레까지 한 부녀자들의 화제는 단연 날치였다. 머리부터 발끝까지 줄꾼의 입성을 복기하고, 그 재주와 소리를

181

칭송하며 그 잘난 얼굴을 곱씹느라 들뜬 수다는 끝날 줄을 몰랐다. 그 시각, 놀이를 마친 화정패들은 조그만 천막 안에서 의복이며 악기들을 정리하는 중이었다. 돌삼이 혼자 자지러지게 웃다 말고 그렁그렁한 눈꼬리까지 찍어대며 패거리들을 불러 모았다.

"크크크크큭! 나가 시방 미쳐불겄다, 미쳐불겄어! 느들, 언능 쟈 좀 봐봐잉! 쩌기 쟈 보이냐잉?"

슬쩍 천막 밖을 내다본 패거리들은 모르겠다는 듯 어깨를 한번 들썩했다.

"시방 눈깔 똑데기 뜨고 잘 봐두랑께! 쟈가 그 귀헌 살순이여, 살순이!"

"이이? 살순이?"

"긍까 쟈가 원래는 '이날치와 삼천 줄순이'에서 일번 줄순이였단 말여! 근디, 대갈빡을 싹 굴려보니께 지두 지가 글러먹은 것을 알았겄지. 뚝섬 모래알처럼 쫘악 널린 줄순이들이 홍수에 싹 다 쓸려가고 조선 땅에 계집이라곤 지 혼자 덜렁 남는 기적이 일어난대두 우리 고자 이날치 선생께서는 꿈쩍을 안 허시겄구나, 잉? 쟈가 음청 똑똑혀, 고걸 깨쳐버린 거시여! 글구 선경쟁자 따위는 일체 읎는 살판으로 콱, 갈아탔다, 고것이제!"

쿡쿡대는 패거리들 속에서 뒤통수를 긁적대며 날치가 농을 쳤다.

"아이참. 나 여인 한 명 잃은 거야? 이걸 어쩌나…… 안타까워 죽겠네."

"한번 돌아선 년이 더 무선 거 알제? 살순이 저것이 이자 날치가 나오믄 우우우, 막 그런 즘승 소리까지 낸당께! 그러다가 얼쑤절쑤가 딱 나오면 꺄아아악! 비명을 질러싸믄서 자지러지는디 거의 경끼 수준이여, 경끼! 내는 누가 쟈 발등을 도끼로 찍은 줄 알았당께!"

다들 피식피식 웃어대는 마당에 얼쑤절쑤는 외려 어깨에 힘을 주며 말했다.

"날치야! 마, 우짜믄 좋노! 이 행님이 이자 니 고충을 이해하는 사람이 돼뿄다!"

"쿵! 다들 이거 보이나, 이거? 마 이게 뭐냐며는, 바로 저 살순이가 우릴 위해서 쪄온 콩떡이다, 콩떡! 니들도 맛 좀 봐봐라."

"으하하핫, 콩떡 겉은 소리허구 자빠졌네! 나가 시방 아까즘에 다 봐부렀어, 이것들아!"

"돌삼이 니가 뭐를 봤는데?"

"다들 배꼽 단단히 쥐고 들어잉? 아까 놀이 뜰 때 말여, 얼쑤가 불을 화악 내뿜을라고 입안에 까득 콩기름을 머금고 있었던 거시여. 근디 칵, 뿜을라는 순간! 살순이 저거시 정수리에 배락을 맞은 듯이 '꺄아아악!' 소릴 질러싸니께 얼쑤 쟈도 깜짝 놀라서 걍 입안에 있는 걸 꿀꺽 삼켜분 거여! 카아, 트림이 트림이…… 시방 그르케 기름진 트림을 생전 처음 봤당께! 트림만으로도 분맹히 불이 붙어불 거시여! 크크크킄!"

저잣거리의 흥성거림과는 반대로, 역관 오주원의 사가에서는 곡소리가 퍼져나갔다. 초상집 대문 앞에 휘황한 가마가 멈

취 선 것은 조문객이 바삐 드나드는 오후 나절이었다. 닥나무 열매가 새겨진 가마의 이절 문이 열리고 시비의 부축을 받으며 땅으로 내려선 것은 권씨 부인이었다. 그녀가 구겨졌던 남색 치마를 풍성하게 펼쳐내자 뒷머리를 쫑쫑 따 내린 계집종이 눈까풀을 치켜뜨며 대차게 손가락질해댔다.

"여깁니다, 마님. 여기예요!"

"네 성화에 예까지 오긴 왔다만……."

"제가 몇 번을 말씀드려요, 참말이라니까요!"

"하나…… 어찌 그 아이가 살아 있겠느냐?"

"그러니 어서 확인을 해보시라는 것 아닙니까! 어찌 이년 말을 안 믿으셔요, 마님!"

경박스레 발까지 동동대며 종년은 제 성대를 콱 억눌렀다.

"달포 전엔 저도 정말 귀신인 줄 알았다니까요? 근데 짱돌 몇 개에 픽 주저앉더라고요. 피까지 났습니다. 저도 그제야 믿었다니까요, 진짜 살아 있구나! 한데 금일 새벽에 이 댁으로 들어가는 걸 제 눈으로 똑똑히 봤습니다. 그날처럼 소복 차림으로요! 참말입니다!"

"당최 말이 되지 않아, 네가 사람을 잘못 본 게지. 돌아가자."

"도련님이 가엽지도 않으십니까? 예? 마님!"

아랫것의 그 한마디에 장옷을 바투 여미던 웃전의 발걸음이 딱 멈췄다.

"제가 얼른 들어가서 이 댁 청지기한테 자초지종을 설명해보겠습니다. 소리고개 마님께서 확인만 한다는데, 얼굴만 잠깐

본다는데 누가 뭐라 하겠습니까요!"

초조함에 두 손을 부여잡은 권씨 부인은 결국 여종에게 고갤 끄덕여 보였다. 허락이 떨어지자마자 종년은 부리나케 상갓집 안으로 뛰어 들어갔다. 곧 마당에서 작은 수선이 이는가 싶더니 달칵, 대문 밖으로 백연이 떠밀려 나왔다.

"옥안! 옥안이 맞는구나! 정녕 네가…… 옥안이 틀림없구나!"

소스라치게 놀란 권씨 부인은 장옷이 주르륵 흘러내리는 줄도 모르고 답싹, 백연의 팔뚝을 부여잡았다.

"아…… 아닙니다, 저는…… 저는 옥안이 아닙니다! 이것 놓으십시오!"

"도련님께서 그토록 통곡을 하시더니…… 네가 살아 있을 줄은!"

"마님! 듣는 귀가 많습니다요!"

오가던 이들이 자지러지는 마님과 화려한 가마, 그리고 그 앞에 선 상복 차림의 여인을 번갈아 쳐다보았다.

"마님, 진정하시고 일단 댁으로 가세요, 예?"

계집종은 뭇사람들의 눈을 의식하며 상전의 휘늘어진 몸씨를 가마 안으로 모셨다. 그리고 노복에게 맵찬 눈짓을 했다. 백연은 순식간에 보쌈되었다. 기웃대던 사람들은 곧 흩어졌다. 곡 없는 상갓집은 고요했다.

용두재 대청에서 새 짚신을 꿰어 신는 묵호의 얼굴에 한 점 미소가 어렸다. 날치는 그의 웃는 얼굴이 참으로 오랜만이라고 생각하였다. 아니, 처음인 듯도 하였다.

"늦어도 다음 달 초하루엔 돌아올 거다."

"천천히 다녀오세요, 여긴 걱정 말고요."

묵호의 고향인 끝섬은 해무와 암초에 둘러싸여 추절과 동절엔 숫제 뱃길이 막히는 외딴섬이었다. 오가는 데 족히 한 달이 걸리고 여비 또한 만만찮은 탓에 묵호는 어미의 얼굴을 못 본지가 벌써 십 년째였다. 하니 작금 정말 큰맘을 먹고 길을 나서는 것이었다. 어미가 좋아하는 복숭아를 잔뜩 넣은 탓에 행장을 이는 그의 손길이 조심스러웠다. 날치는 그 안에 두툼한 전낭 하나를 몰래 쑤셔 넣었다. 여비에 보태 쓰라고 건네면 절대 안 받는다 펄쩍 뛸 묵호이기에 이 방법뿐이었다. 지난 십년간 단 한 번도 떨어져 있어본 일이 없어서인지, 벌써부터 조금 허전한 듯도 하였다. 월커덕, 대문이 열린 건 그때였다. 숨이 턱 끝까지 찬 감실이 닥쳐들었다. 어찌나 작심을 하고 달려왔는지 제대로 말도 잇지 못하였다.

"헥헥…… 백연 언니가…… 잡혀갔어요! 하아하아…… 해촌 오역관 댁에 곡을 하러 갔다가…… 거기서……!"

"잡혀가다니? 누구한테?"

묵호가 건넨 물바가지를 쭈욱 들이켜곤, 감실은 말을 이었다.

"그 집 계집종이 내 동무예요, 걔 말로는 닥나무 열매가 그려진 가마가 왔는데…… 그 마님이…… 백연 언니가 제 가문 사람이라고 하면서…… 보쌈해서 끌고 갔대요!"

"닥나무 열매?"

휘청, 쏠린 날치의 몸체가 그대로 대청에 주저앉았다. 닥나무 열매는 구씨 가문의 상징이었다. 어찌하여 또 그놈의 소리고개인가! 구용천이 왜 백연을? 집안사람이라니? 보쌈이라니? 그것도 벌건 대낮에! 얼굴이 차돌처럼 딱딱하게 굳었다. 경악으로 말도 잇지 못하는 날치 대신, 묵호가 감실을 잘 타일러 돌려보냈다. 그러곤 묵직하게 말했다.

"가지 마라."

"……."

"구용천 그놈은 네가 죽은 줄 안다. 까딱 잘못했다간 너까지 위험해."

"……가야겠습니다. 그래도."

묵호는 알았다. 왜 금창약을 받아 가던 날치의 표정이 그리도 다급했는지. 왜 평생 쳐다도 안 보던 버찌나무에서 농익은 과실을 골라 땄는지. 곧 체념한 그는 얄팍한 나뭇가지를 주워 들었다. 흙바닥에 뚝딱, 약도 하나가 그려졌다.

"아버지 집이 비어 있다. 숯골로 들어가면 샛강을 바라보는 제일 끝집이다."

새파랗게 질린 낯빛으로 날치는 고갤 끄덕였다.

"조심해. 빈말 아니다. 각별히 몸 사려라, 알았지?"

다시 멍하게 고갤 주억이며 날치는 묵호의 등을 떠밀었다. 속이 들끓었다. 어질증을 부추기는 게 구용천인지, 백연인지, 요란한 매미 소리인지 분간이 되지 않았다. 산딸나무 아래, 시허연 낙화가 수북하였다.

숨바꼭질

조금만 더 이렇게 있자

소리고개 지붕에 어둠 한 자락이 올라섰다. 검은 옷에 검은 복면을 쓴 날치였다. 바람처럼 사뿐한 몸짓이었으나 실상 등마루엔 진땀이 흥건했다. 나뭇잎 떨어지는 바스란, 소리에도 장성한 신체가 흠칫 떨렸다. 돌개바람이 소리고개의 냄새를 그러모으자 와락 토기마저 쏠렸다. 일시에 몰려든 옛 기억 때문이었다. 살아생전 다신 이곳에 발을 딛지 않으리라 다짐했었다. 이쪽으론 머리도 두지 않고 살았다. 한데 십 년 만에 이렇듯 제 발로 예 들다니, 스스로에게 심히 놀랐다. 백연이 제게 그리도 큰 의미였던가? 그녀가 구용천의 희생양이 될세라, 날치는 재빨리 집채 여기저기를 살폈다. 문득 그녀가 했던 말이 뇌리를 스쳤다. 곡비를 대물림받았다 했다. 소리를 배웠다고도 했다. 혹여 구용천의 가르침을 받았던 것인가? 하나 그의 이름을 거론했을 때, 백연은 아무런 반응을 보이지 않았다. 하물며 그의 「심청가」에 눈물까지 짓지 않았던가? 돌차간 날치의 면이 싸해졌다. 백연은 오래전부터 눈이 보이지 않았다고 했다. 혹여…… 그리 만든 장본인이 구용천인가? 흉흉한 억측에 또 다른 근심이 보태어졌다. 알 수 없는 여인의 속내였다. 백연이 자신을 보고 왜 왔느냐 반문하면 어쩔 것인가? 채상록을 기다린다 하면 어쩔 것인가? 제가 예서 백연을 빼내는 것이, 오히려 그녀를 도망자 신세로 만드는 것일지도 몰랐다. 번잡스레 생각이 엉켜들었다. 하나 일단 백연을 찾는 게 먼저다. 그 뒤엔 그녀가 원하는 대로 행하면 될 일이다. 이 넓은 살림 어디에 그녀가 잡혀 있을지 내내 암담하였으나 물음은 의외로 쉬이 풀렸다. 사위가 껌껌해지니 유독 한 곳에만 불대접이 놓인 것이다. 고방채였다. 그 앞에 사내종 한 명이 설렁설렁 번을 서고 있었다. 날치는 짧은 밧줄을 양손으로 팽팽하게 채잡으며 사내 뒤에 사뿐히 내려섰다. 그리고 단박에 목을 졸랐다. 격렬하게 파닥대던 사지는 금세 기절하여 축 늘어졌다. 빠르게 주변을 훑은 날치는 육중한 자물쇠 빗장을 뽑아내곤 안으로 짓쳐들었다.

없다! 버젓이 등롱까지 밝혀져 한눈에 들어오는 작은 공간에 백연은 없었다. 급한 마음에 날치는 켜켜이 쌓인 곡식 포대며 수북한 면포 두루마리를 일일이 발로 찼다. 마른 약초까지 한 단 한 단 들추어 밑을 살폈으나 수상한 것은 없었다. 한숨고개를 짓던 그의 시선이 문득 구석에 놓인 쌀뒤주에 박혔다. 큰 규모의 살림과는 어울리지 않는 작은 치수에, 그마저도 자투리 판자를 이어붙인 듯 조악한 하품이었다. 사람이 들어갈

만한 크기가 아니기에 살펴볼 이유가 없건만, 맞물리지 않고 미세하게 들뜬 상판이 자꾸만 눈에 거슬렸다. 삐거더더덕, 무심코 쌀뒤주의 고리를 잡아 연 순간.

"우움! 우우우움!"

터져 나온 신음에 날치는 경악했다. 그 안에서 홀로 빛나는 건 진창이 된 눈동자였다. 입에 재갈을 물고 손발이 결박된 백연이었다. 체수가 작은 줄은 알았으나 이토록 야위었단 말인가! 소경은 보이지도 않는 눈을 거듭 치떴다. 그것이 무척이나 안쓰러워 날치는 급히 여인의 손목을 부여잡았다. 여체가 발악하며 체머리를 떨어댔다.

"나다, 날치!"

몸부림이 딱 멈췄다. 그제야 맹안에 맺혀 있던 눈물방울이 뚝 떨어져 내렸다. 날치는 허겁지겁 새끼줄로 얽동여진 백연의 손발을 풀어냈다. 그녀는 급하게 제 입의 재갈을 빼냈다.

"어서 가세요, 어서요! 발각되면 오라버니도 큰 화를 당하십니다, 어서요!"

백연의 첫마디는 그것이었다. 빨리 자신을 구해달라는 외침이 아니었다. 얼마나 비명을 질렀는지, 이미 목은 쉬어 있었다.

"서둘러 몸을 피하셔야 합니다! 오라버니의 목숨 따윈 쉬이 어쩔 수 있는 무서운 자들이란 말입니다! 그들이 곧……!"

"쉿……."

날치는 엄지손가락으로 백연의 젖은 뺨을 훔쳐내었다. 그리고 여인의 머리를, 갓 태어난 망아지를 어르듯 고이 쓰다듬었다.

"너와 같이 갈 거다. 걱정 마, 내 발걸음이 좀 가뿐하더냐."

뒤주에 얼마나 오래 갇혀 있었던지 백연의 두 다리는 무지근하였다. 손도 뻣뻣하게 곱은 채였다. 그런 그녀를 안다시피 하여 곳간을 빠져나온 날치는 중문을 넘어 장독간으로 건너갔다. 그리고 제일 큰 장독 위에 백연을 올려세웠다.

"월담을 하자. 밤마실 간다 생각해라."

먼저 담 위로 올라간 그가 백연을 당겨 안은 순간.

"비었다! 곳간이 비었다!"

쩌렁쩌렁한 외침이 두 사람의 뒤통수에 박혔다. 곧 수선한 발소리들이 무리를 지어 흩어졌다. 이렇게 빨리 발각이 될 줄 몰랐다. 당황한 날치가 주변을 훑다 말고 잽싸게 마방에서 짱짱한 수말 하나를 끌고 나왔다. 발을 구르며 투레질을 해대는 말 등에 다짜고짜 백연을 밀어 올리고선, 훌쩍 저도 그녀 앞에 자릴 잡았다. 백연의 두 손을 제 허리에 단단히 두르며 그가 급히 박차를 가했다.

"히럇!"

마른 흙먼지를 일으키며 그들은 쏜살같이 어둠 속으로 치달렸다. 난데없는 말발굽 소리에 동네 개들이 줄줄이 짖어댔다. 그 뒤로 금세, 추격자들이 따라붙었다. 외진 골목을 아무리 굽이굽이 꺾어 들어가도 꼬리는 끈질기게 따라붙었다. 지축이 요동치자 백연은 날치의 등에 바짝 몸을 붙였다. 혼란스러웠다. 영멸을 다짐한 제가 왜 작금 이렇듯 죽기 살기로 사내를 붙들고 늘어지는지 까닭을 알 수 없었다. 어쩌면 제가 염려하는 것은 제 목숨이 아니었다. 저로 인해 이 사내의 목숨이 위태로워지는 것이었다. 하여 이 밤을, 꼭 살아서 나야만 했다. 시커먼 야공에 그녀의 삼베치마만이 시허옇게 펄럭였다.

"빈 말로 추격자들을 따돌려야겠다! 다음 골목에서 뛰어내릴 테니 날 꼭 잡아라!"

그리 말한 날치가 홱, 허릴 틀면서 여인을 그러안았다. 그러곤 등자를 박차고 날아올랐다. 허공에 붕 뜬 것도 잠시, 한 덩어리가 된 두 사람은 속력을 이기지 못하고 곧장 언덕 아래로 굴러떨어졌다. 웃자란 잡초들이 묵직한 신체를 받아내며 푸스락 파스락 이지러졌다. 자다 놀란 까투리가 푸드더덕 날아올랐다. 빈 말은, 곧게 뻗은 길로 곧장 휘달렸다. 가시랭이를 털어낼 겨를도 없이 날치는 백연을 어느 헛간채로 끌고 들어갔다. 문을 닫자마자 요란한 말발굽들이 그 앞을 가로질렀다. 날치는 숨을 시근덕대며 나무문에 귀를 대고 한참 동안이나 바깥 동태를 예의주시했다. 기척이 멀어지고 개들의 짖음도 점차 잦아들자 그제야 복면을 잡아 내리며 백연을 돌아보았다.

"괜찮아? 어디 다친 덴 없고?"

"예, 한데 여긴 어딥니까?"

"소리고개 뒤로 빠져나왔으니 필시 예는 뱀골일 것이다. 이 길로 쭉 가면 무악헌이 나올 것이고."

"제가 갇혀 있던 게…… 소리고개였단 말씀입니까?"

도무지 영문을 모르겠다는 그녀의 얼굴이 날치를 혼돈 속으로 몰아넣었다. 그때, 요란한 인기척에 이어 쨍한 외침이 들려왔다.

"제길, 빈 말입니다!"

"무조건 잡아 죽여야 한다! 절대 살려두지 마라!"

백연이 눈을 치뜨며 저도 모르게 날치의 팔뚝을 꽈악 쥐었다. 거친 사내들의 음성이 너무 지척에서 들린 탓이었다.

"모든 집채를 샅샅이 뒤진다! 너, 너! 너희 둘은 이 헛청을 살펴라!"

"옛!"

날치는 와락 굳어버린 백연을 각진 볏단과 흙벽 사이로 날래게 밀어 넣었다. 그러곤 제 몸으로 여인을 덮듯이 감쌌다. 통통하게 엮은 볏가리와 보릿단을 잔뜩 끌어와 틈이 안 보이도록 하였으나, 정말 그럴지는 알 수 없었다. 혹여 실오라기라도 보일세라 백연이 제 치맛자락을 추스르는 찰나 발칵, 나무문이 열렸다. 째그랑, 짜그랑! 잡동사니를 헤집어대며 무도한 발자국이 몰려들었다. 커다란 횃불이 두 도망자를 위협하듯 혀를 날름댔다. 맹렬한 열기에 백연이 늠씰 놀라자, 날치는 상체를 바짝 웅송그려 그녀의 뒷머리를 감싸 안았다. 아무 일도 없을 것이다, 우린 예서 무사히 나갈 것이다, 그리 말하듯이. 돌차간 백연의 눈빛이 갈앉았다. 바짝, 발가락이 곱아들었다. 괴한들 때문만은 아니었다. 날치의 기다란 손가락이 제 신체를 꽈악 붙든 탓이었다. 마른 짚 더미 냄새, 매캐한 횃불 냄새 그리고 진득한 사내의 체향이 한꺼번에 몰려들어 찬 흙벽에 밀착된 여인의 등골에선 차라리 땀이 배어 나왔다. 따가운 열기와 서느란 한기가 기이하게 교차되었다.

"이 뒤를 살펴라!"

스르릉, 살성을 자아내며 병기가 뽑혔다. 사내들이 들고 설치는 것은 장검이 분명하였다. 섬약한 여인 하날 잡고자 사병까지 동원하였단 말인가? 대체 백연의 정체가 무엇이기에! 첨예한 무기는 거대한 짚 더미를 세세틈틈 찔러대었다. 집요한 검기에 푸실푸실 지푸라기들이 휘날렸다. 푹, 푹 환도가 짚단을 깊이 쑤셔대던 찰나.

'훗!'

날치의 가슴팍이 미세하게 튀었다. 기어이 짚단을 통과한 칼끝이 날치의 등을 찌른 것이었다. 잠깐, 그의 숨이 멎었다. 목울대가 묵직하게 흔들렸다. 다음 순간 벌게진 고개가 백연의 목덜미로 떨어졌다. 사내의 등에서 퍼진 뭉근한 통증이 여인의 가슴으로 전달되었다. 식겁한 백연은 파들파들 떨리는 손으로 날치의 허리를 부여잡았다. 그 절박한 손길에, 억눌렸던 사내의 숨결이 실뱀처럼 여인의 곁뺨을 파고들었다. 잔 머리칼로 엉망이 된 백연의 뒷덜미가 얼핏 뜨거워졌다가 촉촉이 젖어들었다. 바짝바짝 타들어가는 입술을 깨물며 백연은 최대한 고개를 모로 틀었다.

"여기 공간이 있는 것 같습니다!"

"살펴라!"

뻐석뻐석, 볏단 쏘삭거리는 소리가 백연의 귓가를 파고들었다. 무람없는 검날은 도망자들의 어깨에 풀풀 거스러기들을 떨구었다. 뭉텅 잘려 나간 보릿대가 스르르 한쪽으로 쏠렸다. 작은 헛간에 바짝, 살기가 들어찼다. 모골이 송연해진 날치는 경직된 여체를 바투 끌어안았다. 여인도 사내를 꽉 마주 안았다. 가슴팍이 버겁도록 밀착되었다. 다리도 빈틈 없이 교차되었다. 백의와 흑의는 정교하게 포개졌다. 골바람 한 줌, 지푸라기 한 올 들어오지 못할 정도로 완벽하게 맞물렸다. 백연은 오금이 저렸다. 사내의 골격이 품속에 적나라하게 느껴진 탓이었다. 미친 듯이 폭주하는 그의 심장박동까지도.

"조심하지 못해! 그러다가 건초에 불이라도 붙으면 어쩔 셈이냐!"

파삭 마른 쭉정이들은 불똥 하나만 튀면 금세 불바다가 될 태세였다. 상전의 호통에 헛간채에서 서서히 화기가 물러났다.

"이상 없습니다! 예는 없는 듯합니다!"

"건너편 마방과 문간채를 뒤져라!"

"옛!"

타닷, 타닷, 타다닷…… 삿된 발소리가 헛간채를 빠져나갔다. 달칵, 문이 닫혔다. 연이어 옆집과 뒷집을, 마방과 축사를 거칠게 뒤엎는 웅성거림이 한참이나 이어졌다. 말라 죽은 담쟁이넝쿨처럼, 서로를 얽어 안은 남녀는 움직임이 없었다. 괴한의 기척이 멀어지다 종국에 영영 끊기고 나서도 한참을, 그들은 그대로였다.

"잠시만 이러고 있자. 혹시 저들이 되돌아올 수도 있으니까."

거부하지 못한 여인의 몸씨가 다시금 뻣뻣해졌다. 무덤 같은 정적이 찾아들었다. 땀인지 피인지 날치의 등이 축축했다. 이제야 환부가 아려오는지 여인의 귓등에 닿은 사내의 호흡이 무지근했다. 당황한 백연은 살근이 몸을 빼치며 날치를 응시하였다, 괜찮냐 묻는 듯이. 적막 속에 두 사람의 눈동자가 질척하게 뒤엉켰다.

"걱정 마. 큰 상처가 아니다. 그랬다면 찌른 놈도 느꼈겠지."

여인이 꼼지락대는가 싶더니 사내의 입 안으로 불현듯, 옥춘당 하나가 굴러들었다.

"심신 안정에 이만큼 좋은 것이 없더이다."

언젠가 제가 했던 말을 돌려받은 날치가 눈을 껌뻑였다. 기껏 사탕 세 알을, 비상 환약마냥 지니고 다녔던 것인가?

"아무 일…… 없었습니다."

"……."

"의빈의 가마를 타고 왔던 밤, 아무 일 없었습니다."

백연이 하필 이 순간 이 얘길 꺼낸 건, 날치에게 상처 대신 집중할 무언가가 필요한 때문이었다. 예상은 적중하였다. 사내는 환부의 쓰라림도 잊은 채 속없이 웃었다. 채상록이 아닌, 나를 기다렸던 것인가? 아무 일 없었다는 사실보다도 그것을 알 권리가 제게 있다는 듯 말을 꺼낸 여인이 기꺼웠다. 날치는 찰나, 도망자의 신분을 망각한 채 백연을 다시 끌어안았다. 고요한 호수에 잔물결을 일으키며 나아가는 조각배마냥, 날치의 심곡에 길이 났다. 예서 더는 지체할 수 없는 걸 안다, 하나 일말의 환희가 뭉근히 속을 휘저어댔다. 흔들렸다. 한데 더 흔들리고 싶었다. 결국 사내의 입술이 여인의 입술을 덮었다. 하나 단숨결 끝에 그녀의 입 안으로 들어온 건, 조금 작아진 옥춘당이었다.

"안정이 필요한 건 내가 아니라 너다."

부들눅진한 호흡이 잠시 얽혔다. 상황에 걸맞지 않게, 사치스러운 박하향이 두 사람을 휘감았다. 날치의 손끝이 애처롭게 쏟아진 백연의 잔머리를 쓸어 넘겼다. 그리고 정인을 데리고 야반도주를 하는 양, 백연의 손에 깍지를 끼며 속삭였다.

"놓지 마."

어디로 가는지 백연은 묻지 않았다. 살어둠에 막 떠오른 샛별처럼, 맹안이 반짝 빛을 내었을 뿐이었다. 굳센 손에 의지하여 헛간을 빠져나가는 그녀의 심장이 거세게 날뛰었다. 뒤를 쫓는 사내들이 아닌, 앞에서 어둠지옥을 헤치는 사내 때문이었다.

실뜨기

얽히고설킨

새벽녘, 두 사람이 도착한 곳은 숯골이었다. 원래 이곳은 중죄인 중 신체 건장한 사내들을 차출하여 숯을 굽는 곳이었으나 점차 청부살인을 업으로 하는 자객단이며, 사람 몸뚱어리를 사고파는 인신매매단이며, 짐승의 껍질을 벗겨 파는 피장이들이며, 도망 노비들로 구성된 왈패들이 하나둘 자릴 잡아 결국 조선의 째마리들이 죄다 모인 소굴이 되었다. 조선의 법률도, 병력도 미치지 않는 그야말로 무법지대라 천주쟁이와 이민족까지 이 후미진 마을을 거점으로 삼았다. 하여 양반님은 당연하고 중인만 되어도 예 함부로 들어오거나 지나갈 엄두도 내지 못했다. 다만 천인들끼리 최소한 서로를 해하지는 않았기에 백연을 숨겨놓기엔 실로 안성맞춤인 곳이었다. 묵호 아재의 말대로 숯골 끝에 산울타리를 친 집 하나가 있었다. 참나무 껍질을 얇게 쪼개 지붕을 얹은 너와집이었다. 백연을 방에 들이고서 날치는 문고리에 쇳대를 걸고, 경첩이 튼튼한지 거듭 흔들어 확인하였다. 백연이 불안해하지 않도록 소리를 들려준 것이었다.

"편히 있어. 숯골은 안전하니. 여긴 묵호 아재의 부친 댁이야. 아, 그게 그러니까…… 진짜 아버지는 아니고 이건 정말 비밀인데…… 장두령이란 사람이다. 너도 들어본 적 있지? 강화도에서 수차례 민란民亂을 일으켰던. 도망자 신세에도 동에 번쩍 서에 번쩍 못된 양반 놈들을 벌하고 가난한 백성들을 돕는 의인 말야. 묵호 아재는 번 돈을 모두 장두령에게 주고, 장두령은 약재를 구해다가 아픈 아재 모친을 보살피면서 모자간에 소식통을 한대. 여튼 장두령은 거처를 수십 번 옮겼는데 그래도 예선 꽤 오래 있었다니, 숯골이 험지 같아 보여도 그만큼 안전하단 것이니 당분간 예 있자."

백연을 안심시키려고 날치는 괜한 묵호 아재의 비밀만 주저리주저리 털어놓았다.

"등의 상처는……."

"검극이 닿았을 뿐이야. 자상도 아니다. 찰과상일 뿐이야. 참, 묵호 아재가 반 의원이야. 놀랐을 땐 이렇게 눈 아래를 지그시 누르라더라. 하면 놀란 마음이 진정된대."

날치는 오히려 백연의 얼굴을 감싸 쥐고 엄지손가락으로 그녀의 눈 밑을 자분자분 짚어나갔다. 그러고선 고이 개어 있는 이불을 펼쳐 깔았다.

"일단은 좀 쉬어라. 심신이 곤할 터이니."

"왜…… 아무것도 묻지 않으십니까?"

여인의 물음에 날치는 눈을 껌뻑였다. 그래, 어찌하여 수많은 의문들을 꾸역꾸역 욱여넣었을까? 어찌하여 지옥 같은 소리고개로 한달음에 뛰어들었을까? 하나 작금 중요한 건 제 의문을 해소하는 것도, 등의 상처를 들여다보는 것도 아니었다. 백연을 진정시키는 것뿐이었다. 다시금 놀랐다, 눈앞의 여인은 어느새 제 가슴속에 이토록 깊이 스며들었다.

"큰일을 당했다. 쉬는 게 먼저지."

백연이 손을 뻗어 일어나려는 날치의 손목을 더듬더듬 잡아챘다.

"예전에, 제게 소리를 가르친 스승님의 함자를 여쭤셨습니다."

구용천! 그 악귀의 이름자가 튀어나올 참이라 일순 날치의 뒷목이 뻣뻣해졌다. 혀 밑에 쓴 침이 고여들었다.

"그분은 소리꾼이 아니셨습니다. 스승님은 무당이셨습니다."

을유년. 민참봉 댁 계집종은 어르신의 씨를 받아 딸을 낳았다. 민참봉은 꿈에 흰 연꽃을 보았다며 딸에게 백연이란 이름을 주고 글도 예도 가르쳤다. 하나 백연이 여섯 살이 되던 신묘년, 대홍수가 모든 것을 앗아갔다. 흉작에 굶어 죽는 이들이 속출하고 연이어 역병이 창궐했다. 민참봉 댁도 예외가 아니었다. 줄초상 끝에 결국 가문은 풍비박산이 났다. 백연과 어미는 집을 떠나 산으로 들어간 덕에 간신히 목숨은 건질 수 있었다. 끝날 듯 끝나지 않는 돌림병에 염장이와 상여꾼만 떼돈을 벌던 시절, 여인이 할 수 있는 일이라곤 곡비뿐이었다. 그렇게 오 년이 지나 백연이 갓 열두 살이 되던 무렵이었다.

"지랄을 혀라! 지 명줄 다 탄 줄도 모르고 남으 초상집서 처 울고 자빠졌네!"

당골네는 백연 어미를 마주칠 때마다 같은 악담을 지껄여댔다. 왕년에 남도에서 크게 이름을 떨쳤던 무당이라던가? 어전에 불려와 도성에 정착하였단 소문도 있었으나 진위를 아는 사람은 아무도 없었다. 다만 마마를 심하게 앓은 얽둑빼기 낯짝이 가히 괴이하여 그 누구도 똑바로 쳐다볼 엄두를 내지 못했다.

"미친 무자년이 어디서 사기를 쳐?"

"나가 이리 봬도 겁나 바쁜 년이여! 품속에 돈도 안 되는 얄팍헌 가락지 하나 떨렁 갖고 댕기는 곡비랑 실랑이헐 이유가 읎단 말이제!"

백연 어미가 멈칫했다. 웃전께 받은 유일한 물건을 어찌 저이가 귀신같이 집어낸단 말인가!

"나가 그쪽헌티 굿을 혀란가, 부적을 쓰란가? 아줌씨 뒤에 저승사자가 주르르 서 있응께 걍 따끈헌 밥 한 그릇에 나물 두어 가지 올리고 조상님들헌티 빌어나 보란 말이여, 이 깝깝한 여편네야! 시방 엄니엄니 허는 쩌 딸래미 불쌍혀서 공수 주는 거여!"

"썩 꺼지지 못해? 내 참, 재수가 없을라니까! 퉤엣!"

당골네의 말을 끝내 무시한 백연 어미는 달포를 넘기지 못하고 급사하였다. 곡 품으로 받아온 떡을 먹다가 숨이 막힌 것이었다. 그날 밤, 홀로 남은 백연을 거둔 것은 당골네였다. 바로 다음 날부터, 당골네는 백연을 꼭 애동 무당 대하듯 했다. 높은 양반님들께 비싼 의뢰를 받으려면 주먹구구식으로 구전심수口傳心授할 수 없는 노릇이라며 백연에게 무서巫書를 통달하게 하고 각종 무가巫歌를 가르쳤다. 백연은 무속을 익히며 굿판 전에 북을 치고 잡가를 부르며 사람들의 흥을 돋우는 역할을 했다. 그렇게 쉬이 한 해가 갔다.

"느는 은제까정 꽁밥 처먹으면서 기생년맹키로 노래만 부를 꺼여? 느도 밥값을 혀야지, 안 그냐? 이자부터 느가 씻김굿을 혀야 쓰겄다!"

"굿……이라니요? 전 미리아리 한번 못 해봤는데……."

"뒷전무당을 허란 것이제!"

신이 내리지는 않았으나 굿에서 짤막한 노래나 춤, 악기 등 치다꺼리를 하는 이를 그리 불렀다. 곡을 하여 목이 튼 백연을 예전부터 주시하고 있었던 것도, 거두고 일 년 동안 호되게 공부를 시켰던 것도 다 뒷전무당을 시키기 위함이었다.

"작두그네 타라, 제사상에 방울 붙여라 그릏 것은 느가 시켜달래도 안 시켜부러! 넋굿만 혀, 넋굿만."

"그 엄청난 걸 제가 어찌 해요!"

"엄청나긴 무신! 나 허는 거 무진장 봤잖애. 뭐 천지개벽헐 별란 거 있드냐잉? 싹싸기를 해댐서 짠허게 울어주기만 허면 돼야! 건 아가 느가 무진장 잘허는 거잖애, 그냐 안 그냐?"

"전 정말 못 해요, 스승님!"

"엄니, 엄니! 얼어 죽을 스승이 뭐대? 나가 이자 느 신엄니라고 몇 번을 말허냐! 나가 시방 느헌티, 머리에 신꽃이 폈다고 공갈을 치라냐? 그짓부렁이 공수를 주라냐? 느는 걍 **삥삥**이질 험서 뒈질 만큼 울기만 허란 말여! 울기만!"

"신력도 없는데 도대체 어떻게요!"

"아따, 참말로! 알었쓰! 나가 책임지고 **삥아리** 구신이라도 하나 데불꼬 와서 느헌티 딱 붙여줄 테니께, 잉? 그라믄 됐쟈?"

당골네의 생각은 적중했다. 열셋 먹은 애동 무당은 금세 사람들의 이목을 끌었다. 하나 제 명에 못 산 망제들을 위한 것이 넋굿이다. 하여 사인死因도 모른 채 가족을 떠나보낸 이들은 백연의 핏빛 치마를 끈덕지게 붙잡고선 오열을 했다. 저는 뒷전무당이라 아무것도 모른다 입이 마르고 닳도록 말해도 소용없었다. 백연이 도약을 하다 말고 가쁘게 숨을 내쉴라치면 망자가 익사했다며 술렁였고, 사레가 들려 기침이라도 할라치면 또 목이 졸려 죽었다고 생난리들이었다. 그럴 때마다 백연은 억장이 무너졌다. 기력이 쇠한 선무당은 멍석 위에서 곡을 하다 혼절하기 일쑤였다. 그럴수록 소문은 더 멀리 퍼졌다. 백연은 저도 모르는 사이 용한 무당이 되어 있었다.

"스승님, 더 이상 못 하겠습니다. 망제한테도 이건 못 할 짓이에요!"

"옘병사돈병을 허라. 못 헐 짓? 시방 느가 나헌티 허는 게 몬 헐 짓이제! 여태까정 나가 너 멕이고 재워준 거시 수백 냥인디? 와따, 얼척이 다 읎어부네?"

"앞으로 뭐든 해서 그 돈은 꼭 갚겠습니다."

"아그야, 신소리 말고 자빠져 자. 낼 아침에 매봉산 올라가야 되잖애. 해필 왈패들은 왜 거까정 겨 올라가서 양반님 대갈박을 조사고 지랄이라냐, 지랄은!"

"스승님!"

"아따, 앵간치 혀잉!"

"저 진짜 못 해요! 더 이상은 못 해요! 이러다가 천벌 받을 거예요!"

당골네는 신딸의 면에 한 줌 팥을 내뿌리며 악장을 쳤다.

"느 엄니 골로 가는 거 몬 봤냐잉! 굿을 허다 말면 그때야말로 신의 벌전을 받는 거여! 콱 급살을 맞아 뒈져분다고!"

다음 날, 매봉산에서 진오귀 굿을 하고 돌아온 백연에게 당골네는 거무스름한 세숫물을 내밀었다. 이것으로 눈을 씻으면 영안이 뜨이고 안 보이던 것들이 보일 것이라 했다. 세수를 하고 까무룩 잠든 백연은 꿈속에서 처음으로 어미를 보았다. 한데 목에 아직도 떡 쪼가리가 걸려 있는지 어미는 구슬피 울면서도 시원하게 소리 한번을 못 내질렀다. 사흘을 내리 앓아누웠던 백연은 나흘째가 되어 겨우 기운을 차렸다. 하나 더 이상은 앞이 보이질 않았다. 신령님이 아닌 당골네가 내린 천벌이었다. 새 이름이 붙었다. 옥안玉眼. 유명 영매靈媒 중엔 유독 맹盲이 많았다. 뭇사람들은 시력을 잃으면 영안이 뜨인다 굳게 믿었다. 애초에 인간이란 보고 싶은 것만 보고, 믿고 싶은 것만 믿는 족속이 아니던가. 의뢰가 쏟아졌다. 그렇게 손바닥만한 돗자리 위에서 그녀는 열여섯 살이 되었다. 더는 견딜 수가 없어 옥안은 무작정 도망쳤으나, 보이지 않는 눈으로는 당골조차 벗어날 수 없었다.

"여를 나가면 느는 디져부러! 팔자 씬 무당년덜은 암도 안 따는 꽃인디 또 개도 소도 막 짓밟는 꽃이란 말여! 하물며 앞도 못 보는 년이 어벌쩡허게 깝치고 댕기면 오만 잡놈들 손을 타다 종국엔 화병으로 디져부는 거여!"

당골네는 죽은 듯 널브러져 있는 옥안에게 씩씩대다 말고 짐짓 목소리를 낮추었다. 어떤 말이 먹힐지 번뜩 생각나서였다. 얽적얽적한 낯짝이 뻥긋이 웃었다. 말투가 나긋나긋해졌다.

"나가 명색이 느 신엄니니께 딱혀서 그라제, 딱혀서. 다음 생에는 느도 몰짱허게 눈깔을 치켜떠야 될 것이 아니냐? 기여 아녀?"

멍하니 풀어져 있던 옥안의 눈동자에 초점이 맞은 건 그때였다.

"대가리를 쪼께 굴려보랑께. 역병이다 홍수다 보릿고개다…… 깨진 쪽박마냥 여 치이고 저 치이다가 들짐승 밥이 되는 시체, 느도 수태 봤잖애? 느가 그 모냥으로 객사혀서 까마구가 눈알이라도 조사먹으면? 그람 느는 빼도 박도 몬허게 또 장님으로 태나는 거여. 긍께 여 가만 있어야겄냐, 아니냐? 나는 느가 혹시라도 죽으면 있잖냐 관짝에 꼬꼬비 잘 느서, 자리건이 짠허게 허고, 곱게 묻어줄 것이여, 암만! 그래야 눈알 몰짱허게 뜨고 환생을 허제!"

옥안은 고개를 끄덕였으나 몸져눕는 날들이 늘었다. 날까지 받아놓은 굿을 못 하는 날이 부지기수였다. 눈이 몹시도 오던 입동날, 정경부인 같은 마님 한 분이 당골을 찾았다. 달포 전,

배 위에서 실족하여 물귀신이 된 도련님의 넋굿을 받은 분이었다. 그녀는 당골네를 보자마자 왈칵 울음부터 쏟아내었다.

"이제 좀 편히 사나 하였더니, 밤마다 우리 도련님이 꿈에 나타나 혼례를 올리고 싶다 하네. 영혼 혼례식을 좀 올려주어야겠네."

"숫총각으로 물귀신이 되었으니 말해 뭣혀요. 근디 도련님 경우엔 쪼까 거시기헌디."

"어찌 그러는가?"

"무덤 앞에 제단을 채리고 축문을 읽어야 쓰는디 그댁 도련님 묘는 깡비었응께 고것이 문제지라잉."

"방도가 없겠는가?"

"으찌 읎겠어라만은……."

"돈 걱정은 말게. 도련님 장가보내는 일인데 남부럽지 않게 치러야지."

"신부님 묘는 워딧는디요? 그짝 가서 이장축移葬祝을 고허고 으르신 댁 선산에 쌍분부터 만드는 것이 순서니께 해 넘어가기 전에 할라므는 겁나게 빠듯헌디."

"아휴…… 그것이…… 신부 될 이가 없네."

"웜마! 그게 먼 말씀이래요잉?"

"꽃다운 나이에 죽은 여인을 찾기가 어디 쉬운 일인가? 게다가 사인이 비슷한 짝을 들여야 좋다고 들었네만…… 해서 내 자네에게 익사한 처녀귀를 물색해달라 청을 넣으러 왔네. 망령이라곤 하나 집안에 사람을 들이는 일이니 신중해야 할 게 아닌가. 내 사례는 얼마든지 함세."

섣달그믐 밤. 우지끈, 얼음장을 깨뜨리며 광나루에 배 한 척이 떴다. 쪽배가 아니었다. 커다란 황토 돛이 세 개나 달리고 아래에서 노를 젓는 선원만 열 명이 넘는 범선이었다. 갑판엔 오색 등불과 오색 천이 귀살스레 펄럭였다. 혼례 제단 앞엔 푸른 단령에 혁대 차고, 사모 쓰고, 흑화까지 신은 지푸라기 신랑이 덩그러니 앉아 있었다. 배가 강 복판에 당도하자 당골네는 고깔모자를 챙겨 썼다. 그러곤 함진아비가 갖다 놓은 커다란 함을 열었다. 게서 나온 것은 흰 소복 차림의 처녀였다. 새 신부가 될 여인은 이승에 더 이상 미련이 없는 듯 순순히 앞으로 발을 내디뎠다. 당골네가 번쩍 안아 뱃머리에 올려놓았을 때도, 허공중에 쩌렁하게 주문을 읊을 때도 몸부림 한번을 치지 않았다. 세찬 강바람이 뺨을 휘갈기고, 정갈하게 묶은 머릴 엉망으로 헤쳐놓아도 여인은 미동 없이 서 있었다. 흰 소복 자락만이 경기를 일으키듯 팔락팔락 요동칠 뿐이었다. 풍덩! 기어이 여인은 고이 등을 떠밀려 검은 강물로 고꾸라졌다.

신딸을 차디찬 강물에, 아니 시퍼런 삼도천에 밀어 넣는 신어미의 손길엔 한 치의 망설임이 없었다. 물귀신이 없다면 만들면 될 일. 마침 신당에 더는 돈벌이도 아니 되는 애꾸러기 처녀애가 있으니 멀리서 찾을 게 무엇인가. 열일곱, 나이도 참말 적당하였다. 시커먼 수면 위로 하찮은 물보라를 일으키며 옥안이, 아니 백연이 연신 팔을 휘적대었다. 이제야 몽혼제의 기운에서 깨어난 모양이었다. 하나 그 얄따란 사지가 잠잠해지기까지는 촌각도 걸리지 않았다. 실상 허우적댈 의지마저 잃은 것이었다. 사위가 고요해지자 당골네는 축문을 펼쳐 읽었다. 상 위에 놓인 목각 기러기 한 쌍이 주둥이를 마주 대었다. 붉은 활옷에 다홍색 치마를 입은 지푸라기 신부가, 신랑의 맞은편에 세워졌다. 곧 신혼부부의 극락왕생을 비는 천도제가 열리고 신방이 차려졌다. 그렇게 계묘년 새해가 밝은 것이었다.

끝말잇기

잔인한 이실직고

　그 모진 날들을 복기하면서도, 백연은 단 한 번 훌쩍이지도 않았다. 남 얘기 하듯 여상한 말투가, 그 덤덤한 음성이 날치의 폐부를 더 깊게 찔렀다. 금일 뒤주에서 백연이 목숨을 부지하고 있었던 건 다만, 제 손에 피를 묻히면 부정이 탈까봐 당골네를 기다린 구씨 일족의 고약한 심보 덕이었다. 무당이 당도하는 즉시 백연을 생매장할 작정이었다. 날치는 어금니가 부서지도록 악물었다. 저의 해묵은 복수에 백연의 원한이 얹어졌다. 구용천은 기필코 이를 데 없이 비참하게, 치명적으로 도륙되어야 했다. 온 세상에 그의 흉악무도함을 알려 멸족을 당해야 마땅하였다. 들불처럼 일어난 증오가 한계치를 시험했다.

　"내가 무엇을, 어찌해주랴?"

　할 수 있는 게 그 무엇도 없다는 걸 뻔히 알면서도, 날치는 그리 물었다.

"아무것도요. 제가 갇혀 있던 곳이 소리고개라는 걸, 오라버니가 아니었다면 전 영영 몰랐을 것입니다. 당골에 왔던 마님이 그 댁 안주인인 것을, 지난 초가을 제가 넋굿을 해준 망자가 구용주였던 것을, 그의 짝으로 강물에 던져진 것을…… 까맣게 몰랐을 것입니다. 하나 안다고 달라지는 게 무엇입니까? 돌이킬 수 없는 것은 매한가지인 것을요."

날치의 서느런 가슴 한구석이 와르르 무너져 내렸다.

"그 체념은 대체 어찌 생겨난 것이냐?"

"눈이 멀었을 때, 전 부처도 버렸습니다. 누가 내 운명을 비틀었는지, 또 누가 내 팔자를 꼬았는지 수많은 얼굴들을 떠올리며 통탄으로 베갯잇을 적신 적도 있었습니다. 가슴이 미어질 듯 원한이 들어차서 말을 할라치면 눈물부터 나던 때도 있었습니다. 차라리 죽길 바랐으나 그 또한 이루어지지 않았습니다. 작금의 삶이 제 선택이 아니듯이, 용서와 체념도 제 선택이 아니었습니다. 당장의 생존이 절박하여 일을 나가고 셋값을 버는 것이 먼저였습니다. 죽음은 두렵지 않으나, 인간답지 못한 채로 죽는 것은 못내 두려웠기 때문입니다."

백연은 달관한 것이 아니었다. 이를 악문 채 포기하고 버틴 것이다. 그녀는 연약한 들꽃이 아니었다. 삭풍과 한기를 뚫고 자라는 인동초였다. 돌 위에 피는 영초였다.

"하면 아무도 널 모르는 곳으로 도망가지 그랬느냐?"

"머잖아 그럴 것입니다. 아주, 멀리."

"갈 곳이 있는 것이야?"

백연은 크게 숨을 들이마시며 산란한 마음을 재차 다잡았다. 이 순간이 아니면 영영 말할 수 없으리라. 더 이상은 날치로 인해 뒤흔들리는 자신을 감당할 수 없음을, 그녀는 알았다. 그가 내미는 손을 잡고픈 욕심을 끊어낼 때가 되고야 만 것이다. 막 제 목숨을 구해준 은인에게 백연은 끝내, 잔인한 이실직고를 했다.

"삼도천을…… 건널 것입니다."

날치의 몸이 벌떡 솟았다. 형용할 수 없는 격동에 동공이 벌어졌다.

"저는 충분히 불행하였습니다. 감히 행복을 바란 적 없습니다. 다만 끝을 원합니다. 결국 우리 모두는 필멸의 존재가 아닙니까."

허옇게 질린 날치와 대조적으로, 백연의 허우룩한 낯빛은 변함이 없었다.

"삼일 내내 곡을 하고서도 새벽에 정화수를 떠놓고 빈 것은 실상, 저를 위한 것이었습니다. 내세에는 뜬 눈으로 태어나도록 성심껏 복을 짓고, 공들여 업을 지우고, 열심히 제 저승길을 닦은 것뿐입니다. 다만 한 많고 원 많게 죽고 싶지 않습니다. 장님 원귀로 구천을 떠돌고 싶지도 않습니다. 전 꼭 입관되어 땅에 묻혀야 합니다. 하여 이불장 밑에 관 값을 모아두었습니다. 관이불로 쓸 꽃도 이미 말려두었습니다."

순간 날치의 머릿속에, 뒷골방의 벽을 가득 채우고 있던 마른 꽃들이 선연하게 떠올랐다. 창백해진 사내 앞에 백연이 참하게 무릎을 꿇었다.

"오라버니께…… 염치없는 부탁을 드려야겠습니다."

"하지 마!"

여인이 더 무서운 말을 내뱉기 전에 날치가 와락, 야윈 등을 끌어안았다. 힘없이 여인이 딸려왔다. 턱 밑에서 들썩이는 여체에서 다시금 그윽한 향내가 배어 나왔다. 익숙해졌다고도 생각했는데…… 날치는 전순간 눈물이 날 것만 같았다. 백연이 자신에게 마음 한 자락 보여주었던 이유가 이렇듯 생의 마지막을 부탁하기 위함이었던가? 정녕 그뿐이었던가? 저는 아니었다. 제가 백연에게 사설을 읽어준 건, 촛불에 가물거리는 그녀의 얼굴을 마주보기 위함이었다. 줄 위에 태운 건 그 작은 손을 한번 잡아보기 위함이었다. 처음부터 실은 이렇게 보듬어 안고 싶었던 것이었을지도 몰랐다. 다만 그걸 너무 늦게 알았다. 너무 늦게.

"금일 많은 일을 치렀다. 아니, 평생 너무 많은 일을 치렀다."

"오라버니."

"좀 쉬어라. 일단은 아무 생각 말고 푹 쉬어."

물결 많은 인생이 아니었다. 물결뿐인 인생이었다. 그런 백연에게 날치는 아무짝에도 쓸모없는 위로의 말 따윈 하고 싶지 않았다. 대신 여인을 지긋이 눕히고 턱 밑까지 이불을 끌어올렸다. 그녀의 숨이 깊어지자 조용히 나와 처마에 매어진 마른 옥수수로 죽을 쑤고, 지붕 위에 탐스럽게 익은 박을 따 박국을 끓였다. 마당 구석구석을 쓸고, 거미줄을 치우고, 혹여 툇마루 밑에 구렁이라도 있을까 싶어 쑥대로 연기를 피웠다. 그러고도 계속 서성였다. 저 여인을 위해 제가 무엇을 더 할 수 있을까 고심하면서. 같은 신분이라는 것은 많은 것을 의미한다. 그녀가 겪었을 좌절, 모멸감, 상실 그리고 그녀가 꿈꾸었을 종결까지도…… 모든 분노는 공감이 되었다. 고됨의 크기와 모양은 다를지언정 동병상련인 것이다. 하여 백연에게 죽을 궁리 대신 살 궁리를 하라 다그칠 수 없었다. 매일, 매 순간 치열하게 싸워 이겨내야 한다면, 어찌 그것을 삶이라 하랴? 그 사투에서 벗어나고픈 게 잘못이라고, 그 누가 말할 수 있으랴? 그러나 같은 신분이라는 공통점은 곧 한계를 드러냈다. 그녀가 스스로를 꺾는 것 말곤 그 무엇도 상상할 수 없었듯, 날치 또한 그 무엇도 해결해줄 수가 없었다. 한참을 멍하니 섰다 말고 그는 감나무 밑에서 기껏 기다란 나뭇가지 하나를 주워 들었다. 그러고선 단도를 꺼내어 조심스레 깎아내렸다. 제가 할 수 있는 것이 고작 이뿐이었다. 너와 지붕 위로, 동이 텄다.

유월 유두

제기차기

치명적 단점

송파시장 끄트머리에 뚝딱, 천막 하나가 세워졌다. 화정패들이 오후에 있을 놀이를 준비하는 것이었다. 제각각 바삐 손을 놀리는 와중에 돌삼이 콱 목소릴 죽여 소곤댔다.

"다들 욜로 와보랑께! 천막 뒤에서 시방 촌극이 벌어져부렀어!"

"촌극? 뭔 촌극?"

"거시기…… 잉! 살순이의 선택!"

"뭐어?"

돌삼의 호들갑에 꼭두쇠, 날치, 묵호, 춘봉, 비금이 살금살금 모여들었다.

"해치거튼 쌍둥이 형제 사이에서 갈등하는 가련한 여인! 형을 선택할 것인가? 아우를 선택할 것인가? 살순이와 얼쑤절쑤의 피 말리는 삼각관계! 캬, 이건 암만 봐두 돈을 내고 봐야 혀는디, 안 그냐잉?"

"살순이 쟤 비위도 좋다. 얼쑤절쑤랑 진도 뺄 생각까지 하고!"

천막 사이로 희뜩 뒤를 엿본 비금에게 돌삼이 손사래를 쳤다.

"그른 것이믄 을매나 좋았냐만은 요것이 짠헌 애정극이 아녀. 겁나 웃겨 뒈져불겄는 환장극이여! 일생일대의 고비에 선 여주인공 살순이에게는 치맹적 단점이 있다 요 말여!"

"뭔 말이래?"

"얼쑤랑 절쑤를 구분을 못 혀! 아무리 절쑤가 쿵쿵거려도 뭣이 다른지 도통 모른단 말여! 살순이 쟈도 이자 지정신이 아녀. 얼쑤헌티 절쑤랬다가, 절쑤헌티 얼쑤랬다가…… 머리를 아무리 쥐어뜯어도 똑겉응께 지두 미쳐불겄지!"

패거리들이 다들 입을 틀어막곤 배꼽을 쥐었다.

"요짝에서 살순이가 '지는 딱 결정을 혔구먼요. 얼쑤 씨가 더 좋은 거 가터요.' 허면 쩌짝에서 '지는 절쑨디요.' 이 지랄을 한 식경째 하고 자빠졌단 말여! 시방 보는 나가 환장을 허겄어!"

"얼쑤 코 옆에 숯검댕으로 점이라도 하나 찍어주고 올까?"

날치의 농에 다들 큭큭대기 바빴으나 춘봉만은 심각했다. 여인 하나에 쩔쩔매는 쌍둥이 형제가 딱한 모양이었다.

"거 뭐냐…… 날치야. 니가 삼천 줄순이 중에 딱 한 명만 어떻게 좀 살판으로 보내주면 안 되긋냐아? 알잖냐아, 얼쑤절쑤는 여인 얼굴 즐대 안 봐아, 그냥 머리만 길믄 감사해 죽을 것들이여어. 짝만 좀 맞춰주믄 쓰겄는데에……."

"흥! 그건 열 냥을 준대도 힘들지!"

비금이가 대놓고 콧방귀를 뀌던 그때, 천막을 획 걷으며 뚱 씹은 표정으로 얼쑤절쑤가 들어왔다.

"으찌 됐어, 잉? 시방 그려서 누구랑 연결되분 것이여, 잉?"

"마, 말 시키지 마라! 우리 심각허다!"

"궁금혀서 미쳐불기 전에 언능 불어, 잉? 누구냐니께!"

"쿵! 살순이 그 기집아, 고마 가뿠다!"

"왐마? 가다니?"

"이자 살순이 몬해먹겠단다! 영 헤깔리고 정신이 사납아서 마 안되겠단다!"

"그려서? 시방 아무랑도 안 사귀겠대?"

"쿵! 이제 버순이 할 끼라 카드라, 버순이!"

버나꾼, 춘봉에게 확 시선이 쏠렸다. 영 껄끄러운지 춘봉의 표정이 요상했다. 돌삼이 혀를 찼다.

"와따! 난년이여, 난년! 그랴, 시방 한 번 갈아부는 게 어렵지 두 번, 시 번이 일이긋냐?"

비금이 살래살래 손사래를 쳤다.

"내가 장담하는데, 춘봉 아재는 저런 기 쎄고 깡 쎈 년 절대 감당 못 해."

"거 뭐냐…… 비금이 니가 왜 내 애정사를 장담하냐아? 나도 벅찬 인기 한번 감당해볼래애. 말리지 말어."

횃불싸움

죽어도 뺏기지 않겠다

흰 돌길을 따라 연리헌으로 들어가며 날치는 꼴깍 침을 삼
켰다. 채상록이 사가로 저를 부른 건 처음이었다. 백연의 흉사
와 무관치 않으리란 불안과는 별개로 그는 이미 거대한 궁집
에 압도당했다. 벌써 스무 개의 돌계단을 오르고, 네 개의 중
문을 통과하고, 열 개 남짓 모퉁이를 돌았다. 솟을대문뿐만 아
니라 샛담에도 빠짐없이 청기와가 놓였고, 굴뚝이며 구들에
벽사 무늬가 찍혔으며, 살피꽃밭에까지 굵직한 모란과 작약
이 빼곡하였다. 드디어 도착한 사랑채 안뜰은 동그랗게 다듬
은 소나무며, 장방형 연못이며, 수면 위에 만개한 연꽃이며, 그
아래에서 연잎을 희롱하는 금잉어까지…… 숫제 한 폭의 어
락도魚樂圖였다. 집채 역시 왕족의 품위를 짐작게 할 만큼 크
고 정갈하였다. 그 안에서 객을 맞는 건, 표범 가죽을 깐 의자
에 삐딱하게 앉은 채상록이었다. 야들한 옥빛 비단을 떨쳐입

고 부채를 팔랑이는 풍채가 금일따라 한없이 커 보였다. 그 뒤로 펼쳐진 열두 폭 무릉도원 병풍 또한 오색찬란하기 그지없었다. 얼이 다 빠진 날치가 어리벙벙하게 절하고 무릎을 꿇자, 빤드럽게 주칠을 한 찻상이 대령되었다. 파뜩, 그의 정신을 깨운 건 차향이었다. 춘설 속에 움튼 새싹으로만 덖은 승설차勝雪茶! 노비들이 호환마마보다 더 두려워하는 바로 그 차였다. 대여섯 살부터 저도 동절만 되면 설산에 올라 어린잎을 채취하는 고된 노동을 하였다. 잠시 잠깐 상전의 입속 기쁨을 위해 몇 날 며칠 얼음 산등성이를 헤매다가 동상에 걸려 발가락을 잘라내는 이들도 부지기수였다. 그렇게 천것들의 고혈로 만든 승설차는 약이 아닌 독이었다. 백자 찻종 안에서 맑게 일렁이는 빙렬들이 날치에게 어질증을 안겼다. 주름진 미간을 애써 펴며 그는 비로소 웃전의 의도를 파악하였다. 저에게 단단히 주제 파악을 시키려는 것이었다.

"자네도 일 년 전 있었던 구용주의 죽음을 알고 있겠지?"

"예? 예에."

대뜸 뱉은 채상록의 첫마디가 심히 공포스러워서, 날치는 코앞에 놓인 그의 발끝만 노려볼 뿐이었다.

"아우의 재주를 시기한 구용천이 범자犯者란 소문이 파다했지. 형제뿐이었던 배 위에서 아우가 실족사하였으니 어찌 아니 그러하겠는가? 한데 당시 주변에 놀잇배들이 많았다더군. 범자 딴에는 머릴 굴린 것이지. 혹여 무엇을 보았다 한들, 어떤 양반이 포도청을 드나들며 남의 집안 흉사에 이러쿵저러쿵 말을 얹을 것인가?"

"……."

"아우의 죽음 이후 구용천은 한참이나 무대를 마다했네. 초
상을 치러 그러한가 했는데, 그 집 계집종은 다른 말을 하더
군. 그가 불면에 시달리는 것은 물론이요, 아우의 환영을 보며
경기를 하다 종종 까무러치기까지 했다더군. 결국 구용천이
무대에 복귀한 것은, 아우의 영혼식을 치른 직후였네. 한데 그
짝이…… 백연이었다지?"

옴칠, 날치의 어깨가 튀었다. 구용천의 존속살해 때문이 아
니었다. 상록이 소리고개의 종들을 매수하여 그 집안 사정을
속속들이 캐낸 탓이었다. 대체 어디까지 들춘 것인가? 설마하
니 십 년 전 제 일까지 알아낸 것인가?

"한데 죽어 마땅한 그 아이가 살아 있고, 다시금 놓쳤으니
작금 구용천이 제정신이겠는가? 그가 얼마나 악랄한 인간인
지, 누구보다 자네가 잘 알 것 아닌가?"

"무슨 말씀을 하시고자 하옵니까?"

"백연을 데려오게, 당장."

"……."

"어찌 답이 없는가? 왜? 그 아이를 연모라도 하는가?"

"예."

"하하, 쌍놈의 순정이 참으로 대단한 것인가 보구나! 한데
연모라는 것은 말이야, 여인을 책임질 충분한 힘이 있을 때 하
는 것이야. 금수처럼 몸뚱이가 동한다고 하는 것이 아니라. 내
말이 틀린가?"

날치의 고개가 비장하게 쳐들렸다. 격렬한 적의가 솟구쳤다.

"연모할 자격이라 하옵시면 감히 무식하고 천한 이놈이 알기에, 세상 모든 사내에겐 있으나 의빈에게만은 허락되지 않은 그것이 아니옵니까?"

"뭐…… 뭐라!"

"백연의 마음 또한 저에게 있사옵니다. 의빈께선 수청을 강요할지언정, 연정을 강요하실 순 없사옵니다."

시퍼렇게 들끓는 쌍놈의 눈초리가 감히 의빈을 노려보았다. 당장 강상죄로 참수된다 해도 억울하지 않을 만치 방자한 행태였다.

부채를 확, 접어 내리는 상록의 두 손이 바라락 떨렸다. 부챗살이 짓구겨졌다.

"한데 그런 자네의 최선이 기껏, 백연을 잡배들 소굴에 처박아 두는 것인가?"

날치의 눈두덩이 찌릿, 경련한 것을 상록은 귀신같이 포착하였다. 그러곤 확실히 쐐기를 박았다.

"숯골이라니! 그런 험지에. 쯧쯧쯧."

매수한 소리고개의 노비를 통해 백연의 배경을 알게 된 상록은 심이 편치 않았다. 사방팔방으로 사람을 풀어도 그녀를 찾을 수 없어 속은 더 타들어갔다. 하물며 자신은 도성 십 리 밖으론 나갈 수도 없는 처지가 아니던가. 날치의 뒤를 밟은 이 곤이 백연이 숯골에 있는 것 같다 아뢰었으나, 청지기마저 그곳엔 절대 못 들어간다 버티니 미칠 지경이었다. 하여 유일한 방도가 날치를 불러 떠보는 것뿐이었다. 기세등등해진 상록의 입꼬리가 비뚜름하게 올라붙었다.

"눈까지 먼 백연에게 광대 낭군은 너무 가혹하지 않은가? 하물며 내 자네가 구용천에게 어떤 일을 당했는지 다 들었네 만 쯧쯧……."

날치가 헉, 놀란 숨을 터뜨렸다. 악권 손아귀가 생땀으로 흥건했다. 수치심과 모멸감에 어깨가 뒤흔들렸다.

"줄만 타면 정승판서도 다 자네 발밑이니 스스로 뭐 대단한 인물이라도 되는 줄 착각을 하는 모양인데, 실상 자넨 정경부인의 노리개는 될지언정 가긍한 곡비는 구제해줄 수 없는 쌍놈이야. 조선의 쭉정이, 검부러기 말이지."

그 뼈아픈 사실 앞에 날치는 주먹을 그러쥐었다. 그의 앞에 난데없이 둥그런 북 하나가 놓였다.

"오는 게 있으면, 가는 게 있어야지. 안남국安南國 물소 가죽으로 만든 것이네. 무려 궁궐 악기장 솜씨이니 자네가 밑지는 거래는 절대 아니야."

웃전이 일어서자 아랫것도 따라 일어나 내키지 않는 머리통을 조아렸다. 댓돌에 신을 놓으며 박상궁이 여쭈었다.

"청지기를 데려와 북을 이라 할까요?"

"아니다. 존객께서 직접 짊어지고 가실 것이니, 면포나 넉넉히 내어드려라."

걸걸하게 하명하며 의빈은 자리를 떴다. 생사의 갈림길에 선 백연을 마치 흥정거리 물건처럼 내놓으라 한 그가 날치는 실로 역겨웠다. 도포 차림의 제가 등에 북을 업고 저자를 활보하는 우스운 꼴까지 만들어내려고 하니 토악질마저 쏠렸다. 충동이 이끄는 대로, 웃전의 하사품을 찢어발길 수는 없기에 날치는 빈손으로 사랑채를 나설 뿐이었다. 쌍놈이 할 수 있는 최대의 반항이 기껏 그것이었다.

그네뛰기

마음의 절반

숯골 너와집에 홀로 있던 백연은 쪼뼛하게 까치발을 떴다. 그리고 보이지 않는 쪽창 밖을 빠끔히 내다보았다. 멀리서 익숙한 발소리가 들려오자 그녀는 비록 삼베옷 차림이긴 하나 저고리 옷깃을 바로 여미고, 고름을 정갈하게 고쳐 매었다. 구겨진 치마를 털어 펼치고, 실실 늘어진 옷자락의 실밥도 훔쳐 내었다. 문고리에 걸린 쇳대를 뽑아내다 말고 백연의 고개가 설핏 갸우뚱했다. 날치의 발걸음이 평소와 조금 달랐다. 느긋하고 올곧기만 하던 보폭이 왜인지 한참 짧았다. 허둥지둥 조급한 발끝이 흙먼지마저 일으키는 듯했다. 쓰르라락, 낡은 사립짝문을 열어젖힌 것 또한 예사롭지 않았다. 그 성급한 손짓에 측백나무로 두른 얄팍한 산울이 우수수 크게도 흔들렸다. 그제야 까막눈이 확 내떨렸다. 아니다, 그가 아니다! 급박하게 문고리를 더듬는 찰나, 반 박자 먼저 문이 열렸다. 워럭, 골바람이 밀어닥쳤다. 삽시간에 암흑이 전쟁터로 바뀌었다. 무람없이 방 안에 침범한 괴한은 그러나 깔끄러미 백연을 노려만 볼 뿐이었다. 씨근벌떡대는 그의 숨소리만이 각일각 여인을 구석으로 몰아붙였다. 등 뒤가 벽이라는 걸 뻔히 알면서도 백연은 얼쯤얼쯤 발을 물렸다. 누구냐, 왜 이러시느냐 당최 입 뻥끗이 되질 않았다. 여차직하면 냅다 찌를 요량으로 촛대를 앙세게 고쳐 잡았으나 괴한에게 덥석 팔목을 붙잡힌 순간 허무하게 떨어뜨리고 말았다. 속절없이 딸려간 백연은 경악으로 팔을 비틀어댔다. 바로 그때 벼락처럼, 괴한의 입술이 떨어져 내렸다.

'이 여인을 놓고 싶지 않다! 결코 빼앗길 수 없다!'

돌진하여 갈급하게 백연의 입술을 덮친 날치는 온통 그 생각뿐이었다. 인사하는 것마저 잊었다. 여인이 장님이란 사실조차 망각하였다. 그저 가녈한 뒷목을 억짓손으로 쥐곤 허겁지겁 숨을 강탈할 뿐이었다. 연리헌에서 고조되었던 흥분이 가라앉기는커녕 다시금 선명해졌다. 절대 뺏기지 않겠다, 백연의 마음은 분명 내게 있다. 아니, 작금 그 확답을 받아야 했다. 이토록 조급증이 이는 건 확신이 없어서였다. 기실 가장 큰 공포는 백연이 그 누구도 택하지 않는 것이다. 끝내 스스로를 꺾어버린다 하면 어쩔 것인가? 삿된 잡념을 떨치려고 날치는 더더욱 무자비하게 여체를 밀어붙였다. 초조함 탓에 섬약한 등을 더듬는 손이 되알졌다. 포획한 사냥감을 물어뜯는 이리처럼, 사내는 으르렁댔다.

백연은 필사적으로 고개를 빼쳤다. 괴한의 가슴팍을 아등바

등 처내다 말고 돌연 그녀의 온몸에 솜털이 곤두섰다. 모과향! 그 익숙한 향기에 백연은 급히 사내의 어깨를 더듬었다. 손끝에 각인된 온기가 배어들었다. 창졸간에 여인의 시공간이 전복되었다. 경악으로 굳었던 몸씨가 녹듯이 기운 것은 순간이었다. 휘청거리지 않으려고, 그녀는 밀쳐내던 사내의 도포 자락을 외려 바싹 틀어 당겼다.

백연이 나긋하게 기대오자 당황한 건 날치였다. 느리게, 그녀의 입술이 열리자 예상치 못한 황홀감에 사내는 압도당했다. 가파르게 오르내리는 옷섶 아래 박동하는 백연의 심장이 선연하였다. 여인의 마음이 오롯이 저를 향해 있다는 것이 이토록 명백할 수 없었다. 사내가 여인의 한 줌 허리를 꽉 끌어 당겼다. 거칠한 삼베 아래 말캉한 젖가슴이 제 심장에 닿자 땔감을 과하게 쑤셔 넣은 양, 단전마저 뻐근해졌다. 강렬한 불꽃이 몸 여기저기를 헤집으며 섬광을 터뜨렸다. 가뭄 끝의 단비처럼 형언할 수 없는 희열이 정수리에 뻗쳤다. 애원인 듯 명령인 듯 날치는 악세게 여인의 숨결을 빨아들였다. 그 갈급한 입술은 곧 희끗한 목줄기로 옮겨갔다. 제 것이라 낙인을 찍듯, 사내는 팽팽하게 솟아오른 푸르른 혈맥을 괄괄스레 머금었다. 순간 여린 살갗에 소름이 돋았다. 눈을 꼭 감은 여인에게서 미미한 파장이 흘러나왔다. 야윈 등줄기가 뭉근히 젖었다. 얼핏 보이는 여인의 앙가슴이 붉었다.

날치는 제 삶에도 청춘이란 게 있는 줄 알지 못했다. 하여 마음이 한 발짝 앞서갈 때마다 두 발짝 몸을 물렸다. 생경한 행복 말고 늘 익숙한 불행을 택했다. 더는 상처 입기 싫어서,

더 이상은 버림받기 싫어서, 최선을 다해 여인을 밀어낼 뿐이었다. 결국 지난 계절, 그가 무던히 애썼던 것은 연모하지 않으려는 몸부림이었다. 한데 그 견고한 성벽에 그만 쩌억, 균열이 가버렸다. 휘몰아치는 거센 파도 앞에 날치는 그저 휩쓸리고만 싶었다. 한껏 억눌렀던 욕망이, 겁이 날 만큼 단번에 튀어 올랐다. 하나 이성은 예서제서 뿔나팔을 불어대었다. 심곡 저편에 시뻘건 봉화가 피어올랐다. 화광에 휩싸인 듯 격렬히 내떨리는 여체를 더 이상 몰아부칠 수 없다는 엄중한 경고였다. 사내는 가까스로 상기된 면을 들어올렸다. 속박에서 벗어난 백연의 몸씨가 벽에 기대 스르르 주저앉았다. 허물어진 여인을 다잡으며 날치는 반 무릎을 꿇었다. 그러곤 제가 헤집어 놓은 여인의 옷을 애틋하게 추슬렀다. 그 손짓 하나하나에 백연의 살결이 예민하게 요동쳤다. 녹진한 숨을 억누르던 여인은 그예 앞니로 비긋이 제 입술을 깨물었다. 사내의 향기를 과하게 마신 탓에 새치름한 맹안에 짙은 취기가 어렸다. 한참이나 느리게 껌뻑이는 눈꺼풀이 무척이나 관능적이었다. 또다시 날치의 심곡에 야릇한 불씨가 들어찼다. 열기로 가득 찬 방에 또 한 번 더운 숨결이 보태졌다. 관자놀이에 진땀이 배어 나왔으나 그는 애써 허공을 쏘아보며 마음을 다스릴 뿐이었다.

"줄을 작파할 것이다."

비밀을 털어놓은 이도, 듣는 이도 놀랐다.

"곧 면천첩을 사고 금강산에 칩거 중인 송방울을 찾아갈 거다. 내 기어코 소리꾼이 될 것이야. 함께 가자."

마지막 말에 설핏, 백연의 고개가 들렸다. 그 작은 머리통을 날치는 부드럽게 품에 안았다. 전장을 아우르는 북처럼 거세게 뛰는 심장박동이 여인의 귀에 생생히 박혀들었다.

"이만큼 원한다, 널."

결곡한 사내의 본심에 여인의 말캉한 눈망울이 살푼 커졌다. 야릇하고도 숭고한 감동이 치받았다. 동시에 덜컥 겁이 났다. 그런 근심을 읽은 듯, 날치는 여인의 손바닥 위에 검지로 글자를 새겼다. 심반心片.

"마음의 절반을 너에게 주마."

갈대에 스치는 실바람처럼, 사내가 속살거렸다.

"나머지 반은 내 안에 있으니, 우린 함께해야 온전해지는 것이다. 이것은 부신符信이다, 보이지 않는 부신."

놀란 백연은 실체 없는 부신을 어정쩡하게 손에 쥐었다. 생전 처음 영원에 대해, 그녀는 잠깐 생각했다.

"누구나 제 자리에서 감당해야 할 몫이 있다만 그것을 꼭 홀로 견딜 필요는 없어. 또 굳이 눈이 아니더라도 사람이란 누구나 어느 한쪽으로 쏠릴 수밖에 없다. 그러니 품앗이를 하듯 서로 채워주며 살면 되지 않겠느냐?"

"……."

"하나만은 분명히 약조할 수 있다. 먼 훗날 네가 천수를 다하고 생을 마감하면, 내 꼭 널 정성껏 입관하여 고이 땅에 묻으마. 곡도 내 직접 하마. 혹여 내가 먼저 죽는다면 넋이 되고 혼이 되어서라도 너를 지키마."

"……."

"당장 답을 달라는 것이 아냐. 무명 이불에 초막살이는커녕,

밤하늘을 지붕 삼아야 할지도 모르니 잘 생각해라. 내가 가진 것이라곤 뜯어먹을 수도 없는 이 반반한 얼굴 하나뿐이니."

수럭스레 농담을 하곤 돌아서는 날치의 뒷모습에 백연은 끝내 어떤 말도 내뱉지 못하였다. 죽음을 유일한 희망으로 믿고 산 자신이 무척이나 초라하게 느껴져서였다. 늘 삶은 벅찼다. 생존 자체로 숨이 막혔다. 항시 힘겹게 살아냈으나 제 인생은 아니었다. 하여 한 톨 미련도 없이 그저 꺾어버리고만 싶었다. 한데 작금 날치로 인해 덜컥, 삶이 제 것이 되었다. 진한 의미가 부여되었다. 돌차간 생生이 저주가 아닌 축복으로 변했다. 내내 한 발로 서서 세상을 버텼건만, 이제야 오롯이 두 발로 세상을 디디는 게 무엇인지 어렴풋이 알게 되었다. 황량한 들판에서 하염없이 날갯짓하는 모진 삶일지라도 날치 오라버니와 함께라면 견딜 수 있을 것 같았다. 그를 만나기 위해 수도 없이 명 땜을 하며 여태껏 삶을 이어온 것이 아닐까 하는 생각마저 들었다. 가슴 저 밑바닥에서부터 한번 치열하게 살아보고 싶다는 열망이 용솟음쳤다. 이 순간이 딱, 꿈같았다. 화상을 입은 듯 뜨끔한 입술만이 꿈이 아님을 증명하였다.

소꿉장난

안길 것이냐, 업힐 것이냐

"따르겠습니다."

백연의 첫마디는 그것이었다. 하얗게 밤을 지새우며 맘 졸이던 날치는 여인을 살며시 품에 안았다.

"무엇이 네 마음을 움직였느냐?"

"달리기가 소원인 저를, 오라버니께서는 날게 해주셨잖습니까."

날치가 그제야 웃었다. 채상록은 죽었다 깨도 할 수 없는 것이 아니던가! 줄꾼이라는 업이 이토록 자랑스러운 날이 없었다. 줄을 타길 잘했다.

"약속하마, 그곳이 어디든 마당에 줄을 걸어두겠다고. 네가 날고 싶을 땐 언제든지 훨훨 날 수 있도록."

날치는 백연의 손을 덮어 잡으며 물었다.

"업힐 것이냐, 안길 것이냐?"

"예?"

"유둣날이니 소풍을 가자. 강가까지는 온통 바윗길이니 어서 선택해."

백연의 말긋말긋한 눈동자가 또르르 옆으로 쏠렸다. 원래같으면 민폐를 끼치기 싫어 걸어가겠다, 끝내 고집을 피울 것이었으나 이 순간만큼은 날치의 물음에 순순히 응하고만 싶어졌다. 그녀가 옷고름을 만지작거리며 조그맣게 답했다.

"업……히겠습니다."

"좋다!"

백연을 업고 한참을 내려온 날치는 강가의 너럭바위에 그녀를 앉혔다. 물바람에 갯버들가지 냄새가 묻어났다. 무릎을 세워 앉은 백연은 아직도 얼떨떨했다. 물때가 바뀌듯이 자연스레, 누군가가 제 삶에 스며든 것이.

"오늘은 유속이 안 빠르다. 얕은 곳엔 저어새 한 마리가 긴 다리로 우아하게 사냥을 하고, 가시덤불 위엔 실잠자리 한 쌍이 노닐고 있어. 강 너머엔 백 척 정도 되는 절벽이 있고 그 위엔 온통 솔밭인데, 부리와 발톱이 제법 날카로운 참수리 하나가 빙글빙글 공중에 원을 그리고 있다. 하늘은 파란데 새털구름 하나가 북쪽으로 움직이고 있어. 네 등 뒤로는 노랑 참외꽃이 지천이고 그 아래 청개구리가 풀쩍인다. 아, 잠깐만."

어디선가 연보랏빛 수수꽃다리를 한 아름 꺾어온 날치가 그것을 백연의 품에 안겼다. 꽃다발에 얼굴을 묻은 여인이 단향에 취해 샐긋이 웃었다. 그 낯빛이 딱 풋풋한 열여덟이었다.

수백 살은 너끈히 살아낸 듯한 애늙은이가 아니다. 강 위에 뜬 금빛 해가 갯바람이 지나갈 때마다 몸을 떨었다. 딱새와 개개비가 지천에서 포르륵대었다.

"저도 읊어드리고 싶습니다, 강에 비친 산천이 얼마나 반짝이는지, 새가 얼마나 힘차게 날아오르는지."

'또…… 당신이 얼마나 아름다운지.'

정작 하고픈 말을 백연은 속으로 삼켰다. 순간, 지척에 있는 사내가 못 견디게 보고 싶었다. 딱 하루만 눈을 뜰 수 있다면 날치를 보고 싶었다. 그런 부질없는 가정을 그녀는 했다. 삶에 대한 감사와 그것을 외면했던 속죄가 순간 복잡하게 교차되었다. 머루알 같은 눈망울이 가랑가랑 흔들렸다. 물끄럼말끄럼 날치를 바라보다 말고 백연은 두 손을 들어 그 끌밋한 이목구비를 쓸어내렸다. 야릇한 느낌에 사내가 긴 호흡으로 마음을 다잡았다.

"내 얼굴을 그새 잊은 거야? 쉽게 잊힐 미모가 아닌데."

여인이 가뭇없이 웃었다.

"눈이 멀쩡할 땐 많은 것을 보았으나 정작 꼭 보아야 할 것은 보지 못했다는 걸, 저는 눈을 잃고야 알았습니다. 개중 가장 슬펐던 건 어미의 얼굴이 기억에서 지워진 것을 깨달은 순간이었습니다. 오라버니의 얼굴은 절대 잊지 않을 것입니다."

"오늘 내 얼굴은 어떠냐? 예전보다 더 잘생겨졌나?"

"예."

"정분이 나면 예뻐진다는데, 그 말이 참인가?"

달짝지근한 사내의 말투에 여인의 기름한 속눈썹이 부채춤

사위처럼 쫘악 펼쳐졌다.

"물에 발을 담가. 다리만 뻗으면 된다."

미투리와 버선을 벗은 백연은 맨발이 쑥스러운지 얼른 물속으로 발을 내렸다. 야윈 발끝이 휘휘 물살을 내저었다.

"내년 유두에도 이렇게 소풍을 나오자. 그땐 너한테 부채를 선물해야겠다."

그것보다 더 큰 선물이 있다는 말을, 날치는 아껴두었다. 금일 아침, 포목전에서 백연의 의복을 맞춘 것이었다. 생고사 명주도 아닌 기껏 무명 민저고리에 홑치마였으나 연한 물색과 얌전한 감빛, 그 두 색깔을 고르는 데 반나절을 망설였다. 완성되려면 보름이 걸린다 했다. 주인장이 꽃신 하나를 권했으나 과하게 들이대면 분명 부담스러워할 백연이라, 고사하고 나온 참이었다. 한데 자꾸, 너럭바위 위에 얌전하게 놓인 여인의 미투리에 눈이 갔다. 해질 대로 해져 나달나달 꼭뒤마저 떨어진 것이었다. 꽃신을 살걸 그랬다······.

"금강산 기슭에 거처를 마련하면, 낮엔 송방울 선생께 소리를 배우고 밤엔 네게 서책을 읽어주며 그리 살 거야. 네 손톱은 이제 내가 잘라주마. 처마에 떨어지는 빗소리도 함께 듣고, 겨울밤엔 화로에 군밤도 구워 먹자. 참, 첫눈이 오면 그걸 고이 받아다 네 눈을 씻겨줄 거야. 그럼 꿈에서라도 내 잘난 얼굴이 선명히 보이지 않겠느냐?"

"저는 무엇을 해드릴까요?"

"입맞춤!"

"예?"

"여기, 우리 둘뿐이다."

"동박새 울음도, 딱새 소리도…… 다 들립니다."

볼을 붉히며 백연이 답했다.

"저들만 쫓으면 되는 것이냐? 훠이! 훠이!"

"오라버니……."

"하여튼 저놈들은 눈치가 없어도 너무 없다. 나뭇가지에 딱 붙어 앉아 꼼짝을 안 하는구나, 쳇."

생글한 여인의 얼굴이 좋아서 날치는 자꾸만 실없는 농을 해댔다. 너무 가벼운 사내처럼 여겨진다 해도 이젠 어쩔 수 없었다.

"그럼 노랠 불러다오.「꽃노래」도 좋고「뱃노래」도 좋고!"

날치가 선추를 바위에 내려치며 첫 장단을 건넸다. 둥딱!

봉실봉실 봉숭아꽃은 사람하고 희롱하고, 칠팔월 다래꽃은 수용새용 피어나고, 구시월 국화꽃은 충효열녀 절을 지키고, 광무하상 찬바람에 저마 홀로 곱기 핏네……

백연의「꽃노래」가 끝나자 날치가 격하게 박수를 쳤다.

"또 찾았다!"

"무엇을요?"

"네게 해줄 것 말이야! 소리를 가르쳐주마. 송선생께 충실히 배우고, 부지런히 익혀서 그 모든 기술을 너에게 전수해주마!"

"어찌 여인이 소릴……."

"사설의 반은 여인의 소리다. 춘향이건 심청이건「배비장타령」의 애랑이건, 다 여인이 아니냐."

"참이십니까? 정말 송방울 선생의……."

"그럼! 네 성음이 이토록 단단하니, 조선에서 여자 소리꾼이
나온다면 필시 그 첫 번째는 네가 될 것이다."

꿈을 꾸는 듯, 까막눈이 아련하였다. 꼬깃꼬깃 접어 처박아
두었던 당치 않은 꿈을 누군가가 꺼내어 반듯하게 펴낸 것이
정히 벅찬 것이었다.

"제일 먼저 어떤 소리를 배우고 싶어? 신명나는 대목으로
하자."

"「심청가」의 마지막 토막이 어떠합니까?"

흥부 내외가 박을 타는 대목도, 춘향과 몽룡이 재회하는 대
목도 아니었다. 황후가 된 청이를 만나 심학규가 번쩍 눈을 뜨
는 바로 그 대목, 백연에겐 가장 신명나는 모양이었다.

"그래, 그걸로 하자!"

백연이 살며시 날치의 손을 덮어 잡았다. 그 나긋한 온기에
사내는 놀랐다. 여인이 부끄러워 말을 흐렸다.

"동박새 소리도, 딱새 소리도…… 더 이상 안 들려서……."

지천으로 녹음이 한창이거늘, 두 사람의 세상엔 이른 단풍
이 물들었다.

꽃반지 엮기

쑥고개, 반딧불이

숯골 안에 장이 섰다. 주막의 평상에 마주 앉아 전과 막걸리를 나누어 먹는 두 사람이 여느 연인 같았다. 날치에게 화정패 얘기를 듣다 말고 백연이 히히, 하고 귀엽게 웃었다.

"그래서요? 결국 살순이는 버순이가 된 것입니까, 예?"

"바로 그다음 날 놀이를 뛰었거든. 춘봉 아재가 그렇게 당황하는 거 처음 봤다니까. 버순이가 꺅꺅 소릴 지르니까 호흡이고 집중이고 다 흐트러져서 끝내 접시 네다섯 개를 연달아 깨뜨렸지 뭐야. 땀을 한 바가지 흘리면서 허둥지둥하다가 깨진 걸 또 밟아서 피까지 보고. 어휴, 완전 엉망진창이었어. 다 끝나고 보니 춘봉 아재가 아주 혼이 쏙 빠져서 눈그늘이 무릎까지 내려왔더라고. 결국 버순이한테 가서 통사정을 하더라. 딴 놈 좀 좋아하면 안 되겠냐고."

"그런 재미있는 분들과 한 지붕 아래 살았다는 게 믿어지지가 않습니다."

"다들 바깥채에서만 지냈으니 안채에 있는 너와는 얼굴 한 번 맞닥뜨리기 힘들었겠지."

"그분들과는 평생 함께하신 겁니까?"

"쭉 같이 지낸 건 꼭두쇠, 묵호 아재, 비금이 그 셋뿐이야. 볼 꼴 못 볼 꼴 다 본 사이지."

"다른 분들은요?"

"사당패엔 생각보다 많은 사람들이 들고 나. 특출한 광대인 경우엔 대우가 더 좋은 곳으로 이적을 하거나 우두머리들끼리 웃돈을 얹어 사고파는 경우도 많으니까. 하물며 지방을 돌 땐 일이 년씩 임대를 해주기도 하고. 그렇게 재주꾼들이 갈리고 또 갈리다 보니 지금의 화정패가 되었지. 얼쑤절쑤랑은 칠 년 정도 되었고, 돌삼이랑 춘봉 아재는 한…… 오 년쯤 되었어."

"그런 가족이 있다는 것이 부럽습니다."

"목멱산 근처에 네가 머물 안전한 곳을 찾아보고 있다. 그쪽으로 옮기면 걔네들을 소개시켜주마. 생긴 게 험상궂어서 그렇지 심성은 하나같이 착한 애들이야."

"전 생김은 상관없질 않습니까."

"그것 참 좋다! 걔들 눈코입이 워낙 자유분방해서 지레 겁먹는 여인들도 많거든. 참, 비금이도 선머슴같이 말을 틱틱 해대서 그렇지 나쁜 앤 아니야. 저번에 독한 말 한 거, 마음에 담아두지 마라."

"예. 압니다."

"난 네 마음이 장님이 아니라서 좋다. 멀쩡히 눈을 뜨고도 장님처럼 사는 이가 한둘이더냐?"

청아한 여인의 면이 사내를 마주 보고 씨익 웃었다.

"이토록 정확히 눈을 맞추니 네가 맹이란 걸 자꾸 잊는다."

"저도 오라버니와 눈을 맞추는 게 좋습니다. 송아지 같은 그 눈 말입니다."

"송아지? 그런 말 처음 듣는다."

"큰 눈망울에 여인만큼이나 풍성하고 긴 속눈썹을 가지고 계시니 그리 느껴졌습니다."

"어쩐 너무 미화가 된 것 같지만, 나로선 손해 볼 게 없으니 그렇다 치자. 대신 화정패 애들을 만나면 그런 말은 절대 마라. 여기저기서 토하고 난리 날 거야. 걔들은 부러우면 꼭 그러거든, 유치하게."

"히힛, 명심하겠습니다. 그럼 그분들과 무슨 얘길 할까요?"

"음…… 일단 걔들이 굉장히 놀랄 텐데……."

"왜요?"

"그러니까…… 그게, 내가 고자인 줄 알거든."

희한한 단어 앞에 백연이 뜨악한 표정을 지었다.

"뭐, 그럴 만도 하지. 네가 처음이니까."

백연의 세모꼴 눈이 '처음'이란 말에 다시금 깜짝깜짝거렸다.

"너 지금, 줄순이들 생각했지!"

"예? 예에……."

"함성과 박수는 고맙지만 줄순이들과 마음을 나눌 순 없어. 그들이 좋아하는 건 인간 이날치가 아니거든. 그저 줄 위에 선

이날치 모습에 제 나름대로의 이상형을 덧씌워서 즐기는 것뿐이야. 일종의 놀이지, 꼭두각시놀이."

"아……."

"여튼 얼쑤절쑤가 널 만나면 내가 고자냐 아니냐, 그런 흉한 질문부터 할 게 뻔해. 당황하지 말라고 미리 얘기하는 거야. 넌 아니라고 한마디만 하면 된다. 아, 아니란 걸 확인시켜주는 게 먼저인가?"

민망해진 백연이 괜히 막걸리를 들이켰다. 짓궂은 농담 때문인지, 알싸한 곡주 때문인지 여인의 귓불이 벌게졌다.

"쑥고개에 가자!"

"그게…… 어딥니까?"

"아주 기가 막힌 곳이다. 분명 네가 좋아할 거야."

여름 쑥고개는 숫제 꽃고개였다. 농염한 불볕 아래 제비꽃이며, 바람꽃이며, 패랭이꽃이며, 산달래꽃이며, 찔레꽃이며, 강아지풀이며…… 이 순간만을 위해 온갖 풀씨가 날아와 꽃을 틔운 양, 한도 끝도 없이 꽃결이 펼쳐졌다. 그 위를 백연은 마음껏 내달렸다. 숨차게 뜀박질을 한 것이 언제인지 기억나지 않았다. 한데 작금은 나긋나긋한 바람뿐이라서, 넘어지고 뒹굴어도 다보록한 야생화뿐이라서 그녀는 두 팔을 한껏 벌린 채 천둥벌거숭이처럼 꽃밭을 가로질렀다. 말총같이 묶인 머리가 팔랑팔랑 개구지게 요동쳤다. 동동대는 치맛자락에 슬금슬금 풀물이 배어들었다. 가쁜 숨을 몰아쉬며 휘달리다 말고 백연은 알밤을 챙기는 다람쥐처럼 야무지게 꽃잎을 그러모았다.

그러곤 자꾸만 머리 위로 꽃비를 뿌려대었다. 곁뺨을 괴고 모로 누워 있던 날치도 그 향기로운 빗방울에 쫄딱 젖어들었다. 두둥실 떠오른 꽃가루도, 대결하듯 울어대는 참매미와 쓰르라미 소리도, 잔망스레 노닥이는 한 쌍의 나비도 그의 가슴을 흠뻑 적셨다. 기다란 풀대를 씹다 말고 날치가 주섬주섬 만개한 꽃대를 꺾어 모았다. 머지않아 필 꽃망울들도 댕글댕글 딸려왔다. 곧 백연의 머리 위에 제비꽃 화관이 씌워졌다. 손가락에 끼워진 찔레꽃반지가 싱그러웠다.

언덕배기에 귤빛 석양이 흐무러지고 시나브로 지평선도 어둠 속에 묻히자 으늑한 화톳불이 피어났다.

"연아, 연아…… 이제 널 이리 불러야겠다. 온전히 내 것인 것처럼."

백연은 모든 게 생생했다. 영원히 빛날 듯이 반짝이는 초롱별도, 군무를 추듯 어른대는 반딧불이도, 저를 보고 생그레하게 웃는 사내도 다. 호적한 적막과 쌉싸래한 풋내가 연인을 에워쌌다.

"불안하다. 누가 널 또 채 갈까봐."

"혹여 제가 안 보이면 물미장부터 확인하세요. 물미장이 없다면 저 스스로 나간 것이고, 남아 있다면 누군가에게 억지로 끌려 나간 것일 테지요."

"그런 일은 결코 없어야 한다. 곧 거처를 옮겨줄 테니 불편하더라도 조금만 참아. 금강산으로 떠날 날이 머지않았으니."

"예."

"평생 이렇게 살자. 원대한 행복을 좇는 대신, 소소한 찰나의 기쁨을 나누면서. 그저 꽃피면 꽃핀다고, 잎 지면 잎 진다고 웃으면서. 난 대단한 무엇을 해주겠다 약조할 순 없다. 다만 더는 널 혼잣말하게 내버려 두지 않으마."

날치의 말에 무게가 실렸다. 여인의 눈이 수줍게 껌뻑였다. 소싯적에 곡식을 꾸러 이웃집에 가면 '한 되'라는 게 집집마다 달랐다. 옆집은 야박하게 위를 깎아 평평하게 만들었고, 뒷집은 숫제 얕게 되질하여 헐렁하게 퍼주며 한 되라 우겼다. 그때 알아버렸다. 그게 마음을 저울질하는 가장 정확한 방법임을. 지척의 사내는 자꾸만 심곡 깊숙이 되질하여 고봉으로 가득 마음을 퍼주었다. 몇 번이나 흘러내리고 또 흘러내리도록. 날치의 마음이 애틋하여 백연은 희게 웃었다. 아득한 밤 풍취에 띠리라라랑, 조악한 악기마냥 오묘한 음색이 번졌다. 날치가 얼레빗의 듬성듬성한 빗살을 거듭 엄지로 훑어 내렸다.

"부모님은 복숭아나무로 만든 이 얼레빗 하나를 물려주셨다. 아버지가 어머니에게 만들어준 액막이라고 하더라. 받아……주겠느냐?"

실가락지도 아닌 고작 이 빠진 빗 하나를 건네는 것이 멋쩍어 날치는 어색하게 웃었다.

"하나뿐인 액막이를 어찌 제게 주십니까?"

"나한텐 이게 있잖느냐."

날치는 백연의 손을 제 손목 위에 올려놓았다. 장명루였다. 단 한 번도 풀지 않은 듯, 백연이 해준 꽃매듭이 그대로였다. 그 위에서 아우성치는 사내의 맥박이 여인에게 고스란히 전해졌다. 금빛으로 타오르는 불꽃이 백연의 얼굴에 얼룩덜룩

한 설렘을 그려내었다. 그 홧홧한 뺨을 감아쥐며 날치는 도둑숨을 삼켰다. 이 여인이 오롯이 제 것임을 굳이 확인하고 싶었다. 나대는 심장을 억지로 잡아 누르며 날치는 느리게 백연의 이마에 입을 맞췄다. 곧 여인의 눈꺼풀에, 코끝에, 뺨에, 귓불에 빨긋빨긋 미열이 올랐다. 살가운 입맞춤은 어느새 격렬한 탐닉으로 변했다. 숨이 고갈된 백연이 고개를 외틀었다. 잔열이 밴 헐떡임이 사내의 심장에 불을 당겼다.

"증명하고 싶다, 지금 여기서."

날치의 쉰 목소리가 속삭였다.

"내가 온전한 사내라는 걸."

맹안이 얼쑹덜쑹 내흔들렸다. 여인의 젖은 입술은 말이 없었다. 잔 머리칼만이 실바람에 흩날릴 뿐이었다. 답을 기다리는 사내의 눈빛이 막바지 석양처럼 강렬하고도 또 위태로웠다. 백연이 돌연 두 손을 뻗어 날치의 옷깃을 잡아당겼다. 그러곤 대담하게 그의 아랫입술을 베어 물었다. 그 짜릿한 대답에 남체가 전율하였다. 사지로 얼얼함이 내뻗쳤다. 끈끈하게 입술이 엉키자 날치의 등줄기가 바짝 경직되었다. 여체를 상하게 하지 않으려고 저릿한 손을 몇 번이나 허공에 쥐었다 폈으나 치솟은 열증이 해소될 리 없었다. 뻣뻣한 손가락이 곧장 여인의 저고리 고름을 잡아 풀었다. 금실을 거두고 밀통을 열듯 세심한 손길이었으나 조급함까지 지워내긴 역부족이었다. 어째서인지 검불에서 불티가 이는 타갓타갓 소리보다 저고리 떨어지는 스르락 소리가 더 크게 들렸다. 옥죄인 앙가슴이 뽀얗게 드러났다. 그 해끔한 살결 위에 광염이 아질아질한 무늬를 그려내며 날치를 극한으로 몰아붙였다. 성급히 도포를 벗어 깐 사내는 그러나 갈대를 쓸어대는 갯바람마냥 상냥하게 여인을 밀어 눕혔다. 서두르지 않으려 그토록 애를 썼건만 날치의 인내는 쉬이 바닥났다. 입술도장은 무자비하게 내리 찍혔다. 게걸스레 품을 헤집는 그 껵센 기운에 백연의 숨결이 흐트러졌다. 창백한 속살에 점점이 열꽃이 피어났다. 바다가 거꾸러지듯이 눈동자가 출렁거렸다. 야리야리한 쇄골뼈가 죽을 듯이 팔딱대었다. 곧 힘없이 꺾인 목에서 벅찬 듯 미약한 신음이 터져 나왔다. 훈김에 젖은 몸씨가 격정으로 물러졌다. 흐늘대는 그녀의 손아귀에서 들꽃이 이지러졌다. 조각난 달빛이 극성이었다. 뭇별들이 몸을 떨었다. 증명이 시작되었다.

닭싸움

끝섬

서쪽 땅끝에서 쪽배를 탄 묵호에게 사공은 대뜸 고함을 쳤
다.

"끝섬이라니, 내 참 기가 차서! 딴 데 가서 알아보쇼!"

"왜 그러시오?"

"뭐해, 당장 내리지 않고! 내리란 소리 안 들려?"

"딱 하룻밤만 있다 바로 돌아올 거요."

"하! 무인도에서 밤까지 지새울 거란 말이오?"

"무인도……라니요?"

"거기 배 끊긴 지가 십 년이 넘었소! 것도 모르고 가잔 거였
소? 내 참, 웃긴 인간 다 보겠네."

"그럴 리가 없소!"

"그럴 리가 없기는! 끝섬이 어디 그냥 섬이요? 흉측한 놈들
이 득시글거리던 재수 옴 붙은 데지! 아, 내리라고 글쎄!"

돌처럼 굳었던 묵호가 급하게 두 냥을 꺼내들었다. 사공이 인상을 쓰며 뒤통수를 긁적였다.

"아이 씨, 거참……!"

"부탁드리오!"

"그럼 가서 확인만 하고 바로 오는 거요, 알겠소?"

한숨을 푹푹 쉬던 사공이 별안간 힘을 주어 노를 저었다. 잔잔한 물결 위로 조각배가 밀려 나갔다. 하나 끝섬에 당도한 묵호는 망연자실할 뿐이었다. 말 그대로 무인도였다. 사공이 핏대를 세우며 소리쳤다.

"거보시오, 내가 몇 번을 말했잖소!"

빠르게 뱃머리가 방향을 틀자 묵호가 풀쩍 뭍으로 뛰어내렸다.

"잠깐만 기다려주시오."

"아무것도 없다니까 그러네!"

묵호는 뱃사공에게 또다시 두 냥을 보여주었다. 그는 골치가 아프다는 듯, 이마를 짚어댔다.

"한번 돌아보고만 오겠소. 금방이면 되오!"

척박한 풍경에 묵호는 눈뿌리가 어질했다. 분명 제 고향이 맞건만 사람이 살았던 흔적조차 보이지 않았다. 하물며 물길을 찾기도 묘연해 보였다. 예까지 날아와 싹을 틔우는 식물도, 하다못해 새의 보금자리도 없는 듯했다. 퍼석한 모래흙에 마른 갈대, 그리고 소금기 머금은 해무. 그것이 다였다. 소용돌이치는 해풍만이 곳곳을 파고들었다. 섬 끄트머리, 제가 살던 집에 다다른 묵호는 그만 털썩 주저앉았다. 작은 움막은 돌무덤으로 변해 있었다. 그마저도 풍화되고 깎여 반쯤 무너진 것이었다. 굳건했던 낯이 흉하게 일그러졌다. 끄억끄억, 목구멍에서 한스러운 울음이 솟아나왔다.

"어머니…… 저 왔어요. 묵호…… 왔어요, 어머니……."

경오년, 역병이 심해지자 충청감영에선 애먼 문둥병 환자들을 깡그리 잡아들여 이 섬에 가두었다. 열 살 묵호와 그의 어미도 그때 끌려왔다. 그렇게 조선에서 버려져 죽을 날만을 기다리던 병자들 앞에 나타난 것은 다름 아닌 개혁파의 두령, 장씨였다. 강화도에서 지주제地主制 혁파를 외치며 민란을 일으켰던 그는 반란이 실패하여 도망자 신세가 되었음에도 백성들의 적극적 비호 아래 탐관오리를 처단하고 약자들을 돕는 일을 지속해나가는 의인이었다. 끝섬의 모래땅을 일구어 옥수수와 감자를 심게 도운 것도, 스무 명 남짓한 아이들을 뭍으로 탈출시킨 것도 바로 장두령이었다. 하여 묵호는 섬을 떠난 직후부터 그를 아버지로 모시고, 돈을 버는 족족 그에게 건넸다. 줄광대로 살면서도 끊임없이 산으로 들로 약초를 캐러 다니고, 한 푼이라도 더 벌려고 아등바등한 것은 모두 그 때문이었다. 그 돈으로 장두령은 끝섬 환자들을 돌보며 소식통 역할을 자처하였다. 그 세월이 장장 이십 년이었다. 묵호가 그를 마지막으로 만난 것은 지난 입춘이었다. 무슨 일이 있어도 이번 여름엔 끝섬에 다녀올 것이란 아들의 말에 아비는 급히 필요한 약재가 있어 백두산에 간다 했다. 이번 출타는 오래 걸린다고도 했다.

"으아아아아악!"

손에 잡히는 대로 모래를 채잡아 흩뿌리며, 묵호는 고래고 래 울분을 터뜨렸다. 조선을 개혁하겠다던 장두령은 실상 빈 자들의 고혈을 빨아 제 뱃속을 채우는 악마였다. 일말의 양심 이라도 있다면 곪아 뭉그러진 어미의 발에 새 발가락이 돋아 났다는 거짓말은 하지 말았어야지! 돌곰긴 입술에 새살이 나 서 이제 활짝 웃더라는, 그런 헛소리는 하지 말았어야지! 이 자그마한 땅에서 일어난 아비규환이 생생히 보이는 듯하여 묵 호의 면이 눈물 콧물로 젖어들었다. 그는 봇짐 속에서 흐무러 진 복숭아를 꺼내어 돌무덤 앞에 쌓았다. 어미의 이가 하나 도 남아 있지 않을까봐 부드러운 머드러기만 고르고 골라, 서 부렁하게 잘 여며서, 조심스레 이고 지고 온 것이었다. 농익은 과실향이 삭풍에 섞여들었다. 몸이 절로 기울었다. 난데없는 제사상 앞에서 통곡하는 그의 머리 위로 또다시 모래바람이 휘몰아쳤다.

그 시각, 꼭두쇠는 희뜩 눈을 떴다. 어리뻥뻥한 눈이 몇 번이 고 끔쩍댔다. 기막힌 꿈을 꾸었다. 잘 차려입은 조상님께서 집 에 납시는 꿈이었다. 이불을 젖히며 빨딱 일어난 그는 후딱 저 고리부터 꿰입었다. 윗대에서 돈벼락을 맞으라고 현몽을 비추 셨는데 무례하게 방구석에 나자빠져 잠을 처자고 있을 때가 아니었다. 마침 묵호 놈도 멀리 가고 없질 않은가! 꼭두쇠는 급한 마음에 고양이 가죽으로 소매부터 동동 여몄다. 냅다 뜀 박질이 시작되었다. 눈 깜짝할 사이 그는 청계투판 한가운데 서 패를 쥐고 있었다. 한데 이게 웬일인가! 과연 선조들이 보살피는 바, 기막힌 패가 연속으로 붙었다. 곱빼기 판으로 옮겨 앉아도 계속 운빨이 붙었다. 짱짱한 패를 쥘 때마다 그는 마른 입술을 잘근잘근 씹어댔다. 표정 관리가 안 될 정도로 흥분이 일었다. 이건 제 나이 열일곱, 비금 어미와 물레방앗간에서 처음 부둥켜안던 순간과도 비견할 수 없는 참 희열이었다. 곧, 맞은편 놈이 잘 보이지 않을 정도로 돈이 쌓였다. 그야말로 운수대통이었다. 옥방에서 사람이 나왔다.

"한 자리가 비는데, 드시겠소?"

고관대작들이 낯짝 팔리지 않게 투전을 하는 공간이 옥방이었다. 판돈이 금자라는 풍문이 무성했다. 한데 게서 저를 모셔 가니, 꼭두쇠의 목에 잔뜩 힘이 들어갔다. 한달음에 입성한 옥방은 생각보다 작았다. 다만 옥으로 깎은 탁자 덕에 판돈을 걸 때마다 짤그랑짤그랑 소리가 났다. 앉아 있던 세 명의 대감들은 한눈에 보아도 대단한 입성이었다. 꼭두쇠는 꿀꺽, 침을 삼키며 결전을 별렀다. 금일같이 끗발 좋은 날 저놈들의 땅이며, 집이며, 족보까지 탈탈 털어 몽땅 벗겨먹으리라! 하나 세 판째에 벌써 밑천이 달렸다. 잃어서라기보다 워낙 판돈이 큰 닷이었다. 한판 크게 해 처먹으려면 크게 거는 게 당연지사, 꼭두쇠는 잠시 실례를 하곤 곧장 응봉에게 달려갔다. 하나 그는 콧방귀를 뀔 뿐이었다.

"흥! 또 시시한 딸년 운운하려거든 말도 꺼내지 마!"

"누가 딸년 판대?"

"그럼?"

"날치!"

"뭐엇?"

삼삼오오 패장에 골몰하던 투전꾼들의 고개가 전순간 꼭두쇠에게 쏠렸다. 찰나의 적막 후, 예서제서 수군거림이 번져 나갔다.

"돌았네, 뺑 돌았어! 옥방 맛을 보더니만 아주 눈깔이 뒤집히셨구면?"

도성 일대의 남사당패들이 날치를 못 모셔와서 안달인 것을, 웅봉이 모를 리 없었다. 하나 오랜만에 큰 건수라, 그도 머리를 팽팽 돌리며 셈을 거듭했다. 참지 못한 꼭두쇠가 먼저 값을 불렀다.

"오백!"

"아는 도둑놈이 더 무섭다더니! 아주 줄광대 하나로 팔자갈이를 하려고 덤비네?"

"날치가 보통 놈이야, 어디? 오백 아니면 집어치워!"

"이백! 더는 어림도 없어!"

"촛, 날치 놈 담보 잡을 데가 어디 여기뿐인 줄 아나."

팽팽한 기 싸움에 몇 번의 흥정이 더 오갔다.

"삼백에 타협을 보시죠?"

옆에 있던 웅봉의 수하가 종이를 펼치며 껴들었다. 꼭두쇠도 웅봉도 고개를 끄덕여 동의를 표했다. 계문이 쓰였다. 환퇴 기간 닷새가 덧붙여졌다. 손가락이 세 개뿐인 괴이한 손도장이 찍혔다. 꼭두쇠 앞에 묵직한 돈 꾸러미가 대령되었다.

"으아아아악! 에이 씨, 빌어먹을! 흐아아아악!"

정확히 반나절 만에 청계투판 대문 앞에서 혼자 뚝뚝 눈물을 흘리다가, 뭐 마려운 강아지처럼 뱅뱅 맴을 돌다가, 실성한 놈처럼 허공에 주먹질을 날리다가, 끝내 흙바닥에 드러누워 발버둥을 치는 것은 다름 아닌 꼭두쇠였다. 삼백 냥을 몽땅 날리고, 응봉이 던져준 개평으로까지 노름을 해대다가 끝내 개털 신세로 쫓겨난 것이었다. 혼자 울고불고 지랄발광 네굽질을 해대는 작금에서야 그는, 제가 정녕 사달을 냈음을 깨달았다. 반대로, 계문을 가진 응봉은 도성의 내로라하는 사당패들에 즉각 사람을 보냈다. 날치가 경매 매물로 나왔다는 희소식에 사당패 우두머리들 간의 치열한 눈치싸움이 시작되었으나, 닷새간 이 일을 절대 함구하는 데엔 즉각 의견일치를 보았다. 소문이 나서 경기도와 황해도의 사당패들까지 경쟁에 뛰어들면 값이 천정부지로 치솟을 터이니 그것을 경계하는 것이었다.

칠월 백중

딱지치기

뒤집힌 운명

시간은 쏜살같이 흘러 벌써 나흘째였다. 딱 하루만 더 지나면 기어이 일이 나는 것이었다. 기어코 금일의 해가 떠오르자 대청에 앉아 있던 꼭두쇠가 푹, 모로 꼬꾸라졌다. 다 죽어가는 아비의 등짝에 대고 비금은 혜번쩍 눈깔을 치켜뜨며 고래고래 악장을 쳤다.

"미친 거야? 미쳤냐구! 아주 노망이 났지? 화정패 밑천인 날치를 뭐 어쩌고 어째? 내가 언제 부친한테 큰 거 해달래? 호강시켜달랬냐구! 그냥 이 집서 살게만 해달랬잖아! 부친이 나한테 해준 게 뭐가 있다고 그것도 안 해줘! 왜 그것도 못 해줘! 왜, 왜!"

모로 웅크려 있던 꼭두쇠의 눈에 어룽어룽 눈물이 차올랐다.

"이제 어쩔 건데? 추석 대목이 코앞인데 날치도 없는 화정패를 누가 불러줘! 아니, 당장 연습한답시고 다들 일로 모일 건데 뭐라 그럴 거냐고! 이제 날치 얼굴을 어떻게 보라고, 오라질!"

비금이 아비의 등짝을 뒤흔들다 말고 숫제 후려쳤다. 그때 느닷없이 마당에 들어선 것은 집 주인, 채상록이었다. 놀란 꼭두쇠는 콧물을 훔치며 발딱 일어나 머리를 조아렸다.

"어, 어찌…… 대감마님께서 예까지 납시셨습니까요. 한데 만리재에 큰 소리판이 열려 날치가 게 갔으니 헛걸음을 하셨습니다요. 비금이 너는 어서 물 한잔 떠 오지 않고 무얼 해!"

"예."

비금이 찬간으로 뛰어갔다. 상록이 대청에 걸터앉으며 입을 열었다.

"내 만리재에서 오는 길이네. 날치도 게서 보았고. 아직 제 일신이 팔린 건 모르는 눈치더군?"

꼭두쇠가 초췌한 제 얼굴을 거칠게 뭉갰다.

"이놈이 그만 실성을 했더랬습니다요."

"해서, 날치가 다른 사당패에 가는 걸 그냥 구경만 할 셈인가?"

"어찌……하겠습니까요. 소인의 수중에 먹고 죽을 땡전 한 푼이 없으니……."

"꼭 돈만이 능사겠는가?"

꼭두쇠가 번뜩 머릴 쳐들었다.

"방도가 영 없는 것은 아니라 그 말일세."

"그, 그게…… 무슨 말씀이십니까요?"

"가정을 해보잔 말이야. 날치가 영영 줄을 못 타게 되면……
어찌 될까? 날치를 다른 사당패에 뺏기는 것과 그놈이 아예
줄을 파하는 것은 천지 차이 아니겠는가?"

찬간에서 나오던 비금의 발이 멈칫했다. 월컥, 물이 쏟아졌다.

용두재 앞마당에 화정패가 모두 모였다. 추석에 첫선을 보
이는 줄 묘기에 풍물 합을 맞추기 위해서였다. 얼쑤절쑤가 징
과 꽹과리를, 춘봉과 돌삼이 피리와 장구를 끼고 줄 아래 조르
르 앉았다. 날치는 줄을 밟으면서도 자꾸 염낭 속 두 냥을 만
지작대었다. 꽃신 값이었다. 손바닥을 쫘악 펼쳐, 백연의 발 문
수를 어림짐작하는 것만으로도 마음이 간질거렸다. 추석에 뛸
놀이가 줄꾼 인생의 마지막 판이 될 것이니 거춤거춤 해치울
맘은 추호도 없었으나, 숯골에 갈 생각에 심이 바쁜 건 어쩔
수 없었다. 그런데 굳이 북소리를 보태겠다며 껴앉은 꼭두쇠
는 계속 어긋나게 장단을 두들겨댔다. 귀가 예민한 날치가 벌
써 여러 번 똑같은 재주를 반복하다가, 우뚝 멈추어 버럭 성질
을 냈다.

"또, 또 그러신다!"

"그렇게 잘 치면 니가 북 치고 장구 치면서 줄을 타든지!"

"그 말이 아니잖아요."

"흥! 어차피 딴 데로 내뺄 놈이 왜 예서 까탈이야, 까탈은?"

패거리들이 일시에 눈알을 거들떴다. 공기가 싸해졌다. 풀
쩍, 줄 위에서 뛰어내린 날치가 북을 끼고 앉은 꼭두쇠 앞에
우뚝 섰다.

"누가 그래요, 나 내뺀다고?"

"누가 그러는 게 뭐가 중요해? 니가 의리라곤 눈곱만치도 없는 놈인 게 중하지!"

"의리? 의리가 뭔 줄은 아시고 하는 말씀이시죠?"

기가 막혀 날치의 언사가 삐뚜름해졌다. 다만 패거리들 앞에서 꼭두쇠가 치졸하게 방을 뒤진 것까지 들먹이고 싶진 않았다. 그런 날치의 속도 모르고 꼭두쇠는 들고 있던 북채로 삿대질까지 해가며 재차 말도 안 되는 시비를 걸었다.

"안성패 모가비 놈 만났잖아! 아니야? 아니냐고!"

"그치가 나 찾아온 거 한두 번이에요?"

"그냥 만난 게 아니지? 뭘 받았지?"

"대체 뭘요?"

"돈!"

"뭐, 뭐요?"

"너 돈에 환장한 놈 아냐! 그래, 그놈은 얼마 주던? 안성패로 오면 얼마나 더 준대?"

"말씀이 심하십니다!"

"천애 고아 비렁뱅이 놈을 기껏 거둬 길러줬더니, 결국 한다는 짓거리가 뒤통수 후려갈기기냐? 그동안 화정패에 들고 난 놈만 수십인데 너처럼 배신 때리고 이적한 놈은 없어! 이제 톡 까놓고 얘기해봐! 얼마 받아 처드셨냐고? 백 냥? 이백 냥?"

"받은 것도 없고! 간다고 한 적도 없다고요!"

"어디서 거짓말이야? 본 놈이 있는데! 왜? 돈 따라가는 게 쪽팔리긴 하냐?"

"그런 적 없다니까! 내 방을 그리 뒤졌으니 꼭두쇠가 더 잘 알 거 아닙니까!"

"이, 이놈이 생사람 잡네?"

왕배덕배 하던 꼭두쇠가 패거리들의 눈치를 보며 멈칫했다.

"창피한 줄 아시면 이쯤에서 그만두시죠?"

"네가 뭔데 그만하라 마라야!"

"말도 안 되는 소리 작작 좀 하시라고요!"

"이 새끼가 어디서 눈깔을 부릅뜨고! 내가 꼭두쇠야, 내가!"

"으아아아아악!"

날치가 순간 왼쪽 발을 부여잡고 까무러쳤다. 발등에서 무섭게 핏물이 배어 나왔다. 비릿한 냄새가 코를 찔렀다. 날치는 시뻘건 피를 보며 느리게 생각했다. 숯골에 가야 한다, 백연이 기다릴 것이니. 멱목산으로 거처를 옮겨야 한다. 그녀가 위험하다…… 창졸간에 기이한 홍염이 사방을 장악했다. 이상했다, 분명 발을 다쳤는데 어찌 시야가 흐려지는가? 세상이 온통 벌게졌다. 하나 그마저도 곧 까무룩 흐려졌다.

"우, 우야믄, 좋노? 날치야, 마! 증신 채리라!"

"쿵, 안마야! 눈 좀 뜨봐라!"

얼쑤절쑤와 돌삼, 춘봉까지 달려들어 날치를 흔들어댔으나 멀찌감치 서 있던 비금은 오히려 주춤주춤 물러났다. 그러곤 담벼락에 등을 붙인 채 손등으로 입을 틀어막았다.

"이게…… 이게 다 무슨 일이야?"

때마침 원행에서 돌아온 묵호가 마당으로 들어서며 경악했다.

"뭐야? 날치 얘, 왜 이래? 무슨 일이야?"

"아재요, 그기…….'"

"도대체 무슨 일이냐구! 왜 말을 못 해!"

묵호가 이리 큰 소릴 치는 걸, 화정패 그 누구도 본 일이 없었다.

"왜 애가 이 꼴이 됐냐구! 누가 이랬어, 누가!"

딸그라랑. 자수하듯 꼭두쇠는 피 묻은 북채를 손에서 떨쳐내었다. 그를 맵차게 일별한 묵호가 행장도 풀지 않은 채로 패거리들에게 소릴 쳤다.

"뭘 멀뚱히 보고만 있어! 어서 날치를 방 안에 바로 눕히지 않고, 어서!"

얼쑤절쑤는 후다닥 날치를 부축하여 방으로 들어갔다.

"돌삼이 너! 빨리 마두골에 가서 김의원 모셔와라. 춘봉이 넌 울재 주막에서 청주 좀 받아오고! 비금이 넌 어서 깨끗한 물 좀 떠와. 서두르지 않고 무엇들 해!"

김의원은 고개를 절레절레 내저었다. 발등의 힘줄이 끊겨 걸을 수는 있되 뛰지는 못한다 하였다. 회복이 되더라도 특히나 힘이 많이 들어가는 말랑줄은 절대 못 탈 것이라 단언했다. 한바탕 소동이 정리되고 밤이 되자 바깥채 평상에 남은 것은 묵호와 꼭두쇠, 둘뿐이었다. 그마저도 소독용으로 받아온 청주를 벌컥벌컥 들이켠 꼭두쇠는 혼자 비틀거렸다. 취기 탓에 두서없는 말이 드문드문 끊겼다.

"의빈이 시켰다. 줄 위에서나 날치지 땅에 떨어진 가물치를 누가 사겠냐면서. 줄을 못 타게 만들어서 흥정이 다 깨지면 지가 데려가 사저의 부림꾼으로 쓴다구…… 날치가 줄밥을 못 먹게 되더라도 화정패는 계속 여기 살게 해준다고…… 하늘 같은 의빈이 그리 말하는데 내가 뭔 수가 있냐, 내가! 처음엔…… 줄에 톱질을 해놓을까도 생각했다. 근데 다리 하나 부러지는 게…… 또 달포 정도 부목을 대고 있으면 나을 수도 있는 거고. 그렇다고 아예 저놈을 크게 상하게 하면 또 머슴으로 쓰겠다던 의빈이 노발대발할 테고…… 그래서 발등을 찍었다. 아무리 생각해도 사지 멀쩡하게 밥은 벌어먹으면서, 영영 줄은 못 타는 방법이 그것밖엔 없더라. 그것밖에. 흐윽. 미안하다…… 내가 정말…….”

눈물을 훔치는 꼭두쇠의 면상에다 묵호가 뇌까렸다.

“날치한테 사죄를 해야지 왜 나한테 미안하대!”

“내가 완전 뻥 돌았었어. 그냥 제정신이 아니었다구…….”

“의빈은 제 손 안 더럽히고 날치를 해코지하고 싶었던 거야! 바보같이 왜 그걸 몰라, 왜! 장변 놓는 놈들은 또 어떻고! 계문을 가지고 사당패뿐만 아니라, 기방이란 기방에도 죄다 연통을 넣었을 거다. 행수들 사이에도 경쟁을 붙였을 거라고. 줄 못 탄다고 날치가 머슴으로 팔리겠냐? 줄 안 타면 더 좋지! 곱게 단장시켜서 취향 이상한 양반 놈들, 돈 많은 과부들한테만 은밀히 내돌려도 수천 냥은 거저 벌 건데!”

“그럼 어쩌라고! 이 지붕 아래 목숨이 여덟 개인데…… 이 집이라도 안 뺏기려면 그렇게라도 해야지!”

“미친놈! 그걸 말이라고 해? 날치가 너한테 그거밖에 안 되는 놈이냐? 의빈 놈 말 한마디에 재깍 병신을 만들어 내쳐도 되는 그런 놈이냐고! 파!"

땡그렁, 꼭두쇠 앞에 삽 하나가 떨어졌다. 똬리를 틀고 있던 누렁이가 깜짝 놀라 제집으로 들어갔다.

"꼭 이렇게까지…… 해야겠냐?"

"잔말 말고 파! 파라고!"

꼭두쇠는 핏발 선 눈을 재차 깜짝댔다. 저승사자마냥 떡 버티고 선 묵호가 꽥 소리까지 지르니 이제야 정신이 좀 든 모양이었다. 묵호의 눈알이 너무도 형형하여 꼭두쇠는 어쩔 수 없이 삽을 들곤 제 무덤을 팠다. 한데 기껏 서너 번 삽질에 땅속에 딱딱한 것이 걸렸다. 오동나무로 만든 궤였다. 놀란 꼭두쇠가 손으로 탈탈 흙을 털곤 급히 뚜껑을 열었다. 입이 쩍 벌어졌다.

"이…… 이게 다 뭐야, 엉? 다 돈이야, 돈? 진짜 돈? 엉?"

"날치 피눈물이다. 죽어도 소리꾼이 되겠다고 월사금으로 한 푼 두 푼 모은."

그토록 무정했던 묵호의 안면이 왜 이제와 무너지는지 꼭두쇠는 몰랐다.

"노름 귀신 씌어 수시로 방을 뒤지는 꼭두쇠가 있으니까, 날치한테 돈 버는 족족 여기 묻으라고 했다. 파고 다시 묻고, 몇 번을 반복해도 누렁이가 똬리를 트는 여기는 티가 안 나니까. 이놈이 든든히 지키고 있으니까 여기 묻으라 했다, 내가."

이 돈을 제가 넘겨도 되는가? 묵호는 이 순간까지도 고심하였으나 아무리 머리를 쥐어 짜보아도 정녕 이 수밖엔 없었다.

하나 꼭두쇠에게 이것을 내어주며 계문을 되찾아 오라 하면
그 자리에 눌러앉아 노름을 할 놈이라, 묵호는 그의 등을 쿡쿡
찔러댈 뿐이었다.

"앞장서."

묵호의 예상대로였다. 반나절 만에 이미 날치가 줄을 못 탄
다는 소문이 돌았건만, 청계투판 앞은 여전히 경매를 기다리
는 사람들로 북적대었다. 내로라하는 사당패의 우두머리 대신
색주가의 행수들이었다. 마행수까지 와 있었다. 도성 최고 홍
루, 취화루의 주인이자 돈이 되면 똥개한테도 서슴없이 형님
소릴 할 인간. 무대에 올릴 특이한 건수를 찾아다니는 괴짜. 거
물급 명창들로 소리판을 벌이는 것은 기본이고, 싹수가 보이
는 기예꾼들을 발굴하여 일약 유명인으로 만들어내기도 하는
인사였다. 그런 자가 두툼한 전대까지 차고 납셨다는 것은 줄
과 상관없이 날치가 큰돈이 된다는 뜻이었다. 한데 꼭두쇠가
기어코 계서를 무효화시키자 사람들은 험한 욕지거리까지 해
대며 흩어졌다. 텅 빈 청계투판 앞에서 묵호가 쐐기를 박았다.

"무슨 짓을 하건! 얼마나 오래 걸리건! 날치한테 이 돈 다
갚아, 알았어? 내가 끝까지 지켜본다. 알지? 나 한다면 하는 놈
인 거."

묵호가 쌩하니 뒤돌아섰다. 홀로 남은 꼭두쇠는 다리가 후
들거려 그 자리에 털썩 주저앉았다. 이젠 화정패로 돌아갈 수
도 없어졌다. 날치가 병상에서 일어나면 자신을 죽이려 들 것
이 빤했다. 다른 놈들도 저를 받아줄 리 만무했다. 뿐인가? 의

빈의 계획 또한 어그러졌으니 용두재에서도 쫓겨날 판이었다.
졸지에 앞날이 깜깜하여 꼭두쇠는 꺼이꺼이 통곡을 했다. 노
름이 원수였다.

매사냥
피눈물

콰광! 날치가 빈 궤를 냅다 집어던졌다. 혈점 어린 눈이 허옇게 까뒤집혔다.

"죽일 거야, 꼭두쇠! 죽여버릴 거야!"

그 외침은 진심이었다. 꼭두쇠 탓에 어린 저는 살아서 야차를 보았다. 그럼에도 소리판으로 나아가 복수하겠단 꿈 하나만을 붙들고 악착같이 돈만 모았다. 그것은 단순한 쩐이 아니었다. 면천을 하고 소리판으로 나아갈, 단 하나의 동아줄이었다. 산산이 부서진 것은 제 앞날뿐만이 아니었다. 죄 없는 백연의 미래 또한 함께 거꾸러졌다. 순간, 방 안이 빙그르르 돌았다. 휘청거리다 말고 털썩 나자빠진 날치는 갑자기 황토 바닥에 제 머리를 찧어대었다. 사특한 꼭두쇠에게 끝내 저는 쐬벌이일 뿐이었다. 여태 그딴 꼭두쇠를 믿고 예서 버텼던 자신을 벌하고 싶었다. 죽이 되든 밥이 되든 진즉 소리를 배우러

뛰쳐나갔어야 했다. 돈을 모은답시고 미련하게 줄을 타며 나이만 먹고 있을 일이 아니었다. 자학하는 날치를, 말없이 있던 묵호가 역시 침묵으로 잡아 눕혔다. 씩씩 숨을 몰아쉬던 날치의 눈에서 끝내 눈물이 흘러내렸다. 피눈물이었다.

마당에선 춘봉과 돌삼이 각각 구기자나무와 천마를 썰고 있었다. 얼쑤절쑤는 약탕기를 올린 화롯불에 부채질 삼매경이었다. 고요한 용두재에 약재를 다리는 냄새가 가득 찼다.

"비금아! 비금이 여깄냐? 비금아!"

허겁지겁 들어온 것은 청계투판 문지기였다. 그를 알아본 비금이 구석에서 빨딱 일어섰다. 눈매에 설핏 주름이 잡혔다.

"설마…… 아니죠?"

"일 났다, 일 났어! 간도 크지. 니 애비, 손장난 치다 딱 걸렸다. 그것도 판부사 댁 도령들을 상대로!"

"그 인간이 돈이 어디 있다고요!"

"소매 동여맸던 고양이 가죽을 팔아서 한 냥 놓고 시작했대. 처음엔 끗발이 제법 붙었었나 봐. 그리고…… 이거. 나도 웃전이 시키니까 어쩔 수 없이 가져다주긴 한다만, 펴보지는 마라!"

문지기가 내민 것은 피로 물든 쌈지였다. 그게 무엇인지 대번에 짐작한 사내들이 모두 휙, 고갤 틀었다. 잘린 엄지를 굳이 눈으로 확인한 비금의 표정이 여상하였다. 처음도 아닌데 새삼 놀랄 것도 없다는 듯이.

"잘난 손가락 주인은요?"

"투판 옥사에 갇혔다."

"판부사네 도령 새끼들이 광대 손가락 자른 걸론 성이 안 찬대요?"

"꼭두쇠 호작질에 백 냥을 잃으셨댄다. 당장 돈 물어내라고 난리셔."

"백 냥……이요?"

"그나마 응봉 형님이 간신히 말려서 보름 말미를 받긴 했는데 기한 내로 안 가져오면…… 그게…….."

"오지 탄광에 팔아넘긴대요? 땅끝 염전에 노역이라도 보낸대요?"

"바로 때려죽인댄다."

노름이랍시고 겁 없이 양반에게 대들다가 피곤죽으로 죽은 천것들이 어디 한둘인가. 그 말이 절대 허언은 아닐 터라, 화정패들이 동시에 한숨고갤 지었다.

"난 이만 간다. 꼭두쇠한테 뭐 전할 말 없고?"

"기다리지 말라고요. 아무도 안 도와주니까. 아니, 못 도와주니까."

문지기가 나갔으나, 그 누구도 쉽사리 입을 떼지 못했다. 날치를 저 지경으로 만들고, 화정패를 박살낸 것도 모자라서 또 투전판에서 일을 낸 꼭두쇠가 밉긴 했으나, 이번엔 정말 꼼짝없이 죽은 목숨이라 섣불리 말을 얹지 못하는 것이었다. 춘봉이 다 곤 약재를 야무지게 짜내자 후욱 담배 연기를 뿜은 비금이 휙, 탕약대접을 가로채 날치 방으로 들어갔다. 아비의 제삿날을 받아놓은 딸년 치곤, 모든 것이 태연하였다.

쾅, 일부러 문소리를 낸 비금이 탕약을 개다리소반 위에 올렸다. 그러곤 벽을 보고 모로 누운 날치의 어깨를 툭툭 쳤다.

"야, 일어나봐. 약이라도 제때 먹어야 발이 낫든지 말든지 할 거 아냐!"

"……."

"뭐 세상에 할 짓이 줄꾼밖에 없다냐? 평생 이렇게 나자빠져 있을래? 아씨, 좀 일어나보라니까! 부친이 진 빚, 내가 다 갚을게! 평생 일해서 싹 다 갚는다고, 내가!"

"……."

"사실 나, 깡쇠 안 만나. 아니, 사내새끼 만난 적 없어. 여태껏 남정네 손 한번 잡은 적 없다고. 너 때문에 이 나이 처먹을 때까지 혼인도 안 하고 버텼다고! 그래, 나도 알아. 내가 뭇 계집들마냥 사근사근하진 않다는 거. 아니 드세고, 악세고, 고집 세고, 사내들 틈바구니에서만 살아 내숭 그딴 거 어떻게 떠는지도 모르겠고, 여우짓 그런 건 때려죽여도 못 하겠는 건 맞는데, 그래도 내 마음 하나는 진심이야."

"……."

"나 뱅뱅 돌려서 말 못 하는 거 알지? 이왕 이렇게 된 거 나랑 살자. 내가 너 먹여 살리고, 발 다 나을 때까지 수발들게. 어차피 더 이상 광대 짓도 못 할 거 이제부터 넌 소리 배워. 그토록 목메던 거 이참에 실컷 하라고. 그럼 되잖아!"

"……."

"야! 일어나서 뭐라고 말 좀 해봐! 이씨, 정신 차리고 뭔 대답이라도 좀 하라고 이 새끼야!"

날치는 재차 삐대는 비금의 손길을, 어깨를 털어 뿌리쳤다.

"너도 다 들었지? 부친이 호작질하다가 잡혔다는 거! 이제
좀 후련하냐? 니 발등 찍은 놈이, 니 돈까지 훔쳐간 놈이 죽을
날 받아났다니까 고소해, 응? 속 시원하냐고!"

상종도 하기 싫다는 듯, 날치는 이불을 머리끝까지 덮어썼
다.

"그래, 너도 그냥 여기서 말라 죽어! 그럼 나만 좋지! 골치
아픈 부친에 너까지 쌍으로 뒈지면 빚 안 갚아도 되고 나만 신
났지, 뭐!"

비금은 울컥하여 사정도 했다가, 속상해서 고함을 질렀다가
들쑥날쑥이었다. 그러나 무슨 짓을 해도 날치가 돌아보지 않
자 끝내 고깝고 또 야속해졌다. 그 말 없는 등짝을 뾰족한 눈
씨로 째리다 말고 그녀가 뇌까렸다.

"니가 이 꼬라지가 된 건 부친 때문 아냐! 다 그 요사스러운
곡비 년 때문이지! 내가 뭐랬어? 그걸 사람 취급해주면 재수
가 없다고 했지? 부정 탄다고 했지?"

"뭘 안다고 지껄여, 네가!"

시종일관 무시로 일관하던 날치가 일어나 앉으며 고함을 쳤
다. 비금은 이 지경이 되어서도 곡비 년을 두둔하는 날치에 분
통이 터져서 더 큰 소리로 으르딱딱대었다.

"넌 뭘 그렇게 잘 아는데? 의빈 놈 졸개가 맨날 나한테 온
건 아냐? 화정패가 어디서 놀이를 뛰느냐, 언제 뛰느냐, 언제
파하느냐! 항시 묻고 확인한 거 아니냐고! 처음엔 왜 그렇게
관심인가 했지! 근데 그게 다 언제 용두재가 비나, 언제 곡비
년이 혼자 있나 그걸 따지려던 거였더라고! 얼마나 좋아? 부

모도, 친척도, 신분도 없는 천한 년, 난잡하게 갖고 놀다 아무 데나 버려도 상관없는 년, 설령 죽여서 내다 버려도 아무도 안 찾을 년!"

"나가."

"의빈 놈이 머릴 잘도 굴렸지! 혹시나 이상한 소문이라도 나면, 천한 것들한테 자선을 베풀었다고 변명거리라도 만들어 놓으려고, 핑겟거리로 우릴 여기에 끼워 넣은 거라고! 근데 네가 감히 주제도 모르고 의빈 장난감에 눈독을 들여서 작금 이 모양 이 꼴로 작살난 거라고!"

"닥쳐!"

"부친은 철저히 이용당한 거야! 의빈 새끼가 제 발로 직접 와서는 그러더라. 널 다른 사당패에 뺏길 바에 그냥 병신을 만들라고, 지가 노비로 부리겠다고! 그렇게만 하면 우리는 계속 여기 살게 해준다고! 그렇게까지 하는데, 부친이 무슨 수로 안 된다고 해! 일이 그렇게 된 거라고, 이 오라질 놈아!"

"꺼져! 꺼지라고!"

날치가 눈앞의 개다리소반을 냅다 엎으며 악장을 쳤다. 땡그랑 떼떼구르르…… 그릇이 방바닥에 뒹굴었다. 반원으로 쏟긴 탕약에서 서럽게 김이 올랐다.

"이게 끝까지……!"

쾅, 방문을 걷어차고 나가는 비금의 턱이 부르르 떨렸다.

제 방으로 돌아온 비금은 비틀린 입술에 곰방대부터 꼬나물었다. 그리고 참하게 다림질된 감빛 치마를 억세게 찢어발겼다. 아침나절에 감실이 날치에게 전해달라며 놓고 간 것이었다. 날치가 나긋하게 나와도 전해줄까 말깐데, 이젠 핑계가 좋았다. 분기등등한 비금은 씨근덕대며 물색 저고리의 솔기를 부욱부욱 뜯어내었다. 웃돈을 얼마나 얹어주었는지 겹박음질을 한 탓에 발기발기 찢어버리는 것도 쉽지 않았다.

줄다리기

끊어진 것은 줄뿐이냐

화정패 꼭두쇠가 이적하려던 이날치의 발등을 북채로 찍었다더라, 다신 줄에 못 오른다더라, 날치가 썩은 꽁치가 되었다더라, 속 빈 깡치가 되었다더라…… 풍문은 돌고 돌아 숯골까지 흘러들었다. 백연은 애간장이 녹아내렸다. 날치가 흉흉한 소문의 주인공이 된 것도 모자라 열흘간 기별조차 없으니 물 한 모금 넘기기가 힘이 들었다. 하나 그가 이적하려 했다는 것부터가 어불성설이 아니던가? 도대체 무슨 일이 벌어진 것인가? 손아귀에서 얼레빗이 이지러졌다. 날치의 부적을 함부로 받았단 죄책감이 어깨를 짓눌러댔다.

"언니! 언니! 문 좀 열어봐!"

백연이 흠칫 놀랐으나 익숙한 음성에 순순히 문을 열었다.

"감실이니?"

"아, 여기가 맞는구나!"

"네가 어찌 예까지 왔어? 이 새벽에!"

"날치 오라비가 알려줬어."

"정말?"

"응. 언니가 예 있는지도 오라비만 안다던데?"

"오라버니는 무사하신 거지? 괜찮으신 거지?"

"응."

"다시 줄도 탈 수 있다지? 그렇지? 응?"

"그럼! 말짱하기만 하던데 뭘."

"참말?"

"언니도 참, 소문이라는 게 부풀려지기 마련이잖아. 걱정마."

"아, 다행이다…… 정말, 정말 다행이다."

"이거부터 받아."

백연의 손아귀에 감실은 석 냥을 쥐여주었다.

"애오개 대갓집에 초상이 났대. 그 집 청지기가 언니 찾아서 포목점까지 왔었어. 일전에 그 집 할배 죽었을 때 언니가 왔었다던데?"

"그런데 작금은 내 처지가 좀…….'

"용두재에 가서 자초지종을 말하니까 날치 오라비가 그 대감마님을 잘 안다면서, 대뜸 언니가 예 있다고 귀띔을 해주더라고."

"그……래?"

"응. 대신 내가 언니를 그 댁까지 데려다주고, 다시 이곳으로 잘 데려다 놓는다고 했지."

"혹시…… 다른 말씀은 없으셨니?"

"아니. 빨리 가자."

고개를 갸우뚱한 백연은 그러나, 날치 오라버니가 무사하다는 그 한마디에 모든 의심을 접었다. 답삭, 물미장을 잡아 들었다.

그 시각, 날치가 핏기 없는 면으로 천천히 일어섰다. 며칠을 앓고 나니 세상이 어슥어슥했다. 절뚝이며 마당으로 나온 날치는 되똑하게 줄을 올려다보았다. 그러곤 그 위로 간들간들 발을 내디뎠다. 하나 미처 두세 걸음을 떼기도 전에, 왼발이 아렸다. 기우뚱 몸체가 쏠렸다. 쿵, 땅으로 떨어진 건 순식간이었다. 그는 비슬대며 다시금 줄 위에 올라섰다. 몸은 기억하고 있을 테니 큰 힘은 필요치 않다. 십 년 넘게 반복한 그 훈련을, 발끝은 알 것이다. 하나 몸뚱어리는 속절없이 내리꽂혔다. 발딱 일어선 그는 거듭 줄 위에 올랐다. 하나 이번에도 외뚤비뚤한 발걸음은 세 발짝을 넘지 못했다. 어림없었다. 다친 발에 집중하니 착지마저 불안정했다. 처음엔 땅에 어깨가 부딪쳤고, 그다음엔 등부터 떨어졌다. 손목이 삐었다. 팔꿈치는 까졌다. 몇 번을 반복하니 사지가 얼얼하였다. 머리부터 발끝까지 온통 흙투성이였다. 울컥 넘어오는 설움을 삼키며 날치는 오르고 또 올랐다. 그러나 줄 위가 그저 칼날 같았다. 핏물이 밴 무르팍을 추스르며 그는 발바닥에 참참하게 빗물을 먹였다. 삐리 시절, 묵호 아재가 가르쳐준 필살기였다. 발끝이 와들와들 떨렸다.

"흐앗!"

비책도 먹혀들질 않았다. 줄은 끝내 날치를 내쳤다. 수없는 시도와 추락 끝에 만신창이가 된 줄꾼은 끝내 땅바닥에 대자로 뻗었다. 그가 까마득한 삼줄을 올려다보았다. 저는 줄곧 줄을 희롱하며 그 위에 군림하였다. 줄꾼이라는 밥벌이를 그저 밥'벌'로 여겼다. 줄 위에서 내려설 날만 벼르고 살았으나 결코 이런 식은 아니었다. 큰절 한 번과 술 한 잔. 그렇게 줄고사를 치르고 멋지게 끝내고 싶었다. 줄 아래 나뒹구는 이런 비참한 끝맺음은 추호도 상상해본 일이 없었다. 이제야 알았다. 제가 줄을 탄 것이 아니라, 줄이 자신을 떠받치고 있었음을. 그간 줄이 저를 허락한 것이었음을. 다시는 받아주지 않을 것임을…… 날치는 커다란 한숨으로 그 모든 것을 뼈아프게 인정하였다. 의외로 결정은 쉬이 났다. 그는 곧 시퍼런 낫을 찾아들었다. 그러고는 댕강, 제 삶의 궤적을 끊어내었다. 파팟, 주야장천 천공에 떠 있던 줄은 통곡을 하듯 땅을 쳤다. 한 세상이 끝났음이 이토록 명확할 수 없었다. 그렇게 줄꾼 이날치는 죽었다. 졸지에 망자가 된 광대는 무작정 숯골을 향해 걸었다. 백연을 보아야만 했다. 그녀라면 생도, 졸도 별것 아니라고 덤덤히 말해줄 것만 같았다.

"연아! 연아……."

바짝바짝 목이 타고 피가 말랐으나 거대한 침묵만이 답을 해올 뿐이었다. 너와집은 텅 빈 채였다. 끊긴 건 줄뿐만이 아니라는 불길한 예감이 스쳤다. 순간 여인의 빈자리가 참을 수 없이 무거워 사내의 무릎이 절로 꺾였다. 피폐한 신체가 풀썩 땅을 짚었다. 온통 된서리를 맞은 어깨가 바들바들 떨렸다. 치솟는 비애를 애써 삼키며 날치는 뜨끈해진 눈 밑을 꾹꾹 눌렀다. 다 내던지듯 소리 내어 울어버리면 실로 이 모든 게 현실이 될 것만 같아서, 백연에게 했던 그 모든 약조가 다 부질없는 헛맹세가 되어버릴 것만 같아서 그는 입술을 굳게 닫은 채 부득부득 혀를 짓씹었다. 떠난 사람도 남은 사람도 서글펐다. 아니, 누가 떠난 건지 또 누가 남은 건지도 명확지 않아 서러움은 배가되었다. 우우우우, 우우우…… 뒷산에 뜬 부엉이 소리가 선득하였다. 날치는 돌 하나를 냅다 허공에 내던졌다. 곡을 하던 미물이 푸드더덕, 어둠 속으로 사라졌다. 스산한 적막이 찾아들었다. 그 어디에도 물미장은 보이지 않았다.

백연이 애오개의 마지막 집에 도착한 것은 묘시가 조금 지나서였다. 분명 맞게 찾아왔다. 요 앞 골목길까지 감실이 동행하였으니. 한데 어찌 상갓집 대문이 이리 닫혀 있단 말인가? 손을 뻗어보았으나 조의등도 내걸리지 않았다. 망자의 신을 내놓은 것도 아니었다. 백연은 재차 고개를 갸웃거리며 주칠을 한 문짝을 더듬거렸다. 게 박힌 묵직한 쇠고리가 집채의 규모를 가늠케 하였다. 끼이익, 백연이 문고리를 두드리기도 전에 먼저 문이 열렸다.

"들어오시오."

중년 여인의 음성이 그리 말했다, 하대가 아니었다. 누구냐, 묻지도 않았다. 그녀가 이끄는 대로 한참을 걸어 들어가 빈소에 들다 말고 백연은 흠칫 굳었다. 쨍한 홍화향 때문이었다. 상갓집이 아니다. 혹여 그렇다면 생화를, 그것도 이리 흐드러지게 꽂아두었을 리 없다. 소름 끼칠 만큼 매끄러운 비단방석을 곡비에게 내어줄 리도 만무하다.

"백연."

채상록이었다. 그토록 바라던 백연과의 조우건만, 그의 눈두덩엔 노여움이 서렸다. 그녀가 온 힘을 다해 의지하고 있는 것이 기껏 나무 작대기인 때문이었다. 가히 짐작이 되었다. 그토록 하찮은 것이 누구에게서 왔을지. 상록은 백연의 손에서 홱, 지팡이를 낚아채 내동댕이쳤다. 요란한 소리에 여체가 늠씰 튀었다.

"내가 준 것은 당최 맘에 들질 않더냐?"

지난 며칠 새카맣게 가슴을 태운 그였다. 백연이 혹 나쁜 일을 당하진 않았는지, 다친 곳은 없는지, 그녀를 숯골에서 어찌 빼낼지, 어디에 두어야 안전할지…… 고민을 거듭했다. 공주가 생전 가장 애정했던 곳이라 부러 단 한 번도 찾지 않던 이별서에 든 것도 순전히 백연 때문이었다. 대낮에 기왓장이 떨어지고 도깨비불 소동이 일어나는 등, 귀신이 나온다는 소문 탓에 궁녀들도 기피하니 차라리 다행이었다. 박상궁은 믿을 수 없어 중인 출신인 곤의 어미까지 데려와 집안일을 보게 하였다. 그토록 고심하며 만반의 준비를 하였건만 막상 백연을 보니 불쑥 화부터 났다. 저토록 무심한 얼굴이, 지겟작대기가, 아니, 날치의 이름 하나에 경거망동한 것에 속이 뒤집혔다. 하여 생각과는 정반대로 밉살스레 입이 열렸다.

"묻질 않느냐, 오죽 단장은 어찌하였느냐?"

전순간 의지할 곳을 잃은 백연이 차분히 모듬 손을 하고 답했다.

"망자 앞에선 나라님마저 시접 풀린 삼베옷을 입으시옵니다. 하물며 곡비가 어찌 휘황한 귀품을 지니고 빈소에 들겠나이까."

상록은 홀로 애태우고, 홀로 염려하였던 자신에게 불쑥, 심술이 올랐다. 백연이 살려달라 울고불고 매달리기라도 할 줄 알았던 것이냐, 바보같이…… 미간에 골이 파였다. 하나 소리고개의 흉사를 언급하면 백연이 더 움츠러들까봐, 상록은 며칠 동안 초사하고 또 초사하여 간신히 만들어낸 핑곗거리를 무심히 늘어놓았다.

"금일 널 부른 것은…… 비싼 국창을 청하였는데 홀로 들으려니 영 아까워서 말이다. 너도 나만큼이나 소리를 좋아하지 않느냐."

백연은 까드득 소름이 끼쳤다. 한자락 유흥을 위해 장례를 핑계 댈 만큼 의빈이 형편없는 인사던가! 이것을 위해 감실이 그 어린것까지 이용하였던가? 그녀의 머릿속엔 당장 예를 벗어나야 한다는 생각만이 가득 들어찼다.

"감히 그리할 수 없사옵니다."

"소리를 서리하는 것은 되고, 당당히 돈 내고 듣는 건 싫더냐?"

"소리판에 항시 돈을 모아 갔나이다. 한데 여인은 아니 된다 하더이다. 곡비의 돈은 더럽다 하더이다. 부정 탄다며 문전박

278

대를 하더이다. 하여 담벼락밖엔 소인의 자리가 없었나이다."

"예선 아무도 널 그리 대하지 못해!"

"국창 나으리 또한 비가비가 아니시옵니까? 한낱 천인에게
어찌 양반님의 소리를 여상히 감상하라 하십니까?"

"겨우 댄 핑계가 그것이렸다? 곤이 어멈!"

"예, 대감마님."

기다렸다는 듯 장지문 너머에서 답이 들렸다.

"여인의 의복을 가져오게!"

"예."

명을 받잡은 중년 여인의 발걸음이 사라지자 백연이 바삐
말을 이었다.

"금일 저자에서 소인을 본 눈이 수십이옵니다. 상갓집도 아
닌 이 댁에 곡비가 든 것을 필시 기이하게 여겼을 것이옵니다.
부디 분란을 자초하지 마시옵소서."

"내 너를 샀다. 삼일간."

흠칫 튀었던 어깨를 애써 잡아 내리며 백연은 차분히 소매
를 뒤적여 석 냥을 내려놓았다.

"저는 곡비입니다. 망자 앞에 울어주는 것 말고 다른 쓰임으
론, 돈을 받지 않사옵니다."

백연이 조용히 일어서자 상록이 답싹 그녀의 팔뚝을 잡아챘
다.

"네 이름이 언동 구씨 족보에 박힌 것을 알고나 이러느냐!
당골 무당이 옥안이란 계집을 찾는다고 온 도성을 뒤지는 것
을 알고나 있냔 말이다!"

백연이 훅, 숨을 들이켰다. 의빈이 제 뒤를 캤다는 사실도, 제 과거가 되살아났다는 사실도 모다 끔찍했으나 작금은 빈녀와집에서 부지하세월을 하고 있을 날치 오라버니의 걱정이 저만치 앞섰다.

"보내주시옵소서."

"금일이 나의 탄일이다. 하니 딱 하루만, 내 곁에 있어라. 하면 내 구용천과 담판을 지어 그의 족보에서 널 빼내주마. 구씨 가문에서 널 포기한다는 약정서를 받아준다는 뜻이다."

그때 장지문 밖에서 중년 부인의 음성이 들렸다.

"대감마님, 의복을 대령했사옵니다."

백연을 향한 상록의 음성이 탁해졌다.

"네가 입을 것이냐, 내가 입히랴?"

"대감마님!"

"곤이 어멈! 여인을 환복시키게."

"제발 소인을 보내주십시오! 대감마님, 대감마님!"

쌩하게 상록이 나갔다. 이토록 집요하게 자신을 잡아두려는 웃전의 의도를 짐작도 할 수 없어 백연의 불안은 배가되었다. 떨리는 그녀의 팔을, 곤이 어멈이 차분히 잡아 올렸다.

"조용히 웃전의 명에 따르는 것이 예를 벗어나는 가장 빠른 길일 것이오."

그 무념한 말에 백연은 곧 체념하였다. 하여 품속의 삼베 염낭을 챙겨 들 뿐이었다. 흠진 옥춘당 두 알과 낡은 얼레빗. 절대로 빼앗길 수 없는 제 모든 것이었다.

깃대 쓰러뜨리기

끝장

낙낙하게 청송이 우거지고, 괴석 사이로 맑은 냇물이 흐르며, 세세 틈틈 꽃이 만발한 별서 후원. 장대석을 쌓아 높다란 마루를 놓고, 붉은 칠을 한 기둥을 세우고, 오색단청을 들인 팔작지붕을 얹고, 사방으로 백릉발까지 드리운 정각 위에 채상록이 자릴 잡았다. 샛노란 비단 치마를 추스르며 그 옆에 앉은 것은 백연이었다. 아주까리기름으로 곱게 빗은 머릿단, 백분을 드리운 뺨, 홍화연지를 찍어 바른 입술, 무릎 위에 가지런히 놓인 손까지…… 여인을 훑어 내리는 상록의 잇새로 단숨이 흘러나왔다. 그 따가운 시선에 백연은 재차 호흡을 가다듬었다. 잔칫상에서 오르는 들쩍지근한 전의 기름내, 독한 화주향, 각종 술적심의 육향, 구운 생선의 비린내에다 제 몸을 뒤덮은 역한 사향까지 범벅이 되어 쩽하게 관자놀이를 쪼아대는 탓에 정신을 차릴 수가 없어서였다. 뭉게구름 같은 백연의

281

치맛자락을 정리하며 곤이 어멈이 아뢰었다.

"연희가 모다 준비되었습니다."

아늘거리던 능사가 걷히고 시원스레 사방으로 시야가 트였다. 계단 아래에서 웅성대는 기척이 들려오자 백연이 문득 자세를 고쳐 앉았다. 어째서인지 그 부산함이 낯설지 않았다. 까막눈이 살푼 뜨였다, 화정패였다.

불더위가 기승이었다. 굵은 아지랑이가 도처에서 자글대었다. 매미마저 울다 지쳐 숨을 깔딱거렸다. 우두머리인 꼭두쇠도, 백미인 어름도 없어 김이 샜으나 한바탕 신명나는 잡희를 선보인 화정패들은 정각 아래 하사된 잔칫상에 둘러앉았다. 차양 하나 없이, 맹렬한 뙤약볕을 정통으로 맞으면서도 다들 희희낙락이었다. 요 며칠 피죽으로 연명한 터라 누가 빨리 먹나 내기라도 하듯이 뽀얀 무시루떡이며, 기름기가 좔좔 흐르는 육전이며, 노루살을 말린 녹포며, 머드러기 과일이며, 값비싼 홍주를 무섭게 얼러먹는 그들이었다. 거한 잔칫상을 앞에 두고 미동도 없는 것은 말석에 앉은 날치뿐이었다.

지난밤, 다 같이 모여 콩죽으로 끼니를 때우다 말고 비금이 심드렁히 말했다. 보름 전에 잡혔던 놀이인데 날치가 오지 않으면 엎어진다고. 들으려면 듣고 말라면 말라는 말투였으나 몇 날 며칠 사당패의 존폐를 가늠하며 전전긍긍하던 패거리들은 설설 날치의 눈치만 살필 뿐이었다. 안절부절못하는 그 궁상들을 보다 못해 날치는 마지못해 예 온 것이었다. 하나 의뢰인이 채상록인 줄, 판을 벌이는 곳이 그의 별서인 줄, 그 속에 그림같이 백연이 들어앉아 있을 줄 꿈에도 몰랐다. 마치 다른 세상에 있는 듯 아득한 백연을 날치는 아찔하게 올려다보았다. 숯골에 숨겨놓은 곡비가 어찌하여 전순간 화려하게 떨쳐입고 저기 있는가? 그것이 혹 더는 보지 말자는 절연의 표시인가 싶어 가슴 한쪽이 아리다가도, 의빈이 무력으로 여인을 꿇어앉혔다고 믿고만 싶어졌다. 하나 너와집엔 물미장이 없지 않았던가…….

화정패 중 그 누구도 백연을 알아보지 못했으나 단 한 명, 비금만은 달랐다. 숯골 장두령의 집을 아는 것도 그녀뿐이고, 채상록에게 스무 냥을 받고 감실을 이용한 것도, 작금 이 놀이판으로 모두를 끌고 온 것도 그녀였으니. 실상 아비를 살릴 수 있다는 희망보다도, 줄을 작파하고도 곁을 내주지 않는 날치를 용서할 수 없어 벌인 일이었다.

"날치 네가 토막소리 하나 해보아라."

소소리 높은 옹달에 우뚝 선 상록이 혹심한 땡볕 아래 쭈그려 앉은 날치에게 명하였다. 갑자기 튀어나온 그 이름에, 풀쑥 고개를 쳐든 것은 백연이었다. 그가 온 줄 몰랐다, 의빈이 자신을 붙든 이유가 바로 이것이었구나! 백연은 고개를 끄숙였다. 우스꽝스러운 꼴을 날치에게 보이고 싶지 않아서였다. 왜인지 죄스러운 마음마저 들었다.

"목청까지 다친 것은 아니잖느냐?"

날치는 며칠 새 부쩍 축난 면을 말없이 조아릴 뿐이었다.

"허허, 탄일을 맞은 벗에게 그것도 못 해주느냐?"

"흥을 깰까 저어되옵니다."

쉰 목소리는 겨우 그리 고했다.

"개의치 말고 해보아라. 어서."

탄식처럼, 날치가 여쭈었다.

"무엇을…… 부르오리까?"

"「춘향가」! 그래,「춘향가」한 대목 시원하게 뽑아보거라."

일부러 그리 명했다. 백연과 날치, 둘만의 은밀한 추억을 갈가리 찢어놓고 싶었다. 모두의 앞에서 불러버려 애틋한 마음일랑은 산산이 깨뜨리고 싶었다. 하늘 같은 의빈의 명을 받자와 주섬주섬 일어서는 날치를 보며 춘봉은 눈치껏 북 앞에 자리를 잡았다. 순간, 핏발 선 날치의 눈알이 되똑하게 정자 위를 쏘아보았다.

투둥 딱!

전라좌도 남원 남문 밖 월매 딸 춘향이가 불쌍하고 가련하다!

저! 저, 저놈이 실성을 했나! 첫 대목을 들은 모두의 눈이 휘둥그레졌다. 의빈의 탄일상을 앞에 두고, 날치가 뽑은 건 달콤한 「사랑가」도 야릇한 첫날밤 대목도 아닌,「십장가」였다. 변사또의 수청을 끝내 거절한 춘향이 곤장을 맞으며 애끓는 눈물로 울부짖는, 바로 그 대목이었다.

하나 맞고 하는 말이 일편단심 춘향이가 일종지심 먹은 마음 일부종사하겠더니 일각일시 낙미지액落眉之厄에 일

일칠형一日七刑 무삼일고. 둘을 맞고 하는 말이 이부불경
이내 몸이 이군불사 본을 받아 이수중분백로주二水中分白鷺
洲 같소 이부지자二父之子 아니어든 일구이언은 못 하겠소.
셋을 맞고 하는 말이……

날치는 목덜미가 시뻘게지도록 울분에 찬「십장가」를 토해
내었다. 가락가락 알알이 핏물마저 배어 나왔다. 쥘부채의 뿌
다구니는 투명한 칼날이 되어 누차 의빈의 가슴팍을 찔러대었
다. 목을 내어놓은 객기에 백연의 심장이 내려앉았다. 서슬 퍼
런 음성이 너무도 쇠한 탓이었다. 절망과 탄식의「십장가」는
목에 칼을 찬 춘향의 것이 아니었다. 벼랑 끝에 내몰린 사내의
절규였다. 백연은 알 수 있었다. 기어이 끝장이 났구나. 끝끝내
제 손으로 줄을 잘랐구나.

수심이 구경을 허다가 오입장이 하나가 나서드니, "모지
도다. 모지도다! 우리 사또가 모지도다. 저런 매질이 또 있
으냐. 집장사령놈을 눈익혀 두었다 사문 밖을 나가면 급
살을 내리라. 저런 매질이 또 있느냐. 나 돌아간다. 내가 돌
아간다. 떨떨거리고 나는 간다."

소리가 모다 끝났건만 폭염 속 무지근한 정적만이 감돌았
다. 도포 자락을 홱, 걷으며 날치는 제 자리에 털썩 앉았다. 죽
이려면 죽이시든지. 칼날 아래 숫제 목을 내어놓은 듯, 방자한
혈안이 그리 말했다. 정자 난간을 부여잡은 탄일의 주인공은

어금니를 사리물었다. 광대 놈의 방약무인한 행태보다도, 절대 무너지지 않을 듯 견고했던 백연의 동요를 지켜보는 것이 더 고역이었다.

"날치 네놈이 몸이 성치 않으니 심보가 뒤틀렸구나? 그래, 줄도 못 탄다니 이제 무엇으로 입에 풀칠을 할 요량이냐?"

"설마허니 산 입에 거미줄이야 치겠습니까?"

네 알 바 아니라는 듯, 날치는 꼿꼿이 콧대를 세우며 술잔을 들이켰다. 그 꼴사나운 짓거리에 애먼 화정패들만 마른 입술에 침을 묻혀가며 뻘뻘 진땀을 흘려댔다. 찰나의 치기에 목이 잘릴 수도 있는 일이 아닌가? 하나 의빈의 면목엔 어째서인지 시망스러운 미소가 번졌다. 눈알에 괴상한 이채마저 감돌았다.

"우리가 명색이 벗이 아니더냐? 날치 네가 소리꾼이 못 된 것이 천추의 한으로 남을 지경이니 내 특별히 조언을 해줄 명창을 청하였다."

같잖게 굴던 날치의 면이 파사삭 굳은 것은 그때였다. 피둥피둥한 신체에 뒷짐을 진 팔자걸음, 휘황하게 은박을 찍은 짙푸른 도포. 구용천! 정자에 올라선 것은 분명 구용천이었다.

"구명창! 이놈 소리를 들어보니 어떠한가?"

버러지 쳐다보듯 구용천이 빼뚜름히 날치를 일별하였다. 유들거리는 입매가 삐뚝삐뚝댔다.

"어찌 의빈께옵서 저따위 개불쌍놈을 상종하시옵니까?"

"저놈의 천한 탯줄 말고, 목청에 대해 묻고 있질 않는가? 비록 나이를 좀 먹었다곤 하나 성량과 성음을 타고났으니 이제부터라도 정진하면 쓸만하지 않겠는가?"

"저깟 발악은 소리라 칭하기도 고약하옵니다. 소리에 담긴 드높은 정신세계를 이해하고 또 제 방식으로 곱씹어 예술의 경지로 끌어올리려면 무릇 학식도 높아야 하는 법이온데……."

"어허, 어찌 그리 야박하신가? 장점이 하나는 있겠지. 그래도 저놈 덜미소리 하나는 멀리 가지 않던가?"

"곰삭지도 않은 먹소리에 성량은 따져 무엇 하리까?"

"아무짝에도 쓸모없는 떡목이라? 하면 장터에서 또랑광대 노릇 해먹기도 힘들겠는가?"

"예, 그러하옵니다."

"허허, 큰일일세. 이제 줄도 못 타는 놈인데 어찌하나? 졸때기도 못 되는 놈이 제 깜냥도 모르고 소리꾼을 하겠다 하니, 쯧쯧쯧. 아! 난잡하고 속된 변강쇠 타령을 해대면 천것들이 혹, 솔깃하지 않겠느냐?"

"글쎄요, 요새는 바닥 쌍것들도 귀가 고급이 되어서 말입니다."

"하면 이를 어쩐다?"

"각설이도 타령을 해대기는 매한가지옵니다."

"그래! 실컷 타령을 하며 동냥이나 해대면 딱 맞겠구나! 하하핫!"

한쪽 눈썹을 씰룩이며 상록이 웃어 젖히자 화정패들도 입술을 늘이며 억지로들 따라 웃었다. 수치를 견디는 날치의 정수리에 숨 막히는 뙤약볕이 꽂혀들었다.

"한데 구명창. 저놈을 못 알아보시겠는가? 자네 밑에서 이년이나 있었다던데?"

"대감마님!"

쪼뺏한 날치의 비명이 두 양반 사이를 갈라쳤다. 구용천의 억센 눈두덩이 광대를 흘겼다.

"정녕 저따위 잡것이 지껄인 허언을 믿으시옵니까? 제 문생들로 말씀드릴 것 같으면 모두 양반가의 자제들로……."

"아니, 제자가 아니라 다른 용도로."

"어인…… 말씀이신지요?"

"자네, 득음을 위해 무엇까지 먹어보았나?"

꺼드럭대던 구용천의 낯이 쩍, 굳었다.

"제아무리 예인 가문에서 태어났다 한들, 아비와 아우를 뛰어넘는 명창이 되려면 보통내기들과 똑같은 섭생으로는 아무래도 어려웠겠지. 아니 그러한가?"

"예서 갑자기…… 그런 하문을 하심은……."

"약초꾼, 석청꾼, 땅꾼 할 것 없이 귀한 걸 따면 죄다 소리고개부터 달려간다더군? 구명창이 보신에 힘쓴다는 풍문은 삼척동자도 아는 바, 비법이나 털어놔보시게."

"그…… 그것이……."

"날치야! 네가 팔뚝을 걷어보아라. 상전의 기억이 가물가물한가 보니."

"어찌 이러십니까, 대감마님!"

한겨울, 헐벗은 나무가 떠는 소리가 세상에서 제일 비참하다. 작금 날치의 목소리가 딱 그러하였다. 백연은 치맛자락을 서걱, 구겨 쥐었다.

"이거 놓으시오! 놓으라고, 놔!"

찢어지다 못해 갈라지는 쇳소리로 날치가 악을 썼다. 하나 이곤은 날치의 어깻죽지를 틀어잡고 단번에 소맷자락을 걷어 올렸다. 순간 화정패들의 눈알이 휘둥그레졌다. 날치의 팔뚝에 길게 흐르는 핏줄을 따라 기이한 도반이 끝도 없이 나열된 탓이었다. 마치 싹 발라 먹은 생선가시 모양새였다. 누구도 그 상처가 의미하는 바를 알지 못해 눈만 반들대었다. 유일하게 한 사람, 구용천만이 질겁하여 날치의 얼굴을 재차 내려다볼 뿐이었다.

'그럴 리가 없다, 분명 죽었거늘!'

습한 숨을 들이켜며 그는 뇌뇌거렸다.

"대, 대감마님! 청컨대 하문을…… 거, 거두어주십시오!"

"냉큼 고하라는 말이 들리질 않는가?"

"대감마님!"

"곤아! 구명창의 아랫것을 잡아와라, 당장!"

"옛!"

구용천의 수하가 덜덜덜 체머리를 떨어대며 정자 아래 무릎 꿇렸다. 그의 입이 열리는 찰나.

"모, 모다 저놈 탓입니다!"

구용천의 맵찬 검지가 화정패 무리 중 한 사람을 가리켰다.

"저놈 때문입니다! 저 개놈의 농간에 제가 놀아난 것뿐입니다! 저는 추호도 잘못이 없습니다, 대감마님! 참말입니다, 믿어주십시오! 다, 저 더러운 놈의 짓입니다요!"

구용천의 손끝이 가리킨 곳으로 모두의 시선이 꽂혀들었다. 있는 둥 없는 둥 말석에 앉아 있던 묵호였다.

씨름

안다리, 밭다리 그리고 들배지기

십오 년 전. 묵호는 놀이판이 없으면 무조건 산에 올랐다. 시답잖은 약초들은 저자의 약포에 팔았으나 진귀한 것들을 캐면 곧바로 소리고개로 달려갔다. 그 댁에서 값을 가장 후하게 쳐주기 때문이었다. 목멱산 절벽에서 채취한 산삼을 들고 소리고개를 찾은 날, 어인 일인지 구용천은 묵호를 방에 들였다.

"본업이 줄광대라지?"

"예."

"자네 같은 종자들은 맥이 달리 뛴다는데, 정말 그러한가?"

뜬금없는 질문에 묵호가 입만 뻥끗대었다. 당최 무슨 말인지 모르겠다는 얼굴이었다.

"용한 의원이 그러더군. 깊은 호흡을 하여 평정심을 갖는 훈련을 하고, 신체의 균형을 잡는 것이 습관이 되면 흥분을 하여도 좀처럼 맥이 동하는 경우가 없다고 말이야. 정녕 그러한가

묻는 것이다."

"소인, 맥까지는 잘 모르겠으나 줄 위에서 별별 재간을 부려도 좀처럼 숨 가쁜 일이 없긴 합니다. 다른 약초꾼들이 엄두도 못 내는 절벽 또한 저는 쉬이 타니, 금일도 이런 튼실한 산삼을 채취한 것이지요."

"그래? 호흡은 일정한데 훨훨 하늘을 날고, 산중을 휘저어 댈 만큼 강력한 활력이 나온다?"

"예."

"혹여 자네 밑에 삐리가 있는가?"

"예. 선돌이라고 열 살 먹은 아이가 한 명 있습죠."

"내가 사겠네, 그 아이. 은밀히, 아무도 모르게 말이야."

이튿날 아침, 일 년 동안 혹독한 줄 훈련을 받았던 선돌이 사라졌다. 되바라진 애새끼가 은혜도 모르고 감히 야반도주를 했다며 화정패들은 홀로 남은 묵호를 위로하기 바빴다. 하나 그게 끝이 아니었다. 일 년 후에 또 같은 일이 벌어졌다. 그 이듬해에도 마찬가지였다. 그리 도망간 아이들이 삼 년간 세 명이었다. 화정패가 역병을 피해 남도에 머물다가 다시 안성으로 돌아온 신묘년, 묵호에게 또 비밀스러운 연락이 당도했다. 하나 인신매매 단속이 엄격해진 터라 묵호가 겁을 먹자 구용천이 말했다. 꼭두쇠를 통해 수동을 들이는 양 아이를 데려오겠다고. 만에 하나 문제가 생기더라도 다 꼭두쇠가 뒤집어쓰게 될 터이니 걱정 말라고. 그렇게 계동은 소리고개에 입성하였다. 그리고 곧장 장독간에 붙은 작은 별당으로 안내되었다. 집안사람이 아니면 그 누구도 모를 구석진 곳이었다.

"어찌 이리 뼛가죽이 앙상하느냐? 이제 우리 식구이니 잘 먹이고 잘 입혀줄 것이야. 마당에 줄을 매어놓았으니 많이 먹고 실컷 줄을 타거라."

입이 떡 벌어지는 밥상 앞에 계동을 앉힌 것은 구용천의 처 권씨 부인이었다. 어찌하여 상전께서 천노에게 이토록 지극정성인가 의아했으나 계동은 곧 밥상에 코를 박고 허겁지겁 음식을 처먹기 바빴다. 하나 꼬박 보름간 온갖 진미가 오른 십이첩 반상을 받자니, 슬슬 불안해지기 시작했다. 그날 밤, 백의를 입은 의원이 네 명의 시비를 거느리고 방 안에 들이닥쳤다. 의원이 계동의 눈 위에 따뜻한 물수건을 올리자 시비들이 계동의 팔다리를 하나씩 붙들곤 다짜고짜 주물러대기 시작했다. 노쇠한 양반님 수발을 들듯, 자근자근 경혈經穴을 짚어대는 것이었다. 계동은 이게 무슨 상황인지 당최 알 수가 없었다. 왜 이러시느냐, 아무리 외쳐도 그 누구도 대답이 없었다. 손목이 불에 덴 듯 뜨끔해진 것은, 바로 다음 순간이었다.

"흐아아앗!"

"움직이지 마!"

팔뚝이 아렸다. 주먹을 몇 번 쥐었다 폈으나 제 손 같지가 않았다. 곧 진득한 피비린내가 감돌았다. 계동의 불행은 그렇게 시작되었다.

소리꾼 구학성의 장자 용천. 그는 태어나면서부터 아비의 기대를 한껏 받아 소리 훈련에 매진했다. 하나 소리꾼으로서 두각을 나타낸 것은 의외로 차남, 구용주였다. 구용천은 아무리 죽을 둥 살 둥 노력을 해도 선천적으로 타고난 아우의 목청을 당최 이겨 먹을 수가 없었다. 독하게 발버둥을 칠수록 오히려 목구멍은 더욱 쪼그라들어 심지어 호흡조차 제대로 하지 못했다. 종국엔 무대에 올라 입 뻥끗을 못 하고 실신하기에 이르렀으니, 구학성은 장남 용천에게 소리를 작파하라 명하곤 차남, 용주만 남도로 데려가 소리 공부를 시켰다. 졸지에 집 지키는 개 꼬라지로 소리고개에 남겨진 구용천은 이를 갈았다. 그때부터였다, 보신에 집착하게 된 것이. 매 아침상에 당귀로 지은 밥에 노루 고기, 꿩고기, 고래 고기를 올리고, 저녁상엔 전복, 해삼, 문어에 장어즙이 빠지지 않았다. 유명하다는 의원은 죄다 모셔서 보약을 지어 먹었다. 어렵게 모신 청나라 의원은 심병엔 약도 없다며 아침마다 동변童便, 즉 아이의 오줌을 받아 한 대접씩 마시라 하였다. 구용천은 콧방귀를 뀌었다. 어디 그따위 것으로 틀어진 제 성대가 고쳐진단 말인가! 시름에 빠져 있던 어느 새벽, 구용천이 히뜩 눈을 치떴다. 천지가 개벽할 듯, 우렁차게 우는 수탉 소리 때문이었다.

"저 웅계雄鷄의 모가지를 비틀어 피를 받아와라, 당장!"

뜨끈한 닭 피 한 대접을 마신 구용천은 단박에 원기가 회복되는 기이한 체험을 했다. 축 늘어져 있던 몸에 돌연 활력이 깃들였다. 소리가 쉬이 터져 나왔다. 닭장이 텅 빌 때까지 닭 목을 비틀어댄 구용천의 다음 제물은 수사슴이었다. 한 번에 많은 짝짓기를 할 만큼 기력이 팔팔한 수사슴의 혈은 녹용과 비할 바가 아니었다. 점점 생혈을 맹신하게 된 구용천은 결국 거금을 들여 팔팔한 종마를 사들이기 시작했다. 정력적인 수컷 말의 피를 마시고부터 목청은 유연한 듯 강한 소리를 쫙쫙 뽑아 올렸다. 불가사의한 경험이었다. 그때, 번득 청나라 의원의 말이 떠올랐다.

[줄광대들은 평정심을 유지하는 훈련을 하는지라 맥이 일정하게 뛰니, 어린 줄광대를 데려와 동변을 마시면 좋을 것이오.]

그래, 동변이 아닌 동혈! 처음으로 줄광대의 생혈을 마신 구용천은 경탄을 금치 못했다. 한낱 짐승의 혈과는 차원이 달랐다. 그야말로 절제된 원기, 그 자체였다. 그는 줄광대를 '동혈수동血授', 게서 뽑은 혈을 '적탕약赤湯藥'이라 칭했다. 그것은 곧 구용천 소리의 원천이 되었다. 적탕약을 복용한 지 일 년이 되자, 그는 도성 안에서 재평가되어 유명세를 타기 시작하였다. 한데 문제가 발생했다. 동혈수의 몸에서 뽑아낼 수 있는 혈이 무척이나 한정적이었던 것이다. 다음 해도 또 그다음 해도 묵호에게 은밀한 연락이 갔다. 그리고 네 번째 동혈수였던 계동 덕분에 구용천은 획기적인 전기를 맞이했다. 그의 적탕약을 마시고 이윽고 아비와 아우에게 인정을 받은 것이었다.

소리고개에 온 지 달포가 되던 날, 비로소 계동은 제가 이곳에 온 이유를 알게 되었다. 도리질을 쳐 물수건을 떨어뜨린 후, 제 팔뚝에 열십자가 새겨지는 것을 목격한 뒤였다. 뚝뚝, 방울져 흐른 피가 작은 백자대접을 채웠다. 계동은 더 이상 목구멍으로 밥조차 넘길 수 없었다. 통통하게 살찌워 잡아먹으려는 금수의 계략을 알기에, 그리도 염원하던 쌀밥이 모래마냥 퍼석했다. 머지않아 볼은 홀쭉해지고 광대뼈는 툭 불거졌다. 눈알은 휑뎅그렁해지고 입술은 파싹 말라 허옜다. 머리카

락은 쑥 덤불마냥 푸석해지고 혈색은 흐려졌다. 그런 동혈수의 섭생을 챙기는 것은 오롯이 권씨 부인의 몫이었다.

"다 먹어라. 남김없이 싹 먹어야 될 것이야. 어서 먹으래두."

권씨 부인은 적탕약을 마신 부군이 하루가 다르게 변하는 것을 두 눈으로 지켜본 이였다. 특히 계동의 적탕약 복용 후 딱 열흘이 되던 날부터 부군은 회춘이라도 한 듯 완전히 다른 사람이 되었다. 걸음걸이조차 활력이 넘쳤고 꽉 닫혔던 성대가 희한하리만치 탁 트여 소리가 일취월장으로 뻗어나갔다. 아비와 아우의 인정을 받은 건 당연하고, 임금의 탄신 하례賀禮에 초대까지 받았다. 뿐만 아니었다. 아이를 못 낳아 문중에서 죄인 취급을 받던 권씨 부인은 털컥 임신까지 하였다. 힘찬 태동이, 사내아이가 확실했다. 그녀는 구씨 가문을 일으킨 동혈수 앞에 서책 하나를 고이 내려놓았다.

"이게 무엇인지 아느냐?「흥부가」의 사설집이다. 소리꾼이 되고 싶다 하였지? 소리꾼이라면 응당 가사를 외우는 게 첫 번째인데 글도 못 읽어 어찌하누? 배워보지 않겠느냐?"

퀭한 계동의 눈이 권씨 부인의 진심을 가늠하듯, 바삐 움직였다.

"언문을 익혀 자유로이 읽고, 천자문을 떼면 예서 널 내보내 줄 것이다. 내 약조하마."

동혈수의 눈에서 눈물이 쏟아져 나왔다. 불현듯 아비의 유언이 떠오른 탓이었다.

[이 애비가 장담혀, 계동이 느는 꼭 대단헌 소리꾼이 되불 것이여! 암만!]

북받친 설움을 참아내며 계동은 제 몸을 이불에 바로 뉘었다. 그리고 스스로 팔을 걷었다.

　일 년 후, 계동은 언문과 천자문을 모두 떼었다. 권씨 부인은 아들을 낳았다. 그러나 구용천의 신경은 날로 예민해져만 갔다. 적탕약이 재깍재깍 대령되지 않아서였다. 의원이 동혈수의 경혈에 열심히 뜸을 뜨고, 침을 꽂았으나 더 이상은 피가 돌지 않았다. 보름에 한 번 마시던 적탕약을 한 달에 한 번씩 마시다가 그마저도 여의치 않자, 묵호가 즉시 새 동혈수를 데려왔다. 하나 구용천은 묵호를 멍석말이하곤 다신 소리고개에 발도 들이지 말라 악다구니를 쳐댔다. 새 적탕약이 아무런 효험도 발휘하지 못하는 탓이었다. 그 와중에 결국 사달이 났다. 임금의 탄일, 당장 입궐해야 하는 구용천의 성음이 꽉 닫혀버린 것이다. 별안간 호흡마저 잘 되지 않아 쌕쌕, 기이한 쇳소리가 다 났다. 눈깔이 뒤집힌 그의 고함이 대단했다.

　"어서 대령하라지 않느냐! 당장 가져오지 않고 무엇해! 당장!"

　권씨 부인은 마지막 방법을 썼다. 계동의 발목에 동아줄을 엮어 보에 거꾸로 달아맨 것이다. 축 늘어진 팔오금에 열십자가 그어졌다. 시종들은 박쥐처럼 매달린 동혈수의 경혈을 짜내듯 눌러댔다. 그때, 별당의 문이 월커덕 열렸다. 구용천이었다.

　"대감! 곧 대령할 터이니 잠시만⋯⋯."

　와락 부인을 밀친 구용천은 시뻘건 눈알로 동혈수를 내려다보았다. 잘금, 혈이 흘러나온 팔뚝에 그가 직접 입을 갖다 댄 것은 순식간이었다.

"대, 대감! 어찌 이러십니까! 대감, 대감!"

권씨 부인이 비명을 내지르며 뜯어말렸으나, 구용천은 피둥
피둥한 양 뺨이 오목하게 파일 정도로 쭉쭉 소리까지 내며 광
폭하게 적탕약을 빨아대었다. 그 살벌한 낯짝에 설핏 괴의한
웃음까지 서리자 권씨 부인은 주춤주춤 뒷걸음질 쳤다. 그날
밤, 구용천은 어전에서 일생일대의 소리판을 펼쳐 보였다. 그
리고 임금께 통정대부의 직위를 하사받았다. 명실공히 국창의
반열에 오른 것이다. 소리고개에 성대한 잔치가 벌어졌다. 같
은 시각 계동은 시구문屍口門 밖에 버려졌다. 더 이상 맥이 뛰
지 않은 덕이었다.

삼일 후, 화정골 움집에서 끼니를 때우던 화정패들은 숟가
락질을 하다 말고 놀라 나자빠졌다. 네발로 기다시피 하여 뜨
락에 들어선 계동 때문이었다. 묵호는 나무숟가락을 쥐고 있
던 손을 벌벌 떨었다. 하나 처참한 몰골의 계동이 가 안긴 곳
은 다름 아닌 묵호, 그의 품이었다.

윷놀이

모 아니면 도

정자 아래에 선 구용천의 수하가 모든 것을 실토하자, 엄혹한 정적이 도래했다. 후드득 떨어지는 생땀을 맨손으로 훑어내며 날치는 경망스럽게 흰자위를 번들거렸다. 이제야 알겠다. 무엇 때문에 이 연회가 열린 것인지, 왜 백연을 저기에 앉혀놓은 것인지. 그는 소매 안으로 단도를 채잡았다. 이 칼날을 누구의 목에 박을 것인가? 제 피를 빨아먹고 껍질만 남겨 죽인 구용천인가? 저를 팔아먹은 것도 모자라 평생을 기만한 묵호 아재인가? 모두의 앞에서 이 판을 벌인 채상록인가? 벌떡, 그의 신체가 궐기하였다. 눈 밑이 파르라니 떨렸다.

'죽여버릴 것이다! 모두!'

택일해야 할 까닭이 없다. 죄가 있는 자, 모조리 벨 것이다. 그리고 저도 죽으면 그뿐. 두 손으로 악세게 칼자루를 쥔 날치의 팔이 번쩍 들렸다. 미시의 태양이 한 뼘 칼날에 쩽한 살기

299

를 보냈다.

"멈춰라!"

채상록의 다급한 명과, 이곤이 장도를 뽑는 살성과, 수하를
방패 삼아 꽁지를 내빼는 구용천의 비명과, 화정패들의 경악
이 단번에 뒤섞였다. 그 난장 속, 제 자리를 지키는 건 백연뿐
이었다. 묵호가 잽싸게 일어나 날치의 두 손목을 부여잡았다.
단도를 사이에 두고 힘겨루기가 시작되었다. 두 사람은 마치
줄 위에서 합을 맞추듯, 팽팽히 대립하였다. 날치는 한 뼘 거
리의 묵호를 해괴한 짐승 보듯 쏘아보았다. 날카롭게 파고드
는 그 경멸의 눈초리를 견디다 못한 묵호가 고개가 떨궜다. 코
끝에 맺혔던 땀방울이 똑 떨어졌다. 무언가 결심이 선 듯, 그
의 고개가 다시 들렸을 땐 어째서인지 만면에 비장한 미소가
서려 있었다. 묵호는 전신이 내떨릴 만큼 기를 쓰며 대적하던
팔 힘을 한순간 거뒀다. 돌차간 그의 목 밑으로 단도가 쑥, 빨
려 들어갔다.

"허억!"

단말마 비명을 토한 것은 정작 날치였다. 묵호의 목에서 무
섭게 터져 나온 핏물이 곧장 칼자루를 쥔 날치의 손에 흘러들
었다. 울컥울컥 역한 혈향이 번졌다. 날치가 질겁하며 손을 거
두었으나 단도는 꼿꼿이 자리를 고수할 뿐이었다. 묵호가 제
게 준 수호부였다. 날치는 커다랗게 입을 벌리며 비척비척 뒷
걸음질 쳤다. 앞섶이 붉게 물든 묵호의 몸체가 그제야 피보라
를 일으키며 뒤로 벌렁 나자빠졌다.

"아재! 묵호 아재!"

"의…… 의원 쫌 불러주이소! 제발 의원님 쫌 불러주이소!"

얼쑤절쑤의 외침이 날치의 귓가에서 까마득히 멀어지고, 삽시간에 쨍한 매미 소리가 천지를 뒤덮었다. 점점 커지던 맴맴소리는 전순간 꽹과리를 긁는 듯한 뾰족한 쇳소리로 돌변하였다. 날치는 핏물이 쩍쩍 달라붙은 손바닥으로 와락 귀를 틀어막았다. 피에 대한 공포였다. 핏물은 단박에 날치의 심신을 장악하고 소리고개의 날들을 펼쳐 보였다. 꿈에서조차, 그것이 꿈이라는 것을 자각하면서도 피만 보면 심장이 미친 듯 박동하고, 눈알이 깔딱깔딱 뒤집혔다. 근육은 마비되고 숨은 모자랐다. 골을 파고드는 이명을 떨쳐내려는 몸부림은 결국 난폭한 경련이 되었다. 속수무책의 신체는 불행히도 맥을 놓는 것 말곤 극복하는 법을 알지 못했다. 작금도 다름 아니었다. 날개 뜯긴 잠자리마냥 신체를 뒤떨다 말고 날치는 고꾸라졌다. 얇은 눈까풀이 까무룩 닫혔다. 흐늘어진 그의 몸씨를 부여잡고 사납게 뒤흔들며 얼쑤절쑤가 악을 써댔다.

"날치, 니! 증신 안 차리나! 야야, 날치야!"

"곧 괜찮아질 거다…… 날치…….'

그리 말한 묵호는 남은 힘을 그러모아 제 목에서 끔찍한 흉기를 콱, 빼냈다. 뜨끈한 핏방울이 파드득, 얼쑤절쑤의 얼굴에 튀어 붙었다. 처참하게 드러난 도반을 맨손으로 틀어막는 쌍둥이의 눈에서 뚝뚝 눈물방울이 떨어져 나왔다. 고통에 한껏 일그러졌던 묵호의 얼굴이 점점 편안하게 펴졌다. 제 치부는 드러났고 어미는 죽고 없었다. 더 이상 살 이유가 없었다, 아니 살 수가 없었다. 용서받을 수 없는 죄는 목숨으로 사면받는

수밖엔 없지 않은가. 울컥, 묵호의 입에서 핏덩어리가 쏟아져
내렸다.

"날치한테⋯⋯ 커억⋯⋯ 내가⋯⋯ 내가 다⋯⋯ 잘못했다
고⋯⋯ 컥⋯⋯."

"말하지 마이소! 의원이 곧 올 끼라예. 쪼매만 참으이소,
예?"

"꼭 그리 전해⋯⋯ 커어억⋯⋯."

"쿵, 직접 하이소! 고마, 이리 죽어삐지 말고!"

"눈 뜨이소! 아재, 아재요! 아재요!"

얼쑤절쑤의 절규가 후텁지근한 대기를 찢었다. 끝내 피칠
갑을 한 묵호의 고개가 털썩 모로 꺾였다. 적막이 밀어닥쳤다.
마치 한 편의 촌극을 구경하듯, 팔짱을 끼고 난간 가녘에 기대
서 있던 채상록이 나직이 하명하였다.

"곤아, 당장 날치 놈을 좌포청에 끌고 가라. 저것이 벌건 대
낮에 사람을 죽였다."

"예!"

이곤이 혼절한 날치를 험하게 들쳐 업었다. 그때 벌떡 일어
선 춘봉이 제 딴엔 무척이나 빠르게 아뢰었다.

"그⋯⋯ 그 무슨 말씀입니까요? 모두가 봤지 않습니까아.
묵호 아재는 자진하신 것입니다요오."

"예, 지가 바로 옆에서 본 놈입니더! 묵호 아재는 스스로 마,
그캤습니더!"

"쿵! 하모예, 지도 똑떼기 봤심더!"

"시방, 의심의 여지가 읎어붑니다요, 대감마님!"

춘봉의 용기에 패거리들이 차례로 일어나 한마디씩 보태었다. 피 묻은 손으로 눈물을 훔친 탓에 다들 얼굴이 괴괴하였다.

"모두가 보았다? 백 명, 천명의 광대가 본들 무슨 소용인가? 이 의빈이 어찌 보았냐가 중한 것이지. 당장 살인 현장에 금줄을 치고 붉은 매듭을 묶어라, 어서!"

"대감마님! 명을 거두어주십시오!"

"이리 비옵니다. 제발!"

광대들은 합창을 하며 줄줄이 무릎을 꿇고 두 손을 싹싹 빌어댔다. 웃전의 깔깔한 눈초리가 홀로 서 있던 비금에게 향했다.

"저것들이 어찌 내 명을 막느냐?"

비금은 선뜻 답을 올리지 못하고 입만 뻥긋댔다. 일이 너무 커졌다. 자존심 하난 대단한 날치가 의빈 옆에 앉은 곡비 년을 본다면 단박에 단념하리란 그 단순한 계산뿐이었다. 소리고개에서 날치가 그토록 끔찍한 흉사를 당한 줄 몰랐다. 그것을 의빈이 이런 식으로 까발릴지도 몰랐다. 묵호 아재가 이리 황망히 갈 줄, 화정패가 거대한 파탄에 빠질 줄, 진정 몰랐다. 하여 어떻게든 날치를 구명해야 옳았으나 비금은 그럴 수 없었다. 미워도 원망스러워도 아비는 아비였다. 핏줄을 구명할 기회를 허무하게 놓칠 수는 없었다. 그것도 평생 제게 눈길 한번 안 준 못된 사내 때문에. 살인죄를 뒤집어쓴 날치가 극형에 처해질 것은 자명하다. 하면 돈을 갚지 않아도 되니 좋은 일이 아닌가? 무려 삼백 냥과 거대한 죄책감이 한순간 씻겨 나가는 것이렷다! 모질게 맘을 고쳐먹으며 비금은, 아직 따뜻한 묵호의 시신을 철저히 외면하였다. 그리고 무릎을 꿇은 얼쑤절쑤를 발로 툭툭 차며 얄망스레 윽박질렀다.

"얼른 잘못했다고 못 빌어? 감히 하늘 같은 웃전이 말씀하시면 그렇습니다, 할 것이지! 어디 궁집에서 이것들이!"

순간 비금을 향해 패거리들이 시퍼렇게 눈을 치올렸다. 그때였다.

"대감마님."

아비규환 속에 어울리지 않는 차분한 음성이 상록을 불러 세웠다. 이 난리 통에 홀로 그림같이 앉아 있던 백연이었다. 화정패들은 높디높은 정각 위에서 어떤 말이 오가는지 들을 수 없었다. 다만 스르르 일어나 의빈께 고개를 숙이는 꽃 같은 여인의 뒷모습만이 역력하였다.

"탄일 연회를 망친 죗값을 어찌 치르면 좋으리까?"

상록의 성긴 눈썹이 꿈틀, 치켜 올라갔다.

"네가 대신 옥살이라도 하겠단 것이냐?"

"그것이면 되오리까?"

애초에 꺾어버리려던 삶이었다. 단 한 번, 제가 날치의 빛이 될 수 있다면 그것으로 족하다. 그것은 마음을 준 나의 몫이다, 그녀는 속으로 되뇌었다.

"무려 살인이다. 그 죗값이 얼마나 큰지 알고나 있느냐?"

"예."

무거운 침묵 끝에, 의빈이 커다랗게 호령하였다.

"다들 썩 물러가라!"

"이놈은 어찌할까요?"

늘어진 날치를 어깨에 둘러맨 채 이곤이 아뢰자 의빈이 굳은 얼굴로 턱짓을 했다. 벙쩐 화정패들이 영문을 몰라 뚜렷뚜렷 눈빛을 교환하다 말고 발딱 일어섰다. 의빈 놈이 또 무슨 변덕을 부릴지 몰라 돌삼은 실신한 날치부터 들쳐 업곤 냉큼 몸을 내뺐다. 얼쑤절쑤는 묵호의 시신을 수습하고, 춘봉은 꽹과리와 북을 챙겼다. 비금도 그들을 따라 어물쩍 별서를 뛰쳐 나왔다. 썰물처럼 광대들이 빠져나간 후원엔 시서늘한 음식 냄새와 피비린내만이 무성하였다. 개개비가 따갑게 울어댔다.

까막잡기

손에 닿지 않는 것을 연모한다는 것

사르락, 정자에 다시금 능사가 드리워지며 난장은 끝이 났다. 그 어떤 꼭두각시놀음보다 흥미진진한 연회였다. 누군가는 추악한 죄가 까발려졌고, 누군가는 자진했으며, 누군가는 진실에 까무러쳤다. 그리고 아무 상관 없는 이가 죗값을 치르기 위해 홀로 남았다.

"날치는 남의 핏물을 뒤집어쓰곤 저 혼자 까무러쳤다. 사내놈이 혈에 대한 공恐이라니! 기절이라니! 백연 네가 맹인 것이 이럴 땐 참으로 다행이구나. 하나 어찌 되었든 사람이 죽어 나갔다. 그것이 중죄임은 자명한 것."

채상록은 이제야 술 한 잔으로 탄일을 자축하였다. 담결한 입매가 풀어졌다. 날치 놈을 거꾸러뜨리고 백연을 차지했다는 사실, 그 하나만으로 작금은 충분했다. 뿐인가, 살아 있는 동혈수를 맞닥뜨렸으니 구용천이 절대 가만있지는 않을 터. 앞으로 무슨 재미난 일이 벌어질지 저는 팔짱 끼고 구경만 하면 되는 것이었다.

"소인을 그만 옥사로 보내시옵소서."

길지 않은 말이 아금박찼다. 갈앉은 맹안은 무정하였다. 깍듯이 조아린 몸씨 또한 내내 야박하였다. 상록의 귓가가 벌게졌다.

"내 어찌하여 이렇게까지 하는지 정녕 모르겠느냐! 소리고개의 일을 듣곤 내 심장이 잠시 멈추었다. 이따위 치졸한 방법으로 널 부른 건! 네가 무사한지 내 눈으로 보아야 했기 때문이요, 숯골 같은 험지에 널 둘 수 없었기 때문이다. 구용천을 들인 것은 그가 네 얼굴을 아는지 확인해야 했기 때문이요, 또한 그의 치부를 드러내어 우위를 점하기 위함이었다. 그가 널 못 알아보면 족보에서 옥안이란 이름을 지우는 게 수월할 테고, 그의 약점을 이용하면 널 포기한다는 약정서를 쉬이 받아낼 수 있으니 말이다! 이게 나의 연심임을 진정 모르겠느냐!"

"금기에 오기가 나신 것뿐입니다."

"나의 연심을 의심치 말라!"

상록의 음성이 굵직이 떨렸다. 저도 어찌할 수 없는 이 감정이, 백연에겐 기껏 미련스러운 오기로 비치는 게 참을 수 없이 서글퍼졌다.

"정월 초하루에 내가 광나루에서 건져낸 것은 된서리를 맞은 듯 꺼져가는 생명이었다. 한데 돌아보면 그때 되살아난 건 바로 나였다. 벼락처럼 떨어진 네가, 날 구한 것이다. 폐허 같은 나의 심중에 한 점 불씨를 놓은 것이 너다. 어찌하여 너인지 그건…… 나도 모르겠다."

강압적이던 상록의 말투가 끝내 애원조로 뒤바뀌었다. 제 심장을 열어 보이지 못하여 억울해진 사내가 두서없이 연심을 고백하였다.

"쉬이 놓을 수 있었다면 처음부터 돌아보지도 않았을 것이다. 살뜰히 살피지도 않았을 것이다. 두 번 다시 널 망자 앞에 통곡하게 두지 않겠다. 이젠 내 옆에 둘 것이야. 다만 들꽃을 짓밟듯 너를 취하진 않으마. 기필코 네 마음을 얻으마."

홀로 품은 웃전의 마음은 결국 폭력이 될 뿐이라는 걸, 누구보다 잘 아는 상록이었다. 제가 공주에게 그리 당하지 않았던가. 하여 절대 저는 그리할 수 없었다. 하나 그런 사내의 진심마저도 여인은 철저히 밀어내었다.

"불처럼 하늘을 향해 오르셔야 할 분이 있고, 물처럼 낮은 곳으로 흘러야 하는 이가 있는 법이옵니다. 제발 소인을 흘려보내소서."

"잊었더냐! 네 목숨을 구한 것은 나다! 날치 놈이 아니라 나란 말이다, 바로 이 채상록이란 말이다!"

"소인의 몸뚱이를 구해주신 것은 대감마님이 맞사옵니다. 하나 마음을 구해주신 것은 날치 오라버니십니다."

상록의 눈동자가 도깨비불처럼 검사납게 흔들렸다. 가슴에 피멍이 번졌다.

"잊어라! 이제 내가 널 책임질 것이다. 면천에 그치지 않을 것이야. 네가 양인이 되면 양반도 될 수 있다."

"무슨 색 비단을 걸친 줄도 모르는 소경 양반 말씀이옵니까?"

"양반도 싫다, 비단도 싫다! 하면 무엇을 원하느냐? 말해보라, 말을 해보란 말이다!"

"두 눈을 주시옵소서."

"네 정녕!"

"불가하시오면 소인을 그만 옥사로 보내소서. 그것 말곤 그무엇도 원치 않사옵니다."

백연은 끝내 냉정한 자기방어를 하였다. 웃전의 심기를 불편하게 해야 한시라도 빨리 내쳐질 것이니.

"예가 네 옥이다! 네가 이 집을 나가는 순간, 날치 놈의 목이 잘릴 것이다! 네가 자진을 해도 역시 놈의 목이 잘릴 것이다!"

상록은 기껏 그리 윽박질렀다. 제 목숨은 안 아까워도, 날치의 목숨은 귀한 여인이라 상록은 종국에 제 치졸함을 이렇게 증명하였다. 자충수였다, 제잡이를 한 것이다. 금일 백연의 마음에서 영영 세를 잃은 것은 날치가 아닌 자신이었다. 추해진 것도, 비참해진 것도 다름 아닌 저였다. 손에 닿지 않는 것을 은애하는 것은, 이토록 가혹한 형벌이었다.

팔월 추석

비석치기

창부귀신과 돌무덤

지이이이잉…… 지이이이잉…….

"너허 너허 너화너 너이가지 넘자 너화 너."

"너허 너허 너화너 너이가지 넘자 너화 너."

"에헤 에헤에에 너화 넘자 너화 너."

"에헤 에헤에에 너화 넘자 너화 너."

메밀꽃이 지천이었다. 그 새하얀 꽃밭을 가로지르는 건 묵호의 장례 행렬이었다. 아니, 행렬이라 할 것도 없었다. 구슬픈 요령소리 대신 춘봉이 귀청 떨어지게 징을 울리며 만가輓歌를 선창하고, 돌삼이 오두방정으로 꽹과리를 쳐대며 뒷소리를 받는 게 다였다. 거적때기로 둘둘 말고, 삼줄로 칭칭 동여맨 시신은 얼쑤절쑤가 짊어졌다. 날치는 멍하게 삐딱 고개를 하곤, 휘우듬히 그 뒤를 따를 뿐이었다. 용두재에서 눈을 떴을 때 그는 참담하였다. 묵호 아재가 죽던 순간이 기억에 없었다. 그

313

저 뇌리에 남은 건 정자 위에서 허리를 곧추세운 백연뿐이었다. 날치의 눈뿌리에 헛헛하게 피가 쏠렸다. 부지불식간에 일어난 일련의 일들이 딱 악몽 같았다. 꽹꽤꽹꽹 꽹꽤꽤꽹! 돌삼의 꽹과리가 다시금 날치를 현실로 소환했다. 반토막 난 화정패들은 내키지 않는 어깻짓까지 해가며 애써 신명을 다해 놀았다. 황망하게 떠난 망자가 이승에 미련을 두지 않도록, 짜드라지게 풍물을 쳐대며 얼씨구나 절씨구나 춤까지 춰대는 것이었다. 춘봉이 상엿소리를 이었다.

"저승사자 옥황상제 우리 말 좀 들어주오. 묵호 아재 관절이며 허리까지 버렸으니 저승서도 줄 타봐라, 재주넘어라 되도 않는 명령 말고 유황불 옆 고이 모셔 등허리나 지져주오."

지이이잉…….

"어름 없는 사당패라 우리 앞날 막막하오. 아비 잃은 날치 놈이 최고루다 불쌍허니 야박하게 굴지 말고 꿈에라도 웃어주고, 멀쩡허니 살 수 있게 발이라도 고쳐……주오…….'

춘봉이 훌쩍였다. 얼쑤절쑤의 어깨가 들썩이는 통에 시신이 방정맞게 흔들렸다. 삼줄에 끼워 넣은 월천금 두 푼만이 찬란히 반짝였다.

"기왕지사 등졌으니 걱정 말고 잘 가시오. 살아서든 죽어서든 묵호 아재 말이 없네. 살아생전 망자하고 대화한 놈 나와보소. 답답해라 미치겠네 우리들만 속 터지지."

돌삼의 만가에 얼쑤절쑤가 웃으며 젖은 눈꼬리를 닦아내었다. 춘봉은 괜한 핀잔을 줬다.

"거 뭐냐…… 너어는 망자의 넋을 달래야지이, 화를 돋우면 쓰냐아!"

돌삼이 다시금 목청을 높여 까불대었다.

"상여 지고 십 리 오니 내 허리가 나가겠다. 여기도 산 저기
도 산 묏자리가 어드메냐. 여서 쉬자 쫌만 쉬자 안 그러면 나
죽는다. 멈춰봐라 쉬어 가자 배고프다 술 내놔라."

장례 행렬은 그렇게, 아름드리나무 밑에 멈추었다. 발칵발
칵, 술을 호리병째 들이켠 돌삼은 그것을 날치에게 넘겼다. 날
치는 춘봉에게, 춘봉은 얼쑤에게, 얼쑤는 절쑤에게…… 그렇
게 저마다 입을 대곤 탁주를 돌려 마셨다. 고수레를 한 주먹
밥도 한 입씩, 같은 방향으로 돌았다. 단출한 도르리가 끝나고
화정패는 다시 길놀이를 떠났다. 노랫소리와 곡소리, 바람 소
리와 풍물 소리, 웃음소리와 울음소리는 한 번 더 얽혀들었다.
삶과 죽음의 경계, 장지로 가는 그 먼 길은 축제였다. 덧없고
쓸쓸한 잔치였다.

드디어 백악산 약초골에 당도하였다. 말이 좋아 장지葬地지,
평소 망자가 자주 갔던 산등성에 시신을 얕게 파묻고 잔 돌멩
이를 켜켜이 쌓아 올리는 게 다였다. 광대는 혼마저도 심술궂
고 익살맞은 창부倡夫귀신이 된다. 그렇게 돌무덤 위에 앉아 들
러붙을 상대를 물색하는 것이다. 죽어서까지 구천을 떠도는
게 지랄맞은 광대 팔자여서, 화정패들은 무덤을 뱅뱅 돌며 흐
벅지게 풍물을 쳤다. 그 뺑뺑이질 사이로 돌무덤을 바라보던
날치는 이제야 모든 게 실감이 났다. 줄을 작파한 것도, 빈털
터리가 된 것도, 복수가 물 건너갔다는 것도 그리고…… 백연
이 떠났다는 것도. 날치의 이목구비가 흉하게 구겨졌다. 갈피

를 못 잡고 비슬대던 몸씨는 끝내 돌무덤을 내덮으며 무너졌
다. 망자를 죽음에서 깨워낼 듯, 두 주먹으로 막돌들을 내려치
다 말고, 자갈이고 풀뿌리고 아무거나 잡히는 대로 집어 던졌
다. 오장을 쏟아낼 듯 거센 울부짖음이 이어졌다. 그러다간 제
풀에 제가 지쳐 돌 더미 위에 꼬꾸라진 채 깔딱 숨을 몰아쉬었
다. 패거리들은 그런 날치를 물끄러미 바라만 볼 뿐이었다. 진
탕 원망하고, 실컷 증오하고, 목구멍이 찢어져라 아르렁대야
비로소 앞을 향해 걷는 게 가능하다는 걸, 그것만이 이 거지
같은 삶을 지속시키는 유일한 방도라는 걸 천것이면 누구나
아는 때문이었다.

얼레공놀이

새 세상이 열리면

"주지 스님께서 차를 대접하겠다 하십니다."

부모의 기일에 홍법사를 찾은 상록은 동자승을 따라 요사채에 들다 말고 멈칫했다.

"아…… 아버님!"

주지승의 자리에 앉은 이는 화영의 아비, 영의정 손광익이었다. 장인어른이 될 뻔했던 그에게 상록은 옛 호칭을 붙이며 큰절을 올렸다. 좌정하기도 전에 손광익의 입이 먼저 열렸다.

"혹여 꼬리가 밟힐지 몰라 예서 기다렸다."

"꼬리라니, 무슨 연유십니까?"

"거두절미하마. 네가 힘을 보태주었으면 한다. 숙빈과 함께 정언군을 옹립擁立하고자 한다."

식겁한 상록이 저도 모르게 문 너머를 살폈다. 목소리가 낮아졌다.

"어찌 그리도 황망한 말씀을 하십니까, 아버님!"

"주역을 뽑아보니 시월 초하루가 길하다 한다."

국군國君의 탄일이 아닌가! 쩍, 입을 벌린 상록에게 손광익은 그간의 일을 설명했다.

율언군과 화영이 청나라에서 석연찮게 사망했을 때도 성상聖上은 개의치 않았다. 청에서 밝힌 사인이 풍토병이었던 탓에 시신마저 수습할 수 없었음에도 혹여 외교 문제로 비화될까 몸만 사린 것이었다. 숙빈과 손광익은 간신히 국경지대에서 초라한 장례를 치르며 치를 떨었다. 그리고 곧 역심을 품었다. 조용히 칼을 갈았다. 은밀히 청에 연줄을 만드는 한편, 차근차근 주상의 팔다리를 끊어내었다. 자헌공주의 스승이자 대제학을 역임한 황의진, 대사간이자 공신이었던 이정엽, 궐의 충성스러운 자금줄이었던 역관 오주원 등 임금의 최측근들을 자연사로 위장, 살해한 것 역시 이들이었다. 작금, 반정은 초읽기에 들어간 터였다.

"내달 여드레에 판윤의 사가에서 비밀 회합을 치를 것이다. 넌 그저 참석하여 연판장에 수결手決만 보태면 된다."

"저는 못 합니다, 아버님."

"억울하지도 않으냐? 넌 앞날이 창창한 조선 신검이었다! 성상은 네 날개를 꺾어 기껏 의빈 자리에 주저앉힌 것으로도 모자라 너를 도성에 감금하였다! 수천수만의 군사를 호령하며 나라를 지켜야 될 너에게 한량 짓거리나 하라는 것이 이미 극형이 아니고 무엇이냐?"

상록은 뚫어지게 손광익을 바라보았다. 이것이 일종의 장난인지 아니면 통과해야 하는 시험인지 혼란스럽기 그지없었다.

"당파싸움이 끊이질 않는 조정에서도 네 혼사만큼은 만장일치로 진행되었다. 온 조정이 한마음 한뜻으로 담합한 것은 그때가 처음이자 마지막이었다. 혹여 제 아들이 재수 없게 공주의 눈에 띌까 불안에 떨던 대신들이 힘없는 네가 물망에 오르자 일사천리로 합심하여 밀어붙인 것이란 말이다. 하니 주상이라고 별수 있었겠느냐? 네가 성에 안 차도 받아들일 수밖에."

"아버님, 저는 주상께 충신은 아닐지언정 역신이 될 순 없습니다."

"아직도 주상을 모르느냐? 공주의 별서에 외간 여인을 들인 의빈을, 주상은 역신이라 한다."

예상치 못한 일격에 상록이 눈을 거들떴다.

"화영과 닮았다지…… 그런 계집아이 하나 내 양녀로 들이는 것이 무에 어렵겠느냐?"

"아버님!"

"상록아. 세상에 추한 권력은 없다, 잡고 휘두르면 결국은 아름다워지는 것이다. 새 세상만 열리면 폐주의, 그것도 진작 나자빠진 공주 따위가 무슨 대수겠느냐? 너도 당당히 새장가를 들 수 있다. 내 사위가 될 수 있단 말이다."

풀싸움

날 흔든 것은 너다

의빈의 별서에 히끗히끗 밤이 내렸다. 뭉텅 잘려 나간 상현 달이 떠올랐다. 외당의 동그란 문창살로 뿌연 달빛이 스며들었다. 아무것도 하지 말라는 의빈의 명에, 백연은 어둠에 붙박인 듯 앉아 있을 뿐이었다. 띠리리링, 이 빠진 얼레빗 가락만이 빈 공간을 가득 채웠다. 그리움과 서러움이 뒤범벅되었다. 빗 주인은 떠나고 그림자만 남아 내내 여인의 가슴팍을 짓눌렀다. 고독을 병처럼 앓은 지 오래다. 눈을 잃으면 누구나 겪는 병이었다. 하여 외로운 감정쯤은 쉬이 떨칠 수 있다고 자신하였다. 한데 뒷산에서 번져온 모과향에 확, 목구멍이 뜨거워졌다. 빙수 같은 눈물이 느닷없이 떨어졌다. 그간 이상하리만치 눈물이 나지 않았다. 눈물이라는 증거가 없어 슬픔의 깊이도 가늠할 수 없었다. 한데 실은, 버거웠던 것이다. 은폐된 연심의 그림자가 너무도 짙었기에.

귀밑이 아릴 정도로 입술을 악물며 백연은 후회했다. 숯골에 물미장은 놓아두었어야 했다. 제 진심만은 남겨놓았어야 했거늘…… 물미장을 찾아 손을 더듬다 말고 그녀는 번뜩 채상록의 말을 떠올렸다.

[뭐든 아랫것을 시키면 될 일, 더 이상 볼썽사나운 지팡이질 말거라.]

의지할 곳조차 없어서, 죄 많은 얼굴을 하고 소경은 끅끅대었다. 실컷 곡을 하고 싶었다. 하여 끝내 백연은 빈손으로 벽을 더듬어 외당을 빠져나왔다. 누군가가 덥썩, 제 머리끄덩이를 채잡을 것만 같아 뒷목이 쭈뼛쭈뼛 섰으나 사위는 고요하기만 했다. 농익은 밤송이가 벌어지는 소리만 이따금씩 딱, 탁, 들려올 뿐이었다. 도망갈 맘은 애초에 없다. 하면 득달같이 날치 오라버니가 잡혀 올 터이니. 그저 이슥한 밤을 틈타 목 놓아 울고 싶은 것뿐이었다.

백연은 머릿속에 그려두었던 대로 후원을 지나 뒷산으로 가는 쪽문을 통과하였다. 여름 햇발에 무성히 자란 수풀들이 마구잡이로 발목을 잡아챘으나 각일각 짙어지는 과실향 덕에 그녀는 기어이 모과나무 군락에 당도하였다. 올칵올칵 폐부로 흘러드는 향기에 내내 뻐근했던 목청에서 왈칵 울음이 터져 나왔다. 억새처럼 몸이 꺾였다. 감정이 통곡을 넘어선 탓에 여인은 가혹하게 가슴을 쥐어뜯으며 귀곡성을 내었다. 밤 뻐꾸기가 숨 가쁘게 따라 울었다.

날치와 함께한 계절은 속절없이 영롱했다. 제 인생에서 가장 빛난 여름이었다. 제 삶에 그리도 뜨거운 찰나가 있었다는 것이 믿어지지 않았다. 그때를 떠올릴 때마다, 소경은 눈이 시렸다. 조심스레 금창약을 바르던 손길, 허공중에 쭐렁이던 파동, 첫눈으로 눈을 씻어주겠다 한 약속, 달큼한 꽃향, 귀뺨을 스치던 뜨거운 숨결까지…… 기억의 부스러기들만이 작게 남아 요절한 청춘을 애도하였다. 딱 보름만 피고 지는 등꽃마냥 살보드랍고, 향기로우며, 달콤한 청춘이었다. 그리도 짧을 줄 알았더라면 생경한 감정 앞에 도망치지 말것을. 물레방아 돌듯 저는 다시 껌껌한 어둠 속으로 귀환하였다. 예전과 달라진 것이 있다면 오직, 제 목숨의 무게뿐이었다. 제 목에 날치의 목줄이 꿰어 있었다. 졸지에 제 명줄은 함부로 다룰 수 없는 귀한 것이 되었다. 백연은 제가 삶에 집착하고 있음을 자각하곤 서럽게 흐느꼈다. 이젠 치열하고 억척스레 살아내어야 했다. 하나 이어지는 삶은 당치 않은 재회를 꿈꾸게 했다. 혹여 날치를 다시 만난다면 무슨 말부터 건네야 할까 하는 부질없는 고민으로 저를 거듭 밀어붙였다. 그 불가능한 희망이 두려워 백연은 가슴팍을 내리쳤다. 가슴속 수많은 멍 중에 날치는 가장 큰 멍이 되었다. 행여 그 멍이 지워질세라 그녀는 또다시 주먹을 움켜쥐곤 심곡을 때리며 가열하게 흐느꼈다.

한참 푸닥거리를 한 듯 진이 빠지고, 기갈이 나고서야 곡성은 잦아들었다. 묵지처럼 새카맣던 눈동자는 백지마냥 휑하니 비워졌다. 휘늘어진 사지를 추스르며 백연은 옥춘당 한 알을 입에 물었다. 막혔던 숨이 탁 트였다. 이 명약은 금일도 어김없이 무한한 용기를 심어주었다. 힘겹게 돌아선 여인의 발밑에 상사화가 이지러졌다. 꽃과 잎이 서로 보지 못해 생겨난 이름이라던가, 꼭 무망한 관계가 되어버린 자신과 날치처럼. 백연의 걸음걸음, 짓이겨진 홍화들이 핏물처럼 길을 내었다. 꽃내음이 매웠다.

별서로 되돌아온 백연이 쪽문을 미는 찰나.

"백연!"

덥썩 붙들린 그녀의 얼굴에 날벼락처럼 빗금이 갔다.

"도대체, 도대체 홀로 이 야밤에 어딜 다녀온 것이냐!"

"대감……마님!"

"용두재라도 갔었느냐! 몰래 날치라도 만났더냐!"

며칠 새 부쩍 까칠해진 상록의 입에서 얼음장 같은 음성이 튀어나왔다. 단장도 없는 백연이 용두재까지 가지는 못했으리라 짐작은 하면서도, 행선지가 어디든 그것이 날치와 무관하지 않으리란 불길함 때문이었다.

"대답하여라!"

상록은 진탕 술을 마신 참이었다. 이렇게 백연이 돌아오지 않았다면 어명마저 거역하고 성저십리 밖으로 말을 내달렸을지도 모를 일이었다. 그토록 눈에 뵈는 게 없었다. 어찌 옥살이를 하는 여인보다 옥사를 지키는 제가 늘 더 초조하단 말인가! 그의 둥글번번한 이마에 불뚝, 핏줄이 솟았다. 이곤이 달려와 재깍 고개를 숙였다.

"용두재에 보낸 가병들은 어찌할까요?"

"놔두어라."

"옛."

아랫것이 멀어지자 상록은 다시금 백연의 신체를 쥐고 억세게 흔들어댔다. 화주향이 밴 알싸한 숨결에 살벌한 기운이 서렸다.

"용두재에 다녀왔냐 물었다!"

놀란 백연이 두 다리에 뻣뻣하게 힘을 주며 당치 않은 애를 썼다. 사뭇 위험하단 본능이 치받았다.

"아니옵니다."

"하면? 하면!"

"……곡을 하고 왔나이다."

"뭐라?"

"가슴이 답답하여 아무도 없는 곳에 가서 홀로 곡을 하고 왔나이다."

사내의 사고가 멈추었다. 뒷목이 뻣뻣해졌다. 차돌 같은 상록의 얼굴에 스산한 애련 한줄기가 스쳐 지났다. 기다란 손가락이 여인의 턱을 들어올렸다. 부숭한 맹안은 고집스레 땅에 박혔다. 거대한 혼돈 속에서 사내는 이 여인을 어찌해야 좋을지, 이 순간까지도 갈피를 잡지 못하고 허우적댔다. 백연을 만난 순간부터 시작된 갈등이었다. 작은 육체 하나 탐하는 것은 상록에게 결코 어려운 일이 아니었다. 하나 여인이 놀란 참새처럼 화르륵 날아가버릴까봐, 수치심에 자진이라도 할까봐, 혼백도 갖지 못하게 될까봐 몸서리가 쳐졌다. 그 끔찍한 막장을 짐작하는 것만으로도 목구멍에 가시가 걸린 듯 따끔했다. 하여 구용천에게 받은 약정서도, 당골네 입을 영원히 막은 사실도 모다 숨기고 그저 백연의 마음 한 조각을 갖고자 하는 기약 없는 몸부림을, 여태 이어간 것이었다. 하나 더 이상은 불가능이었다. 아득한 취기를 핑계 삼아 당장 여인의 숨을 억탈하고만 싶었다. 감정의 역변으로 탁해진 눈알이 야욕으로 번들댔다. 백연을 처음 만났던 정월 초하루의 순결한 초심 따윈, 온몸을 휘감은 격랑 앞에 이미 잊혔다. 역모라는 엄청난 일을 잊을 만큼 골몰할 무언가가 절실한 것일지도 몰랐다.

"가만히 있는 날 흔든 건 너다. 그 책임을 묻겠다!"

꽃놀이

부디 독초를 꺾지 마소서

다짜고짜 끌려온 백연은 문지방에 못 박힌 듯 섰다. 등 뒤에 용자창이 닿는 걸 보니 틀림없는 안방이었다. 참숯으로 다림질한 비단 향이 진동했다. 섬쩍지근함에 등줄기가 굳은 찰나, 그녀의 몸피가 홱 들렸다가 푹신한 금침 위에 놓였다. 바특하게 앉은 의빈의 육신에서 피 끓는 열기가 흘러나오자 백연은 저도 모르게 주춤주춤 엉덩이를 뒤로 물렸다. 하나 억센 손아귀는 가느다란 발목을 쉬이 잡아당겼다. 그녀의 잇새로 새된 비음이 삐져나왔다.

"쉬잇."

사내의 엄지가 침묵을 명하듯 여인의 입술 위를 쓸었다. 이어 곧게 뻗은 목줄기를 어루만지고, 야무지게 땋아 내린 머리칼을 쥐었다 폈다. 덫에 걸린 사슴처럼 꼼짝없이 떨고 있는 여체가 촛불에 얼멍덜멍 일렁였다. 이 얄따란 몸피를 철저히 바스러뜨리고 싶단 흉심이 상록의 폐부를 관통했다. 벼랑 끝으로 먹잇감을 본 범처럼 그의 혀끝에 흥건히 침이 고였다. 눈자위가 깊어졌다. 화탄을 집어삼킨 듯 후텁지근한 숨이 터졌다. 손끝에서 말캉하게 뭉그러진 살결이, 적삼에 배어난 온기가, 발끝으로 떨어진 음영마저도 굶주린 맹수의 음심을 꾀어냈다. 사내는 그만, 어스름에 싸인 미태를 와락 품어 안았다. 그 악력에 질겁한 여인이 필사적으로 남체를 밀어내었다. 백연이 온몸으로 원망을 토해내는 것을 알면서도, 그것이 끝내 경멸과 멸시가 되었음을 느끼면서도 상록은 여인의 몸짓과 반대로 힘을 주었다. 오랏줄을 엮듯이, 뒤치는 여인의 몸씨를 빠듯하게 옥죄곤 그대로 밀어 뉘었다. 이젠 마음이 가는 대로 행할 것이다. 이 밤을 사과치 않을 것이다. 후회도 않을 것이다!

"날, 거스르지 마라."

이미 엉망으로 벌어진 상록의 장옷 사이로 툭툭한 근육이 불거졌다. 용을 쓰던 백연이 깔딱깔딱 숨을 헐떡였다. 그 혼몽한 면목이 어째서인지 끔찍하게 색정적이었다. 사내는 걸탐스레 여인의 옷고름을 뜯어내었다. 저고리가 힘없이 해지고, 바싹 묶인 치맛말기가 툭 끊겼다. 스란치마가 거두어지려는 찰나.

"대감마님!"

백연이 감히 웃전의 손목을 덮어 잡았다. 힘껏 악쥔 손가락이 얼음장이었다. 하나 상록은 미천한 저항 따윈 철저히 무시하였다. 그리고 기꺼이 미혹되었다. 마침내 새하얀 속적삼 차림이 되자 백연이 한증을 견디지 못하고 헛숨을 들이켰다. 새벽 서리처럼 여인이 희게 빛났다.

"백연……!"

신음인 듯, 탄식인 듯 이름을 내부르며 상록의 입술이 떨어진 순간, 와락 고개를 외튼 백연이 소리쳤다.

"독초를 꺾지 마소서!"

그 말이 참으로 해괴하여 멈칫 굳은 상록의 입가가 비틀렸다.

"위험에도 도망가지 못하는 식물은 오직 맹독으로 자신을 지키옵니다. 부디…… 독초를 꺾지 마옵소서."

출렁, 사내의 울대가 요동쳤다. 감히 뉘의 절명을 언급하는가!

"잠시 걸었다 떼는 노리개로도 이년은 당치 않사옵니다!"

"내 언제 널 노리개 삼는다 하였느냐!"

사나운 물음에 내내 꺾여 있던 백연의 고개가 천천히 들렸다. 한층 짙어진 맹안이 웃전을 바로 꿰뚫었다.

"하옵시면 소인을 첩으로라도 들이실 것이옵니까? 호적에라도 올리실 것이옵니까?"

그 말이 날 선 비수가 되어 상록의 가슴에 냅다 꽂혔다. 정곡을 찔린 사내의 심곡에 섬뜩한 격랑이 일었다. 괘씸한 아랫것은 제 치부를 너무도 잘 알았다. 끝내 답할 수 없는 질문이었다. 정작 울고 싶은 것은 저인데 맹안에서 먼저 달각, 눈물방울이 떨어져 나왔다. 그 한줄기 눈물이 타올랐던 사내의 심장을 써늘하게 식혀 내렸다.

"젠장!"

제 생사여탈을 쥐고 흔든 공주의 죄가 그대로 살아 돌아온 듯하여 상록은 손안의 여체를 격하게 떨쳐냈다. 신랄한 자괴감이 온몸을 장악했다. 고약한 백연의 말은 단 한 치도 틀리지 않았다. 세상에 드러낼 수 없는 연심이라면 무언가 잘못된 것이다. 작금 제게 필요한 것은 연모할 명분, 바로 그것이었다.

"젠장, 젠장!"

야수처럼 포효한 상록은 지척의 꽃병을 험하게 쳐냈다. 쨍그랑! 요란한 파열음 뒤에 잔인한 꽃향기가 번졌다. 분을 억누르지 못한 사내의 손아귀에서 벌건 핏방울이 후두둑 떨어졌다. 촛불 대신 헛헛한 숨소리만이 덤거칠게 타올랐다. 눈앞의 여인은 끝내 잡힐 듯 잡히지 않는 신기루였다. 품에 가두고도 취할 수 없는 아련한 환상이었다. 상록은 피폐해진 영혼을 갈무리하며 분연히 일어섰다. 그 비장한 몸짓에 홍촉의 심지가 화르륵 짧아졌다. 장지문 두 개가 홱 열렸다가 탁, 맞닥쳤다. 똑같은 소음은 한 번 더 반복되었다. 그제야 백연은 공간을 파악하였다. 이곳이 안채의 곁방이라는 것을.

촤아아악! 차디찬 냉수가 정수리에 쏟아졌다. 흠뻑 젖은 상록의 신체가 휘청거렸다. 앞섶이 벌어진 장옷에서 스멀스멀 한기가 피어올랐다. 하룻밤의 운우지락도 탐할 수 없는 인생이라면 내버리는 것이 맞지 않은가. 껍데기뿐인 제 삶을 더 이상 무의미하게 방치할 수 없다는 확신이 사내를 전율케 했다. 결심했다. 손광익을 만난 순간부터 지금까지 속 끓이며 고심하였던 것이 창졸간에 명명백백해졌다. 비밀회합에 가리라. 연판장에 수결을 하리라. 그래, 아버님께서 말씀하셨듯이 세상에 추한 권력이란 없다. 잡고 휘두르면 결국 아름다워지는 것이다. 공신이 되어 세상을 호령하겠단 욕심 따윈 없다. 조선에 새 하늘이 열리면 백연과 합환주를 마시고, 맞절을 할 것이다. 취기를 핑계 삼아 짓밟는 대신에. 상록은 텅 빈 심곡에 억지로 망상을 채워 넣었으나 일말의 참담함까지 지워낼 순 없었다. 백연 앞에 저는 영원한 약자일 수밖에 없었다. 더 연모하는 쪽이 결국 약자가 아니던가…….

쥐불놀이

잿더미 속의 새벽

그 시각 용두재엔 누렁이의 짖음이 짜랑짜랑했다. 도둑놈을 보고도 발랑 드러누워 배를 까댈 정도로 순한 놈이 죽자 사자 멍멍대자 돌삼은 짜증스레 문을 발로 차 열었다. 껌껌한 어둠을 훑으며 게슴츠레하게 끔쩍이던 눈알이 순간 홉떠졌다.

"시…… 시…… 시방 불이여! 불이여!"

흐벅지게 말술을 퍼마시곤 엇누워 있던 화정패들이 식겁하여 뛰쳐나왔으나 의빈의 노복들은 그들과 옥신각신할 이유가 없었다. 그저 집채를 전소시키라는 상전의 명을 받자와 민첩하게 여기저기 불을 놓을 뿐이었다. 대번에 연기와 불꽃이 뒤엉켜 치솟고, 탄내와 누린내가 사방을 장악했다. 이글이글 피어난 불바다에 패거리들은 각자의 방으로 뛰어 들어가 살림살이를 챙겨 나오기 급급했다. 날치는 품속의 기밀 수첩과 허리춤에 매인 두 냥을 확인하곤 막바로 뒷골방으로 짓쳐들었다.

혹여 백연이 왔을지도 모른다는 헛심이 스친 것을 보니 술이 덜 깬 것이 분명했다. 쪽방은 이미 매캐한 흑연에 장악된 채였다. 한 손으로 입을 틀어막고, 또 한 손으로 허공을 휘휘 저어 댔으나 한 치 앞도 보이지 않는 건 당연했다. 설상가상 사방에서 툭툭, 불똥이 튀었다. 점점 더 위협적인 태세로 번지는 불길 아래 아무도 없음을 확인한 날치는 재빨리 이불장 안을 휘저었다. 한낱 땔감이 된 오죽 단장 옆에 웬 불덩어리가 놓여 있었다. 그는 소맷자락을 늘여 조심스레 그것을 집어 들었다. 푼돈을 죄다 엮은 돈꿰미였다.

[제 관 값은 이불장 밑에 놓아두었습니다…… 오라버니께 염치없는 부탁을……]

백연의 말을 떠올린 순간 타갓타갓, 서까래를 갉아먹는 화마 소리에 이어 와지끈, 기둥 꺾이는 소리가 났다. 컹컹컹, 누렁이의 짖음마저 사나워졌다. 예사롭지 않은 신호에 날치가 재빨리 뛰쳐나오자마자 흙벽이 깡그리 주저앉았다. 무릎을 짚고 몇 번이나 들숨 날숨을 해대던 날치는 등 뒤로 불티를 쓸어내며 곧장 누렁이에게 달려갔다. 그리고 싹뚝, 녀석의 목줄을 끊어내었다. 그동안 제 돈을 맡아 지켜주었던 든든한 놈, 금일 화정패들을 위험에서 깨운 기특한 놈. 날치는 너스르르한 누렁이의 몸통을 살뜰히 쓰다듬었다. 한낱 짐승도 그의 마음을 아는지 가만히 그 손길을 받고는 대번에 뒷산 쪽으로 줄행랑을 쳤다. 날치는 그제야 한숨 돌리며 주저앉았다. 그때였다.

"비금아, 비금아!"

"쿵! 이노무 가스내야! 와 이리 대답을 안 하노!"

얼쑤절쑤가 바깥채 툇마루 앞에서 발을 동동대며 고래고래 소릴 쳐댔다. 돌삼과 춘봉도 헐레벌떡 비금의 방 앞으로 뛰어 왔다. 그러는 와중에도 불길은 낡은 가옥을 가열하게 일그러 뜨렸다. 참흙으로 빚은 기와는 이미 불덩이였다.

　"이년이 왜 또 우덜 속을 뒤집어놓고 지랄이라냐!"

　"거 뭐냐아, 엄청 취해서 다락 같은 데서 세상모르고 퍼 잘 수도 있잖여……."

　날치가 말없이 머리서부터 빗물을 한 바가지 뒤집어썼다. 얼쑤절쑤가 놀라 척척하게 젖은 그의 팔뚝을 붙들었다.

　"니 미칫나? 지붕도 다 타뿠다! 이자 내려앉는다!"

　"쿵! 지금 기어 드가면 니 작살난다카이!"

　"너네는 뒤뜰이나 뒤져봐, 빨리!"

　날치가 쌍둥이의 손아귀를 떼어내며 비금의 방으로 돌진하 였다. 쿨럭쿨럭. 흑연이 콱 목을 졸랐다. 가혹한 기침이 터졌 다. 정수리를 따갑게 달구는 열화를 뚫고 단숨에 다락까지 살 핀 날치가 막 방을 빠져나가려는 찰나, 한쪽 구석에 무덤처럼 쌓인 천 쪼가리들이 보였다. 시야도 머릿속도 몽롱했으나 어 째서인지 그곳으로 발길이 갔다. 위협적인 불길 아래 정신없 이 헝겊 너부렁이를 뒤적이던 날치는 뻐쩍 굳었다. 연한 물색, 그리고 차분한 감빛! 갈가리 찢긴 데다가 이미 눌어붙은 것이 반이었으나 도저히 모를 수가 없었다. 제가 그토록 정성스레 고르고 고른 옷감들을. 얼쑹덜쑹한 시야에 경련이 일었다. 이 것이 어떤 흉한 징조인 것만 같아 끝내 매운 눈물이 쏟아졌다. 검고도 끈끈한 사기死氣가 주변을 장악했다. 바로 그때, 꽝꽝과

광! 천지가 개벽하였다.

"흐아아아악!"

지붕이 주저앉는 거대한 압력에 날치의 몸체가 붕 떠 저만치 날아갔다. 바로 다음 순간 와르르르르, 수천의 기왓장이 무너져 내렸다. 불꽃이 덧거칠게 이지러지고, 뿌연 잿가루가 솟구쳤다. 갑작스러운 불바람의 역류에, 광염은 체머리를 떨며 신나게 몸집을 부풀렸다. 뒤뜰 구석에 꼬꾸라진 날치는 귀가 다 먹먹했다. 곧 정신을 차렸으나 그가 할 수 있는 건 황금빛으로 타오르는 용두재 앞에 무력하게 엎드리는 것뿐이었다. 찬란하게 이글대는 화신을, 그는 넋을 놓고 바라보았다. 소용돌이치던 불똥은 시나브로 그의 눈동자로 옮겨붙었다. 손에 쥔 모지랑이 천 오라기가, 차갑게 식은 돈꿰미가, 재차 백연을 보아야 한다 절규하고 있었다.

흉측한 잿더미로 변한 용두재 터에도 어김없이 새날이 왔다. 모든 것이 사라진 참혹한 새벽이었다. 아직도 탈 것이 남았는지 잔 불씨가 예서제서 뻘겋게 성을 내길 반복하였다. 당장 뿔뿔이 흩어져야 하는 다섯 사내는 마치 사물놀이를 연습하는 양, 비잉 둘러앉았다. 얼쑤절쑤는 불지옥에서 어렵사리 살아남은 쑥부쟁이를 콱 뜯어 질겅대었다.

"이기 다, 변덕이 죽 끓듯 허는 임금 놈 때문 아이굿나! 사냥터 좁다고 옥수로 지랄을 해댔나 부지!"

"쿵! 내는 여 더 살래도 마 딱 싫다! 여 살믄서 날치 쟈 저리 됐제, 묵호 아재 그리됐제, 꼭두쇠 노름뱅 도졌제, 비금이 년 뺑 돌아뿄제…… 화정패는 마 쪽박처럼 다 깨지고 좋은 기 하

334

나투 읎었다 아이가, 씨이!"

잿가루가 수북이 내려앉은 낯짝을 훔쳐내며 다들 고갤 끄덕였다. 혹시 용두재가 이리될 걸 비금이가 미리 알았던 게 아닐까 하는 합리적인 의심은, 그 누구도 입 밖으로 내뱉지 않았다.

"비금이 극정은 허들 말어! 고 영악한 거시 불을 싸질르면 싸질렀지, 타 죽을 년은 즐대 아녕께! 안 그려냉."

"그러엄. 거 뭐냐아…… 지 애비 살릴 돈 구한다고 오지게 뛰어다니긋지이."

돌삼이 뒤통수를 긁적대며 말했다.

"거시기…… 지금 헐 말은 아니긴 헌디, 시방…… 나가 살순이를 맘속에 콱 꽂아부렀어야."

"접때 니가 말한 그 난년 말이가, 난년?"

"쿵! 이런 도둑노무 쉐끼! 살순이를!"

"이자 돌순이랑께. 나는 갸 집서 따숩게 동절을 나불 테니께 얼쑤절쑤 느들은 걍 열라게 똥지게 퍼 나름서 잘 버텨봐잉?"

얼쑤절쑤가 똑같이 발끈했다.

"우리가 와 똥지게를 지노?"

"쿵! 망나니짓만 해도 굶지는 않는다카이!"

"망나니 칼도 겁나 비싸부러! 느들은 대역죄인 앉혀놓고는 목을 졸라 죽여불 것이냐잉? 일단 고 방정맞은 이름 땜시 느들은 글러부렀어야! 망나니 이름이 얼쑤절쑤가 웬말이여! 허기는, 얼쑤절쑤는 개중 괜찮은 것이었제, 꼭두쇠가 처음에 느들을 머라 불렀냐? 알쏭이 달쏭이도 있었고, 얼렁이 뚱땅이도 있었고……."

"쿵! 최악이 뭐였는 줄 아나? 콩떡이 팥떡이! 크크큭."

"춘봉 아재는 갈 데가 있는교? 마 글을 읽을 줄 아니까는 전기수라도 하므는 안 되겠능교?"

"거 뭐냐…… 요즘은 소리광대들이 인기지 잡설은 한물갔어어…… 영 헐 짓이 없으며는 뭐어, 밑에 꺼 자르고 내시로 궁에라도 들어가야지 뭐어……."

"크큭, 임금 속 터져 죽는 꼴 볼라꼬예?"

"시방 고것은 신종 암살이여, 뭐시여?"

"역모, 역모!"

이 와중에도 숯검댕을 뒤집어쓴 낯짝들은 속없이 피식댔다.

"날치 니는 우짤낀데?"

"가볼 데가…… 있어."

"여튼 니는 마, 구용천 피해서 꼭꼭 잘 숨어뿌라. 니를 작살내뻴라고 눈깔에 불을 켜고 있을지 우예 아노. 꼭 단디하래이, 알았제?"

"쿵! 날도 피고 행팬도 피면 삼개나루에서 마 풍물이나 실컷 뚜들기면서 돈타령이나 해삐자!"

가장 큰 판을 벌였던 곳이 삼개나루였다. 가장 큰 돈을 만진 곳이기도 하였다. 세상 배 터지게 먹고 마신, 화정패의 호시절. 하여 그곳은 다시 만날 희망의 지점이 되었다. 혈혈단신 천것들이 기나긴 동절을 무사히 나는 것이 얼마나 고된 일인지 너무도 잘 알기에, 살풍경을 앞에 두고 시허연 눈썹을 꾸물거리면서도 애먼 농담으로 끝인사를 대신한 화정패였다.

돌싸움

잊겠다, 그까짓 마음

해거름의 별서는 고요했다. 찬간 굴뚝에서 짙은 연기가 솟는 것 말고는, 실잠자리가 먹색 허공에 팔랑이는 게 다였다. 이 궁집 그 어디에서도 백연의 흔적을 발견하지 못한 날치는 초조하게 진땀을 훔쳐내었다. 그때, 찬간에서 저녁상을 든 중년 부인이 나왔다. 그 뒤를 밟아 안채 마당까지 숨어든 날치는 노송 뒤에 바짝 몸을 숨겼다.

"대감마님, 석반이옵니다."

안방 문이 열렸다. 기다란 한 쌍의 촛대에 불이 놓였다. 번져나는 불빛을 따라 얼핏 방 안을 엿본 날치의 어깨가 늠씰 솟았다. 백연! 채상록과 마주 보고 겸상을 하는 이는 단아한 입성의 백연이었다. 상록이 그녀의 손에 숟가락을 쥐여주며 자상하게 찬의 종류와 위치를 설명하였다. 설마…… 백연이 제서 의빈과 겸상을 한단 것인가! 날치는 알 턱이 없었다, 정작

방 안의 공기는 살벌하기 그지없다는 것을. 물 만 밥에도 목이
메어 끝내 식음을 전폐한 백연에게 상록이 억지로 수저를 쥐
여주며 '네 목숨을 가지고 날 협박하지 말라' 다그치고 있다는
것을.

　잠시 후, 안방에서 저녁상이 나가고 찻상까지 대령되었으나
당최 백연은 나올 기미가 없었다. 날치는 뜰에 박힌 바위처럼
몸을 웅크린 채 비긋이 안방을 주시했다. 백연이 제 처소로 돌
아갈 때를 틈타 얘길 나눌 생각이었다. 엄혹한 무력 앞에 힘없
이 갇혀 있다는 말을, 그녀의 입으로 직접 들어야 했다. 채상
록이 구용천과 담판 짓는 것을 빌미로 협박했을 것이 자명하
나 왜인지 맘이 뒤숭숭했다. 어쩌면 제가 백연을 너무 모르는
것일지도 몰랐다. 호의호식을 마다할 사람이 세상천지 어디
있는가? 하물며 저는 더 이상은 줄꾼도 아니었다. 동혈수라는
처참한 과거까지 지녔으니 오만 정이 떨어졌을지도 몰랐다.
해서 광대와의 부질없는 약속쯤은 낯 뜨거운 실수로 치부되었
을지도 몰랐다. 아니다, 아닐 것이다! 커져가는 불길함에 날치
는 애써 도리질을 치며 모래알 같은 희망을 부여잡았다. 저에
겐 그녀가 필요했다. 돌이켜보면 백연에게 내어준 건 제 심장
의 반이 아니었다. 전부였다. 이토록 나락으로 떨어졌으나 그
녀만 곁에 있다면 다시금 일어설 수 있을 것 같았다. 지난 시
간, 제가 그녀를 품어 도닥인다 생각했으나 실상 그 작은 어깨
에 의지했던 것은 저였다. 그렇게 위로받은 건 제 초라한 영혼
이었다. 그녀를 만나 비로소 저는 어른이 되고 남자가 되었다.
부채감이 느껴졌다. 잃고 싶지 않은 부채감이었다. 두고두고

평생 갖고만 싶었다. 멀어진 거리만큼이나 여인이 간절해졌다. 그 절실함은 비장함으로 뒤바뀌었다. 따가운 긴장감이 살갗을 파고들었다.

바로 그때였다. 훅, 안채에 불이 꺼졌다. 그리고 더 이상은 어떠한 인기척도 들리지 않았다. 촛불은 두 남녀의 관계를 증명하듯 영원히 소멸했다. 쩌억, 날치의 심장에 금이 갔다. 반쪽이 털컥 떨어져 나갔다. 정수리에 철퇴가 떨어진 듯, 고개가 앞으로 꺾였다. 언질도 없이 내쳐진 사내는 깨진 돌짐승처럼 절버덕 주저앉았다. 온통 멍했다가 번뜩, 선뜩한 감각이 전신을 휘달렸다. 날래게 방 안으로 뛰어 들어가 의빈의 숨통을 틀어막을까? 저도 똑같이 불을 싸질러버릴까? 치솟는 살의가 날치를 혼란스럽게 했다. 백연을 갈취한 의빈을 죽이고 싶은 것인가? 일신을 갈취당한 백연이 미운 것인가? 아니, 진정한 증오는 결국 자신을 향했다. 심장을 빼앗기고도 그 무엇도 할 수 없는 등신, 머저리. 마침 휘영청한 달빛이 댓돌에 놓인 붉은 꽃신을 비추었다. 그 옆을 차지한 건 더 이상 초라한 물미장이 아니었다. 사슴피로 만든 사내의 당혜였다. 날치는 괴괴하게 내떨리는 턱을 옥물었다. 그리고 허무히 웃었다. 백연에게 건넨 제 진심이 겨우 이 빠진 얼레빗이었다는 게 순간 참을 수 없이 수치스러웠다. 기껏 줄을 태워주고, 첫눈으로 눈을 씻겨주겠다 했던 그 얄랑궂은 약조가 끔찍이도 모멸스러웠다. 옹크려 있던 날치는 분연히 일어섰다. 제 삶이 얼마나 많은 포기로 영속되었던가? 여인 하나쯤 더 포기한다고 달라질 것도 없다. 잘라내겠다. 마음속에서 몽땅 도려내겠다, 잊겠다!

그는 훌쩍 담벼락에 올라섰다. 그리고 끈적끈적하게 송진이 묻은 손바닥에 쩔렁, 푼돈꿰미를 틀어쥐었다. 정인을 빼앗긴 사내에게 분풀이할 틈을 내어주듯, 달이 천천히 구름 뒤로 사라졌다. 사위가 어둠에 먹힌 순간, 날치는 돈꿰미를 짱돌 삼아 냅다 던졌다. 콰쾅! 난데없는 변고에 안채에 달칵 불이 놓였다. 우왕좌왕하는 소란이 이어졌다. 비겁하게 제 원망을 투척한 날치는 뒤돌아섰다. 내가 예 왔었다, 모든 것을 보았다, 우리의 연은 끊겼다. 먼저 매듭지어버린 것은 너였다, 그리 외치듯이. 백연의 마음에 더 이상 생채기를 내면 아니 된다, 머리는 그리 말했으나 그녀의 심곡에 잔가시 하나라도 꽂고 싶었다. 그렇게 잠깐은, 아파하길 바랐다. 한데 욱신 죄어든 것은 되레 제 심장이었다. 일진이 참으로 사나운 날이었다.

바둑

수읽기

한성 판윤의 사랑채에 가야금 가락이 울려 퍼졌다. 마포 팔경을 주제로 화인들이 그림을 그리면, 선비들이 곧바로 시를 지어 넣는 풍류회가 한창이었다. 지위 고하를 막론하고 양반 딱지가 붙은 자라면 모두 환영하는 주인의 통 큰 인심 덕에 술한 잔, 떡 한 쪼가리 얻어먹으려는 어중이떠중이까지 죄다 모여들어 마당이고 뒤뜰이고 발 디딜 틈이 없었다. 그 난장을 뒤로하고 취죽에 둘러싸인 외당의 분위기는 사뭇 비장하였다. 역당의 비밀회합이었다. 내로라하는 조정 인사들이 야밤에 우르르 거동하는 것이야말로 나 잡아가라 하는 꼴이라 손광익이 낸 묘안이었다.

"아니 되옵니다!"

외당으로 들어가려는 상록을, 이곤은 온몸으로 막아섰다. 늘 군소리 없이 웃전의 명을 받잡기만 하던 아랫것이 이번엔 작심을 한 듯하였다.

"비켜서라."

"어찌 이렇게까지 하시옵니까!"

"무엄하다!"

"차라리 꺾어버리옵소서! 하룻밤 취하고 버리옵소서, 그깟
곡비……!"

"그래! 그깟 곡비에게 무관인 내가 무력을 쓰랴? 하룻밤 취
하면? 다음 날은 송장을 안으랴? 백연은 아쉬운 게 없는 이다.
재물도, 신분도, 제 목숨마저 미련이 없는 이다. 의빈이 아니라
임금이 온들, 발목을 붙잡고 늘어지며 셈을 따질 이유가 없는
이란 말이다."

"분명 다른 방도가 있을 것이옵니다!"

"아니! 난 그런 여인의 마음을 갖고자 하는 것이다, 오롯이
그 전부를. 하니 응당 내 것도 다 걸어야 맞지 않느냐?"

"대감마님!"

"어쩌면 난 오래전부터 세상이 거꾸러지길 기다렸는지도 모
른다. 조선 천지에 나만큼 주상을 증오하는 인간이 또 있겠느
냐?"

상록은 끝내 이곤의 어깨를 밀쳐냈다. 그리고 외당 안으로
발을 들였다.

상석에 앉은 손광익과 숙빈의 면이 너무도 형형하여 상록은
소름이 돋았다. 생때같은 자식을 잃은 한으로 치밀하게 준비
한 반정이니 빈틈이 있을 리 없었다. 임금의 눈과 귀인 감찰도

사에 병조와 형조, 사헌부의 수장들까지…… 예 좌정한 인사들의 면면이 그것을 여실히 증명하였다. 특히 왕을 최측근에서 호위하는 내금위장마저 포섭되었으니 반정은 이미 성공한 것과 진배없어 보였다. 얇게 무두질한 소가죽 두루마리에 연판장이 새겨졌다. 손광익을 필두로 정확히 서른 명이었다. 입도 뻥끗 안 하고 묵묵히 말석에 앉아만 있던 상록은 제 성명과 직함 아래 수결을 하곤 일어섰다. 그러곤 환쟁이들을 빙 둘러싸고 감탄과 농이 이어지는 풍류판 사이를 지나 곧장 대문을 나섰다. 하늘이 뒤바뀌는 굉대한 모반에 이리도 간단하게 가담했다는 것이 당최 실감이 나질 않았다. 환도를 빼들긴커녕 격문檄文 한 장 쓰지 않았다. 한데도 달포 후 저는 일등 공신이 될 수도, 역적이 될 수도 있었다. 이제야 손끝이 떨리고 뒷목에 식은땀이 배어 나왔다. 긴 한숨을 내어쉬며 상록의 눈이 가늘게 사위를 훑었다. 며칠 전부터 사특한 그림자가 따라붙었다. 별서 근처에서도 수상한 움직임이 포착되었고 간밤엔 누군가가 돈꿰미를 투척하기까지 하였다. 그것이 이날치라면 차라리 다행이었다. 더 이상 백연에게 미련을 두지 않을 것이니. 하나 어째서인지 그게 꼭 임금이 보내는 섬뜩한 경고 같아 상록은 불안에 휩싸였다. 작금도 내내 뒤통수가 뜨끔거렸다. 밀정의 정체가 손광익의 아랫것들인지, 혹은 임금의 수족들인지 몰라 속은 더 타들어갔다. 이곤이 말을 대령하자, 상록이 미심쩍게 그의 얼굴을 바라보았다.

"너는 나의 사람이냐?"

"예, 그러하옵니다."

343

맥락 없는 웃전의 물음에도 아랫것은 당황하지 않았다.

"항시 분에 넘치는 호위를 부리니 내 심이 편치 않구나."

"어인 말씀이십니까."

"너도 필시 노여울 것이야. 세자를 호위해야 마땅할 네가 별 볼 일 없는 의빈의 뒤꽁무니나 쫓는 것이."

"당치 않사옵니다."

서자庶子인 이곤에겐 어미뿐이었다. 그걸 누구보다 잘 아는 의빈이 별서의 살림을 어미 손에 맡긴다 하였을 때 어찌 몰랐을 것인가? 어미를 인질 삼았으니 거사와 곡비, 그 모든 것을 함구하라는 웃전의 뜻. 단지 씁쓸하였다. 아무리 도처에 임금의 사람들뿐이라곤 하나, 오 년이나 곁에 둔 아랫것의 충심 하나 확신하지 못하는 웃전이 감히 가엽게도 느껴졌다. 이토록 뼛속까지 외로우니 애먼 곡비 여인에게 빠진 것이다. 그것도 쉬이 손대지 못할 만큼 깊이.

"해가 지면 백연을 흥법사로 데려가라. 인적 드문 암자보단 세도가 사람들이 수없이 드나드는 흥법사가 외려 더 안전하겠지."

"명 받잡겠나이다."

상록은 이판사판이라고 생각은 하면서도 백연을 직접 배웅할 용기는 나지 않았다. 찢긴 가슴을 헤쳐 보이며 매달리게 될까봐, 혹여 그것이 마지막이 될까봐 두려운 것이었다.

"당분간 예 계시라 하십니다."

오롱조롱한 색등을 지나 흥법사 뒤편, 동자승의 거처에 백연을 들이며 이곤이 말했다. 종오품 익위가, 천것에게 무려 존대를 하였다. 그만큼 웃전을 충심으로 받들어 모신다는 뜻이었다.

"의빈께서 다음에 뵐 땐 좋은 소식을 가지고 오시겠다, 그리 전하라 하셨습니다."

이곤의 기척이 멀어졌다. 백연은 어렴풋이 짐작은 하였다. 보여달라 한 적 없는 진심을 증명해 보이려고 의빈이 고군분투하고 있다는 것을. 하나 간밤에 기습적으로 날아온 돈꿰미 탓에 그녀는 그 무엇도 신경 쓸 수 없었다. 그것이 무엇인지 그녀만이 알았으므로. 이날치, 그 이름 석 자가 아릿하게 심곡에 박혀들었다. 차라리 잘되었다. 그가 혹여 제 진심을 곡해했을까 그동안 얼마나 동동촉촉하였던가. 한데 직접 보았으니 쉬이 단념하였으리라. 안채에서 사내와 함께 밤을 보내는 여인을 두 눈으로 확인하고 달리 어떤 생각을 할 수 있겠는가. 곁방에 갇혔다고 어찌 상상이나 할 수 있겠는가. 그저 지조 없는 계집이라 욕을 하며 미련 한 톨 남김없이 떠났을 것이다. 그렇게 뒤돌아섰다면 참말 다행이다. 그런데…… 그런데도 헛헛한 사내의 뒷모습은 끝끝내 사그라들지 않았다. 그 아픈 환영은 백연을 대웅전으로 이끌었다. 그리고 진작 저버린 부처 앞에 다시금 두 무릎을 꿇게 하였다. 금빛인지 흙빛인지 모를 부처 앞에 그녀는 돈꿰미를 보시하였다. 무작정 합장 배례가 시작되었다.

'대자대비大慈大悲한 부처님, 믿지 않는 자의 절도 받으시나이까? 우매한 중생의 원도 들어주시나이까?'

그리움을 버티고 서 있기가 버거워 백연은 절을 하였다. 연심은 어여쁜 것인 줄만 알았다. 한데 섬뜩한 것이었다. 장도로 심장을 에는 것이었다. 마음껏 그리워하는 것조차 고통스러운 것이었다. 이젠 하루하루가 부질없는 도전 같았다. 날치를 향한 제 연심이 얼마나 깊은지, 재회하고픈 갈망이 얼마나 큰지 끊임없이 증명해 보이는 도전. 어명으로 용두재가 소각되었다고, 채상록은 말했다. 더 이상 돌아갈 곳도 없으니 경거망동 말라는 협박이었다. 광대에게 자존심을 구긴 의빈의 화풀이이기도 하였다. 그 치졸한 불장난이 몸도 성치 않은 날치를 길거리로 내몰았다. 하여 절간에 일신이 묶인 백연이 빌 것이라곤 오로지 그의 보중뿐이었다. 그와 다시금 연이 닿지 않아도 좋았다. 다만 그가 다시는 무너지지 않게 해달라고 빌었다. 그가 저를 잊고 잘 살게 해달라 빌었다. 그러다가는 또, 그가 제 이름만은 잊지 않게 해달라 빌었다. 그가 좋은 인연을 만나 백년해로하였으면 좋겠다가도 또, 그것까지 빌어주고프진 않았다. 제 변덕에 지칠 만도 하건만 커다랗게 합장을 하고, 무릎을 꿇고, 머리를 조아리는 여체는 갈피를 못 잡고 흔들릴 뿐이었다. 그렇게 만 배를 하고도 모자라, 백연은 절 마당으로 나아가 또 다시 탑돌이를 시작하였다.

'부처님, 잠시 행복하고 오래 슬픈 것은 인연입니까, 악연입니까?'

악연이라 하고 싶진 않았다. 그가 아니었다면 저는 그 누구도, 무엇도 아니었을 것이기에.

연날리기

바람결에 시달리는 건 연이 아니라

날치는 가파른 돌고개를 넘고 또 넘었다. 산골에 이른 어스름이 내리고 나서야 멈추어 섰다. 흥법사였다. 왕가의 만수무강과 극락왕생을 기원하는 문구를 불단에 새기고, 자헌공주의 위패와 화상畫像까지 모시는 이 절은 왕실의 후원을 받는 원찰願刹이었다. 가장 큰 후원이 바로 공명첩과 면천첩의 판매권을 주어 사찰 재건을 돕는 것이었다. 금일이 바로 그날이었다, 팔월 마지막 날. 적막하던 절간은 이미 뚱땅뚱땅, 신명나는 가야금 소리로 뒤덮였고 신분 갈이를 꿈꾸는 이들로 와자지껄했다. 자작목이나 회양목에 신상身上을 새겨주는 호패장이들과 가짜족보를 파는 필사꾼들도 대목을 잡아 모여들었다. 술동이가 열리고 금빛 국화주며 은빛 이강주가 한 손씩 돌았다. 둥글넓적한 번천에서 척척 국화전이 구워져 나왔다. 그 야단법석을 피눈물로 외면하며 날치는 가쁜 숨을 내쉴 뿐이었다. 이 잔

347

치가 제 것이 되지 못한 것이 천추의 한이었다. 그것을 비웃기라도 하듯 흥청망청하는 사람들의 웃음소리가 간드러졌다. 제가 굳이 왜 이곳까지 왔는지 스스로도 알 수가 없었다. 도대체 무엇을 더 확인하고 싶었던 것인가? 속에서 천불이 일어 날치는 한산한 절 뒷마당으로 뛰쳐나갔다. 벌컥벌컥 약수를 들이켜며 거뭇한 산능선을 훑던 그때, 저 멀리 어떤 이가 눈에 들었다. 밤하늘을 수놓은 오색 등불 아래 홀로 탑돌이를 하는 여인이었다. 그 가녀린 뒤태가 덜컥, 사내의 심장을 가격하였다.

"허억!"

벼락처럼 흉통이 엄습했다. 화살에 꿰인 듯, 날치는 앞섶을 채잡고 고꾸라졌다. 언젠가 환지통幻肢痛이란 것에 대해서 들은 적이 있었다. 전란에서 귀환한 군사들이 이미 잘리고 없는 팔다리에 통증을 느끼는 병증이라 했다. 약도 없는 불치병. 아리잠직한 여인을 볼 때마다 어김없이 백연이 겹쳐지고, 진즉 깨어진 심장이 극렬한 고통을 호소하였다. 텅 빈 흉곡에서 섬뜩섬뜩 핏물마저 뽑아 올렸다. 둑이 터지고 강물이 범람하듯, 불쑥불쑥 짓쳐드는 여인의 환영은 죽은 심장을 새차 살려내곤 또다시 난자하였다. 그럼에도 모든 것은 돌고 돌아 끝내 백연으로 귀결되었다. 지독한 회귀본능이었다. 잊어야 한다 생각할 때마다, 잊겠다고 다짐할 때마다 그녀의 기억은 더욱더 집요하게 품을 비집고 들었다. 망각의 역설이었다. 그럴 때마다 모든 걸 포기하고 싶어질 만큼 심이 약해졌다. 실상 제 삶의 모든 추억은 그녀에게 빚을 지고 있었다. 문득 손끝을 장악한 은밀한 감촉에 날치는 부르르 떨었다. 맥락도 없이, 눈앞에 꽂고개가 펼쳐졌다. 다잡지 못한 마음이 그날, 그 밤으로 쏜살같이 질주하였다. 간질간질 내리던 꽃비와 새금한 풀냄새, 흐느적 대던 별빛과 모닥불의 열기, 불그림자에 혼몽하게 일그러지던 나신까지…… 오싹한 쾌감이 다시금 온몸을 난도질했다. 처절한 환상의 소용돌이에 숨소리마저 거칠어졌다. 여지없이 함락된 심장을 부여잡으며 날치는 비리게 웃었다. 대체 언제까지 이럴 것이냐, 사내와 함께 잠드는 것을 보고서도 미련하게시리. 배신감에 머리가 차게 비워졌으나 반대로 가슴은 후끈 달아올랐다. 흥건한 그리움은 밀물처럼 차올랐다가 노여움으로 쓸려나갔다. 증오하였다가 애정하였다. 서글픔은 끝내 거역할수 없는 낭만으로 변했다. 온갖 모순된 감정의 충돌에 날치는 속절없이 시달렸다. 누군가를 연모한다는 것이, 이토록 많은 것을 견디어내야 하는 것인 줄 몰랐다. 세상에 마음껏 미워할수도 없는 사람이 있는 줄 몰랐다. 연은 끊겼으나 그리움까지 끊어낼 수는 없음을 정녕 몰랐다. 한숨을 쉴 때마다 그의 뒤로 고통스러운 그림자가 드리워졌다가 사라졌다. 두려워졌다. 무너질까봐. 미련을 갖게 될까봐. 또다시 한숨고개를 짓다 말고 날치가 몸을 틀었다. 술내, 기름내가 잦아든 절간에서 다시금 향연이 번져나는 탓이었다. 덧없이 또, 흉곽이 뻐근해졌다. 그때였다.

"어? 저거 혹시…… 이날치 아니야? 이날치?"

"뭐? 어디, 어디?"

삼삼오오 모여 있던 사람들이 쑥떡거리며 손가락질을 해댔다. 점차 커지는 웅성거림 속에서 정체 모를 사내 하나가 툭 튀어나왔다. 거무스름한 의복이 면천첩을 사러 온 천인도, 공양을 드리러 온 양반도 아니었다. 절간에 어울리지 않는 살기 등등한 눈빛은 연신 표적을 가늠하듯 좌중을 훑어댔다. 날치는 그 살벌한 면목이 어쩐지 낯익었다. 그리고 그와 눈이 딱 마주친 찰나, 피가 왕창 빠져나간 듯 손도, 숨도 차가워졌다. 백연이 소리고개에 갇혔을 때 고방채를 지키던 사내! 틀림없다. 구용천이 명을 내린 것이다. 기어코 살아 있는 동혈수를 잡아 죽일 셈이다. 아니나 다를까 빠르게 거리를 좁혀오는 살수의 옷자락이 온통 재투성이였다. 불에 탄 용두재를 샅샅이 뒤지고는 마침내 예까지 제 목을 따러 온 것이다. 날치는 최대한 차분하게 잰걸음으로 인파 사이를 파고들었다. 그리고 허겁지겁 흥법사 뒤편으로 빠져나왔다. 있는 힘껏 내달렸다. 재차 뒤를 일별하는 그의 얼굴이 어느새 땀으로 흥건했다. 소슬한 바람이 대차게 그의 등을 떠밀었다.

"흐아아악!"

산비탈 아래로 콱 꼬꾸라진 건 찰나였다. 쇠똥 같은 진창에 처박혔다. 쏜살같이 뛰고픈 마음과 아직 다 낫지 않은 발이 엇박을 타는 탓이었다. 몸을 일으킬 힘도 없어 날치는 잠깐 대자로 누워 깔딱 숨을 몰아쉬었다. 적막 속에 울창한 거목들이며 새카만 하늘의 별까지 모든 게 군드렁군드렁했다. 그 밑에 자빠져 있는 제 꼬락서니가 기막혀서, 그는 자꾸 눈꼬리를 찍어 내었다. 온 세상이 합심하여 저를 공격하는 듯했다. 항시 죽어라 달려가면 또 소리꾼의 길은 저만치 멀어졌다. 낭떠러지에서 거꾸러질 때마다 또 다른 수렁이 나타났다. 빠져나오려고 몸부림칠수록 더 깊이 빠졌다. 밑바닥을 쳤다는 안도감은 두려움으로 바뀐 지 오래였다. 공포가 엄습하였다, 이것이 끝이 아닐지도 몰랐다. 왜 나인가? 전생에 무슨 업을 지어 이런 천벌을 받는가? 안간힘으로 그 까닭을 생각하고 또 생각해보아도 일만 설움 속에 답은 결국 하나였다. 제가 천한 종자라서, 아비 어미 없는 천애 고아라서, 더러운 팔자를 타고나서 그리고 주제넘게 여인을 탐하여서. 그는 툭툭 무른 눈가를 훔쳐내었다. 그새 이마에 푸르딩딩 멍이 오르고 아랫입술이 부어올랐다. 혀끝이 비릿했다.

"튀엣!"

무지근한 발등을 아귀세게 주무르며 날치는 힘겹게 일어섰다. 그리고 다시금 자드락길을 내달렸다. 일단 도성부터 벗어나야 한다. 무악재로 이어지는 서문이 가장 허술하니 분명 소리고개 사내는 그쪽으로 길을 잡을 터, 날치는 정 반대편인 시구문으로 달렸다. 이미 한차례, 그곳에 버려진 적이 있었다. 한데 십 년이 지난 작금, 제 몰골은 한층 더 비참해졌다. 따다다닥! 야경夜警을 도는 순라군 소리에 날치는 납작 엎드렸다. 딱따기 소리가 멀어지자 다시금 상체를 낮추고 굳게 닫힌 철엽鐵葉문까지 잔발질을 했다. 그러곤 성벽을 따라 내려가 곧장 개천으로 뛰어들었다. 청계천 물이 빠져나가는 오간수문이었다. 사람이 들고 나지 못하도록 기다란 쇠살대를 찔러놓았으나 매년 홍수에 부러지는 게 예사이니 작금이 적기였다. 날치는 만신창이의 몸을 쇠살대 사이에 욱여넣었다. 그렇게 도성을 빠져나온 그는 어느덧 두물머리를 지나 까막고개에 접어들고 있었다. 무의식중에 북쪽으로 향하는 것이었다. 죽을 둥 살 둥 뛰면 열흘이면 금강산에 닿을 것이다. 죽을 때 죽더라도 송방울의 얼굴은 보고 죽으리라! 목적지가 생긴 몸씨가 찰박찰박 물길을 내며 적막을 뚫고 나아갔다. 고된 뜀박질에 허기도, 불안도, 야속한 인간들도 쉬이 잊혔으나 단 하나, 백연만은 그렇지 못하였다. 그녀에게서 도망치듯이 날치는 까마득한 밤길을 주파하였다. 여인의 모습이 자꾸만 저를 앞질러서 악착같이 달리는 수밖엔 도리가 없었다. 허옇게 튼 입가로 헉헉, 지끈한 입김이 쏟아졌다. 허리춤에 매어둔 두 냥만이 짤랑짤랑 경망스러운 소릴 냈다.

구월 중양

술래잡기

그 냥반이 어디캉 숨었는지

행장 하나 없이 풍찬 노숙을 하며 걷고 또 걸은 지 보름째였다. 벼 밑동만 남은 논엔 서리할 곡식 한 톨 남아 있지 않았고, 헐벗은 들판엔 구슬픈 따오기 소리만 가득했다. 풀죽은커녕 맹물에 조약돌 삶아 먹기도 힘든 날들이 이어졌다. 가을비는 도망자를 조롱하듯 가열하게 따라붙었다. 나무에 기대 벼룩잠을 자는 순간까지도 음풍은 거칠한 낙엽을 홑뿌려댔다. 오한과 고열로 실신까지 했던 날치는 결국 품속에 있던 기밀 수첩으로 화톳불을 피워 몸을 녹였다. 어리떨떨한 정신에도 자괴감만은 선연하였다. 그토록 죽을 둥 살 둥 금강산의 관문, 단발령에 도착하였건만 송방울의 행방은 묘연하기만 하였다. 동절의 금강산은 장엄한 돌과 바위가 앙상한 뼈처럼 드러난다 하여 개골산皆骨山으로 불렸다. 기암괴석 즐비한 개골산의 일만이천봉을 날치는, 기를 쓰고 쏘삭거렸다. 선녀와 나무꾼

전설이 깃든 상팔담 근처의 암자들이며, 세 신선이 내려온다는 삼선암의 높은 봉우리들이며, 구룡연, 비봉폭포, 무봉폭포, 옥류동 계곡이며, 훈사, 유점사, 장안사 등 유명한 고찰들이며, 꽝꽝 얼어버린 해금강의 항구마을들이며 이름 모를 절벽까지…… 하나 은둔거사의 흔적은 그 어디에도 없었다. 어명을 받자와 송선생을 찾고 있는 금군들과 종종 마주쳤으니, 선생이 예 어디 칩거하는 건 분명했다. 하여 절대 포기할 수 없었다. 그러나 요 며칠은 금강산의 최고봉인 비로봉 근처를 빙빙 배회한 꼴이 되고 말았다. 엇비슷한 골짜기가 이어지다 말고 험한 절벽이 나타나 탁탁 길마저 끊기는 탓이었다. 급한 마음과는 별개로 변화무쌍한 일기에, 굶는 날이 이어지다 보니 노독이 쌓여 더 이상은 앞으로 나아가기도 무리였다. 해가 지자 산 까마귀들이 극성스레 울부짖으며 떼로 날았다. 나무 그루터기에 털썩 걸터앉은 날치의 머리 위로 시린 바람이 불었다. 그 바람결에 기막힌 냄새가 실려 왔다. 거대한 가마솥에서 뿜어져 나오는 진한 고기 누린내와 끈끈한 밥내였다. 하루 종일 먹은 것이라곤 마른 솔잎뿐이라, 날치는 산 중턱 두멧길에 놓인 수막으로 홀린 듯 들어섰다. 허기도 허기지만, 젖은 바지저고리가 뻣뻣하게 얼어붙어 온기 또한 절실하였다. 송선생의 소식 또한 그러하였다.

"국밥 하나 드시간?"

어둠살이 내린 평상에서 칡을 깎던 주모는 행장 하나 없는 외지인의 등장에도 놀라긴커녕 심드렁했다. 날치는 국밥이란 말에 꼴깍 침이 넘어갔으나 정신 줄을 바짝 부여잡으며 고개를 조아렸다.

"아, 아닙니다. 말씀 좀 여쭈려고요. 혹시 송방울 선생의……."

"어이쿠야, 젊은 아즈바이도 그놈의 방울 타령임메? 나도 제발 좀 알았음 좋겠음둥, 그 냥반이 어디캉 숨었는지! 오는 족족 그케 물으니 게릅습메, 참말로."

땅으로 꺼질 듯, 날치의 어깨가 내려앉았다. 칡뿌리에서 흙을 털어내며 주모는 청승을 떠는 총각을 쓰윽 훑어 내렸다. 험하디험한 꼴을 하였으나 곱상한 면이 영 나쁜 놈 같아 보이진 않아, 그녀는 바깥 아궁이를 발끝으로 툭툭 쳤다.

"따따사하게 손이라도 녹이오."

"감사합니다. 혹여 송선생을 찾는 군사들이 여기도 왔었습니까?"

"매칠 전에도 와자자허게 몰려와서리 내래 전란 난 줄 알았지비. 군관들이 방울 소리 듣고 벨란스럽게 뒤작거리다가 방울뱀 잡었다 허질 않습메. 나라님도 못 찾아 미치게 될 판인데 아즈바이가 무슨 수로 만남메? 더 추워지기 전에 때려치우오."

핏발이 성성한 눈을 껌뻑이면서도 날치는 포기하지 않았다.

"선생의 거취에 대해 혹여 뜬소문이라도……."

"모른다 안 함메! 얼레부끼가 아이요, 내 아는 거 일절 읎음 둥. 그 선생 땜에 노는 났지비! 국밥 장사, 술장사, 방 장사까지 재미 톡톡히 봤단 말임메. 헹겟나잘 다 됐는데 아즈바이 여서 잘 꺼지비?"

"죄송합니다, 그럴 처지가 못 됩니다."

"이 날씨에 호븐자 돌아댕기다간 입 돌아감둥!"

"혹시 화주 있습니까?"

"화주는 왜서 찼습메?"

"만약 송선생을 뵙게 되면……."

"참말로 눈물갭따, 눈물개위! 방울 선생인지 뭔지가 대애단 허긴 헌가봄둥!"

날치는 전낭끈을 풀어 전 재산을 미련 없이 주모에게 건넸다.

"두 냥이면 여 작은방서 따숩게 자고, 낼 아침에 국밥 한 그릇 먹고, 탁주배기 하나 사들고 가맨 딱 떨어짐메!"

"아닙니다, 화주를 사겠습니다."

그 고집에 술청으로 들어갔던 주모는 곧 커다란 호리병을 들고 나왔다. 단단히 막은 마개 위로 그윽한 향이 번져 나오는 걸 보니 바가지 씌운 것은 아니었다. 그것을 소중히 갈무리하는 날치를 깔끄러미 보던 주모가 팔을 쭉 뻗어 서쪽을 가리켰다.

"저짝 골짜기 너머서리 두 마장쯤 가며는 박쥐굴이 하나 나옴메. 밤을 나려며는 거 가는 게 나을 거지비."

달이 기울었다. 극심스레 야윈 그믐달이었다. 다리를 호되게 족쳐서 기어이 박쥐굴에 도착한 날치는 그만 털썩 주저앉았다. 혹심한 추위에 정신마저 까막거렸다. 쌀자루 터지듯 스르르 몸이 기울었다. 작금 눈을 감으면 영영 일어나지 못할 것만 같았다. 꺼지는 숯처럼 이대로 조용히 사그라들어도 좋으리라…… 약한 마음이 비집고 들었다. 하나 또 한편, 이렇게 끝낼 수는 없다는 오기가 솟구쳤다. 도저히 분하고 억울해서 이리 죽을 순 없었다. 날치는 애써 송방울의 노랫소리를 떠올렸다. 일곱 살 계동이 아비 손을 잡고, 고향마을의 동헌마루에서 난생처음 들은 소리가 바로 그의 것이었다. 그 이후, 딱 십 년 만에 그의 음성을 다시 들었다. 이번엔 도성 한복판이었다. 열일곱 날치는 그 경이로운 성음에 몇 날 며칠 잠을 설쳤다. 그 호흡, 발림, 창법, 시김새, 고유의 더늠 그리고 걸음걸음 따라붙는 짜랑짜랑한 방울 소리까지 곱씹고 또 곱씹었다. 한 토막의 소리로 누군가의 심금을 울려 한 생애를, 더 나아가 인생을 좌지우지한다는 것은 경지를 넘어선 일임이 분명했다. 그 절창絕唱을 떠올리며 날치는 와락 허리춤에 매인 주병을 틀어쥐었다. 제게 남은 것이라곤 이 값싼 희망뿐이었다. 그때 어디선가 싸한 바람 한줄기가 불어왔다. 석굴 안에 샛바람이라니 퍽도 기이한 일이었다. 칠흑 같은 어둠에 시허연 입김이 자꾸 사선으로 번졌다. 날치는 핏발 성성한 눈에 억지로 힘을 주었다. 그러곤 골바람을 피해 비척비척 안쪽으로 기어 들어갔다. 굴길이 점점 좁아져서 허리를 펴고 일어설 수도, 심지어 되돌아나올 수도 없는 지경에 이르러서야 그는 깨달았다. 동굴의 끝이 터져 있다는 것을. 세 뼘이 될까 말까 한 돌 틈새로 몸을 욱여넣어 가까스로 굴을 빠져나온 날치는 허리를 쭉 펴다 말고 그대로 얼어붙었다. 빽빽한 죽림 한가운데 박힌 아스라한 불빛 때문이었다. 온몸이 저릿저릿했다. 까닭 없는 확신이 들었다. 송선생이다! 산촌마을과 그리 멀지 않건만 산제비도 쉬이 넘나들지 못할 만큼 험한 구릉과 가파른 산모롱이, 대나무 숲까지…… 이토록 절묘한 지형 탓에 주상전하의 군사들마저 찾지 못한 것이다. 늙은 주모가 어째서 거지꼴을 한 자신에게 박쥐굴에 대한 언질을 주었을까? 날치는 꼴깍, 마른침을 삼켰다. 송방울의 불호령을 듣고 쫓겨나건, 난동을 피우다 멍석말이를 당하건, 그러다 벼랑 아래로 꼬꾸라져 죽든…… 뒷일은 상관없었다. 그는 빽빽한 댓잎을 허겁지겁 헤쳐 나갔다. 채 스러지지 않은 샛별 하나가 그를 응원하듯 짜르르 빛을 내었다.

투호
죽기 아니면 까무러치기

"흐아아악! 구…… 구신이네, 사람이네?"

툭 튀어나온 어둠 도깨비를 향해, 오씨는 불쏘시개를 휘적 거렸다.

"송방울 어르신을 뵈러 왔습니다!"

거무추레한 날치를 쩨리며 오씨가 대뜸 욕부터 했다.

"이 간나새끼! 여 그런 사람 없다, 날래 나가라!"

"제발 부탁드립니다! 송선생님을…….."

"아씨, 내래 모른다 하지 않았네! 까세기 전에 재깍 꺼지라 우!"

어명까지 거부하고 칩거하는 선생을 이토록 집요하게 찾아 내는 것이 예가 아님을 안다. 또한 어르신을 모시는 아랫사람 에게도 이렇게 떼를 써서는 아니 되었다. 하나 정녕 다른 방도 가 없었다. 생의 끝자락에 다다른 날치는 더 이상 눈에 뵈는

것이 없었다. 그는 사생결단을 내듯, 돌아서는 오씨의 팔을 덥
썩 채잡았다.

"말씀만이라도 한번 여쭈어주십시오!"

"피 보고 싶지 않으면 좋은 말로 헐 때 놓으라!"

"제발, 잠깐 얼굴만이라도 뵙게⋯⋯!"

"날래 안 꺼지며는 요 부지깽이로 뱃때기를 쑤시는 수가 있
디!"

"어르신께 청이라도 한번 올려봐주십시오, 예?"

그때였다. 끼이이익, 하나뿐인 방문이 열렸다. 그것이 마치
들어오란 무언의 신호 같아 날치는 냅다 방 안으로 뛰어 들어
갔다.

"이 개 간나새끼! 거가 어디라고 함부로 겨 들어가네! 단박
에 나오라우! 냅다 튀어 나오라우!"

오씨가 고함을 치며 부술 듯 문짝을 두들겼으나 날치는 잽
싸게 문고리를 채잡아 단단히 걸었다. 촛불도 없는 깜깜한 방
안에 과연 사람 하나가 앉아 있었다. 긴가민가하기도 전에, 날
치의 눈에서 열락의 눈물이 솟구쳐 나왔다. 백발에다 눈썹마
저도 하얗게 세었으나 그 기운 센 눈동자는 틀림없는 송방울
이었다! 끈질기게 방문을 차대며 욕지기를 퍼붓는 오씨를 외
면한 채, 날치는 땟물에 전 소맷단으로 눈가를 훔쳐내었다. 구
지레한 몸씨를 바로 세우고, 꾀죄죄한 입성도 추슬렀다. 그리
고 온 마음을 다하여 큰절을 올렸다. 신줏단지 모시듯 공순히
화주를 올리는 그의 손이 비장하기까지 하였다. 그런 헙수룩
한 몰골을, 송방울은 물끄러미 쳐다만 볼 뿐이었다.

"니 허고 싶은 거 혀봐."

선생의 첫마디는 그것이었다. 아무것도 묻지 않았다. 다만 젓가락으로 소반 귀퉁이를 내리치며 두둥 탁! 가락을 건넸을 뿐이었다. 당황한 날치는 입만 뻥끗대었다. 눈앞의 명창이 자신을 받아줄 리 만무하였다. 그러니 이름 석 자도 묻지 않은 것이다. 다만 직접 가락을 맞춰주는 건 제 꼴이 딱해 보여서일 것이다. 이유야 어찌 되었건, 명창 송방울의 북가락에 맞춰 소리를 할 수 있는 순간이 일생일대 다시 올 리 없다. 하여 날치는 재빨리 흠흠, 마른 목을 가다듬었다. 「춘향가」를 할 것인가, 「심청가」를 할 것인가? 무슨 대목을 불러야 하는가? 무작정 달려왔으니 변변한 토막소리 하나 정하지도 못한 채였다. 머릿속이 엉켜들었다. 선생은 느긋하게 젓가락을 까딱이며 그를 응시할 뿐이었다. 그 돈후한 시선에 날치의 입에서 의외의 노래가 터져 나왔다. 어릴 적 밭을 매며 부르던 「농부가」였다.

여화 여화 여루허 상사디여 어럴럴럴럴 상사디여. 여보시요 농부님네 이 내 말을 들어보소 여화 농부들 말 들어요. 이 논배미에다 모를 심으니 장잎이 펄펄 영화로구나……

왜 하필 이 노래일까? 자신도 알 수 없었다. 품앗이 가서 막걸리 한잔 걸치고 주사를 부린다면 또 모를까, 소리꾼이 되겠다 찾아와서 부를 만한 것이 절대 아니었다. 다만 칠흑 같은 방 안에 담양의 산천초목이 흐드러졌다. 탁주로 시장기를 때운 머슴들이 하루 종일 보리를 타작하고, 아비는 눈치껏 낙곡

363

을 줍고, 어미는 그것을 몰래 삶아 아들내미의 입에 넣어주었
다. 한뎃부뚜막에 숨어서 꽁보리밥을 짓먹던 그 구수한 순간
이 떠올라 날치는 꺼이꺼이 목 놓아 들노래를 불러댔다. 송방
울은 젓가락으로 놋 촛대와 벽창을 두들기며 풍물 엇비슷한
쇳소리를 얹었다.

우리가 농사를 어서 지어 팔구월 추수허여 우걱지걱 쓸어
들여다가 물 좋은 수양수침 떨그덩떵 방아를 찧세. 충청
도 충복숭 주지가지가 열렸고 강릉땅 강대추는 아그내 다
그내 열렸구나……

소리가 모다 끝났건만 송방울은 말이 없었다. 날치의 가슴
이 터져 나갈 듯 두근거렸다. 적당한 칭찬으로 달래 보낼 것인
가? 미약한 부분을 한번 지적이라도 해줄 것인가? 그것도 아
니면 깨끗이 포기하라 일침을 놓을 것인가?
"한 곡 갖다 승이 차긋냐잉? 더 혀봐. 니 허고 싶은 거 다 불
러 제껴봐잉."
놀란 날치의 입에서 곧장 「춘향가」 중 이별 대목이 튀어나
왔다.

와락 뛰어 일어서더니 여보시오 도련님, 여보 여보 도련님.
지금 허신 그 말씀이 참말이요, 농담이요, 이별 말이 웬말
이요 답답허니 말을 허요. 작년 오월 단오야의 소녀 집을
찾어와겨, 도련님은 저기 앉고 춘향 저는 여기 앉어 무엇

이라 말허였오. 산해로 맹세허고 일월로 증인을 삼어, 상전
이 벽해되고 벽해가 상전이 되도록 떠나 살지 말자 허였더
니마는, 주일 년이 다 못 되어 이별 말이 웬말이요……

춘향의 피 같은 울음이 끝나기가 무섭게 송방울이 또다시
끔뻑, 눈짓을 했다. 날치는 다시금 목청을 가다듬었다. 곧장 이
어진 것은 박 타는 흥부 내외의 웃음이었다.

어찌 비단이 많이 나왔던지 흥보가 좋아라고. "여보 마누
라! 마누라는 나한테 시집온 후로 의복 한 벌 제대로 해 입
지 못했으니 어디 마음껏 골라 입어보오. 마누라는 뭔 색
이 좋은가." "나는 평생 소원이 송화색 삼호장 저고리가 제
일 좋습디다. 영감은 뭔 색이 좋소."

제가 당최 무슨 정신으로 「비단타령」을 부르고 있는지 날치
는 알지 못했다. 들썩들썩 어깨춤까지 추는 작금 이 상황이 꿈
인지 생시인지, 눈앞에서 가락을 두드리며 추임새를 넣는 이
가 실제인지 아닌지도 요원하였다. 다만 가슴 저 밑바닥에서
부터 흥이 솟구치고 아련한 감동이 일었다. 「흥부가」를 끝낸
날치의 입에서 이번엔 「심청가」가 툭, 튀어나왔다. 뺑덕어멈의
심술 대목이었다.

밥 잘 먹고 술 잘 먹고 고기 잘 먹고 떡 잘 먹고, 양식 주고
술 사 먹고 쌀 퍼주고 고기 사 먹고, 통인 잡고 패악허고

정자 밑에 낮잠 자고, 한밤중 울음 울고 오고 가는 행인들께 담배 달라 실랑하기. 삣쭉하면 뺏죽하고 뺏죽하면 삣죽하고, 힐끗하면 핼끗하고 핼끗하면 힐끗하고. 남의 혼인 하랴 하고 단단히 믿었는디 해담을 잘허기와 신부 신랑 잠자는디 가만가만 가만가만 문 앞에 들어서서 불이야, 이리 허여도 심봉사는 아무런 줄을 모르고……

그 뒤를 이은 것은 「수궁가」 중 토끼 화상을 그리는 대목이었다.

만화방창 화림중 펄펄 뛰든 발 그려, 대한엄동 설한풍 방풍허던 털 그리고, 신농씨 백초약의 이슬털든 꼬리 그려, 두 귀는 쫑긋, 두 눈은 도리도리, 허리 늘씬, 꽁뎅이 묘똑. 좌편은 청산이요 우편은 녹수인디, 녹수청산에 애굽은 장송 휘느러진 양류속 들랑달랑 오락가락 앙그주춤 섰는 모양. 아미산월峨眉山月으 반륜퇴半輪兎인들 이어서 더할 소냐. 아나 옛다 별주부야, 니가 가지고 나가거라……

그러고선 또 난데없이 서도 민요, 「난봉가」를 불러 젖혔다.

에헤야에헤요 어러마 둥둥 내 사랑아. 만경창파萬頃蒼波 거기 둥둥 뜬 배야, 한 많은 이 몸을 싣고나 가려마. 아 에헤야에헤요 어러마 둥둥 내 사랑아……

날치는 그저 입이 떠지는 대로, 심곡에서 터져 나오는 대로, 울고 웃으며 원 없이 소리를 했다. 무려 열 곡이었다. 어느새 깜깜한 암흑이 조금씩 벗겨지며 푸른 새벽이 도래하였다.

"시방 속이 쪼까 풀렸냐잉?"

날치는 숨을 씨근덕대며 무르팍을 추슬렀다. 그리고 송방울 앞에 땀범벅인 머리를 조아렸다.

"어르신, 저는 천인입니다. 나이도 많습니다."

"내 나이도 겁나 많으."

"월사금을 낼 형편이…… 못 됩니다."

"남 돈 받을 맴, 나두 읎어부러."

"염치없사오나…… 거두어만 주신다면 무슨 일이든 하겠습니다. 어르신!"

눈앞의 명창마저 저를 밀어낸다면 끝을 내겠다, 날치는 다짐했다. 삶을 더 이상 어찌 해볼 도리가 없었다.

"정 갈 데가 읎으면 여서 동절이나 나불등가."

"참말……이십니까!"

"시방도 콱 디져뿔까 말아뿔까 그 생각 안 했냐? 쌩목숨 내버리는 꼴은 못 봉께 여 있으란 거여. 근디 거 하난 확실히 혀. 뭘슬 갈켜달라 구찮게 헐 것 겉으면 당장 가뿌러. 내는 누굴 갈키고 으짜고 그럴 깜냥이 안 되붕께."

"감사합니다, 어르신! 감사합니다!"

땡그라랑…… 돌연 날치 앞에 빈 호리병 하나가 떨어졌다.

"여는 느 몸 하나 간신히 뉘일 방만 있응께 군식구까진 몬 들여야."

"예?"

"워떤 잉간인지 느 명치에 떡허니 앉어 있응께 당최 슬퍼서 더는 몬 듣겠어야. 엿장수도 느보단 신나겄다 이 말여. 긍께 여 넣고 가끔만 애달파혀, 잉?"

송방울의 말투가 어쩐지 죽은 아비 같았다. 그래서 좋았다. 빈 호리병을 쥔 날치의 몸이 더디 무너졌다. 까무룩, 기절한 듯 잠든 그가 깨어난 것은 무려 사흘이 지나서였다. 오씨는 이미 하산한 것인지 보이지 않았다.

도깨비놀음

귀신을 만나거든 귀곡성 좀 갈켜달라 캐

    부엌 한 칸, 방 한 칸이 다인 오두막은 흡사 흉가였다. 칡으로 얽은 서까래는 뻐드름 튀어나왔고, 부스러진 흙벽 탓에 억새지붕은 땅에 닿을락 말락 했다. 사납게 뒤엉킨 잡초와 넝쿨은 들창을 뒤덮었다. 날치는 몇 날 며칠 진흙을 개어 벽에 바르고, 뻐끔뻐끔 뚫린 문창호지를 메꾸고, 아근아근 뒤틀린 쪽창을 고치고, 비 새는 지붕을 새로 엮고, 마당의 잡풀을 모두 뽑았다. 새벽마다 맑은 물을 떠오고, 울울창창한 대밭에서 철 지난 죽순을 뽑고, 산나물을 캐고, 장작을 패고, 아궁이에 불도 지폈다. 그토록 고되게 몸을 놀렸는데도 구차한 마음씨는 호리병에 감금되지 못했다. 서리 맞은 단풍이 찬 햇살에 속없이 반짝일 때마다, 가을꽃이 봄꽃과 다른 향기를 뿜을 때마다, 앵돌아진 먹구름에서 비 냄새가 날 때마다…… 가슴에 헛도는 얼굴을 외면하며 그는 혹독하게 소리 공부에 매진할 뿐이었다. 송선생은 오두막에 붙어 있질 않았다. 방 안엔 그의 살림살이도 일체 없었다. 날치가 길어온 석간수石澗水도, 삶아놓은 죽순도 절대 손대지 않았다. 부엌 한쪽에 놓인 도마에 핏물이 잔뜩 배어 있는 것으로 보아, 임금과 숨바꼭질을 하는 은둔자가 되어서도 그는 맷고기만 고집하는 모양이었다. 아니, 입성이 깔끔하고 머리가 단정한 것을 보아 아예 주모와 딴살림을 차린 것일지도 몰랐다. 그런 송방울이 모습을 드러낸 건, 그로부터 며칠이 지난 한밤중이었다.

"따라나서잉."

새우잠을 자던 날치는 어리바리 몸을 일으켰다. 그리고 비몽사몽 송선생을 따라나섰다. 캄캄한 새벽, 한참을 걸어 두 사람이 도착한 곳은 비로봉의 명물, 선녀절벽이었다. 송선생은 사나운 흑풍도 아랑곳 않고 탁 트인 허공에 우뚝 섰다. 그리고 아슬아슬 깎아지른 절벽 끝에 날치가 가지고 온 화주를 놓았다.

"뿌러진 장승마냥 뭐다고 서 있대? 아따, 옷고름 좀 참허게 여미고! 싸그싸그 산신님께 절 안 올리나잉?"

날치는 퍼뜩 산발을 추스르곤 동서남북 네 방향으로 넙죽 엎드려 절을 했다. 그의 바짓자락이 웃바람에 따갑게 팔락였다. 송방울의 입이 터진 것은 그때였다.

경진년 정월생 전라 담양서 온 이씨 자손이옵니다. 오월
단오에 들어가 팔월 추석에 나오는 것이 백일 공부라지만
추운 거, 더운 거, 백일, 천일 가릴 처지도 못 되는 딱한 인

생이옵니다. 이놈이 온 마음을 다하여 성음 수련을 쌓고
자 허니 불쌍히 여기시어 산신님의 터를 너그러이 허하옵
고, 맑은 정기를 내어주시옵고, 심신을 두루두루 살피시
어 부디 과한 욕심에 제 목을 꺾지 않도록 보호하옵소서.
구월 보름날에 이렇게 산신님께 고하니 이씨 자손을 부디
갸륵하게 여기시어 번쩍 영안을 뜬 것마냥 폭포를 뚫고,
석굴을 뚫고, 죽풍을 뚫을 수 있는 득음을 이루게 도와주
옵고 시인묵객詩人墨客, 초동목수樵童牧豎, 남녀노소, 신분고
하를 막론하고 모두가 기꺼워하는 소리광대에 이르게 해
주옵소서.

날치는 소름이 돋은 제 팔뚝을 재차 쓸었다. 천봉만학의 깊
이에서 나오는 듯 득음의 경지였다. 맑디맑은 산천영기마냥
유연하고 점잖은 음성이었다. 이 짧은 축원祝願만으로도 송방
울이 성량과 기예가 뛰어난 절세의 명창임을 대번에 알 수 있
었다. 과연 주상전하께서 귀애하여 수삭 남짓 궁에 잡아놓았
다는 전설의 국창이 분명하였다.
"산신잔치에 술 안 올리고 뭐더냐!"
날치는 곧장 무릎걸음으로 벼랑 끝으로 나아갔다. 그리고
어둠 속에서 빈 잔 가득 술을 채웠다. 송방울은 그것을 사방으
로 조금씩 내뿌렸다.
"자, 느두 한잔혀."
날치는 고개를 돌려 냉큼 잔을 비웠다.
"한데…… 선생께서는 어찌 예서 은거하십니까?"

"요 쉬어 빠진 목소리 안 들리냐잉. 명을 다혔으니까 그르치, 완전 죽었응께. 명심혀! 목청을 말어먹으면 말짱 헛것이여. 워떤 놈은 피를 너덧 사발 토해내야 득음헌다 씨부리고, 또 워떤 놈은 호랭이가 시끄룹다구 산에서 내려올 정도가 돼야 득음헌다 혀는디, 건 다 개소리여. 시방 피토하면 폐병이구, 호랭이 만나면 걍 골로 가는 것이지 그게 으찌 득음이냐!"

"명심하겠습니다."

"느는 소리를 왜 할라 카냐?"

"그것이……."

"임금 만나려고? 복수헐 놈이 있어서잉?"

날치의 고개가 벼락처럼 들렸다.

"솔직허니, 임금은 쌍놈 복수에 쥐뿔도 관심 읎어부러! 그 냥반도 역모다, 전란이다, 청나라다 제 앞가림허기 바쁘단 말이제! 긍께 복수랍시고 임금까정 들먹이지 말구 싸게싸게 혀. 가장 중한 걸 뺏는 게 복수 아녀? 양반이면 간단혀, 체면! 것 말고 뭐가 더 있어부냐? 곧 죽어도 에헴거림서 문자 쓰는 양반들헌티. 글구 소리라는 것이 저자에서 천것들이 워매, 워매 허면서 입방아를 찧어대면 양반님들 귀에 드가게 돼 있고, 그라면 느가 싫대도 임금이 뻔질나게 오라 가라 캐. 그람 인생만 겁나 피곤해지는 거여. 뭔 말인지 아냐잉? 에이그, 느가 뭘 알긋냐."

"……."

"조선 최고 소리꾼은 으디 가야 만나는지 아냐잉?"

"응당 임금님 탄신 하례연에……."

"아녀, 진짜배기는 장터에서 판가름이 나뿌는 것이여."

"장터요?"

"세상물정 암것두 모르고 곱게만 산 양반님들 울리고 웃기는 건 일도 아녀. 지 아랫것들헌티는 꼼꼼허니 사갈이 따로 읎는디 소리판에만 앉으면 시상 순진한 족속들이란 말이제. 궁의 높으신 냥반들은 더 가관이여. 팽생 이쁜 것만 봐서 재물만큼 눈물도 징허게 많아부러. 이몽룡이 한양 간다 소리만 혀도 우짜쓰까, 허믄서 그르케 처울어싸. 근디 장터서 뽀작대는 쌍것들은 으뜬지 아냐잉? 일단은 반나절도 더 걸리는 소리를 퍼질러 앉어서 듣고 있을 시간이 으딨냐? 거서 넋 놓고 있다간 바로 멍석말인디. 갸들은 싸게싸게, 왔다리 갔다리, 토막토막 들음서도 또 허벌나게 깐깐혀. 심청이가 공양미 삼백 석에 몸을 판다 혀면 걍 콧방구를 팍팍 뀐단 말이제! 춘향이가 장 열대 맞음서 곡을 하잖애? 그람 또 '여시 거튼 년이 꼴값을 떨어싸.' 그른단 말여. 지 팔자가 심청이, 성춘향이보다 더 지랄맞응께 걍 다 같잖다 이 말여. 그런 것들 붙들어 앉혀서 눈물꺼정 빼는 재주가 있으면 그거슨 찐이여!"

"장터에서 노랠 하는 것이 어찌 소리꾼입니까?"

"왐마? 도포 채림이믄 소리꾼이고, 넝마 입으면 각설이여? 기루 누각에 서면 소리꾼이고, 장터 끄트머리에 퍼질러 앉으며는 또랑광대고잉? 에이, 이놈아 정신 채려! 진땡이냐 아니냐는 노래 부르는 놈 정신 상태에 달린 거시여! 뭔 말인지 아냐잉?"

"예……."

"알긴 개뿔! 느도 인자 니 소리 하나 맹글어뿌려! 고망고망

헌 잡가는 때려치우고잉?"

"예?"

"징허지도 않냐잉? 흥부는 백날천날 귓방맹이를 처맞아싸코, 청이는 허구헌 날 인당수에 빠져뿔고, 별주부는 토선생 간땡이 뺏들려고 맨날 깨작거려싸코! 찐 소리꾼은 지가 맹근 특밸한 사설 하나는 있어야 되는 것이여! 느가 동절에 요서 할 게 머 있다냐? 긍게 시상 첨 들어본 거시기헌 걸루다가 후딱 하나 맹글어라 고 말이제!"

"어떤 사설을 어떻게 만들라는 말씀이신지……"

"여태까정 느가 헌 개고생! 그 썰만 풀어두 허벌나게 짠헌디 뭐시 걱정이여!"

선생의 말이 벼락처럼, 날치의 정수리에 꽂혔다. 단 한 번도 해보지 못한 생각이었다. 심곡이 뻐근하기도 하고 울렁거리기도 하여 그는 잠시 멍했다.

"여그저그 무덤들 봤제잉? 시방 구신을 만나므는 무서워허덜 말고 살살 구슬려잉? 귀곡성 좀 갈켜달라 캐."

"귀신이…… 있습니까, 여기?"

"것 땜시 나가 여 온 것 아니냐."

농담인지 진담인지, 선생은 세상 좋게 웃으며 주섬주섬 일어섰다. 날치는 귀면암 쪽으로 사라지는 그 뒷모습을 한참 동안 바라보았다. 인생의 이정표에서 만난 이들은 얼핏 은인 같았으나 실은 사기꾼이었다. 보살펴주고 위하는 척하였으나 팔아먹기 급급했다. 하나 송방울만큼은 진심으로 믿고 싶어졌다. 산닭이 울었다. 동쪽 하늘이 그제야 뿌옇게 밝아왔다. 파르스름한 안개가 비로봉을 감아 돌았다. 그 뒤로 끊임없이 이어지는 개골산의 맥들이 높낮이를 달리하며 하늘과 경계선을 만들어냈다. 산등성이를 배회하며 학이 우짖었다. 울컥, 날치의 속에서 뜨거운 무엇인가가 치고 올랐다. 제가 무엇을 해야 할지 이토록 명확했던 적이 없었다. 깡그리 소진되었던 활력이, 열화와 같은 정력이 마구 솟구쳐 올랐다. 기이하였다. 먹지도, 자지도 않았건만 그 어느 때보다도 기력이 충만하였다.

단풍놀이

아무개전

금강산 끝자락, 장천 오거리에 장시가 섰다. 임금의 탄신을 열흘 앞두고 여든이 넘는 노인들에겐 쌀과 고기가 하사되고, 경죄輕罪로 하옥된 죄인들은 모두 무죄 방면된 덕에 궂은 날씨에도 장터가 북적였다. 뿐인가, 이번 탄일이 무려 환갑이라 부정한 짓을 일삼다 과거를 못 보게 된 유생들에겐 특별 선처가 내려졌고 대규모의 증광시가 치러진다는 소식까지 줄을 이었다. 경회루 연희에서 목청을 뽐낼 팔도의 소리꾼들이 상경했단 소문도 들려왔다. 끝끝내 송선생은 찾아내지 못하였으니 크게 들을 것도 없겠지만. 장터에 들어선 날치는 싸리나무 삿갓을 쓴 채였다. 이 깡촌에도 분명 금강산을 유람하는 도성 한량들이 있을 터, 혹여 제 얼굴을 알아보는 이가 있을까 싶어 철저히 경계를 하는 것이었다. 땔감을 판 돈으로 날치는 빈 서책 하나를 샀다. 먹글씨를 물에 불려 씻어내고 말리길 반복하여 지면이 온통 우글쭈글해진 하품이었다. 누렇게 들떠서 납작하게 닫히지도 않는 헌 공책을 그는 보물마냥 가슴에 품었다. 그때 멀리서 노랫소리가 들려왔다. 날치가 삿갓을 슬쩍 젖혀 잰 눈으로 주위를 살폈다. 그의 옆에 서 있던 사내 둘도 소리 나는 쪽을 홀끗 돌아보았다.

"금강산엔 어딜 가나 창꾼이로군."

갓을 쓴 이가 말하니 패랭이를 쓴 이가 답하였다.

"송방울 때문 아닙니까요. 그자가 소리를 파하고 금강산에 왔단 소문이 난 뒤로, 전국에서 소리꾼 되어보겠단 이들이 꾸역꾸역 많이도 왔습죠."

"금군들도 허탕을 쳤다지?"

"말도 마십시오, 그자는 이미 유명을 달리했답니다요."

"또 뜬소문이로구먼."

"아닙니다요! 어제 한양서 오신 도련님께 직접 들은 것입니다요! 송방울이 오랫동안 주상전하의 부름을 받잡지 않자 어명을 저버렸다는 죄를 물어 고성에 사는 그의 처를 잡아들였는데 그이가 어전에 고하길, 부군은 초가을에 지병으로 졸하여 이미 장례까지 마쳤다, 했답니다. 임금님께서는 제아무리 전장을 누비던 빼어난 장수라 한들 어찌 망령까지 찾아낼 수가 있었겠느냐, 하며 금군들을 몽땅 철수시키셨다대요."

삿갓 아래 입만 간신히 보이는 날치는 고개를 숙이며 비긋이 웃었다. 송선생의 말씀은 과연 경험에서 우러나온 것이었다. 임금이 뻔질나게 오라 가라 하니 미치고 팔짝 뛸 노릇이었나 보다. 오죽 시달렸으면 식솔들에게 어전에서 거짓까지 고하게 하였을까, 간도 크시지…… 날치는 선생께 이 헛소문을 꼭 전해드려야겠다 생각하였다. 왜인지 고소해하며 좋아하실 것 같았다.

 살얼음이 낀 계곡물로 목욕재계를 마친 날치는 아궁이에 땔 감을 넣고 벌건 숯덩이를 쏘삭거리며 온갖 잡념을 불살랐다. 곱게 머리까지 빗고 방 안에 좌정한 그의 앞에 모든 것이 준비 되었다. 아궁이에서 긁어모아 물에 갠 잿가루는 먹 대신이었 고 칼로 쪼뼛이 다듬은 나뭇가지는 붓 대신이었다. 장에서 사 온 빈 서책까지 반듯하게 펼쳤으나 어째서인지 선뜻 손이 움 직이질 않았다. 짙은 잿물 한 방울이 억센 선지에 똑 떨어져 촤악 번졌다. 심곡에 돌덩이처럼 들어앉은 옛일을 똑바로 마 주하는 것만으로 관절 마디마디가 시리고, 오한이 일었다. 그 럼에도 이 방법뿐이었다. 어전에 나아가겠단 다짐은, 삶을 등 지고픈 자신을 억지로 다잡기 위해 붙잡고 늘어진 망상일 따 름이었다. 송선생의 말마따나, 구용천에게서 명예만 뺏으면 그 뿐이 아니던가? 그의 악행을 목 터지게 소리치다가 속 시원히 죽는 것도 나쁘진 않을 성싶었다. 날치는 마음을 굳게 먹었다. 그리고 피를 토하여 속을 게워내는 심정으로 붓을 휘둘렀다. 필사적이었다. 선지가 급하게 채워졌다. 눈알에 성성한 핏발이 일었다. 무서운 몰입이었다. 천인들도 완창을 들을 수 있도록 짧게 만든, 일각짜리 사설이었다. 몇 번의 해가 뜨고 또다시 몇 번의 달이 기울었다. 드디어 빼곡하게 찬 서책 앞에 제목이 박혔다. 아무개전.

홍법사 앞에 농익은 은행잎이 우수수 떨어졌다. 온통 샛노란 산허리를 지나 백연은, 동자승의 손을 붙들고 급히 하산하는 중이었다. 어찌 된 일인가 허니, 간밤에 대웅전에서 애젊은 음성 하나가 은근슬쩍 말을 붙여왔다. 불공드리는 상전을 기다리던 여종이었다. 그녀는 심심해 죽겠는데 마침 잘되었다는 듯, 종알종알 수다를 잘도 떨었다. 질 좋은 비단옷을 입고 있는 백연을 어느 대가댁 영애인 줄 아는 모양으로 모다 존대였다. 백연은 익위가 종종 찾아와 저를 감시하는 것을 잘 알았다. 괜한 행동을 하다가 다시 별서로 잡혀갈까봐 늘 주변을 경계하였으나 이 순간만큼은 날치의 안부가 죽을 만치 궁금했다. 백연이 슬쩍 운을 떼자마자 여종은 마치 기다렸다는 듯 주절댔다.

[이날치, 실종됐대요. 죽었을지도 모른대요. 누구는 떡전 고개로 도망갔다가 호랑이한테 잡아먹혔다고도 하고, 또 누군 시구문 앞 시체 더미에서 봤다고도 하고……]

시구문 앞에 겹겹이 쌓인 송장들을, 백연은 어릴 적에 본 적이 있었다. 망자들은 하나같이 항변하듯 커다랗게 입을 벌린 채였다. 그 안으로, 뿌옇게 빗물이 차올랐다. 잊고 있었던 그 기억 한 조각이 왜 작금 선명하게 떠올랐을까? 그것이 꼭 불길한 징조 같아, 백연은 풍문이 틀렸다는 것을 어떻게 해서든 확인하여야만 했다. 해서 그길로 일곱 살 동자승에게 정중히 부탁을 하였다. 부디 산 아랫마을까지만 데려다주십사 하고. 하여 이렇게 날이 밝자마자 몰래 홍법사를 빠져나가는 것이었다.

허겁지겁 잔발질을 하다 말고 백연은 우뚝 멈췄다. 그리고 희뜩 고갤 되틀어 멀어지는 절간을 쩨렸다. 끝내 제 기도를 들어주지 않은 부처가 야속해서였다.

시월 상달

승경도놀이

공신이냐, 역신이냐

시월 초하루였다. 임금의 탄신이자 제삿날이 되어야 마땅한 날. 하나 궁궐에선 예정되어 있던 하례가 빠짐없이 치러졌고, 어둠이 내리자 풍정연豐呈宴까지 벌어져 오색 찬연한 불꽃 아래 도성 일대가 대낮처럼 환했다. 궐의 동향을 살피러 간 이곤은 반나절이 넘었는데도 감감무소식이었다. 연리헌에 초조하게 앉아 있던 상록은 바짝바짝 피가 말랐다. 지난 한 달간, 혹여 제 경거망동으로 일을 그르칠까봐 홍법사엔 단 한 번도 발걸음하지 아니하였다. 그럴수록 희소식을 가지고 백연을 다시 보겠단 열망은 점점 더 강해졌다. 터질 듯한 기대와 견디기 힘든 두려움에 수천 번도 더 천당과 지옥을 오갔다. 그렇게 맞은 거사일이건만, 세상이 너무도 조용하였다. 어느 쪽이 득세하든 칼춤이 시작되고 피바람이 불어야 마땅하거늘, 왜인지 길보도 흉보도 당도하질 않았다. 찰나, 월컥 문이 열리고 박상궁이 경망스레 외쳤다.

"대…… 대감마님! 작금 수십의 의금부가 연리헌을 에워싸고 있사옵니다!"

상록의 시야가 하얗게 명멸하였다. 풀썩, 육중한 몸체가 반으로 꺾였다.

"하온데 그들의 말머리가 모두 대문 밖을 향했사옵니다!"

벌써 칠일째, 무장한 의금부 나장들은 연리헌을 에워싸고 있을 뿐이었다. 굳게 닫힌 대문 앞에 삼엄한 경계가 이루어졌고, 들고 나는 이들을 엄하게 금하되 필수 부식과 땔감만을 들이게 했다. 그 어떤 교지도 내려지지 않았다. 당최 무슨 일이 벌어진 것인지 짐작조차 할 수 없었다. 상록 앞에 찻상을 내려놓은 박상궁이 그 밑으로 꼬깃꼬깃한 서찰을 들이밀며 속삭였다.

"작금 들인 쌀가마니 안에 있었다 합니다."

묵필로 휘갈긴 글씨는 분명, 이곤의 필체였다. 상록이 꿀꺽, 마른침을 삼켰다.

[내금위장이 앞장서 연판장에 수결한 스물여덟 명의 역도들을 모조리 잡아들였고, 주상께서 친히 추국하였다. 극악한 고신에 살 지지는 냄새가 진동하고 혈이 낭자하니, 그 모습이 참으로 흉괴하여 궁녀들을 추국장 밖으로 내보낼 정도였다. 역당들은 빠짐없이 토죄하였다. 죄인들의 목을 참수도로 내리치지 말라는 어명이 내려졌다. 대신 양쪽 귓불에 구멍을 뚫어 화살을 끼우고 상투는 기둥에 잡아맨 채, 무딘 식칼로 목을 썰라

하였다. 그리 잘린 수급首級은 금일 육조거리 앞에 모두 효수梟
首되었다.]

상록의 낯이 시퍼렇게 질렸다. 손광익의 죽음을 애도할 겨
를 따윈 없었다. 실패한 연판장은 곧 살생부가 되는 법이거늘
어찌 제 목은 여직 붙어 있단 말인가! 한낱 선지도 아닌, 쇠가
죽 연판장이었다. 제 이름자 하나만 찢어낼 수도, 쏙 빼내어
지울 수도 없는 것이었다. 추국장에서 고신을 당하면 없던 일
도 만들어 실토하게 되어 있다. 한데 스물여덟 명이나 되는 사
람들이 약속이나 한 듯이 저를 함구하였다는 것도 말이 되지
않았다. 게다가 막판에 돌아선 것인지, 처음부터 밀정이었던
것인지 모를 내금위장은 주상의 사람이 확실하거늘 어찌 그마
저도 저를 묵인했다는 것인가? 뭐가 뭔지 당최 알 수가 없었
다. 분명한 건 제 목숨 또한 경각에 달렸다는 것뿐이었다. 박
상궁이 진언하였다.

"당장 입궁하시어 전하께 읍소하십시오. 목숨이라도 부지하
시려면 역당의 수괴, 손광익을 만난 것도, 별서에 곡비를 두었
던 것도 모다 이실직고하시란 말씀이옵니다!"

"박상궁! 네가 백연을…… 어찌 아느냐? 손광익을 만난 것
은 또 어찌! 내 뒤를 밟은 것이 너였더냐? 사특한 꼬리를 붙인
것이 너더냐?"

경악한 웃전의 입에서 '자네'가 아닌 '너'라는 하대가 무람
없이 튀어나왔다.

"상전을 올곧게 보필하는 것이 소인의 임무이자 도리이옵니
다! 하물며 의빈의 외입外入이라니 있을 수 없는 일이옵니다!"

"외입이라니! 말을 삼가라!"

"대감마님께서는 천한 곡비를 무려 별서 안채에 두셨습니다! 또한 공주 자가의 화상과 위패를 모신 홍법사에 숨기셨사옵니다! 이는 공주 자가와 종묘사직 앞에 크나큰 죄이니……."

"그 입 닥치지 못할까! 더 이상 꼴도 보기 싫으니 당장 나가라!"

"소인, 목숨이 다할 때까지 대감마님을 보필할 것입니다."

"주상이 그리 시키더냐? 내가 죽어 나자빠질 때까지 뒤밟기를 하여 일거수일투족을 낱낱이 보고하라 하더냐!"

"아니옵니다."

"하면 왜!"

박상궁이 쭈글쭈글한 입술을 벙긋거렸다. 얇실한 눈두덩에 주름마저 들어차더니 참지 못한 설움이 쏟아져 나왔다.

"대감마님을 끝까지 보필하라는 것이…… 공주 자가께서 남기신 유일한 유언이었기 때문이옵니다."

"하! 아무렴!"

"한데 의빈께옵서 부정한 마음으로 외입을 하시니 공주 자가께서 단단히 골이 나신 게 분명하옵니다. 하여 더 이상 소인의 꿈에도 납시지를 않는 것이옵니다!"

"죽어 빠진 망령 따윈 내 알 바 아니야! 당장 홍법사로 가겠다! 손광익이 고신 중에 백연의 존재를 토설하였을 수도 있으니 내 당장……!"

"그 계집은 홍법사에 없사옵니다."

대강 눈물을 훔친 박상궁의 면이 독하게 돌변했다.

"무슨 말이냐?"

"장님이라 원래 조심성이 많은 데다 이미 한번 속아 별서에 든 적 있으니 각별히 몸을 사리더이다. 하여 억지로 보쌈을 해서 끌고 나오다간 오히려 일을 그르칠 수 있다 여겼사옵니다."

"무슨 말이냐 물었다!"

박상궁은 뻔뻔하게 실토하였다. 홍법사에서 백연에게 접근한 여종이 실은 박상궁이 보낸 궁녀인 것을, 언질을 받은 동자승이 백연을 이끈 곳은 산 아랫마을이 아니라 출궁한 궁녀들이 모여 사는 궁말인 것을, 괜한 천것이 입을 잘못 놀려 혹여 자헌공주의 명예에 누가 될까 백연을 철저히 감금하고 잡도리한 것을.

"박상궁, 네 이년! 감히 내 여인에게 무슨 일이 생겼다면 내 기필코 널 찢어 죽일 것이야! 당장 궁말로 갈 것이니 냉큼 일어나 앞장서라! 어서!"

"꺄아아악!"

그때 난데없는 비명이 들려왔다. 박상궁이 놀라 방문을 열어젖히자, 쩔거덕쩔거덕 살벌한 갑주 소리를 내며 수십의 나장들이 마당을 점령하였다. 금부도사가 앞으로 나서며 외쳤다.

"연리헌을 샅샅이 뒤져라!"

"옛!"

궁녀들은 일사불란하게 흩어지는 군졸들을 본능적으로 막아섰다.

"아니되옵니다!"

"끄아악!"

궁녀 하나가 부지불식간에 피보라를 일으키며 벌렁 나자빠졌다. 섬뜩한 월도에서 붉은 핏줄기가 흘러내렸다. 군사들을 저지하려던 가노들 또한 뾰족한 대창에 배때기가 꿰어 꼬꾸라졌다. 무람없는 군사들의 칼부림에 예서제서 새된 비명 소리가 쏟아졌다. 아랫것들이 사방팔방 앞다투어 흩어지자 살벌하게 제련된 장도가 마음껏 깨춤을 추어댔다. 아름다운 궁집이 풍비박산 나는 것은 한순간이었다. 상록은 이 모든 게 꿈같아 느리게 눈을 감았다 떴다. 진동하는 쇠 비린내만이 간담을 찹찹하게 적셨다.

"찾았습니다!"

나장 하나가 악쓰듯 외치며 상관에게 급히 무언가를 가져다 바쳤다. 쩔렁, 갑옷 비늘 소리를 내며 금부도사가 번쩍 쳐든 것은 그러나 상록이 단 한 번도 본 적 없는 물건, 은제銀製 십자가였다.

"천주쟁이 채가 상록을 당장 포박하라!"

제아무리 일국의 공주라 하여도 조선에서 여성은 남성에게 복속服屬된 처지다. 채상록이 역신으로 참형당하면 응당 처, 자헌공주는 그 지위를 상실하고 한낱 서인庶人으로 몰락하여 '채씨의 처'로 불리는 치욕을 당할 것이며, 끝내 남릉을 파헤쳐 그 시신을 꺼내라는 주청마저 빗발칠 것이 자명하였다. 하여 임금에게 이 사안은 산 사위가 아닌, 죽은 딸의 문제였다. 하나 이미 역당들의 입에서 의빈의 이름이 수태 토설되었기에 어쩔 수 없이 그를 추국장에 세워 태장을 가하며 천주학을 운운해대는 것이었다. 피곤죽이 된 상록은 순순히 고개를 끄덕여 죄를 인정하였다. 제 이름을 언급한 자들을 깡그리 죽인 임금 앞에서 더 무슨 말을 하랴. 축 늘어진 상록 앞에 즉각 박상궁과 이곤이 불려 나왔다. 박상궁은 수많은 고관대작들 앞에서도 뻣뻣이 허릴 곧추세우고 꼬장꼬장하게 아뢰었다.

"별서에 까닭 없이 기와가 떨어지고, 야삼경에 도깨비불이 일며, 귀신을 보았다는 궁녀까지 나온지라 의빈께옵서 사당패를 불러 거하게 풍물을 치게 하셨사옵니다. 한데도 기현상이 계속되자 곡비를 불러 곡을 하게 하시고 친히 홍법사에 보내 공주 자가의 위패 앞에 매일 천배를 올리게 하였나이다. 하나 이 일로 말미암아 불미스러운 풍문이 돌아, 소인이 그 곡비를 궁말로 옮겨 허드렛일을 주었나이다. 이 모든 일은 익위 이곤의 모친이 친히 나서 도왔나이다."

사라진 백연을 찾느라 동분서주하였던 이곤은 궁말이란 말에 한번 놀라고, 제 어미를 가지고 협박하는 박상궁의 잔꾀에 두 번 놀랐다. 하나 커다랗게 고개를 끄덕이는 주상 앞에 '한 치의 거짓도 없는 사실이옵니다!' 하며 넙죽 엎드릴 수밖엔 도리가 없었다. 추국장에 선 대신들 중 그 누구도 의빈이 사학邪學 신봉자라는 것을 믿지 않았다. 다만 궁 앞에 내걸린 끔찍한 수급에 감히 주상에게 반기를 들지 못할 뿐이었다. 이번 역모 사건의 유일한 공신功臣이자 형조판서로 격상된 내금위장 또한 한일자로 굳게 입을 닫고 서 있을 뿐이었다. 충신 박상궁과 익위 이곤은 무죄 방면되었다. 죄인 채상록이 맥을 놓은 까닭에, 처벌은 유예되었다. 당장 옥에 가두고 상처를 돌보라는 어명만이 떨어졌다. 사위에게 정을 베푸는 것이 아니었다. 궁에서 죽을 수 있는 건 왕족뿐, 혹여 괘씸한 의빈이 궁에서 유명을 달리할까봐 그것을 경계하는 것이었다.

눈싸움

서글픈 눈설레

되알진 동풍을 견디던 오두막의 쪽창이 달깍, 열렸다. 휘이이잉, 휘이이잉…… 밤바람은 외짝 창문을 요란스레 쥐고 흔들어댔다. 잠 못 들고 몸만 뒤스르고 있던 날치는 창문을 닫으려 일어섰다가 그만 그대로 얼어붙었다. 창 너머 야공에 점점이 흩날리는 것은 눈, 눈이었다. 고이 받아 맹안을 씻겨주겠다 약조하였던…… 첫눈이었다. 감감하게 눈 쌓이는 소릴 듣다 말고 날치는 저도 모르게 스르르 손을 내뻗었다. 손바닥에 내려앉은 숫눈은 제 서글픈 초련처럼 순식간에 사그라졌다. 손가락이 뻣뻣하게 곱을 때까지 그는 마냥 서 있었다. 한 점 낙화가 뒤흔든 수면처럼, 가슴이 짜르르 아려왔다. 울컥 토해진 숨이 새하얗게 밤하늘로 승천하였다.

끝도 없이 내리는 눈은 오두막이며, 박쥐굴이며, 대나무밭이며, 선녀절벽이며, 귀면암이며…… 시나브로 세상 모든 것을 덮어버렸다. 뜬눈으로 밤을 지새운 날치는 동이 트자마자 신을 꿰어신었다. 그러곤 구룡폭포를 향해 뛰었다. 우레와 같은 폭포수 소리를 뚫어버릴 만큼, 목청이 터져라 소리를 내지르고 싶었다. 아니, 무작정 고함을 치고 싶은 것일지도 몰랐다. 한참을 나아간 끝에 드디어 구룡폭포가 위용을 드러냈다. 하나 천하를 호령하는 물소리는 없었다. 폭포는 희다 못해 푸르스름하게 얼어붙은 채였다. 강설 속에 시린 정적만이 감돌았다. 어째서인가 울컥 설움이 밀려들었으나 날치는 비단 한 필을 드리운 듯 홀로 빛나는 빙벽 아래 꼿꼿이 가부좌를 틀어 앉을 따름이었다. 사락사락, 사박사박. 머리에, 어깨에, 팔뚝에, 무릎에…… 하염없이 눈송이가 내려앉았다. 뽀얀 설원이 날치는 꼭 꿈결 같았다. 숫눈 사이로 퍼지는 제 입김만이 이게 꿈이 아님을 말해줄 뿐이었다. 고래고래 악을 쓰고 싶었건만 그만 목이 멨다. 흰 좌불마냥 온몸이 새하얗게 눈에 덮이고서도 그의 입은 터질 줄 몰랐다. 뜨거워진 눈꺼풀이 내리감겼다.

순백의 세상 속, 설편은 심해 같은 맹안을 아로새겼다. 드문드문 떨어진 눈송이조차 먹먹한 이름을 썼다. 기어이 백연이 서럽도록 화사한 눈꽃으로 피어났다. 차돌처럼 굳었던 날치의 심장이 담빡 녹아내렸다. 쇠약해진 몸과 마음이 덜컥 온기를 갈구했다. 더 이상 거부하지 못한 그는 끝내 여인의 한 줌 허리를 끌어안았다. 격렬히 입술을 비볐다. 가녀린 목덜미에 얼굴을 파묻곤 성급히 여인의 등을 쓸어댔다. 그토록 그리던 얄캉한 감촉이 그를 거칠게 몰아붙였다. 그 애련한 열기에 머리가 아득해졌다. 황홀한 고문에 자글자글 피가 끓었다. 절대 놓고 싶지 않았다. 이 순결한 침묵 속에 영원히 머물고만 싶어졌다. 이대로 세상이 멈추면 더 이상 원이 없겠다. 이대로 죽어도 좋을 것이다…… 하나 안다, 이것은 못다 한 작별인사일 뿐이라는 걸. 심장에 대못을 박은 채로 살아갈 수는 도저히 없어서 날치는 천 갈래 만 갈래 찢어지는 가슴을 부여잡고 여인을 돌려세웠다. 뿌연 눈설레 속으로 여인은 서서히 멀어졌다. 봄날에 날아든 나비를 보듯, 여름에 핀 꽃을 보듯, 날치는 그 아스라한 뒤태를 마지막으로 눈에 담았다. 다신 부르지 않을 이름도 마지막으로 한 번, 되뇌었다. 어금니를 악물고 울음을 삭히는 귀밑이 시큰했다. 억장이 무너졌다. 그제야 탄식처럼, 파리한 입술이 열렸다.

갈까부다 갈까부네 님을 따라서 갈까부다. 천리라도 따라가고 만리라도 따라 나는 가지. 바람도 쉬여 넘고 구름도 쉬여 넘는 수진이 날진이 해동청 보라매 모도 다 쉬여 넘는 동설령 고개 우리 님이 왔다 허면 나는 발 벗고 아니 쉬여 넘으련만 어찌허여 못 가는고. 무정허여 아주 잊고 일장서서가 돈절헌가 뉘여느 꼬임을 듣고 여영 이별이 되었는가. 하날의 직녀성은 은하수가 막혔어도 일 년 일도 보건마는 우리 님 계신 곳은 무산 물이 맥혔기로 이다지도 못 오신가. 차라리 내가 죽어 삼월 동풍 연자되어 임 계신 처마 끝에 집을 짓고 내가 노니다가 밤중만 임을 만나 만단정회를 풀어볼거나. 아이고 답답 내 일이야 이를 장차 어쩌꺼나. 그저 퍼버리고 울음 운다……

처절한 비명이 메아리쳐 돌아왔다. 내리감은 눈꺼풀을 비집고 끝내 눈물이 흘러내렸다. 몽룡을 그리워하는 춘향의 애수가 날치의 심곡에 거대한 구멍을 만들어냈다. 그 누구로도 대신할 수 없는, 그 무엇으로도 채울 수 없는 빈자리였다. 한참을 미동 없이 앉아 있던 그가 침묵을 끊어내며 일어섰다. 무궁한 그리움이 있을 리 없다. 세상 모든 것엔 끝이 있는 법. 이 찬란하고도 잔인한 감정 또한 그럴 것이다. 한 줌 싸락눈처럼 흔적도 없이 사라질 날이 분명 올 것이다. 핏기 없는 날치의 손이 호리병을 꽉 틀어쥐었다. 그리고 황량한 설원 저 멀리로 있는 힘껏 내던졌다. 비로소 겨울이 시작되었다.

스무고개
스승님의 정체

    날치는 서둘러 군불을 땔 솔가지를 베었다. 송선생이 언제 오실지 모르니 넉넉히 땔감을 쌓아놓으려는 것이었다. 지게를 지고 막 오두막으로 돌아왔을 때, 앞마당에 쫑쫑 발자국이 찍혀 있었다. 한달음에 방에 들어간 날치는 그만 울컥하였다. 사설집 옆에 탐스러운 홍시가 놓여 있었다. 무려 끝이 뾰족한 대봉감이었다. 어찌나 실하게 잘 익었는지 손만 대도 터질 듯 껍질이 탱탱하였다. 송선생이 왔다 가셨구나. 『아무개전』을 읽으셨구나. 이 무르익은 다홍빛 과실이 마치 선생이 주는 합격점 같아 날치는 평생 웃은 적 없는 이처럼 허수히 웃었다. 그제야 그는 제가 몇 날 며칠 먹지도 마시지도 않았음을 떠올렸다. 허겁지겁 찐득한 과육을 짓먹는 그의 코끝이 찡했다. 달각 문이 열린 건 그때였다.

    "이 간나새끼가! 날래 나오라우!"

별안간 방에 뛰어든 더벅머리 사내는 다짜고짜 날치의 멱살을 잡아채 일으켰다. 털 장옷을 걸친 그의 허리춤에 올무로 잡은 멧토끼가 매달려 있었다.

"왜, 왜 이러시오!"

"어? 이…… 이거이!"

날치의 얼굴을 찬찬히 뜯어보던 사내의 눈이 휘둥그레 커졌다. 반대로 날치는 질끈 눈을 감았다. 이 첩첩산중에서 제 얼굴을 알아보는 이가 대체 뉘인가 하여 정신이 아득해졌다.

"달포 전 새벽에 쳐들어왔던…… 그 간나네? 그라믄 내 집서 여태 개겼네? 이 빌어먹을 새끼!"

그제야 날치도 어렴풋이 오씨의 얼굴을 기억해내곤, 졸아들었던 마음을 가라앉혔다.

"그날 밤엔 분명 송선생께서 허락을 하시어……."

"아직도 증신 몬 채리고 송 머시기 타령이네? 내래 똑떼기 기억한다우! 니놈이 밤도깨비처럼 튀어나와서리, 막무가내로 이 방에 들어와 문까정 걸어 잠궜잖네! 그러고는 밤새 고래고래 노랠 불러 제끼니까는 내래 소름이 다 끼쳤드랬네! 추워 죽갔는디 웬 미친놈한테 방은 뺏겼지, 미친 간나래 걍 곱게 미친 것도 아니고 초도 안 켜고 깜깜헌데 노랠 처부르다가 또 혼자 꿍시렁꿍시렁 말까지 허지! 내래 산중에서 미친놈을 만나도 오지게 만났지비!"

"혼자……라니요? 선생께서……."

"우라질! 이거이 자꾸 뭐라카네! 왜서 사냥꾼 집서 자꾸 선생을 찾네? 내래 이 집 짓고 여서 십 년을 살았으! 그동안 여

396

기 온 간나새끼래 니놈이 첨이라우, 첨!"

털썩, 방바닥에 주저앉은 날치의 눈알이 좌우로 바쁘게 움직였다. 그날 밤, 정신이 온전치 못하긴 했다. 그래도 오씨의 얼굴은 어렴풋이 기억이 났다. 왜인지 그를, 선생의 아랫사람으로 여겼던 것도 같다. 촛불 하나 켜지 않아 침침했던 이 방 안에서 노랠 불렀던 것도 희미하게 떠올랐다. 그 모든 것이 꿈결처럼 아득했으나 단 하나, 꼿꼿하게 정좌해 있던 송선생의 형형한 눈동자만큼은 무서우리만치 또렷했다.

"아, 아닙니다! 분명…… 분명! 송방울 선생께서 예 계셨습니다!"

빽 소릴 내지르다 말고 날치가 멈칫했다. 뭔가가 이상했다. 선생은 이곳, 금강산 자락에서 나고 자랐다. 전라, 경기가 아닌 강원 출신 명창은 그가 처음이라 사람들은 혈연, 지연 하나 없이 국창이 된 그를 더욱 칭송하였다. 그런 선생이 전라도 사투리를 썼다. 꼭…… 제 아비처럼.

[뭔 말인지 알긋냐잉? 알긴 개뿔! 에이그, 느가 뭘 알긋냐.]

쫙, 쫙! 날치는 제 양 뺨을 맵게 두들겨 때렸다. 그러나 정신을 차리려 애를 쓸수록, 이성적으로 따지고 들수록 괴이한 것 투성이었다. 송선생은 제가 죽을 쑤어놓아도, 물을 떠놓아도 그 무엇도 먹지 않았다. 땔감도, 촛불도 절대 손을 대지 않았다. 방 안엔 선생의 살림은커녕 흔적 하나 없었다. 선생의 그 유명한 방울 소리 또한 단 한 번도 듣지 못했다. 기이한 것은 또 있었다. 비로봉에서 축원을 하실 적에 분명 선생은 '경진년 정월생 전라 담양서 온 이씨 자손이옵니다'라고 운을 띄웠다.

제 이름 석 자도 묻지 않은 선생이 어째서 제 고향과 생년을
아시는가? '임금을 만나려느냐, 복수하려느냐' 제 내심을 단박
에 짚어낸 것도 괴상할 따름이었다.

"흐아아악!"

대차게 도리질을 치던 날치가 홀로 놀라 까무러쳤다. 선생
이 모습을 드러낸 건 늘 야심한 시각이었다! 그런데도 촛불 한
번 켠 적 없었다. 날치는 숨이 가빠와 홀로 씩씩대다 말고 흙
벽에 몸을 기댔다. 얼빠진 면이 시허옇게 바랬다.

[어찌 예서 은둔하십니까?]

[명을 다혔으니까 그르치, 완전 죽었응께.]

[귀신이…… 있습니까, 여기?]

[것 땜시 나가 여 온 것 아니냐.]

송선생이 홀연히 사라진 곳도 귀면암이 아니던가!

"이보라우! 어이! 날래 정신…… 채리라우!"

스스로 뺨을 후려치곤 또 홀로 부르르 치를 떠는 사내의 모
습이 영 섬뜩해서 오씨는 얼쯤얼쯤 물러섰다. 착호갑사들을
이끌고 금강산 일대를 쑤셔대다가 간만에 집에 오니 말끔해진
집 꼴이 누군가의 손을 탄 것이 분명하였다. 하물며 방에 온기
가 돌고 서책까지 놓여 있으니 그 누군가는 아예 작정을 하고
들어앉은 것이었다. 만나면 아작을 내리라 벼르고 있던 차에
달포 전 그 미친놈을 다시 만나니 오씨는 기가 막히면서도 한
편 찜찜하였다. 정신이 온전치 못한 팔푼이 같아서였다. 그는
방 안에 덩그러니 놓여 있던 서책을 냉큼 얼빠진 미친놈 손에
쥐여주곤 마당으로 내쳤다.

"썩 꺼지라우! 다신 오지 마라, 알았네? 훠이, 훠이!"

사내가 몇 톨 남지 않은 소금을 가져와 앙칼지게 뿌려대었으나, 날치는 그저 땅에 떨어진 삿갓을 느리게 주워 쓸 뿐이었다. 대체 제가 만난 것은 누구란 말인가?

팽이치기

비로봉 선녀절벽

날치가 물어물어 고성 송방울의 사가에 도착한 것은 이튿날 아침이었다. 하나 드높은 선생의 명예에 비해 턱없이 초라한 흙집 앞에서 그는 초조하게 손바닥만 비벼댔다. 마을 사람들에게 수소문해보니 과연 달포 전, 송선생의 장례가 있었다 했다. 생각할수록 지난날들이 너무도 괴상야릇하여 날치는 넋이 다 나갔다. 그의 손에 묵직한 호리병 하나가 들려 있었다. 이 싸구려 막걸리는 결국 무덤가의 퇴주退酒가 될 것인가? 아니, 저는 제자도, 지인도, 그 무엇도 아니니 송씨 문중에서 그조차 허락할지 의문이었다. 그때 빼그덕, 대문이 열리더니 상복 차림의 여장부 하나가 나왔다. 송선생의 아내 최씨였다.

"뉘긴데 남의 집 앞에서 땅이 꺼져라 한숨을 쉬기요?"

"아, 안녕하십니까. 저…… 저는 이가 날치라 합니다. 송선생님의 부고를 너무도 늦게 전해 들은지라…… 저어 혹여……

무덤에 절이라도 올릴 수 있을까 하여…… 결례를 무릅쓰고 이렇게 불쑥 찾아뵈었습니다."

어버버하던 날치는 급히 삿갓을 벗고 깊이 허리를 숙여 상중인 여인에게 조애를 표하였다. 멀뚱허니 날치를 훑어보던 최씨의 시선이 그의 손에 들린 주병에 멎었다.

"들어오기요."

외관과는 달리 집채의 안쪽은 두꺼운 미음자로 지어져 안주인만큼이나 야무지고 튼실해 보였다. 뜨거운 숭늉 한 대접이 날치의 앞에 놓였다.

"말투를 보아허니 한양사람이 분명헌데 이 오지까지 찾아와 주어서 고맙수다. 바깥양반 살아 있을 땐, 새퉁머리 적은 인간들이 담까지 타넘으면서 야단이었수다. 헌데 죽웅까 것도 다 소용읎드란 말임둥."

"주상전하께서도 애타게 선생을 찾으셨다 들었습니다."

"애타게는 무신! 기분 좀 닐라는데 고저 소리광대 따위가 재깍재깍 안 나타나니까는 쏭이 난 거지비! 열이 잔뜩 받아서 리 괜히 애먼 날 잡어가지 않었겠음메? 바깥양반이 죽었다니까 '알었다'가 다였지비. 나라님이 그리 나오니 밑엣것들 쌩헌 건 말도 못 함메. 장례가 얼마나 썰렁했는지 상여꾼이 다 모자랐지비."

"장지는……."

"없슴메. 그이 유언이 깝깝허게 땅에 묻히기 싫다는 것였음둥. 비로봉에서리 화장을 했지비."

"예에? 비로봉 말씀입니까! 혹, 혹여…… 선녀절벽……."

"맞수다, 그이가 젤 좋아하던 곳 아임메."

송선생께서 저를 위해 산신제를 올려주었던 곳이 아닌가! 눈앞이 어질어질하여 더 이상 말을 잇지 못하는 날치를 최씨는 오해하였다. 필시 매장을 않고 화장을 하여 놀랐다 여긴 것이었다. 그녀는 급히 집 뒤편을 가리키며 말했다.

"사당은 꾸리고 위패는 모셨으니, 그 앞에 절이나 하고 가심메. 술병을 보믄 그 냥반이 좋아할 꺼임메."

"송구스럽게도 화주가 아니라 탁주……입니다."

"그이가 은제부터 화주 마셨다고 그럼메. 흔들어 제끼는 탁주가 평생 최곤 줄 알았지비."

뒤뜰에 마련된 사당은 겉보기엔 볼품없었으나 역시 안에서 보니 억센 이엉을 두세 겹 꼬아 삭풍에도 끄떡없을 튼실한 움막이었다. 게 놓인 좁다란 위패 앞에, 날치는 드디어 술 한 병을 고이 바쳤다. 그리고 온 마음을 다하여 두 번 절을 올렸다. 선생께서 추분에 졸하셨으니 이제야 사십구재가 되는 것이었다. 하면 제가 만난 것은 송선생의 혼령이었던가? 혹 저승으로 건너가기 전 구천에 머물던 혼이, 저를 안타까이 여겨 잠시 거두어준 것인가? 곱씹을수록 혼란뿐이었으나 하나만은 확실하였다. 선생과의 인연은 횡액이 아닌 횡재였다. 그 덕에 저는 다시금 살아 『아무개전』을 쓸 수 있었다. 그 하해와 같은 감사함에 날치가 허리를 꼿꼿이 펴고 우뚝 섰다. 흠흠, 공들여 목청을 가다듬고는 깊은 심호흡으로 정신을 다잡았다. 그러곤 마음속으로 첫 박을 두들겼다.

둥 딱!

402

옛날옛적 고려땅에 한 소리꾼이 살았는데, 성은 천가요 이름은 아무개라. 그 아비 천씨가 평생 또랑광대로 돈을 모아 기와집을 사고, 공명첩을 샀으니 아무개가 태어날 땐 족보 있는 양반 가문의 장자 되시겠다. 천씨는 장남 아무개가 응애, 옹알이를 헐 적부터 아ㅎㅎㅎ, 어후후후 성음을 가르쳤는디 어허, 안타깝기 그지없구나. 장남은 뱃뎃기가 영 시원찮아 목청도 맥을 못 추는디, 차남 아우개는 머리 좋아 목청 좋아 끝 간 데 없이 일취월장이라. 평생 아비에게 꾸중 받고 아우에게 업신여김만 당한 아무개는 두 눈에 쌍심지를 켜고 아우를 이겨보고자 아니 먹는 것이 없는디.

스승 앞에서 첫 소리를 선뵈는 제자의 성음은 폭포수 소리를 뚫을 듯 우렁찼다. 깡마른 신체였으나 정신은 그 어느 때보다 건장하였고 눈빛엔 맑디맑은 정기가 흘렀다. 뿐인가. 이야기가 점점 고조됨에 따라 힘을 주는 부분에선 억장이 무너지는 듯 심장을 쥐어뜯기도 하고, 처연한 부분에선 손바닥을 하늘로 편 채 유연하게 한 팔을 뻗어내며 다양한 형용 동작도 선보였다. 그렇게 날치는 평생 소원한 대로, 송방울 앞에서 소리계에 입문하였다.

"구름이 꾸물쩍대는 걸 보니까는 고저 한바탕 눈이 쏟아질 것 같슴메. 고성 관아에서 한 마장쯤 더 가면 신계사가 나옴메. 거서 며칠 묶어 가오. 주지 스님께 이걸 내보이면 방을 내어줄 것임메."

최씨는 튼실한 팔뚝으로 방울 하나를 건넸다.

"어찌 이런 귀물을 저에게 주십니까!"

송선생이 평생 몸에 지니던 것이었다. 그의 걸음에 맞춰 항시 맑은 방울 소리가 나니, 그것을 흡족해한 임금께서 친히 그를 '송령松鈴'이라는 별칭으로 불렀다. 필시 그 방울이렷다.

"다들 고거이 뭐 대단한 건 줄 알지비. 근데 금 아임둥. 구리 방울임메. 스승님한테 받은 그대로지비."

"스승님이라 하시면……?"

"최 은 자 구 자 쓰시는 내 아비요. 성격 급한 걸루다가 동네에 소문이 자자했는데 하직도 급허게 허셨지비."

사내번지기 같던 여인은, 아비를 언급하며 잠시 계집애 얼굴을 하였다.

"이 방울 이름이 물려줄 선禪, 소리 성聲, 방울 령鈴을 써서 선성령 아임메. 이르케 건너가는 게 맞지비."

"실은 저는…… 제자가 아닙니다. 그저 선생의 수많은 추종자 중 하나일 뿐입니다."

"갖구 감둥. 반닫이장서 옷 꺼내 입을 때마다 딸랑거리니 영 거슬려서 그람메."

"하나 저는 정말 아무도……."

"장지를 물으러 예까지 찾아온 정성이면 되었음메. 가져가오."

최씨에게 큰절을 올린 날치는 다시 삿갓을 눌러쓰고 길을 나섰다. 걸음걸음 따라붙는 맑은 방울 소리가 왜인지 제 앞길을 환하게 밝혀주는 듯하여 감개무량할 따름이었다. 순간 아비의 유언이 송선생의 음성과 오롯이 겹쳐졌다.

[이 애비가 장담혀, 계동이 느는 꼭 대단헌 소리꾼이 되불 것이여! 암만!]

뿌듯하게 신계사로 향하던 날치의 두 다리를 붙든 건, 고성 동헌 앞에 나붙은 방문이었다. 인파가 몰려들었으나 대부분이 언문도 못 읽는 까막눈이라, 젊은 선비 하나가 앞으로 나서서 커다랗게 방문을 읽어나갔다.

"죄인은 양반의 자식이며 왕족의 부군으로 본을 보이지는 못할망정 요사한 천주학을 숭배하였기에 삼천리 유형流刑에 처하여 온 나라에 주의를 경계함이 옳다. 채가 상록의 관작을 박탈하고, 재산을 몰수한 후 함경 갑산甲山에 위리안치를 명하노라!"

날치가 파뜩 삿갓을 들었다. 와르르 흩어지는 사람들이 저마다 한 소리씩 뱉어냈다.

"고저 임금님도 야박허시디. 참한 궁녀 하나 첩으로 하사해서 사내 구실 허면서리 살게만 해줬으면 이런 일이 으이 생긴다니? 시퍼렇게 젊은 놈헌티 독수공방도 형벌이지비."

"천주학은 제사도 아이 지내고 조상님도 나 몰라라 한다지 않슴둥? 그딴 사악한 걸 믿었으면 유배가 아니라 목을 쳐야 되는 거 아임메?"

"야야, 거 너무 그라지 말라. 위리안치므는, 탱자나무 가시 덤불이 십 척이 넘는다 아이하니. 고 안에서 해그늘을 못 봐서리 시허옇게 말라 죽는 거 모르니?"

"그칸데 재산 몰수라는 거이 임금이 다 갖는 거임메?"

"캬아, 고저 죄인이 나올 적마다 임금은 신바람이 나겠다야."

다시금 도진 환지통 탓에 날치는 어떻게 신계사까지 왔는지, 언제 일주문을 통과하여 무슨 정신으로 주지승께 선성령을 내보이고 요사채까지 왔는지 기억나지 않았다. 작살에 꿰인 물고기마냥 퍼덕대다 말고, 출렁이는 등잔불 아래 허물어졌을 뿐이었다. 눈보라 속에 던져버린 호리병이 무색하게도, 마른 갯골에 물이 차듯 백연이 심중을 가득 채웠다. 오한이 일어 정신이 혼미해지고 깜빡깜빡 넋을 놓는 와중에도 날치는 산신께 빌고 또 빌었다. 백연이 살아만 있게 해달라고. 그러다간 또, 그녀에겐 생존이 더 가혹한 처사일까봐 못내 두려워졌다. 가슴이 미어질 듯 고통스러웠다. 어떻게든 백연을 찾아 생사라도 확인하리라. 떨쳐내지 못한 집착과 미련 사이에서 사내는 재차 허우적댔다. 또, 눈이 내렸다.

천년고찰에 묵직한 범종이 울렸다. 흰새벽이 도래하였다. 금강산의 기암괴석들은 이미 두툼한 눈에 덮여 원만해진 채였다. 이제 더는 개골산이 아니었다. 뽀얀 눈살이 오른 설봉산이었다. 날치는 곧바로 눈얼음을 짓이기며 도성을 향해 길을 나섰다. 지천에 어질어질 흩어진 족제비 발자국과 곧장 그것을 쫓은 삶의 종적이 숨 가쁘게 이어졌다. 저도 저토록 맹렬하게 들쫓겨 예까지 왔다. 제 삶도 딱 한 번만, 새하얗게 눈이 내려 모든 것이 뒤덮이고 처음부터 다시 시작되면 좋겠다고 날치는 생각했다. 머리에, 어깨에 하염없이 눈꽃송이가 내려앉았다. 끝내 넉넉한 것은 사방에 홀뿌리는 함박눈뿐이었다.

십일월 동지

공깃돌 놀이

그때 그날 일

  역모다, 천주박해다 해서 도성이 흉흉하니 장두령이 제집으로 돌아왔을 리 만무하였다. 하여 날치는 칠일 밤낮을 걸어 숯골 너와집에 당도하였다. 마당에 들어선 그는 순간 제 눈을 의심했다. 한쪽에 똬리를 틀고 있는 누렁이 때문이었다. 저를 보곤 바람개비처럼 꼬리를 돌리는 게 분명히 그놈이었다. 때마침 방문이 열리고 밀대방석을 만들고 있던 춘봉이 툇마루에 나와 섰다. 방 안쪽으로 등나무 바구니를 짜는 돌삼과, 왕골 멍석을 짜는 얼쑤절쑤가 보였다. 날치는 피식 웃었다. 누렁이에 화정패에…… 이젠 별 헛것이 다 보였다. 제정신이 아닌 게 확실했다. 이런 환영을 맞닥뜨리는 일이 빈번해지려나 싶어 섬뜩하다가도 기가 차서 자꾸 헛웃음이 났다. 기왕지사 보일 거, 누렁이와 시커먼 광대 놈들이 아니라 환하게 웃는 여인이었으면 좋았을 것을. 괜한 심통에 날치는 손을 휘적휘적 내저으며 방에 들었다.

"거 뭐냐…… 날치 야가 삥글삥글 웃는 게, 지정신이 아닌
것 같어어."

"옴마야! 날치 니, 와 이리 애빘노? 끌베이처럼 을굴이 마,
반토막 나뿄다 아이가!"

"쿵! 나무서 널찐 기가? 와서 정신 줄까정 콱 반토막을 내뿄
노?"

날치는 당황하지 않았다. 잘게 쪼갠 골풀나무 냄새, 쿵! 하
는 절쑤의 콧소리, 덩칫값 못 하고 눈물을 글썽이는 돌삼까
지 영 진짜 같아 오소소 소름이 돋았을 뿐이었다. 송선생을 만났
을 때마냥 모든 게 너무나 생생하여 그는 절레절레 고개를 저
어댔다.

"안 속아. 너희들, 다 가짜잖아."

"이이? 야가 왜 이런다냐아, 무섭게에……."

춘봉은 걱정 어린 말투였으나 돌삼은 다짜고짜 날치의 볼따
구를 꼬집어 당겼다.

"날치 느, 싸게싸게 정신머리 안 찾아오므는 일이 심각해져
분다잉? 우덜은 너으 치명적 약점을 깡그리 알고 있는 인간들
이여, 알어 몰러?"

장난스러운 협박에도 별 반응이 없자 패거리들은 빤짝 눈빛
을 주고받았다. 그러곤 날치를 와락 이불채에 메다꽂았다. 얼
쑤절쑤가 날치의 두 다리를 붙들어 천장을 향해 쭉 뻗어 올리
자 돌삼이 발버둥 치는 날치의 발에서 버선을 홱 벗겨내었다.
새신랑마냥 날치의 맨발바닥이 천장을 향하자 춘봉이 슬금슬

금 다가왔다.

"거 뭐냐아…… 이거엔 장사 읎써어……."

그의 손엔 말린 북어가 아닌, 말린 옥수수수염이 들려 있었다. 꼬실꼬실한 수염채가 아직 발바닥에 닿지도 않았건만 날치가 눈을 지릅뜨며 고함을 쳐댔다.

"그만, 그만!"

"꿈이면 하나투 안 간지러울 낀데, 그자?"

발버둥도 여의치 않자 날치는 사지를 뒤틀며 악을 써댔다.

"고만! 고만하라니까!"

"마, 기억이 쪼매 돌아왔나?"

"왔어! 돌아왔다고!"

"시방 우리가 찐이여, 꽁이여?"

"진짜, 진짜!"

"그람, 평소에 내캉 니를 뭐라 불렀노?"

"제수 없는 놈?"

"킁! 짧은 거 있잖아, 두 글자!"

"고자! 고자!"

정답과 함께 날치는 풀려났다. 그래도 정신이 완전 나간 건 아니라며 패거리들은 가슴을 쓸어내렸다. 그러곤 너저분히 깔려 있던 왕골과 밀짚을 한쪽으로 치우고 날치를 아랫목에 끌어 앉혔다. 질화로에 숯을 돋우고, 갓 찐 감자알도 함지박에 담아왔다. 날치는 그간의 일을 몽땅 털어놓았다. 송방울을 두고 얼쑤절쑤는 생때같은 아들이 불쌍해 잠시 나타난 아비의 귀신 같다 하였고, 돌삼은 모질게 삶을 끊어내지 못한 날치 스스로가 만들어낸 허깨비인 것 같다 하였다. 또 춘봉은 이승에 머물던 선생의 혼령이 확실하다며 서로 한참을 투덕대었다.

"돌순이는 요즘 마 안성 남사당패 쫓아다닌다 카드라."

"그게…… 누군데?"

"거 있다 아이가. 줄순이였다가 살순이였다가 돌순이가 된 난년! 돌삼이 안마가 그 기집아한테 급하게 조동이 박치기를 해불라 카다가 쌍귓방맹이를 쎄리 맞고 끝장나뿠다 아이가."

"쿵! 아무리 난년이라 캐도 저런 낯짝이 콱 들이대니까 고 마 생명의 위협을 느꼈긋지, 크크큭!"

"해치 겉은 것들이 쌍으로 남의 상처에 소금을 뿌리고 지랄 이네?"

"참, 비금이는 고마 도성 떴뿠다. 끝까지 용두재 불난 건 지 도 몰랐다 카대."

"갸야말로 보통내기가 아잉기라! 애비 살릴 돈 맹글겠다고 색주가란 색주가는 다 쑤시고 다녔다 안 카나!"

결국 값을 가장 후하게 부른 평양의 한 유곽에 그녀는 눌러 앉았다. 그곳의 행수마저, 이 생활 삼십 년에 제 몸 제가 팔러 온 계집은 처음 봤다고 혀를 내둘렀다.

"고게 말짱 헛짓거리였제. 비금이 고 가스내가 그 난리를 치 믄서 구십 냥을 맹글어 청계투판에 갔는디 글씨, 판부사네 도 령 쎄끼들이 '그람 열 냥 치는 맞어야 쓰겠네?' 그렸다 안 혀 냐. 막바로 고다음 날 꼭두쇠가 서소문 밖에서 벌건 시체로 발 견된 것이여."

"거 뭐냐아…… 낯짝이 아작나고 피떡이 져서 첨엔 비금이

도 못 알아봤대에. 듬성듬성한 손가락 보고 겨우 알았대에. 그
래두 우리는 돌무덤은 만들어주고 헐 도리는 했어어."

"시방 말두 말어! 먹고 죽을 돈도 읎어놔서 그 잉간 저승길
에 노잣돈도 안 쥐부렀어! 땡전 한 푼 읎이 황천길을 나섰응께
저승사자헌티 허벌나게 닦였을 것이여."

"마, 잘 안 쥐밨다! 저승서도 노잣돈으로 야물딱지게 노름헐
잉간 아이가!"

"킁! 비금이는 그길로 팽양 가삤따. 오만정이 다 떨어져삐서
도성으론 즐대 안 올 끼라 카대."

"우덜두 고 얌통머리 읎는 가스나는 꼴도 보기 싫응께 잘돼
붔지 뭐."

"거 뭐냐…… 그려두, 비금이 덕에 우리가 다 여기 모여 있
는 거여어. 묵호 아부지 장씨라고 있었잖냐아, 왜 개혁파 두령
인가 하는…… 그이가 평양에서 붙잡혀 처형당하는 걸 비금이
가 봤대애. 그래서 여기가 비었다고오. 날치 너어두 분명 일로
올 거라고오……."

"혹시 어떤 여인이 찾아온 적 없어? 백연이라고."

"소름! 고것까정 비금이 말이 딱 맞아뿌네! 니 오면 그 아부
터 물어볼 꺼라 카드니만!"

"크응, 당연하지! 따지고 보믄 의빈 놈 별서에서 날치 얀마
목숨 구헌 게 그 처자 아이가!"

날치의 고개가 벼락 맞은 듯 쳐들렸다.

"오메? 기억이 아예 안 나부러? 정자 우에서 그 처녀가 대
굴빡을 음청 조아리믄서 뭐라뭐라 통사정을 헜드니 의빈 놈이

우덜헌티 걍 됐다, 꺼져라, 헌 거 아니냐잉! 그라서 나가 좌포
청에 질질 끌려가던 느를 딱 잡아 세워뿐 것이고!"

날치는 폐부가 따갑도록 숨을 들이켰다. 커다래진 눈이 갈
피를 잃고 우왕좌왕했다. 속이 울렁거리고 척추에 파슬파슬
소름이 돋았다. 일이 그리된 것이었단 말인가! 백연은 구용천
에게 다시 잡혀갈까봐 제 몸을 사린 게 아니었다. 이 못난 사
내의 목숨을 살리려고 인질을 자처했던 것이었다. 날치의 반
신이 털썩 흐무러졌다. 심반을 떼어준다 해놓고 정작 저는, 그
녀의 마음을 확신하지 못했다. 아니, 의심하였다. 알량한 자존
심에 눈이 먼 건 저였다. 오해로 송두리째 흔들릴 만큼 저는
나약하고 얇은 사람이었다. 못난 사내였다. 치졸한 스스로를
도저히 용서할 수가 없었다. 파도처럼 참담함이 밀려들었다.
명치가 화끈거렸다.

"시방 고날은 웃전 옆에 있는 가스내가 딱 기생년인 줄 알았
지, 꼭두쇠가 그러케 쳐다도 보지 말라고 신신당부혔던 뒷방
곡비인지 누가 알었겄냐? 비금이 말 듣고 우덜이 참말로 식겁
혀붔어!"

얼빠진 날치의 손에서 사설집을 뺏어 든 춘봉의 눈이 커다
래졌다.

"이이? 야들아아, 날치 자가 증신이 안 돌아왔는가 부다아.
구용천이랑 맞장 뜨고 지도 세상 뜬다는디이?"

"마행수를 만날 거야. 죽을 때 죽더라도 취화루에서 다 까발
리고 죽으려고."

"왐마! 저거시 웰케 비장하고 지랄이라냐, 무섭게?"

414

"날치, 니! 눈깔에 힘 안 푸나?"

패거리들은 날치를 사이에 두고 아까처럼 빠릿빠릿, 눈짓을 교환했다. 이상한 낌새를 챈 날치가 이불 속으로 몸을 웅크리자마자 우당탕탕, 그 위로 덩치들이 켜켜이 쌓였다.

"이이? 그렇게 혀서어 워디 애가 죽겄냐아?"

간만에 만난 패거리들은 꼭 대여섯 살 애들처럼 한데 뒤엉켜 팔뚝으로 서로의 목을 조르고, 서슴없이 발길질과 주먹질을 해대며 씩씩거렸다. 이게 다 낯간지러운 말은 절대 못 하는 사내들의 일종의 상봉 의식이라, 춘봉은 말릴 생각도 않고 옥수수 알갱이만 씹어댈 뿐이었다.

꼭두각시놀이

금서와 숯골패

운종가의 홍루, 동빙관 안뜰에 손바닥만 한 멍석이 깔렸다. 휘황한 등불 아래 객이 오고 가는 화려한 밤이 아니었다. 꾸미지 않은 기녀들과 잡일하는 계집종, 중노미와 머슴들만 왔다 갔다 하는 오후 나절이었다. 기녀들이 의복을 손질하고, 치레를 하는 이 지난한 시간을 공략한 건 막 결성된 숯골패였다. 아득한 분 냄새에 얼쑤절쑤는 뺨에 홍조를 띠며 박자도 무시한 채 무아지경으로 풍물을 쳐댔다. 그러나 쩌렁한 쇠발림 정도는 시시한 기녀들이라 그저 설렁설렁 손을 놀리며 사당패를 힐끗댈 뿐이었다. 이르게 어둠이 내리자 이번엔 돌삼이 나서서 불을 뿜었다. 예서제서 날아드는 요염한 시선에 제 콧수염이 홀랑 타는 줄도 모르고 돌삼은 입술이 부르터라 용트림을 해대었다. 금빛 화룡이 공중에서 꿀렁꿀렁 춤을 춰대자 그제야 기녀들의 이목이 하나둘 숯골패에 집중되었다. 분위기가 점점 달아오르고 휘파람과 박수가 터져 나오자 드디어 돌삼이 멍석 위에 바로 섰다. 붉은 비단으로 감싼 서책 하나가 횃불 아래 은밀히 모습을 드러내었다.

"시방 이게 뭐실까나잉? 아무리 봐도 요건 꽃분홍빛 춘서가 아니라 시뻘건 핏빛이란 말이제, 핏빛!"

"헛! 금서 아녀, 금서?"

얼쑤절쑤의 숨죽인 추임새에 일순 사람들의 눈알이 커다래 졌다.

"그러춰! 금서라는 거슨 쉽게 말혀서, 첨부터 끝까정 시방 진짠디 높으신 분덜 중에 쉬쉬허는 잉간들이 있다, 고 뜻이여! 제목이 왜서 '아무개전'이겄어? 흥부, 놀부, 장화, 홍련이, 심청이, 홍길동이, 하다못해 별주부도 허벌나게 떳떳헝께 지 이름 걸고 야그허는 것 아녀! 근디 이 냥반은 뒤가 구리고 거시기헌 것이, 영 껄쩍찌근허단 말이제!"

돌삼의 설레발에 기녀들이 눈을 반짝였고, 방 안에서 걸레질을 하던 여비들까지도 하나둘 대청마루에 나와 앉아 귀를 쫑긋대었다.

"이자부터 희한헌 야그를 들으실 껀디, 이건 절대적으루다가 우덜끼리 비밀이여! 으디 딴 데 가서 알은체를 허는 순간 바로 포승줄에 묶여서 쥐도 새도 모르게 잽혀가게 여 계신 선녀님들, 정신 똑떼기 채리셔잉? 서책 하나에 인생까정 걸 꺼 뭐 있어, 그제? 그람 유명헌 전기수를 모셔볼랑게!"

점잖게 도포를 차려입은 춘봉이 기녀들 앞에 반절을 하였다. 그러곤 곧 엄지와 검지에 침을 묻혀 책장을 펼쳤다.

"제목, 아무개전! 옛날옛적 고려땅에 또랑광대 천씨가 살았다. 그는 악착같이 돈을 모아 공명첩을 사고, 족보를 사고, 기와집을 사고, 혼인하여 아들을 얻었으니 그의 이름이 바로 아무개이다. 아비 천씨는 장남이 응애, 옹알이를 헐 적부터 아흐흐흐, 어후후후 성음을 가르쳤는데 안타까운지고! 아무개는 뱃뱃기가 시원찮고 목청에 맥아리가 없어 억만금으로 데려온 독선생이 다 헛짓거리였다. 그런데 이 어찌 된 일인가? 차남 아우개는 소리를 가르치지도 않았는데 어깨너머로 형님 하는 양을 보더니 갑자기 창을 하기 시작하는데, 그 목청이 놀랍도록 쩌렁하였다. 또 머리는 어찌나 좋은지 그 긴 사설을 줄줄 꿰고 독공으로 일취월장을 하니 아비는 장남은 뒷전이고 차남만 싸고돌았다. 아비가 아무개를 꾸짖기만 하니 아우도 형님을 업신여기기만 하는구나. 늘 이리 치이고 저리 치이는 아무개는 두 눈에 쌍심지를 켜고 아우를 이겨보고자 아니 먹는 것이 없는데……."

기녀들이 벌써 서로의 팔뚝을 찔러가며 '구용천? 소리고개?' 하며 입을 벙긋대었다. 삿갓을 쓴 날치는 멀찌감치 그것을 지켜보았다. 얼굴이 팔린 탓에 직접 창꾼으로 나서봤자 이야기가 알려지기도 전에 구용천에게 잡힐 것이 뻔했다. 강상죄로 포도청에 잡혀가 목이 잘릴 수도, 혹세무민한다고 장을 처맞다 죽을 수도 있다. 어차피 죽을 거 발버둥이라도 마음껏 치다 죽어야지 개죽음할 수는 없지 않은가! 하여 날치가 낸 꾀가 기녀들을 집중공략하는 것이었다. 절대 엄금해야 하는 금서라면 더 떠들고 싶은 게 사람의 마음. 풍문을 퍼 나르는 데도가 튼 기생들이 나팔수 노릇을 톡톡히 해줄 것이니 실로 현명한 선택이 아닐 수 없었다. 소문이 돌면 분명 돈 냄새를 맡은 마행수가 숯골패를 찾을 것이다. 그리만 되면 날치는 취화루에 직접 나아가 죽기 아니면 까무러치기로 결판을 볼 요량이었다. 반토막이 된 화정패의 이름을 숯골패라 고쳤으니 백연 또한 풍문을 접한다면 분명 숯골 너와집으로 올 것이다. 『아무개전』의 진실을 밝히면 제 목숨이 어찌 될지 장담할 수 없기에 날치는 마음이 바빴다. 그런 그의 속을 아는지 모르는지 돌삼은 방문할 기루의 순번을 정하면서 콧노래를 흥얼거렸다. 얼쑤절쑤는 해치 같은 얼굴로 면경을 들여다보았고, 춘봉은 외상으로 도포까지 지어 입었으니 날치는 당최 웃어야 할지 울어야 할지 알 수가 없었다.

금서 이야기는 삽시간에 도성을 점령하였다. 『아무개전』의 주인공이 구용천이라는 풍문이 쩌렁했다. '예인 집안의 장남으로 몸보신에 집착하며, 재능 있는 아우는 후에 요절했다'는 도입부만으로도 누구나 단박에 소리고개를 떠올렸다. 그가 적탕약에 집착하여 동혈수의 피를 빨아먹는 절정에선 청중들이 경악을 금치 못하여 입을 막았고, 어떤 이는 팔뚝을 문대며 소름을 쓸어내렸다. 이 금서를 대여해주는 세책점까지 생겨나자 구용천은 열불이 났다. 너나들이하는 친우들이 '자네 얘기 아닌가' 하며 농을 할 때까지도 애써 웃어넘겼으나, 궁궐의 납일 연회에서 까닭 없이 제외되자 그만 눈이 뒤집힌 것이었다.

숯골 너와집엔 손님이 하나 들었다. 마행수였다. 험악한 숯골을 가로지를 배짱은 없어, 싸울아비를 넷이나 대동하고 샛강의 살얼음을 깨며 나룻배로 당도한 참이었다. 날치가 직접 모습을 드러내자 마행수는 '날선생'이란 기막힌 호칭까지 주워섬기며 굴러 들어온 횡재에 눈알을 번뜩였다. 날치에게서 번져나는 지독한 돈 냄새 때문이었다.

풀피리불기

잊지 않겠단 그 한마디

두견새가 울었다. 누르컴컴한 궁궐 내옥에 의녀가 들었다. 이곤의 동행 덕에 그녀가 장님인 것을 눈치채지 못한 포교는 옥사의 나무문을 열고 의녀를 들여보냈다.

"일각 안에 진료를 보시오!"

그가 돌아 나가자 흙바닥에 너부러져 있던 상록이 묵직하게 고갤 들었다. 흰 덧치마로 허리를 바싹 졸라매고, 침통과 약재를 든 의녀의 모습이 호롱불에 가물거렸다. 서서히 몸을 일으킨 죄인은 단박에 그녀를 부둥켜안았다. 거칠한 안면이 와락 일그러졌다. 트실트실한 입새로 억누른 흐느낌이 터져 나왔다.

"백연……!"

육중한 남체가 야윈 몸씨를 쓸어내리며 휘청거렸다. 어깨를 딱딱하게 옹송그리면서도 순순히 안겨 있는 백연이 상록의 설움을 부추겼다. 이것이 정녕 마지막이라는 반증이던가!

421

그 뼈아픈 깨달음에 죄인은 여인의 몸피를 으스러져라 껴안았다. 그러곤 그토록 갈망하던 체향을 허겁지겁 들이마셨다. 끝내 제 연심의 값어치를 증명해 보이지 못한 사내는 이제야 낙망이 무엇인지 알게 되었다. 백연을 처음 본 순간 본능이 경고했다. 다가가지 마라, 빠져들지 마라. 그녀로 인해 삶이 거꾸러질 것을 꼭 알았던 듯이. 그럼에도 불구하고 상록은 후회하지 않았다. 그녀를 연모한 것을, 연판장에 수결한 것을. 작금의 그 어떤 설움도 부당한 것은 아니었으나 끝끝내 백연처럼 초연한 표정은 지어지지 않았다. 벽에 걸린 횃불이 거세게 일렁였다.

"혹여 이것이 마지막이라면, 너는 나를 잊을 것이냐?"

"······."

"그럴 것이냐?"

"······."

"잊지 않겠다, 그 한마디만 해주어라. 그래야 첩첩산중 유배지에서 내, 독수공방을 견딜 수가 있지 않겠느냐?"

가슴에 품고 살 한줄기 온기라도 달라고 사내는 애원했다. 하나 백연은 할 말이 없었다. 유배라니. 여름엔 조금 덥고 겨울엔 조금 추운 채, 끼니 걱정 없이, 독서와 탐조 따위로 여생을 보내는 것이 어찌 엄벌이 되는 것인지 그녀는 끝내 알 수 없었다.

"백연······ 다음 생에는 나에게 와라."

나약하고 어리석은 인간들이나 다음 생을 운운하는 줄 알았다. 한데 이제 제가 그리되었다. 상록은 기갈이 일어 거듭 여인을 끌어안았다. 이것이 정녕 마지막일 터이니. 놓는 순간, 모든 것이 끝이 날 테니.

"내세엔 평범한 여염집 처녀로 나에게 와라. 눈 뜬 꽃으로 나에게 안겨라."

"……."

"어찌 답이 없느냐?"

"……."

"제발 답을 하여라, 제발……."

끝끝내 꼭 다문 입이 열리질 않자 작약한 여체를 쓸어내리며 상록은 무너졌다. 무릎이 참절하게 꺾였다. 애가 탄 마음은 끅끅대는 울분으로 뒤바뀌었다.

"다음 생에는 나에게 와라. 이건, 이건…… 명이다!"

백연은 가슴이 활랑대었다. 제 앞에 무릎 꿇은 이 사내 때문은 아니었다. 금일 아침, 궁말에 숨어든 이곤은 막무가내로 백연을 잡아끌었다. 자초지종을 설명하며 한시가 급하다 했으나 그녀는 오히려 두 다리를 뻗대며 도리질 쳐댔다. 무려 궐 안에서 의녀 사칭이 들통나면 임금을 능멸한 죄로 치도곤을 당할 것이 자명하였다. 백연이 실수라도 하는 날엔 이곤의 목도 무사하진 못할 터, 상황을 파악한 백연이 당당히 조건을 붙였다.

[입궁하겠습니다. 대신 출궁 즉시 저를 풀어주십시오.]

[약조하겠소.]

쉬이 나온 답이 백연을 더 불안하게 했다. 망설이는 그녀에게 이곤은 약조의 증표로 구용천에게 받은 약정서를 내어주었다. 문서의 진위를 가늠할 수 없었던 백연은 물동이를 나르던 계집종을 불러 세워 약정서 끝에 찍힌 인장을 그대로 손바닥에 그려달라 부탁하였다. 서툴게 아홉 구九 자가 새겨졌다. 확인을 하고도 백연이 선뜻 나서질 않자 이곤은 제가 당골네를 죽였다 실토하였다. 미심쩍어하는 그녀에게 당골네의 인상착의마저 읊어댔다. 그제야 백연은 약정서를 갈무리하곤 의녀의 옷으로 갈아입었다. 그렇게, 예까지 온 것이었다. 한시바삐 궁문을 나가서 날치를 수소문할 생각뿐이니 채상록의 유배도, 마지막 명도 귀에 들어올 리 없었다. 끝내 침묵으로 일관하던 백연은 저를 얽은 상록의 팔뚝을 차분히 떼어내었다. 그리고 한 발짝, 몸을 물렸다. 정갈하게 치맛자락을 펴낸 그녀가 웃전을 향해 커다랗게 절을 올렸다. 그와의 연을 예서 매듭짓는 것이었다. 그때였다.

"이 천것이 왜 여기 있답니까!"

숨을 헐떡이며 호령하는 이는 박상궁이었다. 궁말에 가둬놓은 백연을 익위가 데리고 갔다는 기별을 받자마자 경망스레 뜀박질을 한 것이었다. 뒤따라 들어온 이곤이 감히 상전에게 역정을 내는 박상궁을 막아섰다.

"목소리를 낮추십시오!"

"어찌 이리 위험천만한 짓을 벌이십니까! 성상께서 이 일을 어찌 일단락 지으셨는지 정녕 모르십니까!"

"곤아, 당장 백연을 데리고 나가라."

"아니요! 제가 데려갈 것입니다."

"박상궁!"

"간밤에 궁궐 안, 공주 자가의 거처였던 영신각에 줄벼락이 떨어졌나이다! 자가께서 꿈에 납시어 하염없이 눈물을 흘리시더이다! 소인은 기어코 그 불쌍한 넋을 달래드릴 것입니다. 그렇게라도 불충을 씻어야겠나이다!"

"백연에게 감히 곡을 시키려느냐? 감히 내 여인에게 패악을 부릴 것이냐!"

절대, 다시는, 백연에게 곡을 시키지 않겠다 다짐했던 상록이었다. 그 무엇도 증명해 보이지 못했기에 그 작은 약조만은 지켜낼 것이었다. 하나 쩔렁쩔렁, 열쇠 꾸러미 소리가 들리자 언성을 높이던 죄인은 어쩔 수 없이 입을 닫았다. 의녀를 빼내고 쩔거럭 옥사 문을 잠근 포교에게 박상궁이 선수를 쳤다.

"내의원까지 나와 의녀의 호위를 부탁하오."

"박상궁!"

엄혹하게 윽박지르는 웃전을 등진 박상궁은 대신 이곤을 노려보았다.

"일을 크게 만들지 마세요, 자당도 생각하셔야지요!"

이곤의 약점을 찌른 박상궁은 백연의 팔을 채잡았다. 벙어리마냥 단 한 마디도 하지 않았던 백연의 입이 그제야 트였다.

"놓아주십시오! 이것은 약조와 다르질 않사옵니까, 익위 어르신! 약조를 지키…… 흡!"

백연의 허리께에 삐죽한 것이 와 닿았다. 비녀인지, 노리개인지 형태는 알 수 없었으나 비상약砒霜藥 냄새가 짙게 번졌다. 백연도 이곤도 더 이상 어쩔 도리가 없었다. 이 독침이 박상궁의 허세가 아닌, 진심인 까닭이었다. 그 위협에 백연의 몸체가 속절없이 떠밀렸다.

"박상궁, 더 이상 날 비참하게 하지 말라! 박상궁!"

멀어지는 아랫것의 꼭뒤에 대고, 상록은 철창을 부러뜨릴 듯 흔들며 악다구니를 쳤다. 하나 박상궁은 그길로 침전寢殿까지 밀고 들어갔다. 당장 공주를 위한 위령제를 허하여달라, 노쇠한 몸뚱이는 주상 앞에 눈물로 읍소하였다.

바람개비 돌리기

영원히 시들지 않는 꽃

"잡아!"

흥법사에서 백연에게 쫑알대던 목소리는 쌀쌀맞게 그 한마디를 뱉어냈다. 피둥피둥한 궁인들이 징그러운 사갈을 부여잡듯 백연의 팔다리를 붙들며 오만상을 찌푸렸다. 아무리 어명이라 해도 혐오스러운 곡비의 신체를 만지는 일만은 피하고 싶었기 때문이었다.

"왜 하고많은 것 중에 하필 이 재수 없는 걸 갖고 오래?"

"그러게 말야! 이런 건 이마에 자자刺字나 새겨서 멀리 내칠 것이지!"

백연은 사방에서 뻗쳐 나오는 억센 손아귀를 향해 고래고래 비명을 지르며 몸태질을 해댔다. 아직 공주의 기일이 아니었다. 하니 제게 곡을 시킬 요량도 아닐 터. 왜인가? 백연이 필사적으로 몸을 뒤틀었으나 궁인들은 그녀의 사지를 꽁꽁 결박하

427

여 가마에 태웠다. 덜컹대던 가마는 한참 후에야 멈췄다. 울창한 숲 냄새가 물씬 났다. 바위종다리와 잣까마귀 울음소리까지 들리는 것을 보니 꽤 깊은 산중이 분명했다. 참나무로 피워 올린 거화 냄새가 점점 짙어졌다. 백연을 돌바닥에 내칠 땐 언제고, 궁녀들은 그녀의 흐트러진 머리칼과 구겨진 치맛자락을 정돈하였다. 박상궁의 불호령이 떨어질세라 내키지 않는 애를 쓰는 것이었다. 하나 궁녀들의 노력에도 불구하고 길게 너부러진 백연의 신체는 삭풍 아래 경박스레 떨렸다. 생사의 갈림길에 놓일 때마다 늘 사로死路도 상관없다 여긴 백연이었다. 한데 이번만큼은 달랐다. 기어코 살고 싶었다. 제가 잘못되면 너무도 가슴 아파할 사람이 있어 죽을 수 없었다. 하여 극도의 혼곤함 속에도 백연은 맹안을 까뒤집으며 사위를 살폈다. 지근거리에서 웽그렁뎅그렁, 놋으로 만든 제기祭器 소리가 들렸다. 곧 제사상 위에 향불이 타오르고 술이 따라졌다. 하늘로 흩어진 향이 누구의 혼을 불러들이는가? 땅으로 스며든 술은 누구의 백魄을 모셔오는가? 곧 우렁차게 축문祝文을 읽어 내리는 사내의 목소리에 바윗돌 맞부딪치는 소리가 겹쳐졌다. 이상했다. 돌과 바위를 옮겨서 대체 무엇을 하려는 것인가? 그때였다. 점점 궁인들의 발소리가 멀어졌다. 쩌렁쩌렁하던 축문이 희미해졌다. 향내가 아득해졌다. 저들의 세상과 제 세상은 각일각 분리되었다. 백연은 이제야 자각하였다. 제가 홀로 이승에서 떠밀리고 있다는 것을.

"이…… 이보시오! 이보시오!"

외마디 비명을 질러놓고, 백연은 뻐쩍 굳었다. 제 음성이 동

그렇게 울려 퍼진 탓이었다. 동굴이다! 정체 모를 움직임들은 켜켜이 돌을 쌓아 입구를 막는 중이었다. 백연의 등줄기에 싸한 소름이 피어났다. 수많은 상갓집을 다녔다. 절명은 이토록 급작스레 도래하는 것이 맞았다. 하나, 정녕 억울했다. 어디서 죽는지, 어떻게 죽는지, 왜 죽는지도 알 수 없었다. 끝끝내 까닭 없는 사멸을 맞닥뜨린 장님은 시퍼런 얼굴로 발악을 했다. 번뜩, 연리헌에서 들었던 말이 떠올랐다.

[의빈께옵서는…… 미망인이 아니시옵니까!]

[하면 나도 승천동굴에 처넣지 그랬느냐! 어찌 여직 살려두었느냐!]

백연은 결박된 다리에 힘을 주어 벌떡 일어났다. 하나로 묶인 두 주먹으로 켜켜이 쌓인 돌무더기를 힘껏 내리치고 또 밀어댔다. 그러곤 아예 온몸으로 치받았다.

"멈추시오! 그만두시오! 제발 부탁드립니다! 날 꺼내주시오! 이보시오, 이보시오!"

이미 제 키를 훌쩍 넘은 돌문을 향해 백연은 악다구니를 쓰며 몸태질을 하였다.

"이리 한 많은 몸뚱이가 어찌 제물이 된다고 이러십니까! 이리 미천한 곡비가 어찌 승천을 한단 말입니까!"

처절한 절규는 그러나 그 누구에게도 닿지 못했다. 웅근 메아리가 되어 제 귀로 돌아올 뿐이었다.

"죽더라도, 금일은 아니오! 아직은 아니 된단 말입니다! 이보시오! 어찌 이토록 멀쩡한 사람을 돌무덤에 가둔단 말입니까! 이보시오!"

동이어 얽힌 주먹에서 뚝뚝 핏방울이 떨어지는 줄도 모르고 백연은 부질없이 돌문을 내리치고 또 내리쳤다. 생의 마지막 순간에 해볼 수 있는 것이 고작 이따위 무력한 반항뿐이라, 설움이 복받쳤다. 거대한 좌절감이 밀려들었다.

"차라리 내 목을 치시오! 독초를 먹이든, 숨통을 조이든 당장 죽이란 말이오! 이보시오! 이보시오!"

모든 죽음은 잔인하다. 하나, 그중 단연 악질은 병사도, 동사도 아닌 아사餓死였다. 제 업보가 얼마나 크기에 이토록 처참하게 꺾인단 말인가…… 동굴 입구는 빠르게 봉쇄되었다. 슬렁슬렁 오가던 향연조차 흔적 없이 사라졌다. 백연은 철저히 고립되었다. 이제 남은 것이라곤 정녕, 승천뿐이었다. 핏물이 얼룩진 치맛자락 안으로 다리가 풀렸다. 몸체가 꽈당 나동그라졌다. 이토록 삶을 갈망하다 죽게 될 줄 몰랐다. 불행에 인생을 바쳤던 지난날들이 뼈아팠다. 하늘도 무심하고 땅도 무심하였다. 결국 이렇게 벌을 받는구나…… 한 사내를 만나 누가 알까 무서울 만큼 행복하였다. 별 같은 날들을 잠시 꿈꿨다. 그런 과한 욕심을 부린 탓이다, 제가 예서 이 꼴로 죽는 것은. 슬픈 아이는 결국 슬픈 어른이 되어야 맞는 것을. 차라리 일찍 죽어 꽃 귀신이 되었어야 하는 것을. 팔자 도망은 절대 불가한 것을…… 돌이킬 수 없다는 건 바로 이런 것이구나. 여인은 저고리 끝을 악물었다. 추억을 만들어준 이는 영영, 추억이 되었다. 이렇게 봉인되기에 비로소 추억이라 부를 수 있다는 걸, 끝내 재회하지 못함으로서 영원한 연모가 완성된다는 걸, 백연은 이제야 알았다.

떨리는 턱 끝에서 눈물이 방울져 떨어졌다. 그녀는 기억 속 수많은 어둠 중에 애써, 용두재 담벼락에서 「새타령」을 서리하던 봄날의 어둠을 떠올렸다. 사내와 바투 마주 앉았던 뒷골방의 후텁지근한 어둠도, 줄을 타고 밤마실을 갔던 그 찬란한 어둠도, 갈피를 꽂아둔 꽃길의 어둠도 떠올렸다. 소멸하고 더는 없는 것들이었다. 용두재는 소각되었고, 줄은 끊겼으며, 꽃은 졌고, 인연은 조각났다. 그럼에도 그 모든 것은 심중에 꽃 같은 멍으로 남아 아슴아슴 여인을 위로하였다. 띠리라라랑······ 석굴에 얼레빗 가락이 들어찼다. 백연은 손바닥에 새겨진 '심반' 그 두 글자를 앙세게 틀어쥐었다. 입술에 옅은 미소가 어렸다. 다행이라면 단 하나, 그를 만나면 무슨 말을 해야 할까 하는 그 부질없는 고민을 더는 안 해도 된다는 것뿐이었다. 혼잣말은 않기로 했다. 마음속 사내가 가슴 아파할 것이니. 다만 간절히 소원하였다. 그가 이런 제 영멸을 끝내 모르기를. 그저 어느 하늘 아래 잘 살고 있다고 생각하기를. 하여 제 모습이 영원히 시들지 않는 꽃으로 남기를.

얼음썰매 타기

단 한 번의 투쟁

[유배길에 오르기 전, 죄인으로 하여금 남릉에 절을 하게 하라.]

교지를 받잡은 이곤은 동이 트자마자 내옥에 들었다.

"어명을 받자와, 남릉까지는 제가 모시겠습니다. 도성 십 리를 벗어나면 형조좌랑이 호송을 맡을 것입니다. 그곳부터는 말에 오르실 수 있으니 조금만 참으시옵소서."

그는 포교들을 물리곤 홑겹 무명저고리를 입은 상록의 상체에 직접 붉은 밧줄을 엮었다. 두 손목은 앞으로 모아 헐겁게 묶고, 엉성하게 가슴팍을 가로질러 어깨에도 걸었다. 곡비 여인을 지키지 못한 것이 못내 송구스러워 면도 들지 못한 채, 이곤은 최대한 느슨하게 삼줄을 매듭지을 뿐이었다.

"위령제는…… 끝이 났더냐?"

"예."

어쩌면 박상궁이 백연을 언급한 순간부터, 상록은 이런 끝을 직감하였을지도 몰랐다. 하나 끝끝내 제가 할 수 있는 것은 없었다. 제 무능함을 처절히 곱씹는 것 말고는. 탄식처럼, 그가 물었다.

"백연의 마지막은…… 어떠하였느냐?"

이곤은 한참이나 말이 없었다. 안 그래도 먼 길 떠나는 상전께 이실직고할 수 없었다. 온몸을 뒤떠는 절규가 무척이나 참혹하였노라는 진실은, 그저 목구멍으로 집어삼켰다.

"평시와 같이 초연한 모습이었사옵니다."

"곤아."

"예."

"열흘이 지나거든 백연의 시신을 수습해다오."

"여인이 산 채로 갇혔사옵니다. 부정 탄다 하여 군사들도 모두 물렸으니 늦지 않게 간다면 목숨을 살릴 수도 있사옵니다."

"……아니다. 그냥 두어라……."

"예?"

"다만 꼭 시신을 수습하여 양지바른 곳에 묻어주어라. 그리할 수 있겠느냐? 내 마지막 부탁이다."

"틀림없이 받들겠나이다."

명색이 의빈이 새끼 나부랭이에 엮인 굴비 꼬라지로 저자에 나오자 백성들이 앞다투어 그를 에워쌌다. 포교들이 죄인의 양쪽에서 용을 써댔으나 역부족이었다. 뭇사람들은 끌끌 혀를 차며 상록을 노골적으로 째리고, 손가락질을 해댔다. 사방에서 '저, 저 미친놈! 때려죽여도 시원찮을 놈! 사특한 교리를 숭배

한 악한 놈!' 등 별의별 욕설이 난무하였다. 청계천에서 빨래를 하던 아낙들도 삼삼오오 모여 시꺼먼 갯물을 튀기며 빨랫방망이를 휘둘러댔다. 하물며 그네들은 상록의 반반한 낯짝과 몸뚱이를 대놓고 흘겨대며 아깝네 어쩌네 농지거리까지 해댔다. 양반님을 희롱해도 되는 유일한 순간이라, 너도나도 경쟁하듯이 목청을 높여 욕을 하는 것이었다. 이렇게 조리돌림을 당하라고 육조거리와 광통교를 거쳐 유배길에 오르도록 하는 것임을 모르지 않았으나 앞장선 이곤은 차마 그 꼴을 더는 눈뜨고 볼 수 없었다.

"물러서라! 물러서란 말이다! 썩 비키지 못할까!"

검집을 휘두르며 사납게 인파를 쳐냈으나 시시덕대는 비웃음은 잦아들 기미가 없었다. 이곤이 번뜩 진검을 빼들려는 찰나, 멀리서 신명나는 날라리 소리가 들려왔다. 작정을 한 듯 죄인을 포위했던 백성들은 금세 나팔수 쪽으로 우르르 몰려갔다. 두건을 졸라맨 여리꾼들이 종이 쪼가리를 흩뿌리며 목청 높여 여립을 켰다.

"삼일 후 미시! 금서『아무개전』저자가 직접 소리판을 선보입니다! 소리꾼은 무려 송방울의 숨겨둔 제자!"

"어마어마한 정체의 소리꾼 탄생이요! 취화루 올해의 마지막 볼거리! 일각짜리 소리판!"

"입장료는 단돈 한 푼! 남녀노소, 신분고하를 막론하고 누구나 환영이요!"

조금 전까지만 해도 인상을 쓰며 죄인에게 욕설을 지껄이던 백성들은 또 언제 그랬냐는 듯 호호하하 호들갑을 떨어댔다.

"와! 『아무개전』이래, 『아무개전』!"

"웬 횡재냐? 한 냥도 아니고 한 푼이라니!"

"소리가 일각짜리라잖아!"

"근데, 송방울한테 숨겨둔 제자가 있었다는 게 말이 돼?"

"금서를 쓴 놈이 무대에 직접 나타나는 건 말이 되고?"

"야, 다 모르겠고 이참에 우리도 그 유명한 취화루 구경이나 가보자!"

여리꾼들이 드세게 뿌린 종이 오라기들이 하늘에서 팔랑팔랑 떨어졌다. 상록은 재차 얼굴에 들러붙는 쪼가리들을 도리질로 쳐내었다. 이날치가 틀림없었다. 왜 하필 먼 길 떠나는 제 앞에 또다시 그놈 소식이 끼어드는가! 어찌 또 작금인가! 천것들의 손가락질보다도, 상록에겐 이 종이 한 장이 더 뼈아팠다. 웃전의 심사를 읽은 이곤이 포교들을 닦달하였다. 신속히 저자를 빠져나온 무리는 곧 남릉에 접어들었다. 예를 갖춰 절을 올려야 하는 탓에, 포교 하나가 죄인의 몸에서 밧줄을 풀어내었다. 만신창이 된 상록이 무너지듯 절을 하였다. 능의 주인이 사납게 몽니를 부리는지, 희미하게 흩날리던 싸락눈이 돌연 난폭한 폭설로 뒤바뀌었다. 하나 의빈은 이 순간까지도 공주에게 회한이 아닌, 원망을 쏟아내었다.

'끝내 네가 백연까지 앗아갔으나 내 일신만은 가지지 못하리라! 나는 결코 역겨운 연리목처럼 너와 엮이지 않을 것이다! 나는 절대 네 부군으로, 의빈으로 죽지 않을 것이다!'

제 등짝에 눈이 쌓여 엉기는 줄도 모르고 상록은 내내 분노를 쏟아내었다. 악연 중 악연이었다. 애초에 제 생을 전복시킨

435

것이 자헌공주였다. 삼년상도 못 치른 패륜을 저지르게 한 것
또한 그녀였다. 공주만 없었다면 저는 조선 제일검이 되어 천
하를 호령하였을 것이다. 화영과 혼인하여 범부가 되었을 것
이다. 혹여 그녀와 부부의 연이 닿지 않았다 해도 미천한 곡비
따윈, 적당한 양인 집안에 양녀로 입적시켜 첩을 삼을 수 있었
을 것이었다. 한낱 줄광대 따위에게 모멸감과 비참함 따윈 느
끼지 않았을 것이다. 상록의 싸한 눈두덩이 능의 비석을 노려
보았다. 원흉은 공주였다. 스물셋 인생, 제 잘못은 단 하나도
없었다. 저는 끝내 불쌍한 피해자일 뿐이었다.

"눈이 내리니 서두르시오!"

삭탈관직당함은 물론, 유배 가는 죄인은 제 이름자도 쓸 수
없기에 일개 포교 따위가 의빈을 발로 툭툭 치며 채근하였다.

"물러들 서라!"

이곤이 무섭게 포교들을 물리고 손수 죄인을 부축하였다.
하나 남릉을 나선 지 한 식경도 채 아니 되어 눈이 무릎까지
쌓인 탓에 발이 묶였다. 다름 아닌 광나루였다. 어찌 하필 이
곳인가…… 쓸쓸하게 주변을 살피다 말고 이곤이 아랫것들에
게 명했다.

"눈이 잦아들 때까지 예서 잠시 대기한다."

터덜터덜 걷던 상록도 우뚝 섰다. 덜덜 떨리는 이를 억지로
악물며 그는 실핏줄이 도드라진 눈알로 나룻가 너머를 응시하
였다. 골한증이 밀려왔다. 건장한 풍채가 후르르 떨렸다.

"손을 씻어야겠다."

포교 하나가 죄인을 저지하려다 말고 엉거주춤 몸을 물렸

다. 동료가 허구리를 쿡 찌르며 눈짓을 한 탓이었다.

"고고했던 양반 놈일수록 도망가라고 등을 떠밀어도 못 가. 평생 남들의 수발만 받아서 혼자서는 무서워 영 아무것도 못하더란 말야. 저 죄인처럼 넋이 다 나가 얼빵하게 유배길에 오른 놈을 내 여럿 겪었네. 괜히 익위 심기 거스르지 말고 우린 신경 *끄자고*."

포교들이 희게 변한 노송 아래 엉덩일 붙인 사이, 상록은 쏟아지는 옥진을 고스란히 내려맞으며 강가에 나가 섰다. 파르스름하게 얼어붙은 강 위로 설편이 휑하니 쓸려 나가길 반복하다가 이내 폭폭하게 쌓이기 시작하였다. 시린 시선이 횡으로 사위를 훑었다. 하늘도 희고 강도 희었다. 뚜벅뚜벅 혼으로 다가오는 백연도 그러하였다. 빠드드득, 뿌드드득…… 상록은 생전 처음 신은 짚신으로 수럭스레 얼음을 지르밟았다. 어찌하여 저는 불가능을 연모했는가? 어찌하여 연모한 여인의 목숨조차 지키지 못했는가? 허탈함이 눈물로 차올랐다. 백연처럼 끝내 취할 수도, 버릴 수도 없는 연정이 못내 두려웠다. 그녀를 잊는 기적은 일어나지 않을 것임을 그는 알았다. 모든 게 진절머리가 났다. 백연이 보고 싶었다. 죄인의 발이 성큼성큼 시린 동토를 내디뎠다. 새하얀 시야가 어룽어룽 흔들리다 말고 왈칵 녹아내렸다. 빠지지직! 발치에 거대한 균열이 일었다.

"대감마님!"

먼발치에서 이곤이 발딱 일어났다. 두 명의 포교 또한 헐레벌떡 강가로 뛰어왔으나 손쓸 수 있는 것이 아무것도 없었다. 얇게 언 강 위를 디딜 때마다, 살얼음이 뻐서석뻐서석 소릴 냈다. 언제고 깨질 수 있으니 더 이상 나아가지 말라는 섬뜩한 경고였다.

"대감마님! 움직이지 마십시오, 제가……!"

익위의 말이 미처 다 끝나기도 전에 수빙이 터져 나갔다. 상록은 쓰게 웃었다. 천하디천한 광대 이날치도 절치부심하여 끝내 제 복수를 이루려는 모양이었다. 한데 저는 대체 무엇을 하였던가! 단 한 번도 맞서 싸운 적 없었다. 하여 쟁취한 것도 없었다. 담력도 용기도 없이 그저 허깨비처럼 살았을 뿐이었다. 제가 갑산에 도착하면 필시 비단 오라기가 당도할 것이다. 목을 매라는 교지가 따라오겠지. 아니, 사약일지도…… 그러니 작금이 투쟁할 마지막 기회였다. 이 두꺼운 매얼음 밑으로 꺼져 수장될 기회. 남릉에 합장되지 않는 방법이, 고약한 연리목처럼 공주와 엮이지 않는 방법이 이뿐이었다. 시신을 거두지 못해 염도, 장례도, 매장도 못 하는 죽음. 의빈의 껍질만 벗어낼 수 있다면 원귀가 되어도 상관없었다. 이 무모한 기개 또한 백연으로부터 비롯되었다. 그녀가 살아 있었다면, 저도 어떻게든 명줄을 틀어쥐고 구차하게 연명하였을 것이다. 한데, 백연과 함께 세상을 하직한다는 사실이 대단한 의미가 되어 무한한 용기를 부여하였다. 넋만은 훨훨 날아 그녀에게 가리라. 저승에서만은 백연의 혼백이라도 취하여 못다 한 연을 이어가리라. 기우뚱, 몸이 쏠렸다.

"대감마님!"

쾅! 상록의 이승이 무너졌다. 창졸간에 죄인은 빙면氷面 아래로 꺼졌다. 작고 깊은 물살이 일었다. 기껏 물방울 몇 개만이 이곳에 목숨 하나가 있었음을 말해주었다.

"대감마니임!"

이곤의 절규에 답하듯, 동그랗게 깨진 얼음 사이로 염낭 하나가 떠올랐다. 처음 백연에게 받은 세 값, 닷 전이었다. 채상록에겐 금화보다 값진, 저승길 노잣돈이었다.

십이월 납일

새총 쏘기

마지막 발악

도성이 텅 비었다. 광통교에도, 운종가에도, 용산나루에도, 송파시장에도 행객이 없었다. 일 년 내내 점포를 여는 갖바치, 수철장, 갓일장이, 옹기장이도 금일만은 점포 문을 걸어 잠갔다. 도성 문지기들은 하릴없이 하품만 쩍쩍 해대었다. 그 많은 사람이 다 어디 갔나 했더니, 다들 강가에 우뚝 솟은 취화루 앞에 장사진을 치고 있었다. 주변 모래사장은 이미 발 디딜 틈 없이 복작대었다. 일각짜리 소리 『아무개전』을 듣기 위해서였다. 며칠 전, 숯골까지 찾아온 마행수에게 날치가 내세운 조건은 단 하나였다. '남녀노소, 신분고하를 막론하고 누구나 한 푼에 입장시킬 것.' 어차피 홍루에서 이문을 남기는 것은 입장료가 아닌 술판과 먹자판이라, 마행수는 두말 않고 수락하였다. 하여 작금의 판이 벌어진 것이었다. 바람마저 얼어붙은 동절의 복판이었건만 이 대단한 기회를 놓칠세라 지팡이 짚은 노인부터 코흘리개 아이들, 쓰개치마를 뒤집어쓴 여인들까지 모두 취화루로 모여들었다. 해코지를 당할까봐 좀처럼 우마골에서 벗어나지 않는 백정들과 무당밭에 모여 사는 무녀들, 저자를 주름잡는 무뢰배며, 시주받으러 떠도는 걸립승까지 죄다 거동하였으니 사람이 사람을 구경하는 진풍경마저 벌어졌다.

본격적인 판이 시작되기 전, 거문고와 가야금이 차례로 무대에 올라 분위기를 띄웠다. 뚱땅뚱땅 가락이 퍼지자 마행수의 예상대로 빠르게 술잔이 돌았다. 돈 많은 양반님들은 배자를 입고 질화로까지 피워놓은 채 옆구리에 기녀들을 끼고 흥을 즐겼고, 잔술을 든 천인들은 꾸역꾸역 떠밀리면서도 그저 좋다고 희희낙락이었다. 흥성대는 취화루 앞에 평교자 하나가 도착하자 일시에 일대가 조용해졌다. 쫘악, 좌우로 갈라진 인파 사이로 뒷짐을 지고 등장한 건 구용천이었다. 간밤에 소리 고개를 직접 찾아간 마행수는 꼭 납셔달라며 구용천 앞에 머리를 조아렸다. 악의적 소문을 방치하는 건 인정하는 꼴과 진배없다며, 송방울의 숨겨둔 제자가 목청 하나는 기가 막히더란 말을 슬쩍 흘렸다. 『아무개전』의 내용 탓에 내내 이날치를 잡아 족칠 생각뿐이었던 구용천은 졸였던 마음을 턱 놓았다. 마행수가 날치를 몰라볼 리 없고, 광대 따위가 송방울의 제자일 리 만무한 탓이었다. 금일부로 헛소문에 마침표를 제대로 찍을 요량으로 구용천은 무대가 잘 보이는 상석에 좌정하였다. 그리고 그 무엇도 거리낄 것이 없다는 듯 미소를 머금고 홍주를 들이켰다.

취화루 뒤, 쪽방에 대기 중인 날치는 삐뚜름하게 삿갓을 들어 좌중을 훑었다. 등줄기가 땀으로 척척하게 들러붙었다. 살면서 이토록 긴장한 적이 있었던가? 인기도, 박수도, 환호도 그 무엇도 믿지 않았던 줄광대는 수많은 관중 앞에서도 떨어본 적이 없었다. 간절한 게 없어서였다. 한데 기껏 일각짜리 소리 앞에, 날치는 간절함을 넘어 절박함을 느꼈다. 만천하에 과거를 까발리고 얼굴마저 드러내면 당최 무슨 사달이 날 것인가? 양반을 욕보인 죄로 무대 위에서 목이 잘려 죽는다 해도 하등 이상할 게 없었다. 한데 인파 사이에서 구용천의 면상을 발견한 순간, 객쩍은 혈기가 솟구쳐 올랐다. 날치는 호되게 어금니를 깨물었다. 이것이 제게 허락된 처음이자 마지막 무대일 터. 하니 흉곡 밑바닥에 들러붙어 있는 응어리를 죄다 토해내겠다! 그 어떠한 후회도 발붙일 수 없도록 사력을 다해 소리 내지르겠다! 송선생의 방울을 그러쥔 손아귀에 흥건히 땀이 차올랐다.

저 멀리 살얼음 낀 강변을 따라 한 무리의 금군들이 지나갔다. 광나루 일대에서 의빈의 사체를 찾는다 난리더니 아직도 못 찾은 모양이었다. 이제 의빈이 살아 있다는 소문마저 무성했다. 길라잡이를 하던 익위가 웃전을 빼돌리곤 강에 빠져 죽었다 둘러대는 것이라고. 그러나 날치는 그의 생사 따윈 관심 없었다. 다만 백연의 흔적을 찾을 수 없어 애가 탈 뿐이었다. 연리헌도 별서도 진즉 폐쇄되었고, 이곤은 죄인 호송을 소홀히 한 죄로 옥사에 감금되어 만날 수조차 없으니 날치는 더 이상 가볼 곳도, 물어볼 이도 없었다. 백연은 대체 어디 있는가? 살아 있기는 한 것인가? 박수 소리가 돌연 날치의 정신을 일

445

깨웠다. 가야금 연주자가 무대를 내려가는 것이었다. 드디어 그의 차례였다. 녹색 도포를 입은 고수, 춘봉이 취화루에 먼저 올라 자릴 잡고 앉았다. 날치는 마지막으로 삿갓을 잘 고쳐 썼다. 그리고 커다랗게 심호흡을 하며 무대에 올라섰다. 복작대던 관중들의 눈빛이 일순 어리둥절해졌다. 얼굴이 완전히 가릴 정도로 커다란 갓을 쓴 소리꾼의 모습이 영 기이한 탓도 있었으나, 무엇보다 그의 걸음걸음에서 울려 퍼지는 맑고 투명한 방울 소리 때문이었다.

"맞네, 맞아! 송방울 소리랑 똑같네!"

"방울 소리가 다 거기서 거기지! 어떻게 저것만으로 제자를 판가름한단 말인가?"

"얼마나 자신이 없으면 삿갓을 쓰고 무대에 오른대?"

"꼭 실력 없는 잡것들이 요상한 짓거리지!"

"에이, 취화루가 어디 잡놈들이 얼쩡거릴 수 있는 곳인가?"

"그래, 마행수가 그리 호락호락한 인사가 아니지!"

별별 추측이 난무하는 와중에 구용천이 굳이 나서서 보란 듯 소리쳤다.

"그대가 진정 송방울의 제자요?"

"예. 그러합니다."

삿갓을 더 깊이 눌러쓰며 날치는 허리춤에서 방울을 꺼내들었다. 딸랑딸랑, 그 맑은 소리가 일순 고요해진 취화루에 울려 퍼졌다.

"이것은 선성령입니다. 물려줄 선, 소리 성, 방울 령을 씁니다. 송선생께서 스승께 받은 것을 저에게 물려주셨습니다."

"그런 방울 따위야 장터에서도 얼마든지 구할 수 있지 않은 가! 게다가 송선생의 스승이라니 금시초문이요! 송명창은 홀로 독공을 하지 않았소이까!"

"옳소, 옳소!"

좌중이 술렁이자 삿갓 창꾼은 차분하게 답을 올렸다.

"스승님께서 본격적으로 팔도를 유랑하며 독공하시기 전에, 장인어르신께 소리의 기본을 배우셨습니다. 고성 출신의 최 은 자 구 자를 쓰시는 분으로 이르게 하직하시어 이름을 떨칠 기회가 없었다 들었습니다."

"그런 썰 말고, 진짜란 증거를 대시오! 그 방울이 진정 송명창의 것이냔 말이오!"

구용천의 다그침에 빽빽이 들어찬 관객들이 예서제서 고개를 끄덕대었다.

"송명창의 방울에는 글귀가 새겨져 있소! 주상전하께서 친히 열 글자의 글귀를 하사하셨소!"

구용천 반대편에 음전하게 좌정해 있던 백의 차림 선비가 불쑥 외쳤다.

"저 자그마한 방울에 글귀를 새긴다는 게 말이 돼?"

"그러게 말야. 한 글자도 못 쓰겠구먼!"

대중이 한바탕 술렁이자 백의 선비가 덧붙였다.

"전하께서 직접 왕실 두석장豆錫匠에게 일러 방울에 조탁彫琢을 명하시었기에 가능했소이다."

그 말에 힘입어 삿갓 소리꾼은 방울을 들어 보이며 소리쳤다.

"한쪽에 다섯 자씩, 총 열 자가 새겨져 있습니다."

"읊어보시오!"

"화향천리행花香千里行 송령만년훈松鈴萬年薰! 즉, 꽃향기는 천
리길까지 미치고, 송방울은 만년에 향기롭다는 뜻입니다."

최씨 부인이 일러준 대로 날치가 신계사의 주지 스님께 방
울을 내보였을 때, 그가 읊었던 것이 바로 이 글귀였다.

"그게 왕실 두석장의 솜씨인지, 일개 대장장이 솜씨인지는
또 어찌 증명할 것이오?"

구용천이 뻐딱하게 말하자, 백의 선비가 스르르 일어섰다.

"내 판별해보리다."

마행수의 턱짓에 수동 하나가 잽싸게 취화루로 뛰어 올라가
방울을 받아다가 백의 선비에게 갖다 바쳤다. 코끝에 수정알
까지 걸친 채, 방울을 세심히 살피는 선비의 눈이 반짝였다.

"틀림없소! 이것은 왕실 두석장의 솜씨가 맞소이다! 송명창
의 방울이 확실하오!"

구용천의 미간에 굵은 주름이 잡혔다. 풀을 먹인 듯 빳빳한
수염을 쓸어내리며 그는 원거리의 백의 선비를 의심스레 쩨려
보았다.

"선비님의 신원을 밝히는 게 순서 아니오? 자칭 송방울의
제자라는 저 삿갓 창꾼과 선비님이 한패가 아님을 우리가 어
찌 믿소?"

"옳소, 옳소!"

관중들의 동의에 백의 선비가 느긋하게 호패를 꺼내들었다.
순간 너나 할 것 없이 모두가 호닥딱 고개를 조아렸다. 무려
상아 호패였다. 풍성한 자줏빛 술에 옥구슬까지 꿰어 있었다.

그 어느 누구도 감히 종친宗親의 호패를 들여다보며 이름 석
자를 확인하지 못하였다. 다만 선대왕의 후궁, 예빈 안씨 소생
민언군이다, 임금의 조카 양면군이다 등등 숨죽인 설왕설래가
오갈 뿐이었다. 신원을 따져 물은 구용천만 머쓱해졌다. 이 거
대한 놀이판이 모다 한몫 챙기려는 마행수의 장삿속이라 여겼
거늘…… 크흠, 헛기침을 한 그는 괜스레 누각에 선 삿갓 창꾼
에게 큰소릴 쳤다.

"하면 이제 목청을 증명할 차례요!"

춘봉이 투둥 딱, 하고 눈치껏 북을 두드리자 모두들 합, 입을
다물었다. 웅장한 고요함이 밀려들자 다시금 날치의 가슴이
두방망이질 쳤다. 막상 이 상황이 닥치니 당최 입이 떨어지지
않았다. 선추를 쥔 손바닥 안으로 척척하게 생땀이 차올랐다.
왜인지 거나하게 한바탕 놀아대던 화정패 시절이 떠올랐다.
허구한 세월 같은 울타리 안에서 살 비비며 지내면서도 늘 저
는 외따로 줄을 탄다 여겼으나, 심적으론 그들과 어깨를 겯고
있었나 보다. 날치는 잰 눈으로 얼쑤절쑤와 돌삼, 그리고 고수
로 나선 춘봉을 차례로 일별하였다. 이것이 정녕 마지막일 수
도 있기에 그의 눈두덩에 복잡 미묘한 애정이 묻어났다. 다시
삿갓을 눌러쓰며 선추로 허공을 찌른 날치가 호기롭게 『아무
개전』의 첫 구절을 읊었다.

옛날옛적 고려땅에 한 소리꾼이 살았는데, 성은 천가요
이름은 아무개라. 그 아비 천씨가 평생 또랑광대로 돈을
모아 기와집을 사고, 공명첩을 샀으니 아무개가 태어날

땐 족보 있는 양반 가문의 장자 되시겠다. 천씨는 장남 아무개가 응애, 옹알이를 헐 적부터 아흐흐흐, 어후후후 성음을 가르쳤는디 어허, 안타깝기 그지없구나. 장남은 뱃뙈기가 영 시원찮아 목청도 맥을 못 추는디, 차남 아우개는 머리 좋아 목청 좋아 끝 간 데 없이 일취월장이라. 평생 아비에게 꾸중 받고 아우에게 업신여김만 당한 아무개는 두 눈에 쌍심지를 켜고 아우를 이겨보고자 아니 먹는 것이 없는디.

두리둥 딱!

전복으로 장을 담아라, 해삼 절여 장아찌 만들라. 다시마는 바삭 튀겨 부각으로, 김은 들기름 발라 켜켜이 재놓아라. 녹용 우려 밥을 짓고, 산삼으로 깍두기 담아라. 갈치는 조림으로, 꽃게는 탕으로, 참게는 게장으로, 표고는 누름적으로, 노루고기는 산적으로, 꿩고기는 전골로 내오너라. 돼지머리는 편육으로, 목살은 수육으로, 생굴 넣은 무생채를 곁들여라. 문어는 숙회로, 민어는 생회로, 숭어는 포를 뜨고, 도미는 찜으로, 꾸덕하게 말린 옥돔은 구이로. 전주 이강고에 삭힌 홍어 애만 쏙 빼 대령하라. 조식엔 어리굴젓, 석식엔 명란젓. 초복엔 옻닭, 말복엔 오리백숙. 하지엔 경단에다 석이채 대추채 올리고, 동지엔 팥죽 위에다 황율과 조청을 얹어라. 봄에는 개구리탕, 여름엔 민물장어탕, 가을엔 추어탕, 겨울엔 낙지연포탕!

어얼쑤!

입맛 없을 제 암소 한 마리 뚝딱 잡아라. 기력 달릴 제 구렁이는 열흘 고아 진고로, 흑염소는 삼일 끓여 탕으로, 우족은 하루 밤낮을 꼬박 끓여 숭늉처럼 마실란다. 명치가 답답혈 제 해삼, 홍합, 우둔고기 우려 미음 내와라. 단전에 힘이 없을 제 비단잉어로 어죽을 만들어라. 속 허할 제 잣, 우유, 흑임자 넣고 죽 쑤어라. 아침엔 십전대보탕, 저녁엔 보중익기탕. 자라탕은 별거 없더라, 거북이 잡아 탕을 고아라. 목이 칼칼할 제 인삼, 백출, 백복령 듬뿍 넣어 사군자탕. 잠 안 올 제 마황, 백작약, 반하를 곤 소청룡탕이 안성맞춤이로다. 조선팔도 심마니란 심마니는 죄다 불러들여라, 땅꾼 불러라, 약초꾼, 석청꾼 몽땅 들여라. 귀한 거 따온 놈에게 후한 값 쳐주어 다음에도 틀림없이 예로 달려오게 하라.

투둥 딱!

오호통재라! 아무개가 이토록 몸보신에 매달렸건만 멍석 위에 서면 피둥헌 몸피가 벌벌 떨리고, 우람했던 목청이 쪼그라드는 건 매한가지로구나. 어찌 꽁보리밥에 막걸리 마시는 아우개의 발끝에도 못 미치는 것이냐. 한탄을 하던 아무개는 결국 전국에 용하다는 명의들을 죄다 불러들이는디, 마지막으로 온 김의원의 말에 귀가 번쩍 뜨였으니.

쿵 탁!

"펄떡펄떡 기운 넘치고 팍팍 정력 솟는 묘수가 있습죠. 몸속의 혈과 수를 싹 갈아엎는 것입니다요." 아무개가 깜짝 놀라 눈깔을 똥그랗게 뜨며 "정녕 그게 가능한 일인가?" "그럼요. 목청 좋은 수탉을 잡아 열흘에 한 번 그 피를 마시고, 정력이 으뜸인 수사슴의 피는 보름에 한 번, 줄줄이 수태시킨 팔팔한 종마의 피는 달포에 한 번 마시면 됩니다요." "참말이렷다?" "예예. 천명창님의 증상은 비단 목병이 아니라 심병이니 제일로 중요한 것은 동변童便 마시기입니다요." 동변이 무엇이냐. 십이세 미만 소년의 오줌 되시겠다. 허한 심신에 양기를 불어넣는 장양壯陽, 목청과 입을 보하는 인후구설咽喉口舌, 뭉치고 막힌 기혈을 푸는 창종瘡腫에 탁월한 약재가 아니냐. "동변군으로는 남사당패에서 외줄 타는 아이를 데려오십시오." "그건 또 어찌하여?" "호흡을 수련한 줄꾼은 줄 위에서 깨춤을 추며 잡스럽게 뛰놀아도 숨과 맥이 항시 일정하니 참으로 신묘하지 않습니까요." 아무개가 무릎을 탁 치며 옳다구나, 허고 동변군을 데려와 오줌은 아니 마시고 피를 뽑아 마실 작정을 허는디! 그것으로도 모자라 안사람을 시켜 명산대찰 찾아가 온갖 시주 해가면서 불공드리올 제, 바람은 딱 하나 제 목청 틔워달라는 것이 아니라 제 동생 놈, 아우개를 요절하게 해달라는 것이렷다. 고놈만 없으면 아비에게 비교당헐 일 없고, 고놈만 없으면 임금이 저를 부를 것이며,

고놈만 없으면 세상이 날 알아주고, 고놈만 없으면 고려에서 제일가는 기생 명원이 내 이름을 불러줄 것인디 어찌하여 아우개 놈은 알량한 떡목으로 까불랑대면서 이 형님의 모든 것을 갈취하려 드는가!

삿갓 소리꾼의 목소리가 벼락 아래 금석 갈라지듯 쩌렁쩌렁 세상을 호령하였다. 절절한 정서가 짙게 밴 음성은 유연한 듯 힘이 넘쳤고, 맛깔나게 휘몰아치다가도 때론 느긋하게, 또 섬뜩하게, 다시 비장하게 색깔을 바꾸었다. 정교한 기교와 장식음 처리 또한 깔끔하니 일품이었다. 사설 또한 치밀하게 구성된 완성도 높은 작품이었다. 가벼운 몸짓에도 우아함이 깃들어 있고, 부채 하나를 펼치는 손짓에도 깊이가 있으니 과연 명불허전이었다. 대목, 대목 소리가 무르익어갈수록 청중은 손에 땀을 쥐며 고개를 끄덕였다. 과연 송방울 제자였다. 이제 궁금한 것은 삿갓에 가려진 그 얼굴뿐이었다. 드디어 『아무개전』은 절정을 향해 치달았다. 적탕약을 뽑는 김의원과 아무개의 대화였다.

"예끼, 이 빌어먹을 돌팔이 의원 놈아! 금일이 주상전하의 탄신임을 모르느냐? 내 당장 입궐하여 어전에서 솜씨를 뽐내야 허거늘 적탕약이 없다니!" "지난 이태간 마른걸레 쥐어짜듯 하였으니 이젠 온몸에 피가 말라 단 한 방울도 더는 아니 나옵니다요." "당장 나부터 살고 봐야 할 것 아니냐! 서까래에 동아줄을 걸어라, 동혈수를 거꾸로 잡아매

라!" 그리하야 김의원은 어쩔 수 없이 박쥐처럼 대롱거리
는 동혈수의 팔오금에 열십자를 그려 넣는디!

처참한 대목이었다. 흐느끼는 듯 애원 처절한 소리꾼의 음
성에 관객들의 눈두덩이 붉어졌다. 아무개가 동혈수의 팔뚝을
물고 직접 피를 빼는 장면에 이르러서는 몇몇 여인들이 끽소
리를 내며 혼절하였다. 결국 아무개가 임금께 통정대부의 작
위를 받자 좌중의 입에서 기막힌 탄식이 터져 나왔고, 맥이 끊
긴 동혈수가 끝내 시구문 밖으로 내쳐진 막장에 이르러서는
너도나도 글썽이던 눈물을 쏟아내었다.

초죽음된 동혈수는 목숨을 부지하여 결국 사당패로 돌아
가 어름을 연마했으니, 온 세상이 다 아는 어름사니가 되
었도다.

『아무개전』이 완창되자 박수는커녕 냅다 찬물을 끼얹은 듯
취화루가 고요해졌다. 훌쩍이며 눈물 콧물을 찍어내던 사람들
이 순간 벙찐 표정으로 입을 떡, 벌렸다. 창꾼이 삿갓을 벗은
탓이었다.
"흐익!"
"이…… 이날치, 이날치다!"
"이날치가 돌아왔다! 이날치가 살아 있다!"
대중이 경악했다.
"죽었다더니만 어째 저리 멀쩡한가!"

"이날치가 송방울 제자라니!"

와글와글 들끓는 인파 사이로 누군가 삐쭉하게 비명을 내질렀다.

"저기, 구용천이 도망간다!"

사람들을 거스르며 조용히 몸을 내빼던 구용천에게 일순 수천의 시선이 꽂혀들었다.

"이것들! 물러나지 못할까!"

구용천의 호령에도 빠듯하게 들어찬 백성들은 길을 터주지 않았다. 대신 명령을 기다리는 듯 무대에 선 날치를 올려다볼 뿐이었다. 좌중의 하는 양을 바라만 보는 동혈수의 침묵이, 만천하에 구용천의 정체를 분명히 확인시켰다. 수천의 칼눈이 다시금 구용천에게 꽂혀들었다.

"천아무개가 도망친다!"

구용천은 짐짓 눈꼬리에 뻣뻣하게 힘을 주며 목청을 높였다.

"이…… 미친놈! 천아무개라니! 어디서 막말이냐! 놔라, 이것들아! 썩 비켜라!"

하나 혈안이 된 관중은 손바닥에 침까지 뱉어 비비며 빡빡하게 모여들었다.

"저놈 잡아라!"

"개망나니 천아무개 잡아라!"

"아수라를 해치워라!"

"피 빨아먹는 불악귀!"

"무간지옥으로 떨어뜨려도 시원찮을 놈!"

"잡놈을 잡아 죽여라!"

돌차간에 일대가 아수라장이 되었다. 구용천의 비단 도포는 우악스레 찢어발겨졌고 가죽신은 철저히 짓이겨졌다. 옥구슬로 꿴 갓끈은 진즉 터져 알알이 흩어졌다.

"오…… 오대감! 조대감! 도와주시오! 도와주시오, 제발! 마행수, 마행수!"

두툼한 눈꺼풀을 파라락 떨어대며 구용천이 비명을 내질렀으나 높으신 양반님들은 약속이나 한 듯 입을 굳게 닫았다. 개중 몇 명은 재미난 촌극이라도 구경하는 양, 빙긋이 웃어대기까지 하였다. 마행수 역시 팔짱을 낀 채 미동도 없었다. 그 침묵이 드글드글한 천민들의 분노에 기름을 들이부었다. 들불처럼 들고 일어난 민초들은 제 생애의 모든 설움과 울분을 다 쏟아내듯이 구용천에게 광폭하게 달려들었다. 그들에게 동혈수는 재수 없는 누군가의 이야기가 아니었다. 제 과거요, 자식들의 미래였다. 하여 누군가는 아무개의 멱살을 틀어잡아 흔들어댔고, 누군가는 상투를 거머쥐곤 마구잡이로 태질하였다. 또 누군가는 턱수염을 잡아채 그 면상을 냅다 땅에 처박고 뒤통수를 짓이겼다. 갈빗대를 부서뜨려 배창자를 가르려는가? 등줄기를 터뜨려 반병신을 만들려는가? 똘똘 뭉친 수백 수천의 뭇발길질은 악귀를 못 짓밟아 안달이었다. 미친 듯 날뛰는 민중의 폭력은 각일각 과감해졌다. 이내 흙바닥에 너부러진 구용천은 기이한 각도로 사지가 뒤틀린 채 푸들푸들 떨어댔다. 이마가 째지고, 눈알이 터지고, 콧날이 꺾이고, 입술이 찢긴 탓에 면상은 온통 검붉었다. 간신히 숨만 할딱이는 꼴이 딱 황천불에 그슬린 야차 같았다. 이 지경에 이르러서도 사람들의 발작적 원성은 멈출 줄 몰랐다. 아예 살을 싹 바르고, 뼈를 아작 내어 끝장을 볼 기세였다. 이내 구용천의 고개가 툭, 옆으로 떨어졌다. 푹 삶은 시래기처럼 몸뚱어리도 완전히 휘늘어졌다. 멀찌감치 이 사달을 지켜보던 마행수가 슬쩍 고갯짓을 하자 취화루 문지기가 쏜살같이 달려와 구용천의 다리 한쪽을 잡아들었다. 그러곤 마치 홍수에 떠내려온 나뭇가지를 치우듯 질질 끌었다. 숨진 아수라에게 지옥 길을 터주던 백성들은 아직도 분이 덜 풀렸는지 넘늘어진 시체에 커어억, 퉤엣! 누런 가래침을 뱉어대었다.

마치 다른 세상인 양, 누 위에서 이 야단살풍경을 굽어보던 날치는 정체 모를 공포에 몸을 떨었다. 열과 생을 다해 염원하던 해원이 이런 방식으로 이루어졌다는 사실이 당최 믿기지가 않았다. 복수를 하였는데도 희열 따윈 온데간데없었다. 수십 년간 켜켜이 쌓였던 피로가 일시에 쏟아져 견딜 수 없이 쇠곤할 뿐이었다. 기이한 허탈감에 젖어 휘청대다 말고, 날치의 눈이 회동그래졌다. 쌍수를 들고 저를 향해 돌진해 오는 인파 때문이었다. 희번득 눈알을 치뜨고 훤하게 윗니를 드러낸 수천의 면면에 소름이 확, 끼쳤다. 방금 전까지만 해도 악다구니를 쓰며 불악귀에게 난행을 일삼던 이들이 아닌가! 찰나 돌변한 대중의 무지막지한 환호와 광기 서린 웃음에 날치는 그대로 잠식되었다. 삽시간에 그들은 날치의 옷자락을 끌어당기고, 어깨를 채잡고, 옷고름을 쥐어 잡고, 예서제서 엎치락뒤치락 밀치고 당기고 치받고 난리였다. 그러다간 아예 날치를 번쩍 들어 헹가래를 쳐댔다. 그의 몸피가 허수아비마냥 이리저리 떠밀렸다. 세상천지가 뱅글뱅글 돌았다. 토악질이 몰려왔다. 날치가 원한 건 결코 이런 인기가 아니었다. 그저 단 한 사람의 작은 온기였다. 백연을 찾아야만 했다.

고드름 따기

두 눈을 번쩍 떴던가 보더라

"마 찢어 읎애삐자니까! 만다꼬 날치한테 전해주노?"

"이곤이라며는 의빈 놈 따까리 아녀! 또 먼 개수작인지 으찌 아냐? 걍 아궁이에 처넣으랑께!"

"쿵! 그 냥반 모가지도 마 오늘 날아가뿐다 카드라. 의빈 놈 시체를 끝까정 몬 찾아서 길라잡이를 했던 그 냥반이 옴팡 뒤집어썼다고 소문이 쫙 나뺐든데 뭐."

"거 뭐냐…… 그러며는 이게 그놈 유서라는 거여 뭐여어?"

진이 빠져 기절한 듯 잠들어 있던 날치가 숯골패들의 속삭임에 번뜩 일어나 앉았다. 그리고 말릴 틈도 없이 돌삼에게서 서찰을 뺏어들었다. 한데 그것은 문서가 아니었다. 낙서마냥 휘갈긴 한 장의 약도였다. 백악산 중턱의 동굴까지 가는 샛길이 엉성하게 표시되어 있을 뿐이었다.

"쪼매 전에 옥사 나졸이라 카는 놈이 니를 찾드라. 이곤이가 전해주라 캤다대."

날치는 알 턱이 없었다. 이것이 형 집행을 목전에 둔 이곤의
필사적 충심인 것을. 어떻게든 상전의 마지막 명을 받들고자
하는 발악인 것을. 다만 개발새발 그려진 약도를 뚫어지게 들
여다보던 날치는 설핏, 손을 떨었다. 그가 냅다 방문을 박차고
뛰쳐나간 것은 순식간이었다.

"날치야, 니 으디 가노! 눈 엄청 온다, 얀마야!"

언젠가 거나하게 취한 채상록이 한탄하였다. 정을 주었던
강아지도 고양이도, 모두 공주의 기일에 죽었다고. 아니, 박상
궁이 죽였다고. 승천동굴에 산 채로 가두어 공주 곁으로 보내
버렸다고. 하여 적막한 연리헌에 더더욱 들어가기가 싫어졌다
고…… 날치는 무릎까지 쌓인 눈밭에 급하게 길을 내며, 단숨
에 백악산 중턱까지 뛰어올랐다. 인정사정없이 휘몰아 때리는
눈보라에 머리부터 발끝까지 감각이 성치 않았으나 다급한 뜀
박질은 점점 빨라졌다. 턱 끝까지 차오른 숨이 불규칙하게 터
져 나왔다. 눈 쌓인 자드락길에 미끄러지고, 넘어지고, 나동그
리져 할근할근대면서도 날치는 오로지 하나의 생각뿐이었다.

'백연은 살아 있다. 분명 그럴 것이다!'

그녀가 이리 갇힌 것이 공주의 망령을 달래기 위해서든, 채
상록의 잔인한 장난질이든 상관없었다. 작금은 그 연유를 따
질 때가 아니었다. 중요한 건 '산 채로' 갇혔다는 것뿐이었다.
뭇사람이라면 동굴 안에서 사나흘도 버티지 못할 것이다. 하
나 백연은 며칠 굶는 것이 다반사요, 볕이 들지 않는 삶을 산

지도 오래였다. 동절을 곁불 없이도 나는 그녀였다. 일상이 생존 훈련과 다름없었으니 그녀의 명줄은 쉬이 끊길 리 없다. 그것이면 되었다. 그 한 가닥 희망에만 골몰하느라 동굴에 어떻게 도착했는지 기억도 나지 않았다. 소나기눈을 온몸으로 맞으며 켜켜이 쌓인 돌무더기를 파헤치고 또 파헤치면서도 날치는 끊임없이 백연의 생존을 빌었다. 혹여 제 몸이 돌에 깔문힐까 하는 걱정보다도 한시바삐 돌문을 무너뜨려야 한다는 열망이 저만치 앞섰다. 하여 언 손에 살점이 떨어지고 피가 맺히는 줄도 몰랐다. 마구잡이로 주먹돌을 뽑아내고 또 온몸으로 밀어대며 용을 써대던 날치 앞에 드디어 와르르르, 돌벽이 무너지고 길이 트였다. 쩡, 들이친 눈발에 얼룩진 치마저고리가 아스라한 빛을 발했다. 결박된 채 동굴 외벽에 기대 있는 백연이었다.

"연아, 연아아!"

날치의 목소리에 슴벅슴벅 물기가 배어 나왔다. 그는 순식간에 얽동인 여인의 손발을 풀어내곤 와락 여체를 그러안았다. 전신이 그저 얼음장이었다. 반대로 꺾여 있던 백연의 고개를 돌린 순간.

"흐아앗!"

날치는 경악하여 숨도 쉴 수 없었다. 부릅뜬 맹안이 그를 똑바로 응시한 때문이었다. 마침, 시커먼 거미 한 마리가 희뜩번뜩한 눈알 위로 슬금슬금 기어갔다. 그런데도 거들뜬 눈은 깜빡일 생각이 없었다. 이제 다 소용없어진 것을, 망자는 아직 모르는 듯했다.

"……."

날치의 얼굴에 긴 어둠이 스쳤다. 미간에 해괴한 잔주름이
파였다. 하나 이대로 포기할 수 없었다. 돌연, 그가 가눠지지
않는 여인의 고개를 바로 세우고 너풀대는 머리카락을 급히
쓸어 넘겼다. 그리고 그 시르죽은 면에 제 뺨을 맞비벼대기 시
작했다. 뻣뻣하게 경직된 등줄기를 문지르고, 가느다란 팔뚝의
경혈을 필사적으로 짚어냈다. 한 서린 냉기를 죄다 몰아낼 듯
묵직해진 다리도 꾹꾹 휘주물렀다. 이렇게 제 온기를 나누어
주다 보면 막힌 기가 뚫릴 수도 있지 않은가? 다시금 혈이 돌
수도 있지 않은가? 오장육부의 한기가 빠질 수도 있지 않은
가? 하여 잠시 멈췄던 심장이 새로 뛸 수도 있지 않은가!

"연아, 일어나. 일어나서 원망이라도 해봐라. 실컷 욕이라도
해봐라, 응? 연아……!"

날치의 목멘 외침에 대답이라도 하듯 또르르 굴러 나온 건,
한 알의 옥춘당이었다. 그토록 잔혹한 굶주림에도 끝내 먹지
못한 그 귀하고도 하찮은 알사탕 하나가 여인의 내심을 여실
히 증명하였다. 날치의 이목구비가 엉망으로 일그러졌다.

"이게 무어라고! 이따위가 대체 무엇이라고! 흐윽……."

날치는 옥춘당을 백연의 입 안 가득 밀어 넣었다. 그러고는
다급하게 제 입술을 겹쳐 눌렀다. 오싹한 입술에 뜨거운 숨결
을 불어넣으며 날치는 빌었다. 한 번만, 딱 한 번만 백연의 음
성을 들을 수 있다면 그 무엇도 하겠다. 혼백이 돌아오길 바라
는 헛된 손길이 써늘한 몸피를 꽉 죄어 안았다. 날치의 피눈물
이 백연의 뺨 위로 흘러내렸다. 하나 예민하게 반응하던 여인

의 살결은 찬 돌덩이처럼 꿈쩍을 하지 않았다. 휑뎅그렁한 눈망울도, 꺼먼 보랏빛 입술도 그대로였다. 고개도 한드랑한드랑 거듭 꺾였다. 얼레빗을 꼭 쥔 손가락 또한 뻣뻣이 굳어 끝내 펴지지 않았다. 날치는 몰랐다. 그녀가 틀어쥔 것이 실은 손바닥에 새겨진 심반, 그 두 글자라는 걸. 보이지 않는 둘만의 부신이라는 걸.

"어찌 나에게 목숨을 걸었느냐? 이 못난 놈한테 왜 함부로 목숨을 걸었느냐! 으흐흑⋯⋯."

골한증이 몰려왔다. 오장이 뒤틀리는 절분에 날치의 몸이 꺾였다. 이토록 처참한 사멸은 그 누구의 탓도 아닌 제 탓이었다. 의빈의 별서 안채에 머무는 백연을 보곤 그만 눈이 뒤집혔다. 못나고 못난 사내는 자기혐오에 허우적대느라 여인의 속내를 헤아릴 여력이 없었다. 하니 이 모든 건 정인을 믿지 못한 자신에 대한 천벌이었다. 치졸한 사내는 결국 이딴 식으로 죗값을 치르는 것이었다. 백연에게 정을 주지 말걸 그랬다. 사설집을 읽어주지 말걸 그랬다. 줄에 태우지 말걸 그랬다. 장명루를 받지 말걸 그랬다. 그럼 애먼 의빈의 탐심을 부추기는 일도 없었을 것이요, 백연이 이토록 허무하게 희생되는 일도 없었을 것이 아니던가⋯⋯ 휘이잉, 휘이잉⋯⋯ 터진 동굴의 입구를 다시 막으려는 듯 강설이 휘몰아쳤다. 날치는 애가 닳았다. 제가 꼼짝없이 이대로 앉아 더 보듬고, 자꾸 뺨을 비비고, 더 큰 온기를 불어넣다 보면 백연이 깨어날 것만 같았다. 서서히 피가 돌고 눈꺼풀이라도 한번 깜빡일 것만 같았다. 한데 폭설이 야속하였다. 냉랭한 몸씨를 바짝 당겨 안은 날치의 속이 바짝바짝 타들어갔다. 좀 더 백연을 느끼고 싶었다. 이대로 놓으면 영영, 다신 볼 수 없을 테니.

"연아······!"

한참 동안이나 여인을 끌어안고 오열하던 날치는 결국 야멸찬 눈발의 독촉에 무릎을 세워 앉았다. 백연의 눈을 감겨줄까 잠시 고민하였다. 하나 두려울 때마다 더욱더 눈을 홉뜨던 그녀가 아닌가······ 끝내 날치는 휑뎅그렁하게 눈 뜬 백연을 그대로 들쳐 업었다. 마른 솔가지처럼 주검이 휘늘어졌다. 혼이 떠난 망자의 육신이 너무나 가벼워 다시금 설움이 복받쳤다. 살아 있는 제 낯짝이 죽은 여인보다 더 시퍼레진 것도 모르고, 날치는 도포를 벗어 백연의 어깨에 둘렀다. 그렇게 성긴 눈을 그러맞으며, 두 사람은 승천동굴을 나섰다.

날치는 어느 봄날, 나지막한 용두재의 담 너머로 백연이 오는 것을 지켜본 일이 있었다. 홀로 대청마루에 앉아「새타령」을 부를 때였다. 백연은 집에 당도하여서도 대문을 열긴커녕 숨죽여 담벼락 아래 쪼그려 앉았다. 날치는 알았다. 그녀가 제 소리를 서리하는 것을. 하여 더욱 혼신을 다해 노랠 불렀다. 아마도 그때였던 것 같다. 그녀에게 마음이 기울기 시작한 것이. 시름시름 쌓여가는 눈밭에 삐뚤삐뚤 길을 내며 날치는 그날의 백연을 떠올렸다. 살을 에는 정적을 깨며 곡이 터졌다.

아이고 아버지, 여태 눈을 못 뜨셨소. 인당수 풍낭 중에 빠져 죽던 청이가 살아서 여기 왔소. 어서어서 눈을 떠서 소녀를 보옵소서. 심봉사가 이 말을 듣더니 어쩔 줄을 모르난디, 에이 내 딸이라니. 아니 내 딸이라니. 내가 죽어 수궁 천지를 들어왔느냐. 내가 지금 꿈을 꾸느냐. 이것 참말이냐. 죽고 없는 내 딸 심청, 여기가 어디라고 살아오다니 웬 말인고. 내 딸이면 어디 보자. 아이고 내가 눈이 있어야 내 딸을 보제, 아이고 갑갑하여라 어디 내 딸이면 좀 보자. 눈을 끔적 끔적끔적 끔적끔적 끔적끔적 끔적허더니만은, 그저 두 눈을 번쩍 딱 떴던가 보더라.

날치의 곡소리에 겨울 소나무가 후드득 설편을 털어내었다. 정수리에 붉은 점을 찍은 학 한 마리가 설봉 위를 뱅뱅 맴돌았다. 쩽하게 얼어붙은 산천초목이 푸르스름하게 발광하였다. 날치는 등에서 자꾸만 미끄러지는 백연을 다시금 들쳐 업었다. 그리고 눈 한 움큼으로 죄어오는 목청을 적셨다. 가빠진 숨을 억누르며 곡이 이어졌다. 백연에게 가르쳐주겠다 약조하였던, 「심청가」의 마지막 장면이었다. 그녀가 제일 신명난다고 했던 바로 그 대목이었다.

심봉사가 눈을 딱 뜨고 보니, 세상이 모두 허적허적허제. 심봉사 눈 뜬 바람에 수백 명 봉사들도 일시에 개평으로 눈을 떠보는디. 만좌 맹인이 눈을 뜬다. 전라도 순창 담양, 새 갈모 떼는 소리로 쫘악, 쫘악 하더니마는 일시에 눈을 떠버리는디, 석 달 안에 참례하고 내려가는 봉사들도 제 집에서 눈을 뜨고, 미처 당도 못 헌 맹인 중도에서도 눈을 뜨고, 가다 뜨고, 오다 뜨고, 앉어 뜨고, 누워 뜨고, 서서 뜨고, 실없이 뜨고, 화내다 뜨고, 울다 웃다 뜨고, 자다 깨다 졸다 번뜩 뜨고, 눈을 꿈적거리다 뜨고, 눈을 부비다가도 뜨고, 지여至於 비금주수飛禽走獸까지 일시에 눈을 떠서 광명천지가 되었구나…… 나도 오늘부터 새 세상이 되었으니, 지팽이 너도 고생 많이 하였구나. 이제는 너 갈 데로 잘 가거라. 피르르르르 내던지고 얼씨구나 얼씨구나 좋네, 지화자자 좋을시구. 얼씨구나 절씨구 지화자 좋을시고.

강강술래

다음 생에는

삼일 후, 섣달그믐 밤. 봉황이 알을 품은 형세라 당대 지관들이 입을 모아 칭송한 명당 중 명당, 건원릉에 수상한 그림자들이 당도하였다. 이 거대 왕릉의 앞뜰에 겁 없이 삽질을 해대는 것은 다름 아닌 숯골패였다. 꽝꽝 언 동토를 파내기가 여간 힘든 게 아니어서, 칠흑 같은 어둠 속에 하얀 입김만 훅훅 번져 나갔다. 능지기가 언제 순찰을 돌지 몰라 얼쑤절쑤는 아예 구덩이 안에 들어가 장방형으로 흙을 파내고, 돌삼과 춘봉은 커다란 자갈들을 솎아내었다. 구덩이의 깊이가 한 장丈에 이르자 견고한 오동나무 관이 서서히 안치되었다. 그렇게 곡비는 무려 왕릉에 묻혔다.

지난 삼일간, 날치는 숫눈만을 모아 녹여 백연의 눈을 닦고 염을 하였다. 평생 그녀가 입은 것이라곤 하얀 소복과 핏빛 무복뿐이었기에, 저승길엔 노란 저고리에 분홍치마를 입히고 물

467

빛 꽃신을 신겼다. 느티나무 가지로 만든 지팡이를 손에 쥐여주고, 옷고름엔 옥춘당을 가득 담은 묵직한 염낭도 달아주었다. 붉은 동백꽃과 샛노란 복수초로 꽃 이불도 덮어주었다. 그리고 들짐승은커녕 풀뿌리 하나, 개미새끼 한 마리 기어들지 못하도록 관 뚜껑에 야무지게 송진을 발랐다. 호두알만 한 송진을 다섯 섬이나 녹여 관을 완전히 밀봉한 것이다. 날치가 마행수에게 받은 창 값을 이렇게 탕진하는 것을 패거리 중 그 누구도 말리지 않았다. 저들이 얻어먹은 것이라곤 국밥 한 그릇과 막걸리 한잔이 전부였으나, 눈 덮인 산을 쏘삭거리며 아예 씨를 말릴 작정으로 꽃이란 꽃을 죄다 따 모으고 밤새 순번을 정해 송진을 곤 것도 그들이었다. 이토록 정성 들여 입관한 것으로도 성이 안 찬 날치가 기어이 백연을 왕릉에 묻겠다는 말도 안 되는 소리를 했을 때도, 그들은 군소리 없이 다빡 고갤 끄덕일 뿐이었다. 아무리 파묘가 아니라곤 하나, 능 앞뜰을 훼손하는 것 또한 빼도 박도 못하는 역천이라 날치는 홀로 가겠다 고집을 부렸으나 어디 얼쑤절쑤가, 돌삼과 춘봉이 남의 말을 순순히 들어 먹는 놈들이던가? 그들은 죽어도 같이 죽고, 살아도 같이 살아야 한다며 끝내 오동나무 관을 이고, 삽을 챙겨 오밤중에 예까지 온 것이었다. 패거리들은 백연의 관 위로 재빨리 횟가루를 뿌리고 흙을 덮었다. 그리고 강강술래를 하듯, 빙빙 돌며 꾹꾹 밟아 다졌다. 그러고도 혹여 티가 날까봐, 그 위를 잔솔가지로 어리가리 다시 덮었다.

"마, 서둘러라! 능지기 올 시간 다 돼뿄따!"

입관을 마친 패거리들은 무인석마냥 사위로 망을 보았다.

날치가 무덤 위에 마지막으로 싸라기눈을 흩뿌릴 시간을 벌어 주는 것이었다. 그렇게 고별의 시간은 도래하였다. 날치가 꽁꽁 언 입으로 어눌하게 중얼거렸다.

"연아, 걱정 말아라. 다음 생에 너는 분명 뜬 눈으로 태어날 것이다. 예가 조선 최고의 명당이니 안심해도 된다."

얼쑤절쑤의 다급한 손짓에 뛰어가다 말고 우뚝 멈춘 날치가 뒤돌아보며 덧붙였다.

"난, 네 집의 황소로 태어나마. 하여 쌀밥도, 면포도 절대 떨어지지 않게 해주마. 나만 믿어라!"

비로소 아린 새벽이 밝았다. 갑진년 정월 초하루였다.

갑진년

액집태우기

풍요를 기원하며

장날이면 장터에서, 날이 좋으면 나루터에서 날치는 멍석을 깔고 소리를 시작했다. 송선생의 가르침대로 오롯이 백성들을 울리고 웃기는 소리광대의 삶이었다. 줄순이들은 창순이들로 명칭만 바뀌었을 뿐 우악스러운 행태는 매양 같아서, 얼쑤절쑤와 돌삼은 예전에 그러하였듯 날치가 판을 접을 때마다 동그랗게 그를 에워싸며 싸울아비 노릇을 자처하였다. 춘봉은 날치의 전속 북고수가 되었다. 날치는 매년 추분에 금강산 비로봉에 올라 화주를 올렸다. 정월 초하루엔 건원릉을 향해 묵념하고, 불전에 향을 살라 백연의 명복을 빌고 또 빌었다. 버찌가 열릴 때마다, 보름달이 뜰 때마다, 향불 냄새를 맡을 때마다, 꿈결에 또랑또랑한 눈빛으로 환하게 웃는 백연을 볼 때마다 날치는 손목에 얽힌 장명루를 염주알마냥 뱅뱅 돌렸다. 그것은 언제부턴가 그의 버릇이 되었다.

정녕 백연의 넋이 그를 굽어살핀 것인지, 송선생의 혼이 그를 불쌍히 여긴 것인지, 채 삼 년이 아니 되어 날치는 조선팔도에 소리꾼으로 명성을 떨쳤다. 특히 「새타령」을 할 때면 온갖 새들이 지저귀며 모여드니, 그 신묘한 소리판에 사람들 또한 밀려들었다. 명창이라 불리며 유명세를 타게 되었음에도 날치는 늘 돈이 없어 소리를 서리하는 이가 없도록, 입장료 없이 창을 하였다. 그렇게 또 한 해가 가고 무신년 정월, 드디어 주상전하께서 이날치의 입궐을 명하였다. 바야흐로 피곤한 국창의 인생이 막 시작되려는 참이었다.

(끝)

작가의 말

출판사 대표님으로부터 이 소설의 집필을 권유받았을 때 저는 무척이나 좌절하였습니다. 이날치가 19세기 인물이라고는 믿기지 않을 만큼 기록이 미비한 탓이었습니다. 특히 소리꾼이 되기 이전 행적에 대해서는 다양한 디지털 아카이브와 수백 권의 책을 뒤지고, 후손들의 인터뷰를 찾고, 이날치와 친족 관계인 다른 명창들의 기록을 살피고, 여러 박물관 및 도서관을 방문하였으나 변변한 문헌을 찾을 수가 없었습니다. 뜨문뜨문 나오는 정보들조차 '집안에 내려온 이야기에 따르면' 혹은 '목격담에 따르면'으로 시작되거나 '~라고 전해진다' 또는 '~라고 들었다고 한다' 등 출처가 명확지 않아 크로스 체크가 불가능했고, 이날치에 대한 자료를 전문적으로 수집하거나 연구를 진행한 기관 또한 없었습니다. 결국 확인할 수 있었던 것은, 본명은 이경숙으로 1820년 전남 담양의 집강執綱 유한기의 머슴으로 태어났고, 십대 후반에 유씨 집안의 가세가 기울며 신분에서 해방, 경기지역의 광대패에 들어가 줄꾼이 되었으며, 줄을 타는 폼이 날래서 이날치라는 예명을 얻었다는 것 정도뿐이었습니다.

다행히도 소리꾼 이후의 행적은 단편적으로나마 자료가 남아 있어, 그의 나이 서른 즈음 전북 고부에 사는 소리꾼 박만순의 수행고수가 되었으나 하대를 견디지 못해 그만두었고, 무등산 증심사에서 독공하고 득음하였으며, 서편제의 시조로 알려진 박유전의 수하로 들어가 그의 소리를 계승하였고, 1870년대엔 흥선대원군의 부름으로 어전에서 공연한 후 무과의 선달 교지를 하사받았으며, 1892년 전남 장성에서 졸하였다는 사실을 알 수 있었습니다. 또한 판소리 「적벽가」의 「새타령」에 독보적이었고, 「춘향가」의 「망부사」가 그의 더늠으로 전해지는 등 여러 일화를 통해 그의 뛰어난 예술성과 당대의 인기 또한 짐작할 수 있었으나 역시 소리꾼이 아닌 인간 이날치에 대한 개인사 기록은 전무하였습니다.

이미 전작 『탄금; 금을 삼키다』의 자료를 수집하며 체감한 바 있으나, 이번에 이날치의 흔적을 좇으면서 다시 한번 조선시대의 민중사 문헌이 너무도 빈약하며 또 귀하다는 것을 절감할 수 있었습니다.

번변치 않은 자료 덕분에 이 소설은 탄생하였습니다. 역사적, 학문적 접근이 모두 불가했기에 이날치라는 인물에 철저히 문학적으로 다가갈 수 있었습니다. 그렇게 기록의 헛헛한 골짜기는 차곡차곡 저의 상상만으로 채워졌습니다.

이 창작물을 구상함에 있어 가장 큰 화두는 환호와 멸시를 동시에 받는 광대의 '모순'이었습니다. 놀이판에선 더할 나위 없이 극찬받지만 일상에선 신분의 미천함 탓에 천대받는, 그

476

빛과 어둠의 괴리가 매우 흥미로운 지점으로 다가왔습니다. 그것은 신분제가 없어진 현재를 살고 있는 우리의 화두이기도 하며, 결국 각자가 지닌 간극을 메우는 과정이 삶이 아닐까 여겨졌습니다. 그것에 골몰하다 보니 역시 모순적인 업을 지닌 곡비 백연과 높은 신분이나 그 무엇도 할 수 없는 의빈 채상록이 탄생하였습니다. 그들에게 웃음과 울음을 주며 관계를 얽어가는 내내 청아한 가야금 산조며, 묵직한 대금 가락이며, 유쾌한 사물놀이며, 정제된 제례악이며, 웅장한 대취타며, 신명 나는 판소리며, 구슬픈 상엿소리며, 심금을 울리는 민요며, 짜랑짜랑한 무당의 굿거리까지 폭넓은 전통 음악에 자연스레 심취할 수 있었습니다. 그렇게 때론 흥으로, 때론 곡으로 소설은 완성되었습니다. 독자분들 또한 이날치의 파란만장한 여정 곳곳에 숨겨진 다채로운 우리 가락을 즐기시길, 더불어 날치와 백연의 목소리까지 들을 수 있기를 기대합니다.

장다혜

'하늘 위를 날던 줄광대는 슬며시 땅으로 내려와 이야기를 건네는 소리광대가 되었다. 그리고 급기야 사람들의 웃음을 타고 세상을 넘어 스스로 이야기가 되었다.' 이 소설은 명창 이날치의 삶을 파헤친 역사물이 아니다. 기쁘면 노래하고 슬프면 곡을 하는 당연함을 꿈꾸고 결국 이루어낸, 그를 위한 찬가이다. 냉혹한 세상은 줄광대 이날치에게서 웃음을 빼앗고 눈물을 갈취하였으나 소리꾼의 갈증에 허덕이던 그는 끝내 삶을 내던져 부서지며 소리쳤으니 그야말로 '파란만장'을 살아내었다 할 수 있겠다. 소리로 '이야기를 풀어내는 삶'을 살았던 명창 이날치를 '이야기 자체'로 존재하게끔 만들었다는 점에서, 그 어떤 자료도 설명해주지 못한 인간 이날치의 모습을 눈앞에 그려 보여주는 것만 같다.

안이호(소리꾼, 팝 밴드 '이날치' 보컬)

이날치, 파란만장

초판 1쇄 발행 · 2023년 2월 7일

지은이 · 장다혜
펴낸이 · 김요안
편집 · 강희진
디자인 · 부추밭

펴낸곳 · 북레시피
주소 · 서울시 마포구 신수로 59-1
전화 · 02-716-1228 팩스 · 02-6442-9684
이메일 · bookrecipe2015@naver.com | esop98@hanmail.net
홈페이지 · https://bookrecipe.modoo.at
등록 · 2015년 4월 24일(제2015-000141호)
창립 · 2015년 9월 9일

ISBN 979-11-90489-75-1 03810

종이 · 화인페이퍼 인쇄 · 삼신문화사 후가공 · 금성LSM 제본 · 대흥제책